三|国|职|场|探|迹

江东激荡

❖

冯立鳌

—— 著

中国书籍出版社
China Book Press

图书在版编目（CIP）数据

江东激荡/冯立鳌著．--北京：中国书籍出版社，2023.1

（三国职场探迹）

ISBN 978-7-5068-9143-1

Ⅰ.①江… Ⅱ.①冯… Ⅲ.①中国历史—研究—三国时代 Ⅳ.①K236.07

中国版本图书馆 CIP 数据核字（2022）第 160672 号

江东激荡

冯立鳌　著

责任编辑	李　新
责任印制	孙马飞　马　芝
封面设计	中联华文
出版发行	中国书籍出版社
地　　址	北京市丰台区三路居路 97 号（邮编：100073）
电　　话	（010）52257143（总编室）　（010）52257140（发行部）
电子邮箱	eo@chinabp.com.cn
经　　销	全国新华书店
印　　刷	三河市华东印刷有限公司
开　　本	710 毫米×1000 毫米　1/16
字　　数	255 千字
印　　张	17.5
版　　次	2023 年 1 月第 1 版
印　　次	2023 年 1 月第 1 次印刷
书　　号	ISBN 978-7-5068-9143-1
定　　价	78.00 元

版权所有　翻印必究

前 言

2018年年底,我结束了近37年的在职工作正常退休,进入到人生另一新的阶段,面临着生活状态的自由选择。考虑到以前想做而没有来得及做的某些事情可以尝试完成,于是辞绝了教育机构的约聘,也退出了原有一些学会的职位,给自己准备了更为充足和大块的松散活动空间,想从事一些和自己几十年的职业职务活动没有直接关系的事情。经过半年时间的休整和思考,从2019年5月中旬起,我开始系统地阅读理解与三国历史有关的资料,主要有《三国志》全本,包括晋朝陈寿的原著与南朝裴松之的引注,还有《资治通鉴》以及《后汉书》《晋书》的相关部分。在阅读史书的同时,我围绕三国人物的职场活动作出应有的回味思考,书写出自己的看法与见解,同时表达个人相应的生活观、历史观乃至价值观,我自称这是对三国历史资料的系统"解读"。本人手头有一个与职场体会相关的公众号,每天写出二三千字的文稿,发到该公众号上,供几十亲友在小范围内选阅交流并作矫正。持续近两年半的时间,到2021年9月中旬,三国史料所能涉及的人物活动已全部搜阅回味完毕,结束了这一特定的解读。其后翻阅统计,共撰写了整七百篇文论,计176万多字,内容大体涉及叙述、议论与论理三个方面,即关于人物职场事迹的白话叙述、对人物职场行为方式的得失议论,以及针对相关社会问题的剖析说理。这些文字表达实际上相当于围绕三国史志全部人物职场事迹所做的"解读笔记",其中涉及的时段从东汉末年184年黄巾起义开始,到280年晋朝统一约一百年的历史。

　　三国人物在历史上乃至当世都产生过重要影响，对人物活动事迹的重述与评议总是灌注着不同的社会生活观与人生价值观，至今已衍生出了大量体现于文学、艺术、教育、游戏等多个领域、表现纷杂的三国文化现象，而三国人物的真实事迹及其形象反而被湮没。事实上，对后世人们最有深刻教益作用的应该是发生过的历史，而不是演绎虚构出的东西。在世人特别看重三国文化教益的背景下，如能返璞归真，回归历史人物的本来面目作出体味反思，可能会成为三国文化和当代文化建设中更有意义的事情。出于这样的本心，我宁愿把自己对三国职场的解读拿出来，与有心的朋友和读者共享。现在呈现在读者面前的，就是对自己近三年解读文论的修订整理。整理后形成互相衔接的八本撰述：其中从汉末到三国的过渡《三国前奏》一本，《曹魏兴衰》四本，《蜀汉浮沉》一本，《孙吴起伏》两本，共合成一部成系列的"《三国志》解读笔记"，希望以此丰富当代历史文化的内容，并为三国文化增添新的枝叶。

　　叙述人物活动事迹占许多篇章中的重要分量，这里首先需要对资料的详尽占有。《三国志》全本既指陈寿"文辞简约"的原著，也包括裴松之"搜采广博"的引注，被称"本志简略，引注繁芜"。引注资料来源庞杂，文字远超原著，且有人物事迹相抵牾的情况；同时，史书中关于某一人物的事迹未必全部在关于该人的本传中，许多可能是在另一人物的本传及引注中出现，有些还在《晋书》相关的人物记述中。要弄清全部人物活动的事迹，需要资料的搜集辨析、穿插编排，以及必要的揣测推理。另一方面，人物事迹叙述还需要不可缺少的白话翻译。史书均为古文表达，其中有许多当代人不易理解的字词和文句，作者对许多人物的事迹也是初次涉猎，撰写叙述中参考过一些资料中对个别字词的译注解释，而对裴氏引注资料的翻译大体上都是从头做起，自认是在此做了些补阙的工作。

　　因为本书想要避免资料选用的片面性、随意性，追求对所涉人物事迹的全面把握，所以撰写中实际上需要对史志全部人物活动作出地毯式、不留死角的翻译叙述。当然，并非所有人物的事迹都有典型性，有些人物的活动可以说是记载不多且乏善可陈，但为保证人物出场的完整性，因而不能放弃对这些人物职场活动的叙述与评析，以尽力实现对三国职场活动作出全景式的扫描。本人在全部所涉人物事迹的叙述中力求扣紧原文，作出准确、精练的翻译，同时尽量少地舍弃个别极不合乎情理的资料，以保证内容的完整与协调。阅读本书，至少能够获得三国人物最原初的历史记录，了解到历史人物最接近真实的言论行为；能观瞻三国职场活动全面完整的场景，对当时职场活动的背景及各种因素的相互影响形成整体把握；由此也可对历史小说的剪裁虚构以及后来人们的各种演绎想象增强应有的识辨力。阅读该书的青年学生，不仅对三国人物活动可以形成初步印象，也会增进自身的古文翻译能力。

　　整个书系的绝大多篇章在叙述之后都有相应的评说议论，这种议论是结合人物活动的特定环境并观照其所引起的长远效果，针对指出其行为在职场的利害得失。在做这些议论时，会尽量探寻社会运动内含的底层逻辑，参照某种客观活动前后相继的内在因果，尽可能地指出相关人物思想理念的端正或偏失，也会关注其思维方式的特征及其正误。近代卢弼的《三国志集解》中辑录了不少前代学人对三国诸多人物事迹的评议，有时论及某一议题，会罗列多人发表的不同观点。本人参阅过这些观点，必要时把主要观点介绍出来，略加评议；有时仅介绍一种观点，当是作者基本认可的看法。从七百篇文论标题所涉及的对象看，全书粗略统计做出评说议论的共410多个人物，因为每个人物都有不同的人生路程和职场经历，也有不同的思想追求和行为方式，全书的评说议论因而是多角度、多侧面的，有时采取引而不发的态度，没有固定的格式，属随事而发，灵活展现，且与人物事迹的叙述相糅杂，总之是史论结合，以史带论，达到观史明理即可。"往者不可谏，来者犹可追。"本人探寻三国职场活动，实际是对一段社会历史演变过程的咀嚼和体认，不能保证全部认识深刻和到位，但却是尽量拓展观察社会的视角，激发人们看透现象世界的敏锐性。读者朋友一定能从中发现新的问题，再作反思，得出对自我人生和职场活动更多的经验教训，尤能助益养成优良的思想理念和上佳的思维方式。

全书在评说议论中试图逐步提升出关于社会人生不同层面的认识，而这种提升需要在人物活动与社会生活的相互观照前后联系中才得实现，也才能述说清楚。为建立这种联系，全书首先从结构形式上做了一些努力：在七百篇章的小标题上，有两到三位数的序号，其中第一位数1、2、3，分别代表曹魏、蜀汉、孙吴三家人物，0则代表东汉末到三国的过渡人物；第二位数字是分类的，与前一数字用"."相分隔；第三位数字是同一类别中对不同人物或相异问题的更细划分，外带括号以示区别，如果内容较多，对其需作多篇论述，则各篇顺次按"上""下"或其他中文序号标注在小标题之后。如"1.5（18）曹叡的用人和处事（中）"，这一小标题即代表：针对曹魏集团中第五个解读人物曹叡，该题目下要叙述议论他的第18个论题，内容是关于他治国理政的中间一部分。全书对各家的类别划分并不严格，而标号却是严谨的；标题的序号数字越相靠近，文论间的联系就越紧密。全书有统有分，逐次开散，七百文论覆盖了本书所涉三国人物历史活动的全部场景，希望这些篇章间能产生聚散为一的整体系统。

同时还有与完善史料覆盖系统相配合的叙写方式。因为某一人物活动的事迹中总是有其他一到多位相关涉事人，因而书中的叙事往往是对涉事多人活动事迹的共同叙述。为此全书于某人解读篇章之外，在叙述其他涉事人活动的篇章中，对共同参与的活动事实，就只简单提及事情的根由，同时标明"参见"之处，尽量省略掉可能引起重复的表述。比如在曹魏部分关于《司马懿的为人（中）》，及《名士管宁的坚定心志》等篇章，行文中就有"（参见1.5.18《曹叡的用人和处事》中）"的夹注式提示。全书中的这种标注提示是极多的，为减少文中括号的重叠，第三位数字的外括号变成了前面的分隔号。这里是要尽量避免事情叙述和某些议论的重复，又要保持对涉事人解读的全面性。总之建立对一段历史过程全覆盖的解读系统，既要基本上无所遗漏，又要减少叙事的重复，也增加读者观瞻的联想感。

本书的解读立足人物，看重细节，并且力求把三国社会的微观细节与宏观历史运动过程无缝化衔接起来，这是该书系在表达形式上的一大特点。阅读本书的读者，如果能观照人物活动前后进展的线索，把握某些不同事件间的人物关系及其相互影响，对文中的各种评说议论就会有更深刻的体认，并能形成自己独立的思想与判断；读完全书，把握了三国社会运动的整体态势，不仅有助于对当时社会状况，包括各层职场的运作特征和不同人物的复杂心性产生更多的联想与认识，而且能对人生奋争、集团兴衰和整个社会运动形成应有的见解。

全书在各处评说议论的同时还有针对具体情景的剖析说理，这是在复杂事态和各种混沌理念中论证其中评说议论的合理性，希望把自己的认识观点明确地展现出来。一般说来，作者的思想观点及其对社会历史活动的认识，是倾注在或明或隐的各处评说议论中，寓含在资料排比和叙事之外的各类文字表达中。无论是关于人物活动的具体点评，关于个别领导人格特征的综合议论，还是某些政治集团沉浮兴衰的总体评说，全书都始终持有某些不变的理念，包括对历史及其人物的尊重态度，对英雄人物的尊崇心理，对为数不多女性人物的敬重之情；对公平、正义、善良、美好的崇尚，以及对丑恶的鞭笞；对历史主义、唯物主义、民族优秀传统思想、当代先进科学理念以及思维辩证法在学理上的推崇等。对本人难以把握的卜筮、相术等现象则尽量作出客观介绍，并表达出对史志记载的基本看法。而全书所持有的历史进步观、主体有为观，以及对职场活动中某些共通性、规律性的认识、某些方式方法的主张，都有多种灵活多样的表达，希望能对读者提供观察社会生活的有益方法与思考。总之，讲故事、发议论、明事理，是整个书系的三重内涵。

关注本人公众号的许多友人和读者数年间对上述文论曾表达了不少鼓励，多年从事文化工作和图书经营的诸位朋友也都高度赞赏和充分肯定了该书系的社会价值，并做出了如何奉献给更多读者的设想与策划。吸收他们的有益建议，也出于不负时代的衷心，本人自完成书系撰写的半年多来，对全部叙述做了检查、梳理与某些意境的提升，整理形成了既相互独立，又紧密关联着的"解读笔记"系列——《三国职场探迹》，并以《三国前奏》《曹家龙兴》《魏天风雷》《虎啸中原》《北国毓秀》《蜀汉浮沉》

《江东激荡》《孙吴落花》八本图书呈现给广大读者，书名仅表征该书的论及对象与人物层级，具体内容尽在各篇章的微观解读中。希望这一书系对三国文化、职场文化、历史文化的认识发掘都能发挥独特作用。

1988年本人在西安读研的暑假期间撰写过分析《三国演义》中领导活动的单本论著《谋略与制胜》，为本人系统探索历史文化题目的初步尝试，到2006年的十多年间有多家出版社改变书名出版过四次，发行数量不小，中国书籍出版社现今以《争胜谋略》为名，将其与《三国职场探迹》同时出版发行。《争胜谋略》属于多年后的再版，这次恢复保持了初始内容。该书的分析对象限于历史小说，而八本新著《三国职场探迹》则完全摒弃了文学小说的描写，纯粹以历史资料为据，两书各自属于不同的论述系统，希望有心的读者能够在比较中发现两者的区别，从中体味出对真实历史过程分析认识的意趣和深邃。

作者

2022年5月8日

于广州燕塘轩

目 录
CONTENTS

前　言 ·· 1

3.1　江东再升的将星孙策 ··· 1

　　3.1（1）"将二代"重整旗鼓 ··· 1

　　3.1（2）攻取扬州及事后的自辩 ·· 4

　　3.1（3）与太史慈的信义之交 ·· 7

　　3.1（4）让事业走在正确的道路上 ···································· 10

　　3.1（5）他主动向朝廷做了检讨 ······································ 13

　　3.1（6）乘胜进军扩大战果 ·· 15

　　3.1（7）对豫章的威逼与占取 ··· 18

　　3.1（8）误杀高岱 ·· 20

　　3.1（9）同一石头绊了他两次 ··· 24

　　3.1（10）一枝射向面颊之箭 ·· 27

　　3.1（11）小霸王孙策的英雄悲情 ···································· 31

3.2　东吴出色的守成之主孙权 ··· 34

　　3.2（1）承父兄之业 ··· 34

　　3.2（2）逐步确立的政治战略 ··· 36

　　3.2（3）战略目标的推进 ··· 40

　　3.2（4）联刘以抗曹 ··· 42

3.2（5）赤壁交锋 …………………………………………… 46
3.2（6）战后对江东的治理 …………………………………… 50
3.2（7）与曹军的反复较量 …………………………………… 53
3.2（8）与盟友的分歧与摩擦 ………………………………… 56
3.2（9）联盟的破裂（上） …………………………………… 59
3.2（9）联盟的破裂（下） …………………………………… 62
3.2（10）与部属的和善关系（上） …………………………… 65
3.2（10）与部属的和善关系（下） …………………………… 68
3.2（11）夷陵交战前后的外交演变 …………………………… 71
3.2（12）与曹丕的书信往来（上） …………………………… 75
3.2（12）与曹丕的书信往来（下） …………………………… 77
3.2（13）重建吴蜀友好 ………………………………………… 80
3.2（14）臣属眼中的明主 ……………………………………… 84
3.2（15）登上皇帝之位 ………………………………………… 87
3.2（16）与蜀汉的盟约 ………………………………………… 90
3.2（17）与魏国的较量 ………………………………………… 94
3.2（18）配合诸葛亮的一次作战 ……………………………… 97
3.2（19）与辽东的远交（上） ………………………………… 100
3.2（19）与辽东的远交（下） ………………………………… 103
3.2（20）称帝后的内政治理（上） …………………………… 106
3.2（20）称帝后的内政治理（下） …………………………… 110
3.2（21）中年孙权与臣属的交往 ……………………………… 113
3.2（22）吕壹惹起的是非 ……………………………………… 116
3.2（23）孙权身边的女人们（上） …………………………… 120
3.2（23）孙权身边的女人们（下） …………………………… 122

- 3.2（24）后期的国务处置 ……………………………………… 125
- 3.2（25）与魏军的再较量 ……………………………………… 128
- 3.2（26）内政之乱 ……………………………………………… 132
- 3.2（27）孙权之死 ……………………………………………… 135
- 3.2（28）身后的议论 …………………………………………… 137

3.3 三位嗣主的朝政 ………………………………………………… **142**
- 3.3（1）诸葛恪穷兵黩武 …………………………………… 142
- 3.3（2）诸葛恪之死 ………………………………………… 145
- 3.3（3）孙峻孙綝的专权（上）…………………………… 148
- 3.3（3）孙峻孙綝的专权（下）…………………………… 151
- 3.3（4）孙亮夺政之败 ……………………………………… 154
- 3.3（5）孙休上位 …………………………………………… 157
- 3.3（6）孙休夺政及其治国思路 ………………………… 160
- 3.3（7）孙休治政事迹及其格局 ………………………… 163
- 3.3（8）孙休执政的终结 ………………………………… 166
- 3.3（9）孙皓继位 ………………………………………… 170
- 3.3（10）孙皓的折腾与识见 …………………………… 173
- 3.3（11）荒唐的治政 …………………………………… 176
- 3.3（12）两位臣属轶事 ………………………………… 179
- 3.3（13）对晋国的战争 ………………………………… 183
- 3.3（14）夺取交趾的战争 ……………………………… 186
- 3.3（15）忠奸不分的昏乱作为 ………………………… 188
- 3.3（16）对群臣大施淫威 ……………………………… 191
- 3.3（17）走向末日的孙皓 ……………………………… 195
- 3.3（18）吴国的败亡之战 ……………………………… 198

- 3.3（19）孙皓的降晋与自省 ········· 201
- 3.3（20）战争的追忆 ········· 204
- 3.3（21）战后余波 ········· 208
- 3.3（22）亡国君主的终了 ········· 211
- 3.3（23）后孙权时代的政治衰落 ········· 214

3.4 孙吴皇家宗亲 218

- 3.4（1）孙静及其子孙的多样人生（上）········· 218
- 3.4（1）孙静及其子孙的多样人生（下）········· 221
- 3.4（2）孙羌子孙的职场之路 ········· 224
- 3.4（3）孙翊与他的寡妻孤子 ········· 227
- 3.4（4）受赐皇姓的孙河支属 ········· 230
- 3.4（5）孙匡及其子孙的异样人生 ········· 233
- 3.4（6）早逝的吴太子孙登 ········· 236
- 3.4（7）被陷害的太子孙和 ········· 239
- 3.4（8）太子的三位兄弟 ········· 242

3.5 孙吴立国的几位前驱 246

- 3.5（1）败于孙策的扬州牧刘繇 ········· 246
- 3.5（2）太史慈的出奇生涯（上）········· 249
- 3.5（2）太史慈的出奇生涯（下）········· 252
- 3.5（3）交趾士燮家族的兴衰 ········· 255

参考文献 ········· **260**

后　记 ········· **262**

3.1 江东再升的将星孙策

江东是东汉政治统治力更为薄弱的地区，这里在187年至191年间发生过孙坚军事集团的暴兴及将星的陨落（参见0.6《江淮之乱》），其后董卓控制的朝廷西迁长安，关东几大政治集团在北方中原争夺不休，而淮河以南的袁术难有作为。地区政局需要雄主的把控，社会进程于是又把孙坚的长子孙策锻造成了名震天下的战将，他是孙坚之后江东再次升起的将星。

3.1（1）"将二代"重整旗鼓

孙坚生有五男一女，五个儿子分别是策、权、翊、匡，还有一庶生的少子朗。长子孙策，字伯符，在父亲184年跟随中郎将朱儁去讨伐黄巾军时，他就与全家人留在寿春，开始结交当地知名之士，周瑜就是在此深交的重要伙伴。后来孙家移居舒县（今安徽庐江西南）。孙坚死时，孙策十七岁，他把父亲的棺木送回曲阿（今江苏丹阳）安葬，其后渡过长江，与全家住在江都（今江苏扬州），结交天下豪杰，立志为父亲报仇。据《资治通鉴·汉纪五十三》《三国志·孙策传》及其引注所记，孙坚去世两年后，将二代孙策开始了他重整旗鼓、再兴家业的筹划和行动。

首先，谋划战略，树标定向 与孙坚开创事业的最初起跑不同，孙策的事业是从拜访当地名人、确定战略目标开始的。当时广陵（今江苏扬州广陵区）名士张纮因母丧在家，青年孙策多次前往拜访，他对张纮说：

"如今汉朝衰落,天下纷扰不安,英雄豪杰都领军创自家基业,没有人能扶危济乱。我父亲与袁氏共同抗击董卓,功业未就。我虽然年轻幼稚,私下也有小小的志向,我准备先要来父亲的军队,聚合流散的余部,向东占领吴郡、会稽,报仇雪耻,做朝廷的外藩。您以为如何?"张纮再三推辞,声称没有能力参与谋划。孙策流着眼泪说:"您的名声四处传扬,远近之人都很仰慕,为何不能把您的深谋远虑相告知,以舒我高山仰慕的诚心。"张纮被孙策的心志和真诚所感动,回答他说:"当年周室衰弱,齐、晋霸业兴起,现在您想推进先世的未竟事业,又有勇猛威武的名声,如果用兵于吴、会,则荆州、扬州可一并拿下。这样雄踞长江,再施行武威和德治,消灭那些不从君命的丑恶势力,辅助汉室,功业可以和齐桓、晋文相并列,岂是做个外藩而已。"孙策听了非常高兴,愿意接受张纮的高远设想,并立即着手行动。

张纮对孙策的谋划,指明了孙策在江东发展的战略目标、用兵方向及其实施步骤,尤其是确定了江东在天下大局中的应有定位,即做霸主而不是外藩;张纮还提到孙策有父业基础、具威武名声、占长江天险等独家拥有的利好条件;建议施行威德并用的内政与外交方式。张纮的战略设定言简意赅、内涵丰富,这一谋划的意义,完全不亚于诸葛亮的"隆中对"决策,对孙吴集团后来的发展应该有树标定向的作用。

其次,统领旧部,走上战场 孙坚当年死后,其部队被孙贲率领投靠了袁术,袁术推荐孙策的舅父吴景兼任丹阳郡太守,任命孙贲为丹阳都尉。194年,孙策把母亲和弟妹托付给张纮,自己到寿春去见袁术,流着泪对袁术说:"我父亲当年从长沙出发讨伐董卓,与您在南阳相会,共结盟好。他不幸遇难,功业没能完成。我感念您对父亲的旧恩,愿继续为您效力,请您能理解我的诚心!"袁术对孙策的谈吐举止很感惊异,但不肯交还他父亲原来的队伍,对他说:"我已任用你舅父吴景为丹阳郡太守,你堂兄孙贲为都尉,丹阳是出精兵之地,你可以去招募些兵马。"孙策就与汝南人吕范、本族人孙河将母亲接到曲阿,依靠舅父吴景,在当地募兵,得到了数百人。但他遭到泾县豪帅祖郎的袭击,几乎被杀,于是他再次去见袁术。袁术把孙坚旧部千余人还给孙策，上表推荐孙策任怀义校尉。

袁术很欣赏孙策的处事为人，他最初许诺任用孙策为九江太守，但临事却改用丹阳人陈纪。不久，袁术为军粮之事与庐江太守陆康闹得不和，就派孙策去进攻陆康，行前对孙策说："面前我错用陈纪为九江太守，这次你如果战胜陆康，庐江郡就是你的了。"孙策进攻陆康，攻下庐江郡，但是袁术又任用老部下刘勋为庐江太守，孙策对他更加失望。

孙策是袁术手中的棋子，似乎在任其摆布利用，但无论怎样，孙策已经得到并掌控了父亲原有的部队，原计划的第一步已经实现，并且他已英姿飒爽地走上了战场，而且不负勇猛威武的名声，首战告捷，同时也证实了他善于统帅军队、能孚众望的军事才能。至于没有得到九江太守和庐江太守的职位，对于年轻将领孙策并不是什么问题。一位将军的职位注定要靠他自己的战绩来取得，不怕没有职位，只要有出超的作战能力就行。从长远来看，袁术对孙策的两次失信，会有助于使孙策认识袁术的为人与品行，促使其从袁术的政治阴影中走出来，尽早踏上自己独立的创业之路。当时，远在长安的朝廷被李傕等人控制后，派遣太傅马日磾执符节安抚关东各州郡，马日磾以朝廷使者身份在寿春以礼征召孙策，奏请任孙策为怀义校尉，孙策自此成了朝廷正式任命的将官。

最后，挥师江东，声名鹊起 丹阳人朱治曾担任孙坚部队的校尉，他看到袁术为政混乱，就劝孙策回故乡去经营江东。当时孙策的舅父吴景攻打樊能、张英等人，一年多未能取胜。孙策借机对袁术说："我家在江东，对百姓有旧恩，我愿去帮助舅父作战，其后我回家乡招募兵马，可以集结三万兵众，用来辅佐您平定天下。"袁术知道孙策对自己心有不满，但考虑到扬州刺史刘繇占据曲阿，会稽太守王朗也在近旁，他认为孙策难将他们击败，就同意了孙策的请求，上表推荐他为折冲校尉。195年，孙策挥师江东，他率领千余步兵和数十骑兵出发，边走边招兵，到达历阳（今安徽和县）时，已五六千人。这时，少年时的朋友周瑜率兵迎接，丹阳太守周尚是周瑜的伯父，前来援助军费和粮草，孙策很受鼓舞，他立即组织军队协助舅父吴景作战，一举攻克横江、当利，樊能与张英战败逃走。

孙策这次过江后辗转作战，所战皆克，没有人能抵挡他的进攻，百姓听到孙策的军队将要到达，全都惊慌失魄；各地官员弃城出逃，跑到山中躲避。及至孙策到来，军队遵守命令，并不抢掠财物，百姓家里的鸡狗果蔬一无触动，于是民众大悦，争着用牛肉美酒去慰劳。孙策相貌英俊，谈笑风趣，性格豁达，又能接受意见，善于用才，因此凡见过他的人都乐意为他尽心效力。

出生将门的二代将军孙策，在十八岁时毅然扛起了父亲那面倒伏的旗帜，他收回父亲旧部，重整旗鼓，率军队再次走上了创立孙家基业的道路。他在战场上的勇猛威武不亚于父亲，而和前代不同的是，他有自己确定的战略和目标，他对自己的军队和要创立的基业有着明确的定位；他的部队具有更加严明的纪律，能够赢得百姓的支持，他本人比父辈更懂得政治运作的规则和争取民心的方式，并且开始摆脱袁术政军活动的影响，走上了自主发展的独立道路。人们期待这颗再升的将星能有更高更明亮的前景。

3.1（2）攻取扬州及事后的自辩

孙策率领军队离开袁术开始自己独立创业，并渡过长江取得初步胜利后，即开始攻取扬州各郡。扬州是西汉在全国设立的十三个刺史部，辖界和治所均多次变化，东汉时包括庐江郡、九江郡、会稽郡、吴郡、丹阳郡、豫章郡在内。当时的扬州刺史是刘繇。刘繇是汉室宗亲，他早先被朝廷征用为侍御史，因战乱不能到任而避居淮浦（泛指淮河沿岸），194年被朝廷诏书任命为扬州刺史。刘繇到任时州府寿春已为袁术占据，他想把州府设在长江以南，丹阳官员吴景、孙贲就迎接他到曲阿（今江苏丹阳）。刘繇听到孙策领兵进攻庐江的消息，他认为吴景与孙贲本是袁术安置的人，怕被袁术、孙策所兼并，就将吴景两人赶到历阳（今安徽和县），同时派部将樊能、于糜驻军横江，张英驻军当利口以抵御。吴景、孙贲和袁

>>> 3.1 江东再升的将星孙策

术部将惠衢攻打了一年多,没有突破横江的防守。孙策在195年出兵一举攻破横江、当利两处,樊能和张英兵败逃走。

刘繇在民众中威信颇高,他又是朝廷正式任命的官员,应是负有守土保境的责任,孙策对刘繇的这次用兵其实没有正当性可言。但这是一个没有程序、不讲正义的年代,汉朝廷存在的合理性尚且被质疑,袁术本来就是想要改朝换代的,孙策也一心要创立自家的基业,他挥师江东,攻取扬州,纯粹属于利益的争夺,而一切分歧都要靠战争和力量来裁决。

孙策过江后进军顺利,他的军队因为遵守纪律,得到了沿途百姓的欢迎。他的军队进攻刘繇设在牛渚(今安徽当涂西北长江边)的营地,获得了存放其中的全部粮草与武器。据《三国志·孙策传》引注《江表传》所记,其时彭城国(今徐州市)相薛礼、下邳国相笮融都拥戴刘繇,薛礼驻守秣陵城(今江苏江宁南),笮融驻军秣陵南,孙策在此展开了一场艰苦的攻夺战。孙策首先攻打笮融,逼其出兵交战,斩杀笮融五百多人,笮融闭门不敢出来。孙策遂过江攻打薛礼,薛礼率军逃跑,而自横江败退的樊能、于糜又聚合军队夺回了牛渚营地。孙策听说后,立即回军打败樊能等人,俘获男女万余人,又去攻打笮融。战斗中孙策被流箭射中大腿,没法骑马,就自己驾着车子回到牛渚营,他让投降的士兵去诱骗笮融说:"孙郎已被箭射死了。"笮融听了大喜,立即派人追赶孙策的部队,孙策派出几百人出营挑战,将大部队埋伏在后面,两军交战还未刀枪相接,挑战的几百人佯装败走,笮融的军队追进了埋伏圈,孙策大败敌军,斩杀千余人。随后他追到了笮融军前,让身边人大喊:"孙郎在此!"敌军非常惊恐,连夜逃跑。笮融知道孙策还在,就深沟高垒,严加防守。孙策看见笮融的屯军处地势险固,便率军离去,在海陵(约今江苏泰州)、湖孰(今江苏江宁东南)、江乘(今江苏南京东北)攻城略地。

孙策取得连续胜利后立即进军刘繇驻军的曲阿,恰好刘繇的老乡太史慈从家乡东莱(山东掖县一带)来看望刘繇,有人建议任用太史慈为大将抵抗孙策,刘繇说:"我如果任用太史慈,许劭不会笑话我吗!"许劭是东汉末年著名人物评论家,其时从徐州刚来曲阿。刘繇不用太史慈为将,是

5

因他不了解太史慈的能耐，或者是存有不宜让客人去卖命的理念，但他派遣太史慈去侦察孙策军队动静。太史慈只带一个骑兵外出，在神亭与孙策突然相遇，当时跟随孙策的有韩当、宋谦、黄盖等十三名骑士。太史慈向前出战，正与孙策相对，孙策一枪刺中太史慈的马，夺得太史慈脖子后面插的手戟，而太史慈也夺得孙策的头盔。不一会儿，两家的骑兵同时赶来，于是双方散开。

刘繇在曲阿没有过多抵抗就逃离而去，各州郡的太守们也都纷纷弃城逃跑。孙策进入曲阿，慰劳赏赐将士，他让部将陈宝去阜陵（今安徽全椒东南）迎来自己母亲和弟弟。同时发布命令，通告州内各县："凡是刘繇、笮融等人的乡亲故友和部下，前来归降的，一概不咎既往；喜欢从军的，一家只出一人，免除全家赋役；不愿当兵的，也不勉强。"不过十天，应募者从四面涌来，得到二万余名兵士，一千余匹战马，孙策的声威震动江东。

从曲阿出逃的刘繇准备前往会稽，《三国志·刘繇传》引注《汉纪》记述，当时许劭告诉刘繇说："会稽是富庶之地，孙策必然贪而夺取，而过于贫困的海岛又不能去。您最好去豫章，那里北连豫地，西接荆州。如果能收集吏民，就派人向朝廷贡献，可以与兖州曹操相联系。虽说有袁术隔在中间，但其人豺狼野心，不会长久，您接受的是朝廷王命，曹操和刘表必然会协助。"刘繇于是溯江而上，投奔豫章郡（治所在今江西南昌），驻于彭泽（今江西湖口）。哪料部属笮融提前到了这里，他杀了朝廷命官朱皓，自己做了太守。刘繇随即讨伐笮融，失败后他整合属县力量再次出击，笮融最终被赶进山中，为山民所杀。而刘繇在作战后不久也因病去世，终年42岁。

198年冬，孙策攻取江夏（治所在今湖北鄂州），回军时路过豫章，他收殓刘繇尸骨，为其发丧，对他的家属做了很好的安置，受到时人的赞扬。据《三国志·太史慈传》引注《江表传》记述，孙策后来对人讲过他初征江东时与刘繇对抗时的一段是非纠葛，他说："刘牧州过去责备我是给袁氏攻取庐江，这样的说法太作践人了，理由也不充分，为什么呢？我父亲留下了几千人的队伍，都在袁术手中。我立志做出一番事业，不得不曲意顺从袁术，我向他索取原来的队伍，要了两次才得到千余人，还让我去攻打庐江，那时候的情势，逼得我不得不这样。后来他袁术不遵从为臣的节义，做出了僭越的邪恶事情，我劝诫他不听从。大丈夫以义相交，如有大节的变故，就不得不离弃。我与袁术交往以及后来绝交的缘由就是如此。现在刘繇离开人世了，我后悔没有来得及在他生前相互论辩把这个话讲清楚。"

事实上，刘繇是代表朝廷驻守扬州的，他本人又无地方治理上的恶迹，任何忠诚朝廷的人都不能擅自向其发起军事行动。刘繇在受到孙策的进攻时一定是向外界宣称说，孙策是给叛臣袁术争夺地盘。孙策当时的行动表现的确使外人无法将他与袁术分割开来，用袁术来臭孙策，当然是遭受攻击者最好的舆论宣传方式。时隔多年，袁术已被时人所抛弃，孙策要为自己当初的军事攻击行为正名，而他始终无法说明自己进攻刘繇的正当性，便在自己与袁术的关系变化上做文章。他向人们解释了当初讨好袁术的不得已和抛弃袁术的合理性，但即便这些理由成立，也只表明不能用袁术的恶名来败坏自己的名誉，仍然不是他进攻朝廷命官的理由。

当然，刘繇守土软弱，即便孙策不来侵夺，也会有其他军阀使用武力将刘繇取而代之，这是一个崇奉暴力的时代，势必如此。但孙策事后的行动和解释，却反映了他对刘繇的一种负疚感，他想把自己的内心独白说给刘繇，也多少反映了他对这位离世长者的内心敬重与难以舍弃的怀念之情。应该说，孙策对扬州的攻取表现了他勇猛威武、善于指挥、行动果断等高超军事才能，这一军事行动是他为创建孙家基业而对汉室江山的侵吞，只不过他不是一个最坏的侵吞者。

3.1（3）与太史慈的信义之交

青年将领孙策率军攻取扬州时，在曲阿城外的神亭旁与刘繇的同乡太史慈有过单枪匹马的格斗，由此对太史慈心生钦佩，他后来设法收服太史慈，以恩义相感，使其为平定江东竭尽了真诚和力量，同时也演绎出了一段信义交友的佳话。

太史慈在神亭格斗后回到曲阿城中，在刘繇奔投豫章时，他本人遁迹芜湖，活动于周边山中，自称丹阳太守，也许是刘繇分手前封给他的职位吧，不久他在泾县置府立营，当地有很多山越人归附。《三国志·太史慈传》及其引注记述，孙策平定了宣城以东的地盘后，亲自率军前来泾县，因为人多势众，太史慈终被俘获，被捆绑着推到孙策面前。孙策一见，马上解掉其身上绳索，拉着他的手说："还记得神亭时的情景吗？那时您若抓获我会怎么办？"太史慈说："说不上来。"孙策大笑说："我的事业，就应当和你一块儿干。"孙策对太史慈的名声已有所听闻，当场向其请教平定江东的策略，见对方婉转辞绝，就接着说："当年韩信向广武君问计，今天我孙策向仁义者请教，您何必谢绝！"太史慈回答说："扬州的军队刚被打败，士兵们无心作战，如果分散开来，很难重新聚合。想要示恩宽免，把他们召集起来，恐怕不符合您的心意。"孙策长跪相谢，回答说："这正是我心里所期望的。你去召集他们，明天太阳正午时我等着你回来。"于是就让太史慈离开了。各位将军都很怀疑，孙策说："太史君为青州名士，是义气之人，他做人以信义为先，终究不会骗我。"第二天，孙策备下酒食，设宴请各位将军，立着竿子看日影。太阳正午，影子方端时太史慈领人回来了。

孙策和太史慈都属一时英雄，不打不相识，两人通过交手其实已互相钦佩。太史慈希望孙策是一个大度的人，以便献上自己的忠诚并展现自己的能耐，去召集分散士兵是自己提出来的，也是孙策最期望的事情，他当然不会马虎对待。事情的结果证实了他感恩守信的品格和做事的干练；而孙策也非常高兴，因为事情的结果不仅增添了军队的力量，同时印证了他识人的正确。此后他经常请太史慈讨论作战事宜，曾对他说："您是天下有智慧的人才，做的事义气刚烈，只是过去没有跟对人，其实我才是你的知己，不要担心会有不如意的事情。"

后来刘繇在豫章病亡，有一万多士兵无所归附，孙策派太史慈前去安抚召集。行前他向太史慈介绍了刘繇最初对自己的误解，并对早年依附袁术的事情作了说明，表达了对刘繇离世的遗憾。当时豫章太守是朝廷任命的华歆，孙策又告诉太史慈："听说刘繇儿子刘基目前在豫章，不知华歆对待他如何，故旧部将是否依随刘基？您是同郡之人，过去又一块儿干过事，去后是否看望一下他的儿子，并向部将们转告我的心意：愿意跟随我的人可与你同来，不愿来的就安抚他们。顺便观察一下华歆治理豫章的方法，看看庐陵、鄱阳的民众亲附华歆否。您这次去带多少人马，由你自己决定。"

太史慈与刘繇的部将比较熟悉，孙策遂利用这种关系让他去豫章召集收编那一万多无所归附的余部，以扩大自己的军队，同时又交给他看望刘繇家属、打探豫章治理状况和了解该郡民心的任务。这一切，都是要为他后续对豫章的用兵做准备。孙策特别提到要了解故旧部将是否依随刘基的问题，他最担心的是刘基像自己一样统属了父亲的旧部，推进和扩大了先辈的事业；他也非常关注部将依随谁、民众亲附谁的问题，应该是抓住了收编军队和攻略豫章的核心。太史慈接受了任务，他对孙策说："我本来犯有不赦之罪，将军您的度量等同齐桓晋文，对待我已远超期望。古人对存生之恩以死相报，希望尽于节义，死后方休。豫章现在没有战事，我这次带几十个人，足可保证去而复还。"

孙策身边人担心说："他这次到北边去，肯定不回来了。"还有许多人说太史慈这次会留在豫章，替华歆筹谋策划事情。孙策说："太史君气勇刚烈，但不是纵横游说之人，他信守道义，看重承诺，一旦把心意交给知己，至死也不会相负，你们用不着担心。"临行前在昌门外为他饯行，拉着臂膀分别，两人约定六十天归还。后来果然如期而返，此前有非议的人非常佩服孙策的识人和见识。

太史慈向孙策汇报说："华歆有不错的德行，但并没有战略筹划的才能，治理豫章也没有什么特别方法，保持现状而已。另外，丹阳人僮芝擅自占取庐陵，欺骗人们说有诏书任他为太守。鄱阳有头领带着本部族人阻兵守界，不接受华歆派来的官员，声称等朝廷派来真太守才会欢迎。华歆对两郡没法统属；又有海昏县的潦水上游之地，数千人家自相结聚，修建壁垒，只给本郡缴纳田租和布匹，要服役一个人也到不了。华歆对这些事情没有一点办法。"孙策听罢拊掌大笑。史书上没有记载太史慈这次返回后到底带来了刘繇旧部多少兵马，对刘基的情况也没有做出特别汇报，但通过他带回的如上信息，孙策知道了华歆并不是地方治理和能够率军作战的人才，知道豫章治理正呈现着一团糟的状况，于是产生了兼并心思。没过多久，他就出兵平定了豫章。

孙策在说服人们要相信太史慈不会贪恋豫章官职时表示："他离开我，还能跟着谁呢？"他明白太史慈的为人，同时相信自己对太史慈已经拿出了最大的真诚，自信无人超过，故能相信太史慈终将对自己不弃不离。这种肝胆相照的交往以义为本，以信表征，是信与义的结合，也需要相互间的真诚和气度，其中反映着孙策与人结交、凝聚部属的某些特征，也是他的开拓性事业能够顺利进展的一个重要原因。

3.1（4）让事业走在正确的道路上

孙策率军进入江东不久，听说袁术在寿春有自己称帝的想法，就写信劝谏他不要相信那些图谶符瑞等附会而来的虚幻想象，希望他能"效忠守节，以报王室"。袁术并没有听从他的规劝，孙策于是趁机和他断绝了关系，开始走上独立发展的道路。据《资治通鉴·汉纪五十三》《三国志·孙策传》及其引注所记，孙策在占领丹阳等地后，开始着手争夺会稽。

会稽郡原来辖境较大，东汉分浙江以北为吴郡，会稽本郡治所移至绍兴，属于当时较富庶的地区。当时，吴郡强族严白虎，其部众邹他、钱铜、王晟等均有万余人，在各处建有许多堡寨。孙策军队的将领想攻击严白虎，孙策说："严白虎等人不过是一群强盗，没有大志，他们容易对付。"正好严白虎派他弟弟严舆要与孙策议和，孙策答应了。传说严舆武功高强，身体矫捷，坐着就能跳跃起来。孙策与严舆两人单独会面时，孙策突然拔刀砍席，严舆下体动了下。孙策笑着说："我听说你能坐着跳起来，行动敏捷，刚才是和你开个玩笑。"严舆说："我看见刀刃就会这样。"孙策知道他没有多大能耐，就突然把手戟投向严舆，致其毙命。在这里，

<<< 3.1 江东再升的将星孙策

孙策突然拔刀砍席,严舆并没有"坐跃"而起,表明严舆传说中的武功高强都是虚假的,孙策本来就没把这些强盗放在眼里,当确知其并无多大能耐时,就即刻出手将其刺杀,并没有留给对方和谈的余地。孙策率军渡过浙江,进入会稽,攻取了东冶(今福建福州一带),扫荡了严虎的部众,邹他、钱铜、王晟等一并被除灭。

会稽太守王朗准备与孙策对抗,他的助手虞翻劝谏说:"孙策善于用兵,不如先躲避他的锐气。"王朗不听,发兵据守固陵(今浙江萧山西北西兴镇),抵抗孙策。孙策几次渡水作战,都未能取胜。叔父孙静对他说:"王朗据守坚城,很难一下攻破。从这里向南数十里是查渎(今江苏南京清凉山南),可以从那里进入王朗的后方,这即兵法上讲的攻其无备,出其不意。"孙策采纳了这个建议。夜里,他让兵士点燃许多火把作为疑兵,同时派出一支部队从查渎道进袭高迁屯(今浙江萧山东杭州湾畔)。王朗大惊,派前丹阳郡太守周昕等率军迎战,孙策打败周昕等人,斩周昕。王朗逃走,虞翻追随和掩护王朗,乘船渡海逃到东冶。孙策追击围歼,大破王朗军,王朗、虞翻只好投降。

孙策夺取了会稽,自己兼任会稽郡太守,仍委任虞翻为功曹,做郡守的助手,用朋友的礼节对待他。虞翻见孙策喜欢外出打猎,就劝阻说:"您喜欢轻装便服出行,随从官员来不及警戒,兵士们常感到很辛苦,身为长官的人,做事不稳重就不易树威。所以白龙穿上鱼的外衣,普通的渔夫就可以捉住它;而白蛇自己放纵,就被刘邦杀死。请稍加留心。"孙策说:"您说得对。"虞翻文武全才,是当地名士,后来为东吴立下了不少功劳,他对孙策的这一劝谏是符合实际的,大概同时也是考虑到了孙坚最后追逃黄祖、葬身岘山的教训,他是希望孙策能把平定江东的事业持续推进。无论如何,这已经表明了他对孙策的敬服和立场的转变。

孙策委任张纮为正议校尉,这是孙策专设的具有较高级别的军中议事官。彭城名士张昭避居扬州,被任为长史,做幕僚长。孙策经常让他们一个人留守,一个人跟随自己出征。广陵人秦松、陈瑞等也参与军事决策。孙策对张昭极为礼遇,同他一道拜见张昭的母亲,像同辈密友一样,孙策几乎所有重要事务都由张昭经手。张昭是北方人,受到北方士大夫的敬重,在他们写来的书信中多有称赞张昭的言辞,甚至把江东地区的政绩都归功于张昭。孙策知道后高兴地说:"当年管仲为齐相,齐桓公开口仲父、闭口仲父,而他则成为天下第一霸主。如今我重用的张君才高能干,他的功名难道不属于我吗?"

部将吕范有一次与孙策下棋时对他说:"现在将军事业日益兴盛,部下将士不断增加,但军队的纲纪还不完善,我愿意暂任都督,协助将军进行治理。"孙策说:"您是士大夫,加之手下又统率很多兵士,在外可以立下军功,怎能让你屈居这小职位,管理军中的细微琐事呢?"吕范说:"不是这样的。我离开故乡来追随您,并非为了妻子儿女,而是为了协助人做好济世安民的事情,就像同船过海,一件事做不好,大家全都受害。我这样做,也是为自己打算,不仅是为您。"孙策笑了笑,没作回答。吕范出来后,脱去士大夫穿的单衣,换上武官穿的便于骑马的服装,手执鞭子,到孙策军府报告,自称都督,孙策于是授给他符传,安排他主管的各项事务。自此之后,营中气氛整肃和谐,军纪和禁令都能得到彻底执行。

在夺取了丹阳后,会稽成了最需攻取的地区,孙策为此采取了正确的战略战术,发挥他的为将之勇,戟刺严舆,扫除了严虎等强盗的阻挠,又采纳叔父孙静的建议,用出其不意的手段力拔固陵,逼使王朗放弃抵抗全军投降。军事作战本来就是孙策的长项,会稽攻取战的全胜,自然是或迟或早都要到手的事情。孙策这一阶段的突出之点其实不在于攻取了会稽,而是实施的三项具有长远意义的措施:一是断绝了与袁术的关系。这不仅使自己走上了独立发展的道路,而且把自己的事业与叛臣切割开来,清除了不必要的政治阻碍,保证了事业推进的正确方向。二是重用了一批人才。人才是任何事业持续推进的重要保证,是一切发展都需要关注的永恒话题,孙策对张昭、张纮、虞翻等文人才士的推崇和任用,对于一位武将是不容易的;他对张昭受赞后的评论展现出了一位领导人最大的胸怀,应该是当时任何将帅都难企及的。三是强化军纪建设。由于吕范的建议和坚持,孙策在军事日盛的关头,没有被胜利冲昏头脑,他进一步加强了对军队的管束，这对聚合作战力量，凝聚全军意志，密切兵民关系，夺取不断胜利应是提供了长久保证。战场制胜无疑是争夺天下最重要的任务，但政治方向、人才获取和纪律保证，能让正在开拓的事业长久地走在正确道路上，无一不具有重要的战略意义。

3.1（5）他主动向朝廷做了检讨

192年，太傅马日䃅代表朝廷自长安来关东抚慰各州郡官员，他在袁术驻军的寿春招来孙策，拜其为怀义校尉。当时孙策尚未领兵，这一任命应该主要是考虑孙坚的关系吧，其时对孙策并无实际意义。孙策自194年率军作战并进入江东后，尽管他确立了辅助王室的战略目标，并且试图摆脱袁术的政治阴影，但他一直没有与朝廷的直接联系，大概这成了他内心的遗憾。据《三国志·孙策传》及其引注所记，在197年，情况有了变化，朝廷来了使者，孙策抓住机会表达忠诚，并主动检讨了与袁术的关系，他尽力建构与朝廷的相互信任关系。

那是朝廷迁到许都不久，曹操听到了孙策在江东军事胜利的消息，并且知道孙策与袁术断绝了关系，为了借用南方这支军事力量吧，他即派议郎王誧携带献帝诏书来见孙策，其中表示："董卓当年胡作非为，乱国害民，已故将军孙坚致力讨伐，壮志未酬，但美名传扬。现在孙策走着先父的正确道路，一定会有很好的前景。任命孙策为骑都尉，承袭父亲的乌程侯，并兼任会稽郡太守。"其后发布命令，让孙策与吕布及吴郡太守陈瑀共同讨伐袁术。孙策觉得自己是带兵的人，以骑都尉的身份兼任太守，显得军职有些轻。王誧知道这一想法后，就以皇帝代表的名义，任命他为明汉将军，表示"明于逆顺，知尊汉室"之意。

孙策准备行装上路，走到钱唐时，吴郡太守陈瑀阴谋袭击孙策，暗中勾结祖郎、严白虎等，让他们做内应。孙策察觉后，派遣部将吕范、徐逸到海西（今江苏灌南东南）去进攻陈瑀，陈瑀战败，单人匹马投奔袁绍，其部属吏士及家属四千人被俘获。在这里，陈瑀据守吴郡，本来就提防着孙策的进攻与兼并，关键时候他会借助袁术来对付孙策，是袁术的暗中支持者。拉陈瑀入伙，让他跟着孙策去讨伐袁术，说明朝廷当时对南方各集团间政治关系的认识是模糊不清的。孙策的这次军事行动，对于打击袁术并无很大意义，但清除了吴郡的反对力量，扩大了自己的地盘，同时用行动展现了他与叛臣袁术的决裂，表明了他跟随朝廷的根本态度，其政治意义是很大的。

朝廷任命孙策为明汉将军，这是一个临事设置的名号，与会稽太守的职位一样，属于朝廷的正式任命。孙策事后给朝廷写信表示感谢，他说："我本是个浅陋之人，孤处在遥远的边陲，陛下您广播恩惠，不遗漏细微之处，故此使我承袭父亲爵位，并让我代理郡职，想到给予自己如此大的荣誉和宠爱，深感我愧于承受。兴平二年十二月二十日（时为195年），我在吴郡曲阿得到袁术呈送的奏表，让我代理殄寇将军职位；直到我拿到任职会稽的诏书，才知道那是袁术擅自作为的欺诈。虽然我立即就把它抛弃作废了，但至今还心惊胆战。我当时十七岁，丧失了我所依靠的父亲，生怕继承不了父亲的遗业，愧对先辈的培养教育。我刚开始领兵，年未弱冠，虽然愚钝懦弱，没有武略，但还想竭尽我的微薄力量来效命王室。袁术发狂昏聩，作恶深重，但我凭借皇家的威灵，奉诏书讨伐罪恶，必定要取得成功，以报答对我所授予的一切。"

应该说，青年将领孙策对朝廷的任命还是非常在意、非常感激的，在他断绝了与袁术的关系，平定江东的军事活动进行得非常顺利的时刻，朝廷大老远抛来了橄榄枝，又送来了给他的任命和爵位，自此会稽太守成了合法的职位，自己成了天子的受任臣僚。这一切使孙策对自己用兵的方向进一步明确，他与张纮当年商定确立的政治战略也得到了实施和强化。孙策奉命对袁术出兵打击，这一行动就完全表明了当时的心情。

孙策在领兵出击江东前，袁术曾上表推荐他为折冲校尉，这次在给朝廷的回信中他特别提到，袁术还给他送过一个殄寇将军的名号。对袁术所送将军的名号，朝廷可能知道，也可能不知道，但孙策把它全盘端出来，并且不同寻常的地交代了事情发生的时间和地点，这其间自然大有深意。袁术僭号称帝，另立朝廷，他的任命是伪朝廷的任命，而接受这个任命就逃脱不了反叛的干系，孙策在这里做出特别的交代，不仅表示了自己立刻就抛弃废置的态度，而且说明了自己事先并不知情的事实，由此要表明自己与袁术的决裂关系。他把一切都向朝廷说清楚了，是想得到朝廷的理解，解除对方可能发生的误会。朝廷自然有可能并不知道这件事情，但孙策如果不提，甚或加以隐瞒，并不能保证袁术不会对人提起，不能保证其他渠道的传扬，事情从根本上无法对朝廷隐藏。孙策把这一并不光彩的事情自己说给朝廷，认真作出解释，无论对方是否会立即消除误会，但这始终是比隐瞒不说更高明的方法。

孙策为此在信中进一步向朝廷表明，当时自己年轻，失去了父亲的依靠，没有生活经验。他不能说亡父生前的过错，委婉地表白了自己没有走出袁术政治阴影的缘由，这可以算作他对自己当时误上袁术贼船的检讨。孙策最后表示了自己效命王室的态度和必将战胜袁术的信心，他是希望用自己以后的行动证实已经表达过的心意，希望得到朝廷的理解和认可。

次年初，孙策向朝廷贡献的土特产是上一年贡献的许多倍。心情不同，态度变了，行动自然改观；而朝廷又另发诏书，任孙策为讨逆将军，将乌程侯改封为吴侯，提升了他的封号。应该说，孙策的努力取得了效果，他主动检讨，表达忠诚，又辅以行动，这使他与朝廷双方的信任关系已经初步建立。

3.1（6）乘胜进军扩大战果

在会稽太守王朗和功曹虞翻战败投降孙策后，曹操即安排朝廷征召王朗为谏议大夫，参议自己司空府的军事，孙策送王朗前往许都，他与朝廷的良好关系进一步加强。袁术认为孙策背叛了自己而与曹操结交，就暗中派遣使者，将封官的印绶带给丹阳郡地方势力首领祖郎等人，要祖郎组织山越人共同打击孙策，孙策于是开始了与袁术周边残余势力的军事较量。

征讨祖郎 祖郎是袁术支持的势力，其队伍以山越人为主。198年秋，孙策亲自率军到陵阳（约今安徽宣城境内）征讨祖郎，中间穿插了奔袭皖城，大败庐江太守刘勋的战斗。当除掉了庐江刘勋势力后，孙策回军继续与祖郎作战，终将其擒获。孙策对祖郎说："你以前袭击我，曾砍中我的马鞍。如今我领军队创立大业，抛除旧恨，只要是人才就加以任用。我对天下人都是这样，不仅是你一个人，你不必害怕。"祖郎叩头请罪，孙策立即打开枷锁，任命他为门下贼曹，主管抓获盗贼的事务。大军返回时，专门安排祖郎在前面开道，大家都觉得很荣耀。

与袁术部属刘勋的决战　袁术正式称帝后受到各方打击围困，很快走向衰落，他想把传国玉玺送给兄弟袁绍，在投奔青州袁谭时，受到刘备军队的隔绝和攻击，无奈想退回寿春，行至江亭时愤慨结病，199年六月呕血死去，他的堂弟袁胤率领其余部，带着袁术的棺椁和家属前往皖城（今安徽潜山北），投奔了庐江太守刘勋。袁术手下大将张勋早先敬佩孙策，他率领部属去投靠孙策，被刘勋半路截击，并将他们全部俘虏，收缴了他们所带的珍宝返回皖城。

刘勋在皖城粮食不多，难以养活新添的人口，他派堂弟刘偕去豫章向太守华歆告贷，华歆手头存粮也不多，就派人领着刘偕到自己辖区内的海昏上缭，让那里的各位宗族头领共拿出三万斛米借给刘偕，刘偕去了一月多，才得到几千斛粮食，他将情况报告给刘勋，让刘勋领军队来夺取，刘勋得到刘偕的书信，想要前往，却顾虑孙策从后面乘虚来攻。孙策知道了这一情况，假意对刘勋表示顺服，言辞谦卑地说："上缭的宗党民众多次欺负本郡，我打算进攻他们，但路远不便。上缭很富庶，希望您进兵讨伐，我愿出兵作为外援。"并拿出珠宝和葛布讨好刘勋。刘勋大喜，于是出兵讨伐上缭（今江西永修，为西汉昌邑王所置），大军到达海昏，那些宗族首领听到大军到来，把物资藏起来全都逃跑了，刘勋一无所得。孙策这时正率军向西进攻黄祖，到达了石城，听说刘勋在海昏，就安排堂兄弟孙贲、孙辅两人率领八千人驻在彭泽（今江西湖口东），自己与兼任江夏太守的周瑜率二万人轻装奔袭，很快攻破了皖城，袁术与刘勋的家眷以及部曲三万余人做了俘虏。孙策上表推荐李术担任庐江太守，拨给他三千士兵守卫皖城，把其余被俘的人都东迁到自己控制的吴郡。

刘勋率军前赴上缭作战前，手下才士刘晔曾对他说："上缭虽小，城堡坚固，壕沟深广，易守难攻，不可能在十天之内攻克。大军被拖在那里而后方空虚，如果孙策乘虚袭击，皖城难于自守，您就会进不能攻陷敌城，退又无家可归。如果大军一定要去，灾祸就会到来。"刘勋不听劝告。他在上缭和海昏逗留后返回，到达彭泽，受到孙贲、孙辅的截击，损失惨重。刘勋听说孙策已攻克皖城，退守流沂（今浙江吴兴西南），他筑垒自守，并向刘表告急，请求黄祖前来援助，黄祖派儿子黄射率五千水军援助刘勋。孙策再次前来进攻刘勋，刘勋大败，他的军队全部投降，本人带着几百名将士向北投奔了曹操，黄射也逃走了。孙策收编了刘勋部下的两千余士兵，俘获了一千艘船只，乘势进攻黄祖。

孙策与刘勋同在袁术手下干过事，当年孙策率兵打下庐江后袁术违背承诺派刘勋做了太守，孙策应该是心有不平。现在孙策想要平定江东，他不愿看到刘勋兵势强盛，一直等待机会进攻。这次刘勋贪心于收编人马，扩充军队，为解决粮食之困，被孙策的谦卑假象所蒙骗，他领军队空城远行，被孙策钻空子端掉了老巢，回军时又受到伏击，终于一蹶不振，无法苟延残喘，只好远逃北方。孙策的一系列作战安排，都显示了他运筹风格的成熟老到和军事行动的凌厉果敢。

击败黄祖 黄祖的部队曾射死了孙坚，这次又来援助刘勋，孙策不愿放过这样的敌人。199年冬，孙策一消灭刘勋势力，就在当年十二月八日进军到沙羡（今湖北武昌西南）寻找黄祖作战。刘表派遣侄子刘虎与大将韩晞率领五千手持长矛的士兵来救援黄祖。两军会战，孙策带领中郎将周瑜、吕范、程普，及韩当、黄盖和孙权等众多校尉奋勇冲杀，到太阳升高的时节，黄祖军队已经溃败，其本人逃走，妻子儿女共七人被俘获，刘虎与韩晞及其以下将士二万多人被斩杀，河水淹死的一万多。孙策部队还缴获战船六千余艘，财物堆积如山。孙策在后来给朝廷的作战报告中写道：当时战场上"吏士奋激，踊跃百倍，越渡重堑，迅疾若飞；火放上风，兵激烟下，弓弩并发，流矢雨集"。他为此向朝廷表示，经过本次战斗，刘表和黄祖的气焰受到严重打击，黄祖的家属被全部清除，刘表成了孤立无助的行尸鬼魂。又说，这都是朝廷的神武力量在远方的胜利，我只是讨伐有罪之人，能够勤奋效力而已。

孙策对黄祖的征讨无疑包括有复仇的性质，同时也扩大自己的占有利益。他有足够的理由打击袁术的残余势力祖郎与刘勋，但似乎没有正当的理由加兵于刘表和黄祖；在给朝廷的作战报告中少不了有夸大和炫耀的成分，他是要用自身力量的强大来赢取朝廷的看重，而表面上仍然对朝廷给予了很高的尊崇，政治斗争与外交活动的手段让他运用得非常老练。曹操听说孙策在江南势力增长很快，感叹说："猘儿难与争锋也。"认为没法与小疯狗战场争胜。

其时袁绍的势力正在北方强大起来，在孙策大肆吞并江东之时，曹操无力东顾，他两相权衡，决定对孙策进行安抚。于是把自己的侄女嫁给孙策的弟弟孙匡，又为儿子曹彰娶孙贲的女儿，还延聘孙策的弟弟孙权、孙翊到京师任职，并令扬州刺史严象举荐孙权为秀才，任命前来许都敬献贡物的正议校尉张纮为朝廷侍御史。在自我力量决定政治地位的年代，任何违规行为都难受到指责和裁处，这自然强化了孙策的兼并意识。孙策的军事战果在不断扩大，他同时也准备以无可争锋的力量开拓更大的事业。

3.1（7）对豫章的威逼与占取

扬州原刺史刘繇兵败后投奔豫章郡（今江西南昌一带），不久病逝于此。孙策曾派太史慈去豫章看望和抚慰刘繇的儿子刘基，并让他探视豫章太守华歆的治理状况，当知道豫章治理一团糟的现状时，就想要占取豫章。《资治通鉴·汉纪五十五》《三国志·虞翻传》《三国志·华歆传》记述了孙策自恃武力并和平占取豫章的过程。

孙策在199年十二月讨伐了黄祖后陈兵于椒丘（今江西新建东北），他请来军中功曹虞翻说："华歆虽有名望，但不是我的对手，加上他的作战武器又很少。如果他不开门让城，一旦军队开打，不会没有死伤。请你向他讲明我的心意。"虞翻奉命去见华歆。虞翻原是故会稽太守王朗助手，早先和华歆熟悉，他到豫章直接去了郡府，对华歆说："您与我们会稽郡的前任太守王朗在中原都享盛名，受到海内尊崇，虽然我偏居东境，心中常常景仰。"华歆说："我比不上王朗。"虞翻又说："不知豫章的军资和民众的勇武，比我们会稽如何？"华歆说："远远不如。"虞翻说："您说名望不如王朗，是自谦之词；说兵力精强不如会稽，是真实的情况。孙将军智谋出众，用兵如神，以前他攻破扬州刺史刘繇，是您亲眼所见；后来向南平定我们会稽郡，您一定有所耳闻。如今你要固守孤城，只看粮草军资就知道不足了，不早做打算，后悔无及。现在孙将军大军已到椒丘，我这就回去，如果明天中午迎接孙将军的檄文还没送到，我就不能与您再见了。"华歆说："我久在江南，常想北归家乡，孙将军一到，我就离开。"

虞翻离开后，华歆请来自己的功曹刘壹商议，刘壹劝华歆留住在城，同时写檄文迎接孙策，华歆说："我虽然是刘刺史任用的人，但受朝廷任命，尚且是备案在册的官员。现在按你说的办，恐怕死了也会受到指责的。"刘壹说："太守王朗同样是受朝廷任命，况且会稽郡人多势强，朝廷也宽恕原谅了他，你有什么担心的？"华歆于是连夜写下迎接孙策的檄文，第二天一早，就派人送到孙策军前，孙策遂领兵前往。

豫章郡的官员大概还不清楚华歆的决定，大家非常惶恐，但见华歆既不出面郊迎，又不发兵抗拒。知孙策领兵前来，郡府的人都去阁楼上躲避，华歆笑着说："现在做将军的人自己来了，为何突然躲避呢？"不一会儿，门人传话说："孙将军到！"华歆身着便装请孙策进来相见，孙策对华歆说："您年德和名望远近所服，我年幼识浅，应当用子弟的礼节。"孙策遂按子弟礼节拜见了华歆。两人坐下叙谈了很长时间，直到夜晚才结束，孙策此后将华歆尊为上宾。当时各地贤达人士避居江南的很多，但没有超过华歆的，孙策每次召集会议，在场的没有谁敢先于华歆冒昧发言。当然，豫章郡已是孙策的囊中之物，他划分豫章，另立庐陵郡，委任堂兄孙贲为豫章郡太守，堂弟孙辅为庐陵郡太守，寄望对这块土地作出更好的治理。

豫章太守华歆知难而退，自己献出了地盘，避免了当地的一场争战与伤亡。他在事中也犹豫和彷徨过，主要是担心有负朝廷交付的守土之责，但终因力量的不济而无奈放弃。晋朝史家孙盛就为此指责华歆说："名流

19

的处世之道，先必须搞清楚自己是做隐士还是入世做官，要确定自己的身份。华歆既然没有伯夷那样不求荣利的高风亮节，做了官又失去朝臣奋不顾身的操守，屈从于邪恶懦弱的说教，结交那些横行放肆的人，官位被夺，气节堕毁，犯下了莫大的过错。"孙盛是斥责虞翻的游说之辞和孙策武力夺地行为的，他大概认为，华歆本来就不该去做官，做了官又不能奉职守责，任凭孙策的暴力在自己守卫的土地上横行，找借口放弃责任，就是没有节操的表现。而史家裴松之认为，华歆和王朗都非阵战之人，华歆没有抵抗让出地盘，实在是孙策的力量比攻占会稽前更强大了，华歆根本没法拒敌，他只能做出量力而行的选择。事实上，当时的天下没有谁能把武力的使用规范在过去道德秩序的范围内，地方兼并成了一种趋势，孙策恃武力占取豫章是必然的，华歆的对抗只能是无谓的牺牲。还应看到，华歆是当时的名人，人们往往对名流人物会寄予更高的道德期望，孙盛对华歆的指责并非没有道理，那是华歆他们盲目做官必然要付出的荣誉代价。

孙策靠武力威逼，用和平的手段占取了豫章，这是他进军江东以来代价最小的重大胜利，是军事、政治、外交和信息各种因素相互配合的结果。这一取胜直接使用的是游说的手段，但却完全依凭着军事武力的后盾。他以武力迫使太守华歆屈服，逼他出让了地盘，同时却给这位名流以很高的尊崇与地位，把利益获取与对方的个人荣誉区别开来对待；另一方面，他与曹操控制的朝廷刚建立起了良好的信任关系，却在放手吞并朝廷命官辖管的土地，把利益获取与对外关系区别开来处理。他紧紧地抓住兼并时期的利益获取，同时灵活地处置各种关系，让其他方面的良好状况对利益获取作出配合与促进，表现出了一种超乎庸常的兼并策略。

3.1（8）误杀高岱

孙策在江东开拓了一片宏大的事业，到199年，他已占有了丹阳、会稽、吴郡、豫章四郡，并分置庐陵一郡，周边的九江、庐江和江夏三郡也各有其半，这是他独立创就而不必与他人分割的孙家基业，是他出色的军事才能，与逐步端正的政治方针及灵活外交策略相配合的活动成果。孙策

>>> 3.1 江东再升的将星孙策

自194年统领军队以来的五年征战业绩已远远超过了先父孙坚，真正成了东汉末年当之无愧的优秀统帅。然而，超常成就的取得和对宏大事业的把控也开始显露出了他自身的缺陷，这从误杀高岱事件中即可看到。

高岱是江东名士，字孔文，吴郡（今江苏苏州）人。《三国志·孙策传》引注《吴录》记述，高岱聪明通达，轻财重义，所交往的人都是英俊才士。先前在家乡时郡守盛宪很看重他，任用他为本郡负责考核事务的上计掾，举孝廉。后任郡守许贡到任后迫害盛宪，高岱就领着盛宪到朋友许昭家避难，同时到徐州牧陶谦那里寻求帮助。陶谦尚未施救，高岱整天哭泣，水米不进口中，"憔悴泣血"，陶谦为其忠烈而感动，觉得高岱有古人申包胥的义气，就答应出兵相助，给许贡写了书信。高岱拿着陶谦的书信去见许贡，而许贡当时已收捕了高岱的母亲，吴郡人都认为以许贡对待仇家的态度，高岱去后必定会受害。高岱对人说他必须为朋友考虑，况且母亲被捕入狱，也应当前去看望。他认定如果能见到许贡，事情自然会解决。高岱把陶谦写的书信送给许贡，许贡立即请他来见面，高岱的才情和口辞都很敏捷，他向许贡陈述理由，表达感谢，许贡当时就释放了他的母亲。高岱事前已让朋友张允和沈曀预备下船只，他料到许贡放人后会心生反悔，派人来追，所以一离开许贡就领着母亲很快乘船，从另外的水路逃跑。许贡果然不一会儿派人追赶，吩咐追赶的人赶上船后就在江上杀掉高岱母子。因高岱和追杀的人走的不是同一条道，所以避免了被杀。由此可见高岱的义气深重和聪明通达。高岱避开许贡的追赶后一直隐居在会稽郡的余姚。孙策做了会稽太守，他让郡丞陆昭去迎接高岱，自己恭谦地等候。他听说高岱熟通《左传》，就自己对该书阅读把玩，准备与高岱讨论讲述。有人对他说："高岱认为将军您就擅长于用兵打仗，没有文学才能。如果与他说起《左传》，他回答说不知道，就说明他真的看不起您。"那人又对高岱说："孙将军最讨厌超过自己的人，如果他问到什么，你应当说不知道，这就切合他的心意；如果你和他争辩文句的意思，这就非常危险。"高岱以为真的是这样。他见到孙策，当孙策提到《左传》的内容时，高岱只回答说不知道，孙策果然发怒，认为高岱看不起自己，于是将其囚禁，当时认识高岱的朋友和普通人众，都来为高岱求情。孙策登上高楼，看见方圆几里的空间都是为高岱求情的人，他讨厌高岱收取了这么多的人心，就下令将其杀掉，高岱时年三十多岁。

孙策应是当时天下罕有匹敌的将帅，他在战场上已经取得了无人可及的成就，如果说在文学才华上有所欠缺，那也是合理的，大多人大体不能成为文武卓绝的全才。但偏偏孙策不是这样认为，他觉得以自己的才情，文学上也不至过于欠缺，至少也不应被人低看，于是就有请来高岱讨论《左传》的安排。他在会见高岱前恶补原典，就是想得到高岱的赞扬。孙策是一个好胜心极强的人，《三国志·虞翻传》引注中记述，他曾对文士虞翻说过如下一段话："我当年在寿春见到马日磾，与中原的士大夫会面，他们说我们江东人士才情高，就是学问不博大，言语间的意思是比不上他们中原人。我的意思是并非如此。您博学多闻，所以我以前想让您前往许都，和朝廷中的学问人见面交流，以折服他们中原人的狂妄劲。因为您不愿去，我就让张纮去了。"马日磾等人在192年的一个无意之谈，竟使孙策多年来耿耿于怀，他一定要派文士去许都与中原学人做出比试，要让对方改变评价。同样的心理，他这次要借助高岱的评价和赞扬，表明自己对《左传》的熟悉和并不欠缺的文学才能。

高岱在余姚躲避郡府的迫害，现在受到会稽太守孙策邀请，他并不知道新任太守的心性，不知道此去是祸是福，当别人告诉他孙策为人嫉妒，并告诉他要用"一问三不知"的方法来掩饰才华时，他自然予以接受。因为"不知道"能够对付学问上的一切问题，又显示了自己在该领域的无能，是最不会引起别人嫉妒的方式，于是成了高岱认定的自我保全方式。然而，孙策在别人的诱导下，却把"不知道"的回答视作对自己的轻蔑，认为高岱连自己讨论《左传》的资格都不认可，希望得到的赞扬，变成了来自对方的羞辱。年轻气盛的将军不胜其愤，就将请到的客人囚禁了起来。

这里出现了理念与事实上的若干问题：其一，高岱始终具有不和任何人讨论《左传》的自主权，即便他真的拒绝与孙策讨论该问题，也不是什

3.1 江东再升的将星孙策

么罪错；而年轻将领孙策却把对方外示无知的回答视为罪错而囚禁，没有任何法令条律支持这一行为，也没有任何道德规范认可这一行为。孙策是把兼并战争中的肆意横行、仗势霸道轻而易举地用在了对人的关系上，毫无依据地迫害一位尚有民望的学人，这与他以往义气深重、善于结交的处人风格已经发生严重背离。其二，人都有自己的长项和短项，在现实生活中，那些想以全才形象自居的人，如果他缺少什么，短于什么，往往就忌讳别人提到什么，并在现实中尽力掩饰所短，因为这是他的软肋所在。如果有谁在言谈中否定孙策的阵战才能，孙策一定不会和他计较；高岱本想在谈论《左传》上掩饰自己所长，做得反常了些，孙策就得出了其人傲慢、看不起自己的错误判断，他在自己的短项领域心存自卑，太过敏感，是因为他的自我全才意识太过强烈。这其实是他被自己某一领域的成功冲昏了头脑，是在部属长期恭维中逐渐生成的不健康心理，也是一种不切实际的狂妄心态。其三，孙策自己组织和带领军队的时间只有五年，人们以为这是一只朝气蓬勃、团结奋进的队伍，但事实上却出现了复杂的状况。孙策和高岱两人见面，本来会再次演绎出文武结交、将士协和的佳话，但在两人就要见面的前夕，却有人两头煽风，设下险机，做出恶意的诱导，使本来会愉快的交谈变成一场深刻的误会。史书上没有说明究竟是谁做了这事，人们至今对此无法搞清，但有一点可以肯定，孙策的郡府和中枢机关已经出现了队伍不纯的问题，是孙策身边的有些人希望看到他丧失人心，想要促成孙策队伍的分裂和事业的衰落。

把事情做成最坏结果的还是孙策本人。他囚禁高岱本来是错误的行为，许多人为此前来劝谏和求情，这些人部分出于对孙策事业的爱护，也有大部分出于对名士的仰慕和对道德公正的维护，无论如何，应该没有过多的恶意。这是对孙策行为的纠错方式，孙策应该从求情人众之多的事实中看到内含的民意，但过于狂傲和自负的年轻将领，却认为高岱带走和分散了属于他孙策的人心。他忘记了身份，举起了屠刀，看到了鲜血和头颅，他认为杀掉了高岱，人们就会对他倾心相随。孙策这时候尚知民意的珍贵，但狂躁情绪和张狂理念使他采取了错误的获得方法，让他在此走向了民意的对立面。

3.1（9）同一石头绊了他两次

二十五岁的青年将领孙策被军事胜利冲昏了头脑,他把自己设定成一个文武全才,因为某种张狂心态的支配,不顾千百人众的求情而处斩吴郡名士高岱,做了一次对抗民意的错误杀戮。人们常提醒职场上做事的人说,被石头绊倒不可怕,可怕的是被同一块石头绊倒两次,因为这表明该人并没有从首次受绊中得到教训,仍然用同样的行为方式去做事,已具有了特定的思维模式和人格缺陷。孙策是东汉末期产生于江东的优秀战将,而他也是被同一石头绊了两次的可悲人物。他在高岱之后碰到的是于吉。

于吉是一个颇为神秘的人物,《三国志·孙策传》引注《江表传》中说,于吉是来自琅邪（今山东东南部）的道士,早先寄居在东方,后来到吴郡、会稽一带,建起精美的房舍,烧香传道,制作符水为人治病,吴、会两郡的很多人都信奉他。至于于吉当时的年龄,到现在谁也说不上来。《后汉书·襄楷传》中提到,东汉顺帝（125年~144年在位）时,琅邪郡有个叫宫崇的道士,向朝廷敬献了他老师干吉在东海曲阳泉水上得到的《太平青领道》一百多卷。据说黄巾军的首领张角读过该书,于是创立了太平道。晋人虞喜在所撰《志林》中认为,在吴、会两郡传道的于吉与顺帝时的老道士干吉是同一人,当时顺帝在位已经过去了五六十年,那于吉在孙策做太守时已经是百岁之人。

200年时,曹操与袁绍在官渡对垒相持,孙策在南方也积极准备等待机会。有一次孙策在本郡的城门楼上召集各位将官和宾客开会,于吉穿着道服,拿着漆画的盒子走到了城门下面,楼上集会的将官和宾客看到于吉,有三分之二的人都纷纷下楼迎拜,管控集会的人发出了禁令,却没有能阻止,集会进行不下去了,孙策即下令将于吉收捕。在这里,孙策并不是在会稽郡禁止传道,于吉即便作为普通道士,他也有在城门下行走的自主权,他应该不清楚城楼上集会的情况,楼上的将官和宾客下去迎拜不是因他的召唤,他对集会的中断应该毫无责任;相反,孙策的将领和宾客违

3.1 江东再升的将星孙策

反集会规则,不顾管控人的禁令而擅自离开会场,不论出于什么理由,都是不守军纪不合礼节的表现,应该处罚的是自己的将领和宾客。然而,孙策不追究参会人的违规责任,却对事件中的无责任者于吉做出了惩罚。这一惩处没有任何明确的依据,纯粹是凭自己心理的好恶感情来实施,表现出的是对自己军队将官的偏袒和对一位传道弱者的欺侮。孙策收捕了于吉,还将有最后的处置。那些离开会场前去迎拜于吉的当事人,觉得是自己的行为连累了于吉,他们不敢直接向孙策求情,就打发自己的夫人去见孙策的母亲,请求吴太夫人出面阻止对于吉的伤害。

自孙策用兵江东以来,吴夫人对儿子孙策屡有规劝,多次都有成效。据相关资料所记,几年前孙策消灭吴郡强盗严虎、严舆兄弟时,他一并扫荡了追随严虎的邹他、钱铜、王晟等强族头领,准备将三人全部灭族,吴夫人对他说:"王晟与你父亲有升堂见妻的情分,他的几个儿子和兄弟都被杀掉了,只剩下一个老头子,还怕他什么?"早年孙坚和王晟地位相近,是可以同时领着家属见面相聚的好友,吴夫人出面说情,孙策于是保全了王晟。另有一次,孙策军队中的功曹魏腾,因为违背命令,孙策准备杀掉他,许多人想挽救魏腾都想不出办法。吴夫人知道了这事,她立在一口大井旁边对孙策说:"你打下了江南土地,事情还未成功,现在正需要优待贤才,应该对他们舍弃过失奖励功劳。魏功曹做事尽职尽责,你今天杀了他,明天大家都会背叛你,我不忍心看到灾祸来到眼前,只好先跳入这口井中了。"孙策见状大惊,立即释放了魏腾。孙策占取的地盘都属孙家的基业,如何安置其间的事情,吴夫人应有更多的发言权,在于吉被收捕尚待处置的关头,当事人的将官们希望吴夫人能发挥像往常一样的规劝作用,以纠正主帅之错并挽救于吉的生命。

吴夫人对孙策说:"于先生医护将士,也是协助军队做事,不能杀害他。"孙策说:"这人以妖妄之术惑乱人心,使各位部将不顾君臣之礼,当时大家都抛下我下楼去迎拜,不能不除掉他。"见吴夫人的规劝没起作用,许多将官都联名陈述乞求,孙策说:"过去张津在交州(即交趾刺史部,其时治所在今广西梧州)做刺史,抛弃了先圣的经典训诫,废置了汉朝的法律条文，像道士那样打扮，在府中鼓琴烧香，诵读那些邪俗的道书，说是有助于教化，最后反被当地南夷部族所杀。这事情没有什么好处，你们只是没有醒悟。现在他于吉已在阴司做鬼的名册中了，你们不用枉费纸笔。"孙策把张津崇奉道术的自我失误算在受尊对象的账上，混淆关系，表现着同样颠倒混乱的思维逻辑，千方百计地论证自己的蛮横行为。其后他催促着杀掉了于吉，将其首级悬挂在闹市。据说那些相信并迎拜过于吉的人，并不认为于吉已死，只是说他遗体被化解，还照样对于吉祭祀求福。

另有《搜神记》中记述，孙策准备渡过长江袭击许都，与于吉一块儿随军出行，孙策催促将士赶快开船，他自己亲自出面做严格督促，却看到许多部将和官员尚在于吉的住处，他见状大怒说："我难道不如于吉吗，为什么都跑到他那儿去？"于是收捕了于吉，他喝问于吉道："天气干旱无雨，有些河道不畅通，不赶时间就过不去，所以要早早出发，而你不与将士同忧戚，怎么能坐在船中玩弄神鬼之事？搞乱了部队的行程，现在就应当除掉你。"他下令将于吉捆绑后扔在地上暴晒，让他祈求下雨。告诉他如果能感动上天在正午前下雨，就宽免他，否则就行刑杀掉。不一会儿云气密集，到午时大雨如注，溪流山涧被雨水灌满。将士们都很高兴，觉得于吉必定会受到宽恕，到他面前去庆贺和安慰，但孙策还是杀掉了他。将士们哀伤痛惜，大家藏起了他的遗体，忽然间天变得像黑夜一样，云雾蒸腾，第二天大家去看于吉的遗体，已经不知道哪儿去了。这里是官员将士们前去安慰祝贺的行为把于吉推向受害之地，因为孙策最不愿看到他的将官们对别人倾心。

两处资料记述有所差异，但表述了大致相同的情节：孙策是因为道士于吉受到部队将士的崇拜，在集体活动中吸引了部将，致使活动纪律受到破坏，于是受到逮捕。被孙策囚禁的于吉不是没有受宽恕的可能，但一想到于吉在部队中分化了本应该全部归属自己的人心，孙策于是不顾人们的求情和母亲的劝阻，也不信守他得雨宽免的诺言，坚决地杀掉了于吉。在江东最高的将帅地位上，青年将领孙策要保证自己在将士心中的独尊地位，不允许辖区人们心中有第二偶像的存在，他又一次置深广民意于不顾，固执地举起屠刀，杀害了名望更高的于吉。史家虞喜说："于吉年已百岁，按照社会先前的规则已经不能加刑；如果天子巡狩，遇上这样的老人也会前去看望；对老年人的尊敬和亲爱，是圣明君主要施行的最高教化。于吉没有可死之罪，如果施加酷刑，反而是一种罪错，不会是什么好事。"民间的偶像人物是否可杀，要看他是否违反了相关的法纪规则，是否有明确的用刑依据。但在孙策这里，从名人高岱到道士于吉，似乎看不到他们踩踏法纪之线的犯罪事实，而孙策在两件事情上连续出错，已经在此暴露了他偏狭的思维方式和难以克服的人格缺陷。

事实上，孙策要强化军队和官员的纪律，并着力于人心的凝聚，都是很有必要的，但这些目标的实现，要靠对部将官员们的严格管束和思想引导来实现，要靠提升主帅自身的素质来保证，没有其他的方法；用杀伐人们心中偶像的手段来保证自己的权威，实在是运用权力来践踏民意，民意终会反过来质疑用权的合法性，那纯粹是缘木求鱼的方法。唯我独尊的张狂心理滋长郁结，成为孙策内心的一块石头，他自身的修养对此难以消化清除，因而在处置于吉事件上第二次受绊于这块顽石，人们至此再未看到他前进的脚步。

3.1（10）一枝射向面颊之箭

孙策平定江东的军事活动取得了绝大成功，同时他也成了一位骄傲自负、专横武断、动辄杀人的将军，对高岱和于吉的杀戮已表明了其自身的缺陷。200年春，曹操与袁绍在北方官渡相对抗，孙策产生了率军突袭许都迎奉献帝的想法，当他为此展开积极准备的关头，一枝"复仇"的箭射向了他的面颊。这枝被称复仇之箭的生成需要从许贡说起。

史书上没有许贡的本传，综合《三国志·孙策传》等篇引注《江表传》《会稽典录》及多处资料可知，许贡早先是吴郡都尉，辅助太守主管军事。大约193年，许贡代替因病离职的盛宪升任吴郡太守。约在195年，平定江东的孙策派部将朱治攻取吴郡，太守许贡组织军队在由拳（今浙江嘉兴南）与朱治大战，失败后他向南到逃会稽，投靠了强人严白虎。不久，孙策扫荡了严白虎的多处据点及其势力，许贡又随严白虎一起投奔了占据余杭一带的许昭。许昭原是反叛地方的强族头目，孙策敬佩他为人义气，没有加兵相攻，双方应该是保持着一种友好关系，甚或是许昭对于孙策的主动臣属。

　　197年，孙策的军事征战进行得非常顺利，他与朝廷也建立了良好关系，屈居许昭属下的许贡大概不希望孙策兼并江南，也许还想伺机恢复他吴郡太守的旧职吧，遂给献帝刘协写了一封密信，信中说："孙策骁勇盖世，与项羽相似，朝廷应该封给他尊贵的职位，让他回京都做官。他收到诏书任命就不得不回朝廷，如果让他在外面领兵，必然会祸乱天下。"孙策手下做侦探的官员得到了许贡的密信，孙策看到后很不高兴，他请来许贡，对其质问责备，许贡一口否定，说自己没有写这样的密信，孙策于是让武士将许贡绞杀。

　　孙策是一心要兼并江南全境，希望在此打出自己的天下，建立王霸基业，这是他出征之前就确立的战略目标，他根本不想去朝廷做官。密信如果真的为许贡所写，那当然就表现了他对于孙策开疆拓基事业的忌恨，他想借助朝廷的权威，以封任高官为诱饵，让孙策放下军队，离开江南，以便能生成自己东山再起的机会。但以当时孙策对江南地盘的贪婪劲头和刘协朝廷的实际权威而言，这是根本无法实施的设想。许贡一厢情愿的提议脱离现实，本来就是利令智昏的幻想，当受到孙策追问时，又莫名其妙地否认出于自己之手。许贡被人借名诬陷的可能不是没有，但更多的可能是他也感到这一方案对青年孙策显得过分阴毒，一时没有任何借口掩饰自我，只好不予承认；而杀人如麻又高傲自负的孙策也不屑于作更多的了解澄清，对许贡做出了最严厉的惩处，这一杀戮当然使他与许贡的追随人物结下了梁了。

　　孙策在196年底曾经收到朝廷使者王誧送来的诏书，让他联合吕布及吴郡的陈瑀一同打击袁术，行动开始后陈瑀在中途钱塘反而谋攻孙策，孙策将其击垮，陈瑀战败后匹马投奔了袁绍。约一年后，陈瑀的侄子陈登被

3.1 江东再升的将星孙策

曹操掌控的朝廷任命为广陵郡（治所在今江苏淮安县东南）太守，曹操曾拉着陈登的手吩咐说："东边的事情，就托付给你了。"当时是主要让他配合消灭吕布的，吕布被消灭后，陈登即被曹操拜为伏波将军。陈登在广陵治理有方，据说"甚得江、淮间欢心，于是有吞灭江南之志"。他曾在匡琦城（今江苏淮安东南）与孙策部将周章作战并且取胜。史称他想给叔父陈瑀报仇，经常联络一些部族势力，准备在孙策后方起事，这些情况当然是有的，但主要也是他具有自己的某种雄心，与孙策成了战略敌手。

孙策这次要图谋奔袭许都，决定首先打击陈登，消除后方隐患。200年四月，他处死于吉不久，即率军队去袭击陈登，在丹徒（今江苏武进）驻军等待粮草。孙策一有闲暇就喜欢打猎，这次带着几位将士前往山中驱逐麋鹿，他所乘的马跑得快，几位将士被甩在了后面。突然，孙策的前面出现了三个人，据说是许贡的门客，在此等候多时。孙策并不认识他们，于是问道："你们是什么人？"对方回答："我们是韩当的部下，来到这里射鹿。"孙策看着他们说："韩当的部下我都认识，但没有见到过你们。"说完，立刻拉弦射倒了一人，其余两人急忙拉弓射箭，有一箭射中了孙策的面颊。孙策的几位将士从后面赶了上来，把那两人全部杀死。

孙策被带回军营，伤势很重，医生说可以治好，但要很好地护理，一百天内不能下床活动。孙策拿出镜子自照，对身边人说："我的面部伤成这样，以后怎么能做事建功呢？"他敲打桌子大声呼喊，伤口因此而开裂，伤情更加严重。这一情节表明，孙策太珍爱自己的形象，以至于内心不能接受面部的严重创伤。《搜神记》中记述说，孙策自从杀了于吉后，每天独坐室内，仿佛看见于吉就在身边，他心里感到非常讨厌，经常会失去常态。这次治疗面部创伤，就一直无法安静；他拿来镜子看，但见于吉就在镜中，抛开了镜子，不一会儿又想看，后来扑到镜子上大叫，伤口因此而开裂。这一记述表明，于吉本身的神秘性或者孙策将其杀死后的负疚感在发生作用，行刑于吉成了孙策心中一直挥之不去的阴影。两处记载的情形不同，但反映出大致的情况是，孙策受伤后为某种因素所左右，根本不能平静自己的心情，难以做到正常的疗养，他的伤口恶化，病情在加重。

孙策遇刺受伤，事情其实非常蹊跷。当时在遥远北方的官渡之地，袁曹两军正在筹划对阵决战。据《三国志·郭嘉传》所记，当时曹军指挥部中听到孙策有偷袭许都的计划，大家都很恐慌，而谋士郭嘉对人说："孙策刚兼并了江东，他杀过许多英豪雄杰，那些人物都能得到其他人的死力相助；但孙策做事经常轻而无备，虽然他掌握百万之众，却等同于一人行走在中原大地。如果埋伏的刺客突然出现，一个人就能对付他。以我的观察预料，他必定会栽于一人手中。"果然时隔不久，就发生了孙策被刺客射伤的事情。有些史家一直疑惑，郭嘉为什么对孙策遇刺一事会预料得这么具体，这么准确。我们在此只能认为，是曹操谋士已经安排了刺客在孙策周围活动。当孙策兼并了江东并且虎视北方时，曹军为了保证官渡之战时的后方安全，不得不对孙策有所提防，安排几批刺客解决这一后方之患，是针对孙策自身行为特点而做出的成本最小的解患方案。郭嘉应该参与了方案的制定，他当然应该始终保密，但在官渡决战军心会受影响的关头，他很有必要把这一防患措施公布出来，这是稳定军心的大局；当时郭嘉改换了角度，是以"预料如此"的方式告诉了一种安排，所以能说得非常细致。

还有更大的可能，是广陵郡陈登在要遭受孙策大军进攻的关头，安排了这一自我保全的奇谋妙计。陈登本人一直善出奇招，他的军力不及孙策，于是精心策划了这一谋刺暗杀行动，并把计划报告给了曹操，曹操谋士郭嘉至少是谋杀方案的审定人和知情人，他为稳定自己军心而透露出了一点信息，应该反映着事情的真实因果。曹军指挥部当时听到孙策北攻许都的动向，却并没有安排军队去防守关键隘口，就是他们已经握有防患方案的基本证据。至于江东方面认定几位刺客是许贡的门客，那有可能是刺客死前的自称，陈登的谋刺安排应该包括这一自我洗白的环节；如果孙策郡府机关的人自己推测或者相信刺杀者是许贡的门客，那说明他们的想象力还未能企及陈登与曹操的战术安排。

几年前孙策的正议校尉张纮就劝谏他说："主将是三军性命之所系，不应该离开队伍轻率行动。"会稽功曹虞翻被招降后也指出了他轻装便服出行的毛病。但孙策过于自负，他认为自己的一切都是正确的，根本听不进别人的意见，依然我行我素。当一箭射向他的面颊时，他已经开始要为太过自负的毛病付出代价了。事实是，孙策心理上承受不了这样的代价，既要一错再错，又不愿承受犯错的代价，这事情就更加麻烦。

3.1（11）小霸王孙策的英雄悲情

200年四月，会稽太守孙策在率军进攻广陵陈登的途中进山林狩猎，被刺客射中面颊，他情绪烦躁难静，不能很好地休养治疗，致使伤口开裂，病重而亡。孙策自194年独立领兵征战，他勇猛冠世，战场上攻无不克，被人称为类同项羽的"小霸王"。数年间他的军队在南中华的土地上纵横拼杀，所向无敌，占据了东南五六郡的大块地盘，取得了当时各个割据集团都未曾达到的军事成果，应使天下的英雄们为之一惊。然而，二十六岁的年轻将领尚有更大的雄心，他是在壮志未酬的遗憾中离开这个世界的，吴中（今江苏苏州）盘门坟冢内应该充满着他豪气未逝的一腔悲情。

孙策199年领军队攻打袁术故旧部将刘勋盘踞的皖城（今安徽潜山北）时，一举端掉了刘勋的老巢。《三国志·周瑜传》引注中记述，皖城住着一位庐江郡皖县之人，姓桥，人称桥公。他有两位女儿，都长得天姿国色，当时孙策的少年好友周瑜也随军征战，担任中护军，负责军部护卫的事宜。孙策与周瑜两人都长得年轻英俊，他们看上了桥公的女儿，孙策娶了大桥，周瑜娶了小桥。孙策后来开玩笑对周瑜说："桥公两位女儿长得风流出众，能得到我们两人做女婿，也应该很满足了。"孙策和周瑜同岁，他们在二十四五岁时娶了桥公之女，玩笑话表明孙策对和大桥的婚姻生活是满意的，但史书上没有说明"策自纳大桥"，给了她什么身份。另有零星资料表明，孙策去世时，除儿子孙绍外，他有三个女儿，后来分别嫁给了顾邵、朱纪和陆逊。前两位是孙策部属的儿子，均为有出息的"官二代"，后一位是在夷陵之战中打败刘备的赫赫名人。人们至今无法确定孙绍是否为大桥所生；能够推测确定的是，大桥并非孙策身边唯一的女人，很大可能不是正妻；她在孙策身边度过了一年幸福的婚姻生活，其后一直寡居终老。

　　孙策最大的成就是恢复了父亲孙坚初创的事业，开拓了江东地盘上一片宏大的孙家基业，并实际统领着这片土地上的军队和人众。他临逝时儿子孙绍尚小，于是把江东之主的位置交给了年长的大弟孙权。《三国志·孙策传》及其引注中说，当时孙策把孙权和长史张昭等人叫到跟前，对孙权说："率江东兵众，决战两阵之间，与天下争锋，你不如我；而举贤任能，使人们各尽其心，以保守江东，我不如你。"随后把自己职位的印绶郑重地交给了十五岁的孙权。他又对张昭等人说："国家正在大乱，凭我们吴、越的兵众，三江的险固，旁观中原的争锋成败是足够的。各位要好好辅助我弟！"他安排了自己事业的继承人，以及能够想到的策略方式，做了这些政治交代后于当天夜里去世。据《三国志集解》中有关资料称，孙策的政治交代中，最末还有"慎勿北渡"四字。生前雄心勃勃要争胜天下的孙策，要求继任者对中原各政治势力的争斗采取不参与的态度，他为身后选定的政治方针是静观天下、守护江东的保守战略，这里发生了思想观念的大转变。

　　孙策在临逝前应该是对自己本人及其事业的过去与将来做过一些思考，实现了思想观念上的某些转变。他生前总认为自己是一个文武全才的超常人物，而政治交代中他把自己和弟弟孙权作了两相对比，指出了各人的所长，虽然没有公开认定自己治政与用人的所短，但也仅仅表明了自己在军事征战上的所长，他是醒悟到了人难全才的道理，只是这种醒悟来得迟了一点。对于自己事业的未来，他根据继承人的个性特点作出了新的设定，弟弟孙权是一个保守基业而非开拓基业的人，因而，孙家基业的未来就应把重点放在守护已有成果的方面而不能有过多的贪求，以江东的地理优势和人物之众，守护这片广大的地盘应该绰绰有余，孙策是为自己的事业设定了最为稳妥的未来。临逝前的孙策对自己最上心的事情作出了切合实际的安排，后世史家对孙策临逝前的政治交代评价颇高，东晋学人孙盛就认为，孙氏兄弟都是明于大体的超群人物，孙策开拓了一片基业，在临终之时给弟弟托付职位、安排辅佐，情意深重得就像有刎颈之交，体现着兄弟间的天伦亲爱及豪杰贤达对世事的彻悟明察。然而,无法把握手中事业稍微长远的前景,只能托付于人,他是带着一双未瞑之目去了另一世界的。

孙策死后,孙权继承了他的职位。二十九年后孙权建立吴国,自称皇帝,追尊父亲孙坚为武烈皇帝,追谥兄长孙策为长沙桓王,封孙策的儿子孙绍为吴侯,后来改封为上虞侯。《三国志》的作者陈寿评价孙策说,孙策英雄豪杰的气概非常突出,作战勇猛盖世,有奇妙的军事筹谋,志在征服天下。但他行为轻躁随便而不庄重,致使事败身亡。陈寿接着针对孙策后来所受封号而评论继任者孙权说,割据江东是孙策所开创的基业,但孙权对他的尊崇却没有体现出来,给他的儿子仅仅封了侯爵,"于义俭矣",情义上太吝啬了。陈寿的说法是极其委婉的,他是认为孙权给予孙策父子的封号显得薄情寡义了些。事实上,孙策的封号只是王,而不是帝,比他的父亲孙坚和弟弟孙权都差了一个等级,不仅当时的个人荣誉、受祭等级和后嗣待遇要低很多;根据史书体例的规范,《三国志·吴书·妃嫔传》也没有孙策妻室儿女的任何记录。

清朝理学名臣李光地很赞同陈寿的观点,他列举了孙策前后的两个例子,一个是,东汉开创中兴事业,起始于刘秀的兄长刘縯,而刘秀称帝后感念兄长的功业,首先封刘縯的两个儿子为王,一年后才封自己的儿子。另一个是,司马昭是从兄长司马师手中接过权位的,兄长没有儿子,司马昭让次子司马攸过继为兄长后嗣,还经常对人们说,司马家的天下是我兄长景王的天下,我要把这个基业交给司马攸。后来建立晋朝的司马炎同时追尊司马师为景帝、司马昭为文帝。李光地发了一番议论,认为孙权没有必要心虚得需要预防孙绍等后嗣嫉位夺权,并且表示说:"以孙权所做的事情看,他完全不能同刘秀和司马昭相提并论。"有些史家还列举孙策的女婿陆逊与多位故旧部属在晚年遭受孙权恶劣对待的史实。总之,人们倾向于认为,孙权接受了孙策独创的基业,而对待自家事业的奠基人孙策显得刻薄,似乎对兄长没有感恩尊崇的心意。如果这些议论并非主观臆度,那九泉之下的小霸王孙策应该更是悲情难了。

3.2 东吴出色的守成之主孙权

200年，三国时代的群雄纷争进入了最关键的时刻，挟天子以令诸侯的曹操经黄河之南白马、延津两战之后，在官渡紧扼住了河北袁绍军队的进逼，双方对峙数月后仍在疲惫鏖战，这是决定各自命运和天下政局的生死较量；而江东孙策经过数年的英勇拼搏，已经占有了东南五六郡的大块地盘，取得了当时各个割据集团都未曾达到的军事成果。这位二十六岁的"小霸王"意气昂扬，睨视天下，他准备消灭了广陵陈登的军事威胁后挥师北上，乘袁曹两军在官渡相持不下之时奔袭许都，打出一片更为宏大的孙家基业。但天有不测风云，这年四月，他在袭击陈登途中，利用驻军等粮间隙打猎，被刺客暗算于丹徒（今江苏武进）山中，几天后病情加重，他自知不久人世，考虑到儿子孙绍年龄尚小，遂在临终前把江东之主的位置交给了年长的大弟孙权。《三国志·吴书·吴主传》及其引注等相关资料记述了孙策逝后东吴政局的变化过程，把接手主政的守成之主孙权展现在了人们的面前。

3.2（1）承父兄之业

孙权，字仲谋，他是父亲孙坚担任下邳丞（参见0.6.2《少年英雄孙坚》）时期所生，约出生于182年。《宋书·符瑞志》中记述："孙坚的妻子吴氏怀儿子孙策时，梦见月亮落在怀中；后来怀儿子孙权时，又梦见太阳落在怀中。他把两梦告诉了丈夫，孙坚说：'月亮和太阳是阴阳之精，极贵的征兆，我的子孙应该会兴盛的！'"

晋人虞溥所撰《江表传》中记述说：孙权长得下巴方正、口型阔大，蓝眼睛紫胡须，目光清朗而明亮。早先孙坚就觉得奇异，认为孙权有贵人之象。后来孙坚阵亡，孙策在江东起事，孙权经常随从在军中。他性格弘朗有气度，心底仁善，做事有决断，喜欢侠义养士，知名度接近他的父兄，每次参加军事会议都能拿出计谋，孙策感到惊奇，自以为赶不上孙权，每当宴请属下宾客，孙策会望着孙权说："这里的各位来宾，都是你的属将。"在这里，后世人所撰写的史料中尽力夸大孙权出特奇异的征兆，甚至孙策生前也能料到孙权和来客的君臣关系，这些真伪混杂的记录无非是为了配合孙权后来作了吴大帝的事实，也是能够理解的。

史书上说，孙策在江东夺取了数郡地盘，在孙权十五岁时，让他担任阳羡（治今江苏宜兴南）县长，吴郡太守朱治推他为孝廉，扬州刺史严象举其为茂才，孙权在县长职任上得到了所在郡、州主政人的高度看重和推荐。汉朝廷因为孙策能在偏远的江东履行职责并进贡物产，于是派遣使者刘琬前来任命职务。刘琬返回后对人说："我观察孙氏兄弟，他们虽然各人都才秀明达，但都福禄不能到头，只有被荐孝廉的孙权，形貌奇伟，骨体不似常人，具有大贵之象，年寿又最高，你们可以记住我的判断。"孙权又兼任奉义校尉，担任军队中级职位。199年他跟从孙策征讨庐江太守刘勋（参见3.1.6《乘胜进军扩大战果》）；刘勋败逃后，又在沙羡（治今湖北武汉金口镇）进讨黄祖，他年龄不大，但却经过了战场上的磨炼与考验，这成为他一生成长的宝贵财富。

200年，孙策临逝前把军政权力交给了孙权，孙权痛哭不已，孙策的长史张昭对孙权说："孝廉，这是哭的时候吗？当年周公所订立的丧礼，儿子伯禽也没法遵守，并非他想违背父训，形势不得已啊。况且现在奸邪不轨的人竞相角逐，豺狼当道，你却沉溺在个人的悲痛，顾念礼节，这正像开门揖盗，并不能说是仁慈啊！"于是为孙权换了丧服，扶他上马，让其外出巡察军营，这表明他已正式成为东吴的掌政人。此时孙权占有会稽、吴郡、丹杨、豫章、庐陵，这五郡的边远险要之地尚未完全归从，而天下豪杰英雄各州郡都有，做客寄寓的士人，都根据个人的安危随意去留，没有建立稳固的君臣关系。张昭、周瑜等人认为孙权是可以成就大业的人，故此甘心臣服。曹操上表奏请孙权为讨虏将军，兼任会稽太守，驻守吴郡，派使丞到会稽郡送来任命的公文。孙权以太师太傅之礼对待张昭，任用周瑜、程普、吕范等人为统领军队的将军。他广招贤能，礼聘名士，鲁肃、诸葛瑾等人开始成了他的幕僚。他分遣诸将，镇抚山越部族，讨伐那些不服从的人。

有资料说，早先孙策推荐李术接替刘勋败逃后留下的庐江太守职位，孙策亡故之后，李术不肯臣服孙权，而接纳江东各地逃亡反叛之徒。孙权写信要求他遣返这些人物，李术回复说："对有德者归顺，对无德者则叛，不应该送还的。"孙权收信后大怒，他把事情告诉曹操说："扬州刺史严像过去为您所用，又是扬州举荐的将军，而凶残的李术竟然不遵汉朝纲纪，将其杀害。现在我准备进军讨伐，既为国家除害，也想为举荐我的恩公报仇。但想来李术惧怕诛讨，必然以诡辩说辞向您求救。您现在掌握着国家大任，天下瞩目，希望告诉手下人，不要轻信他的蛊惑之言。"这年孙权举兵在皖城围攻李术，李术闭门自守，果然向曹操求救，而曹操并没有出兵援助。后来李术在城中粮食用尽，有的妇女甚或吞食泥土充饥。孙权攻破皖城后杀死多人，斩李术之首，改编了他的三万多部队。

李术应该是孙权掌政后遇到的第一位不臣服的对手，对方当时也已公开表明了自己的政治态度，孙权大概料定他在关键时候会投靠曹操寻求帮助，因此首先以策略手段挑起了曹操对他的怨恨，杜绝了他可能得到的外部援助，然后出动大军进攻。李术的数万部曲自然不是东吴军队的对手，失败的结局是不可避免的。孙权在这里以他掌政后的首次平叛胜利证明了自己，稳定了江东的局势，并自此开始了他统兵领将、镇抚东南和牵动天下政局的活动。

3.2（2） 逐步确立的政治战略

200 年孙策离世后，孙权在张昭、周瑜等人的扶持下继承了东吴的军政权力,他以政治策略相配合,运用强大军事力量平定了庐江太守李术的叛离,镇抚江东,稳定了政局。当时北方袁绍与曹操的官渡之战已经结束,曹操成了天下最大的政治势力。初掌江东的孙权要谋求自身的发展,首先碰到的问题是如何处理与曹操的政治关系。《资治通鉴·汉纪五十五》《三国志·吴书·吴主传》记述了孙权在掌政开初两年间的某些重要活动,介绍了东吴新主执政后政治战略逐步确立的过程。

早有一统雄心的曹操其实一直关注着江东政治发展的态势,他对孙氏在江东的崛起本就心有顾忌,孙策的遇刺很有可能属曹操谋臣参与策划的行为(参见 3.1.10《一枝射向面颊之箭》)。听到孙策的死讯后,曹操大概感到江东军队无人统领,虚弱可击吧,打算乘孙权等人正在办丧事之机大举讨伐。当时侍御史张纮说:"乘人办丧事进行讨伐,是不符合古代道义的,如果不能攻克,便会失去友好而结下冤仇,不如利用这个机会厚待他。"曹操也是当时与袁绍的战场对峙难以抽身,于是上表推荐孙权担任讨虏将军,让他兼任会稽郡太守;后来又放弃对庐江太守李术的援助,配合了孙权对庐江郡的平叛行为,他对孙权是显示出了把好人做到底的态度,实际上是暂时采取了拉拢和好的策略手段。

担任朝廷侍御史的张纮早先是孙策身边与张昭齐名的重要谋士,深得孙策信任(参见 3.1.4《让事业走在正确的道路上》),后来孙策派张纮前往许都向朝廷进献贡物,曹操即留张纮在朝廷担任侍御史,为执掌监察事务和奉命出使的六百石七品官员,曹操当时还有另外一些对江东的安抚措施(参见 3.1.6《乘胜进军扩大战果》),都是希望能把江东孙策政治势力拉进许都政权的控制系统中。张纮实际是来自江东并代表江东的政治利益参与朝政,他在关键时候为江东君臣说话自然是合乎情理的。曹操采纳了张纮的主张,继续采用安抚拉拢江东的策略,这是向新君主孙权抛出了橄榄枝。孙权在平定庐江太守李术叛离的军事活动中得到了曹操的默许与配合,对曹操的友善态度当然是欢迎的。

不久,曹操为了促使孙权进一步向许都政权内附,他上表推荐张纮担任会稽郡东部都尉,这是辅助郡守掌军的二千石五品官职,曹操是希望张纮劝导会稽太守孙权归附朝廷。张纮来到吴郡，孙权的母亲吴太夫人觉得孙权年纪尚轻，委托张纮与张昭共同辅佐孙权。张纮一心辅政，对政务尽心尽力。吴夫人询问扬武校尉董袭说："江东能保得住吗？"董袭说："江东具有山川地形之险，孙策将军的恩德尚留民间，现在讨逆将军（指孙权）继承基业，大小官员都拥护他，张昭主持大局，我们武将作为爪牙，这占有了地利人和，万无一失，不必担忧。"孙权派遣张纮到会稽郡上任，有人认为张纮本是朝廷任命的官员，觉得他的志向不在会稽，但孙权并不因此而介意。这里能够看到，曹操最关心的是江东势力内附的问题，而江东孙氏最关心的是地境守御问题，两个问题具有一定条件下的平衡点，张纮来江东任职正是暂时实现了事情的平衡，孙权是在用实际行动维护与北方曹操关系的平和性，但这种关系的持久性仍然是江东官员担忧的问题。

曹操后来发下公文，要孙权派自己的弟弟或儿子到朝廷来做官，这实际上是要让他的亲属来许都作人质，以证实和保证其对朝廷的忠诚。孙权召集众官员会商，张昭、秦松等人犹豫不决，孙权就领着周瑜来见母亲吴夫人，在此做最后决定。周瑜说："从前楚国受封周朝，土地不到百里，后继的贤能君主开疆拓土，于是占有了荆州与扬州，基业承传延续达九百多年。现在将军承父兄基业，拥六郡人众，兵精粮足，将士听命。我们又可以开山铸铜，煮海为盐，境内富庶，人心安定，为什么要送人质？如果送去人质，就一定得服从曹操，那样轻易被人控制，而最多不过得到一个侯印，配十几个仆从和为数不多的车马，这与南面称孤是根本不同的！不如不送人质，我们逐步观察事态的变化。如果曹操真能以道义来匡正天下，将军再侍奉他不晚；如果他图谋作乱，那他自己都会灭亡，又怎么能害人？"吴夫人表态说："周瑜说得对。他与你哥哥孙策同年，只小一个月。我把他看作自己的儿子，你要当作哥哥来对待。"于是决定不送人质。

曹操是要用送留人质的方法把孙权拉向内附朝廷的方面，由此触碰到了孙权维持双方平和状态的底线，这里若发生退让，曹操的进逼就会逐步加深。在两种处置方式的临界处，江东群臣的态度其实是不统一的，事情到了最后的决定关头时，周瑜对比分析了两种方式必然导致的不同效果，指出了东吴坚持独立发展的有利条件及其积极意义,使事情有了最后的决断。这里也一再显示出了孙权执政初期东吴政权内部特殊的决策程序,吴夫人对军政事务拥有最后的决定权。然而拒绝送出人质的行为,表明了江东人物对许都政权内心所持有的保留态度,使双方产生了无法消除的隔阂,相互间的平和友善关系其实已经被打破。

周瑜领来自己的朋友鲁肃,把他推荐给孙权说:"鲁肃才干出众,应当委以重任,还要多延聘这样的人才方能成就大业。"孙权立即接见鲁肃,与他交谈,大为赏识。宾客都告辞后,单独留下鲁肃,他们把坐榻合在一处相对饮酒。孙权说:"如今汉王室垂危,我想建立齐桓公、晋文公那样的功业,你怎样来协助我?"鲁肃说:"从前汉高祖刘邦打算尊奉义帝,但不能如愿,是因为项羽从中阻碍。如今的曹操正像当年的项羽,将军其实没有办法去效仿齐桓公、晋文公!我私下推测,汉朝王室已不能复兴,曹操也不能一下子被消灭。为将军打算,只有保守江东,以观察天下大局的变化,如果能乘曹操在北方用兵无暇南顾之机,立即消灭黄祖,进讨刘表,把整个长江流域全部控制,这就是帝王之业。"孙权说:"如今我尽力经营一方,只是希望辅佐汉王室罢了,你所说的这些我还没有想到。"

孙权一直想的是要建立复兴汉室的功绩,他希望自己能像春秋齐桓晋文那样辅助天子而讨伐不臣,以此实现自己的功名;而在鲁肃看来,曹操早已挟天子而令诸侯,他目前的势力难以动摇,因此孙权的理想就已失去了实现的可能,而最具现实性的目标应该是:伺机消灭身边的异己力量,占有整个长江流域,在江南大地上成就自己的帝王之业。鲁肃为孙权提出的战略设定,完全摒弃了某些不切实际的陈旧理念,是根据变化了的趋势制定了符合东吴目前情势的战略目标,打开了孙权的政治视野,应是得到了孙权的肯定与认可。当时张昭诋毁鲁肃年轻粗疏,但孙权却越发重视鲁肃,赏赐给他大量财物,表现了对鲁肃的高度器重。大约在执政人孙权看来,启发自己明白了应有的政治战略,促使江东集团确立了正确的行动目标,这样的功绩无论给予怎样的奖赏都不过分。

3.2（3）战略目标的推进

一个集团拥有了明确的政治战略和行动目标，接下来就要看实施战略的坚定性及其效果。执掌了东吴军政权力的孙权在鲁肃的协助下确立了本集团的政治战略，明确了自己当下应该做的事情，于是把这一目标开始付诸实施。《三国志·吴书·吴主传》与《资治通鉴·汉纪五十六》记述了其后几年间年轻君主孙权在江东治理中采取的军政活动，展现了孙权在战略推进中遇到的机构调整、人才任用和军事争战等具体活动。

首先看看孙权的政务处理及其为人。他初掌军队时检查属下的低级将领，可能是察觉了一些问题，于是将部下兵力较少而能力又差的加以合并。他发现担任别部司马的吕蒙，其部众军容整齐，训练有素，于是大为赞赏，为他增加兵众，加以宠任。功曹骆统向他提出了诸多建议：要敬贤纳士，要经常征询部属的意见，甚至提出：让孙权在飨宴赏赐时安排大家分别进见，要对他们嘘寒问暖，施以亲密情意，诱导他们说出心里话，借此观察他们的能力与志向，且使臣属们都感恩戴德，心生报答之心。骆统当时二十多岁，与孙权的年龄基本相当，他似乎是把孙权当作一位同龄朋友而交心，从臣僚的感觉谈出了君主如何能够赢得人心的方式，显示了对君主的一片赤诚，虽有妄自尊大之嫌，而孙权完全接受了骆统的建议。

内政的稳定也是一项紧要的事情，孙权在此处理过两件事情。庐陵（治今江西吉水东北）太守孙辅是孙坚长兄孙羌的次子，为孙权的堂兄，他担心孙权不能保住江东，于是趁孙权外出时暗中派人送信给曹操，请他率军南下。那位送信的密使把事情报告了孙权，孙权回来后，假装不知道此事，与张昭共同召见孙辅，对孙辅说："兄弟之间不愉快，为什么要叫外人来呢？"孙辅表示没有此事，孙权将孙辅给曹操的书信拿给张昭，张昭出示给孙辅，孙辅惭愧地无言以对。孙权将孙辅身边的亲信全部处死，把孙辅的部属分散安置，并把孙辅本人迁徙到东部看管了起来。

第二件事情是，孙权的弟弟孙翊204年在丹杨（治今安徽宜城）太守职任上被身边人边鸿等杀害，他是孙坚的第三子，被害时二十岁，孙权安排叔父孙静的次子孙瑜接替丹阳太守职位。《吴录》中记述说，当时才士沈友遭到一些人的诬陷，有一次孙权大会宾客，他下令让人将沈友扶出来，对他说："有人说你想反叛。"沈友知道自己难以脱身，于是回答说："君主在许都，那些怀有无君之心的人，难道不是反叛吗？"孙权于是杀掉了沈友。在这里，孙权处死沈友的缘由其实非常不明确，沈友没有参与杀害孙翊的活动，孙权接受了身边人对沈友的陷害之辞，他指斥沈友反叛，也没有说出具体的事实；而沈友在回答中也并没有为自己开脱，他一开口就表明君主在许都，后面提到"怀有无君之心的人"，明显是把矛头指向了孙权，认为孙权的割据是对许都朝廷的反叛。他们的矛盾显然是立场和政见上的分歧。资料中说，沈友是吴郡才识极高的年轻人，当年华歆见到沈友后感叹说："自桓帝、灵帝以来，虽然英才不少，但还没有一位幼童有如此高的天分。"沈友受聘在江东任职，刚到时谈论王霸之略和如何实现的要务，他清正刚毅，为江东庸臣所不容，以至受到诬陷，据说是孙权认为沈友终究不会为自己所用而杀掉了他，逝年二十九岁。这里似乎反映了孙权因为手中权力而显露出来的专断霸气。

打败黄祖而平定江夏（治今湖北新洲西），占有整个长江流域，是孙权战略规划中的重要内容，也是他成就王霸之业的重要前提。黄祖的部队曾射死了孙坚，199年孙策进攻庐江太守刘勋时黄祖前来援助刘勋，孙策在消灭了刘勋势力后即进军沙羡（今湖北武昌西南）寻找黄祖作战，黄祖战败逃走，他的妻子儿女共七人被俘获（参见3.1.6《乘胜进军扩大战果》）。黄祖可以说是孙家的世仇，孙权执政后为此连续作出了三次努力。203年，孙权西伐黄祖，击败黄祖的水军，但没有攻破其城。207年孙权再征黄祖，俘虏对方好多人众而返还。208年春，孙权采纳甘宁的建议三征黄祖，最终消灭了这一与自己共享长江地利的顽固势力。

当时黄祖用两艘艨艟船（以生牛皮包裹的狭长战船）封锁了沔水口；用粗大的棕绳捆住巨石，作为矴石，固定住船身；船上有一千人，用弓弩向外轮流发射，箭如雨下，孙权军队无法上前。偏将军董袭与别部司马凌统作为军队的先锋，各率敢死队一百人，每人身披两副铠甲，乘大船闯入黄祖的艨艟战船之间。董袭抽刀砍断两根棕绳，艨艟战船于是横漂在水上，孙权大军得以前进。黄祖命令都督陈就领水军迎战，孙权部将吕蒙率领前锋，亲手斩下陈就的人头，悬挂示众。于是吴军将士乘胜猛追，水陆并进，逼近夏口城，出动全部精锐部队猛攻，城陷后大肆屠戮。黄祖突围逃走，被追上杀死，他的数万男女部众做了俘虏。至此孙权不仅向黄祖报了杀父之仇，而且终于平定了江夏之地。

孙权几年间以军事手段拓展了地盘，并任命了一批镇守的官员。他使吕范平定鄱阳，程普讨乐安（治今山东博兴），太史慈兼领海昏（治今江西永修东三十公里），安排韩当、周泰、吕蒙等在政务繁重的县担任县令或县长。派威武中郎将贺齐平定上饶后，分为建平县（治今河南永城西北四十公里）；又使贺齐征讨丹阳郡属下黟（治今安徽黟县）、歙（治今安徽歙县）两地的盗贼，黟地寇首陈仆、祖山等率领两万户在林历山（今安徽黟县东南五公里）中建立营寨，四面绝壁，无法进攻。贺齐的军队驻扎一个多月，其后密召敏捷的壮士，隐蔽在险要处，夜间用铁戈挖开岩石间缝隙攀登上山，然后悬下布带从下边拉上去了一百多人，让他们分布在四面，擂鼓吹号，山上寇匪大吃一惊，扼守山路的全都逃回大营，贺齐率大军从山路上来，大破敌军。孙权从丹阳划分歙为始新（治今浙江淳安西北三十公里）、新定（治今浙江淳安西南）、犁阳（治今浙江休宁西南）、休阳（治今安徽休宁县西）县，以六县设置新都郡（治今浙江淳安西），任命贺齐为太守，对行政区划做了调整并任命了一批官员。

史书上说吴夫人在202年去世，另有资料上称207年去世。由于这一变故，江东政权内部决策程序应该发生了一些变化，最终的决策应该是靠孙权自己做主。依靠军事上的强大力量及其战场征讨的胜利，加上孙权谦逊的待人方式和各种处事策略，孙权在战略目标的推进中稳步前行。

3.2（4）联刘以抗曹

正当孙权在江东稳步推行占有江南、成就自家王霸大业的战略目标时，天下政治局势进入了一个新的阶段：曹操统一了北方后于208年八月

3.2 东吴出色的守成之主孙权

南下荆州，荆州新主刘琮举州而降（参见 0.7.5《荆州的剧变》），曹操的军事目标很快指向了江东之地，他要实现自己一统天下的宏图大略。这是孙、曹两大军事集团战略目标的根本冲突，最多只能有一方完满实现，东吴若不能顺应曹操的战略要求，就必然要与曹操兵戎相见，而曹操的军事势力显然是孙权难以企及的，以弱抗强将面临失败灭亡和身家不保的灾难性后果。《资治通鉴·汉纪五十七》与《三国志·吴书·吴主传》记述了孙权在东吴前途命运转折关口面临的困境，以及做出联刘抗曹战略策略的艰难过程。

东吴鲁肃当时一听到刘表去世的消息，就对孙权说："荆州与我们相邻，江山险固，地盘广大，百姓富足，如果能占领荆州，我们就奠定了帝王的基业。现在刘表已逝，他的两个儿子不和睦，军中将领也各有所属。刘备乃天下枭雄，与曹操有矛盾，他寄居在荆州，刘表嫉妒其才干不能重用。如果刘备与刘表的儿子齐心协力，上下团结，我们就应当与其友好相处，结成同盟；如果刘备与他们离心离德，我们就该另做打算。我请求去荆州向刘表吊丧，问候他们军中将领，并劝说刘备安抚刘表部众共抗曹操。"鲁肃看来是一位政治敏锐性很强的人，他料定刘表去世后荆州内部情况有变，于是借吊丧的名义前去荆州，想要了解荆州政局的变化，并想挑动刘备组织抗曹力量，以作东吴的同盟。他临行前并不知道曹操已进军荆州的情况，也许还有借荆州内乱为东吴谋取利益的打算。

鲁肃受孙权派遣出使荆州，他到达夏口（湖北汉阳夏水注入长江处）时，听说曹操大军已向荆州进发，便日夜兼程前往，等他到达南郡（今湖北江陵）时，知道刘琮已经投降曹操，刘备向南撤退。鲁肃赶至当阳长坂与刘备相会，询问刘备下一步的打算。当时刘备假意说准备投奔苍梧郡（治今广西梧州）太守吴巨，鲁肃极力劝阻，并说："孙将军聪明仁惠，礼敬贤士，江南的豪杰都乐于归附，现在占有六郡土地，兵精粮多。将军如能与其联系，可以共建大业。"刘备听后大为高兴。鲁肃又对诸葛亮说："我是诸葛子瑜（诸葛亮兄长诸葛瑾）的朋友。"于是诸葛亮与鲁肃非常友好，刘备依鲁肃之言进驻鄂县的樊口（今湖北鄂城）。

诸葛亮请求与鲁肃一起去东吴,他在柴桑(治今江西九江西南六公里)见到了孙权,对孙权说:"现在天下大乱,将军在长江以东起兵,刘备在汉水以南与曹操相争。曹操目前已消灭了主要强敌,攻破荆州后威震四海,英雄无用武之地,所以刘备退到这里。将军您可量力而处,如果能以江东的人马与其抗衡,就可及早与他断绝关系;如果不能,就可早点解除武装向他称臣!现在您表面上服从朝廷,而心中犹豫不定,事情危急时而不果断,灾祸会马上临头。"孙权说:"假如像你说的那样,刘备为什么不臣服曹操?"诸葛亮说:"田横,不过是齐国的壮士,还坚守节义不肯屈降;何况刘备是皇室后裔,英才盖世,众士仰慕。如果事情不成,这是天意,怎么能屈居曹操之下呢?"孙权勃然变色说:"我拥有全吴之地和十万精兵,不能以此而受制于人。我的主意已定!"诸葛亮的本意是要说服孙权抵抗曹操的,他在这里使用了激将法,促使年轻好胜的君主作出了充满气概的表态。

孙权对诸葛亮说:"除过刘备没有人能抗御曹操,但刘备新近战败,怎么能够抵挡曹操呢?"诸葛亮说:"刘备的军队虽然在长坂战败,但陆续返回的士兵和关羽的水军加起来有一万精卒,刘琦集结江夏(治今湖北新洲西)的战士也不下万人。曹操军队远道而来,已经疲惫,听说在追赶刘备时轻骑兵一昼夜奔驰三百多里,这正是所谓'强弩之末穿不透薄绸'。所以《兵法》上忌讳地说'必会使上将军受挫';而且北方人不熟悉水战;另外荆州归附的民众并非心悦诚服。现在将军如能派猛将统数万大军,与刘备齐心协力,一定能打败曹军。"诸葛亮向孙权表明了双方真实的力量对比,尤其是指出了曹操南方作战的三条不利因素,进一步增强了孙权抗曹的信心,孙权听后非常高兴,就去与他的部属们商议。

这时,曹操写信给孙权说:"最近我奉天子之命讨伐有罪的叛逆,军旗南指刘琮降服。现在我统领水军八十万,想要与将军在吴地一起打猎。"孙权把信让部属们看,大家无不惊恐失色。长史张昭等人说:"曹操有虎狼之威,他以朝廷的名义发令,如果抗拒会显得事情不顺。况且我们依靠长江天险抵御曹操,现在他占有了荆州,刘表训练的水军和千余艨艟战船已由曹操接管,他的部队沿江而下,水陆并进,长江天险已与我们共有,而双方势力众寡悬殊,最好的办法是迎接他的军队。"这实际上是主张归顺投降。当时鲁肃一言不发,孙权起身上厕所,鲁肃追到房檐下,孙权握着鲁肃的手问:"你想说什么?"鲁肃说:"我观察众人的议论,只会贻误将军,不足以商议大事。现在,我鲁肃可以迎降曹操,但将军却不可以。因为我迎奉曹操,他会把我交给乡里父老去评议,确定名位后还会任用为下曹从事,能乘坐牛车,有吏卒跟随,可以与士人结交,升迁后也能当上州郡的长官。可将军您迎接曹操,打算到哪里去安身呢?希望您能早定大计,不要听众人的议论。"孙权叹息说:"这些人的主张很令我失望了,你提出的策略正合我的想法。"主战的鲁肃应是臣僚中的少数派,他从君臣立场的不同上向孙权阐明问题,要求君主一定要站在自己的立场上考虑问题,促使决策人从心理上剔除了主和派的议论。

当时周瑜奉命到达番阳,他受召来见孙权,当众表示说:"曹操托名汉相,实为汉贼。将军您承父兄基业,辖地数千里,精兵足用,应当为汉朝清除贼臣,何况他自己前来送死,怎么反去迎降?"周瑜的言论从根本上矫正了曹操奉诏讨罪的舆论优势,表明了江东方面抵抗曹操的正义性质。他继续分析说:"现在关中的马超、韩遂仍然是曹操的后患;他的军队放弃鞍马,改用船舰,与南方水乡的军队决胜;冬季战马缺乏草料;中原士兵来到江湖之地不服水土,会发生疾疫。这些方面都是用兵的大忌,而曹操都犯上了。将军擒获曹操的时机正在今天。我请求率领精兵数万人,进驻夏口,保证能击破曹操。"周瑜指出了曹操这次南征行动不可克服的军事劣势,其分析周到而深刻,表达了必胜的信心。孙权说:"这老贼早就想废掉汉帝而自己篡位了,只是顾忌袁绍、袁术、吕布、刘表与我孙权。现在那几个英雄都已被消灭,只有我还存在。我与老贼势不两立,你主张迎战曹军,正合我的心意,是上天把你交给了我!"说罢即拔出佩刀砍向面前的奏案,说:"哪位将吏敢再说迎降曹操,就与这奏案一样!"于是散会。

当晚周瑜单独去见孙权,说:"众人只看到曹操信中说有水陆军八十万就惊恐,没有考虑话的虚实。现在据实计算,曹操所率的中原部队不过十五六万,而且长期征战早已疲惫;新接收荆州的部队至多七八万人,且心怀猜疑。以疲惫的士卒,领着心怀猜疑的部众,人数虽多却没有什么可怕的。我只要五万精兵,就足以制服敌军。"孙权拍着周瑜的背对他作了赞扬,告诉说:"五万精兵一时难以集结,现已挑选了三万人,军需都已备齐,你和鲁肃、程普率兵先行,我继续调集人马,多运辎重粮草做你的后援。你能战胜曹军,就当机立断;如果失利,就退到我这里来,这次要和曹操决一胜负。"于是,孙权任命周瑜、程普为左、右督,率兵与刘备联合迎战曹操;又任命鲁肃为赞军校尉,协助筹划战略方案。

面对曹操的汹汹来势,孙权在几位豪杰才士的鼓励支持下,最终确定了联刘抗曹的策略方针,并且做好了迎战的准备,长江岸边于是拉开了南北军队交锋的战幕。

3.2(5) 赤壁交锋

在曹操的军事威逼面前,年轻的东吴君主孙权并没有屈服投降,他在鲁肃、周瑜等谋臣的引导支持下,确定了联合刘备以抗拒曹操的策略方针,并安排周瑜等人统领三万军队前往迎击曹军,双方相遇于赤壁(今湖北蒲圻西北),并在此发生了水上交锋。赤壁之战挫败了曹操南下江东的战略雄心,奠定了此后天下三分的政治格局,其战略意义极其巨大,而作战过程及其运作却比后人的渲染简单得多。《三国志·吴书·吴主传》及全书其他篇章对此都没有过多记述,《资治通鉴·汉纪五十七》中参阅多种资料,对这次交战作了尽量完整的综述,并叙述了其后参战三方的利益争夺及政治筹谋,最大限度地反映了历史事件的真实过程。

周瑜告别孙权后带领部队行进到了樊口,遇到了驻军于此等待吴军的刘备,刘备派人慰劳,周瑜对来人说:"我有军务在身,不能离开岗位,如果刘备能屈尊前来,实在是我所希望的。"刘备遂乘一只小船来见周瑜,他询问说:"现在决定抗曹,真是很好的谋划。不知有多少战士?"周瑜说:"三万人。"刘备说:"可惜太少了。"周瑜说:"这已足够用了,将军且看我击败曹军。"刘备提出想要与鲁肃会谈,周瑜说:"我接受军令,不能随意委托人代理。您要见鲁肃,可以另去拜访他。"(参见 2.1.12《结盟孙吴》)刘备对孙权抗曹的决定与安排出战的快速迅捷是非常高兴的,这里从周瑜的几次回答上,可以看到看他治军的严谨和战胜曹军的信心。

周瑜大军继续前进,与曹军相遇于赤壁。到十一月时,曹操军中已发生疾疫,两军初次交战,曹军失利,退到长江北岸,周瑜驻军在长江南岸,部将黄盖对周瑜说:"如今敌众我寡,难以长期相持。曹军正把战船连在一起,首尾相接,可以用火烧以迫其退走。"于是,选取艨艟战船十艘,装上干荻和枯柴,浇上油,外面裹上帷幕,上边插上旌旗,预先备好快艇系在船尾。黄盖事先派人送信给曹操,谎称打算投降。当时东南风正急,黄盖将十艘战船排在最前面,到江心时升起船帆,其余船在后面依次前进。曹操军中的官兵都走出营来站着观看,指着船说黄盖来投降了。离曹军还有二里多远,黄盖将十艘船同时点火,火烈风猛,船像箭一样向前飞驶,把曹军战船全部烧光,并蔓延到曹军陆地上的营寨。顷刻间,烟火遮天蔽日,曹军人马被烧死和淹死的不计其数,周瑜等率领轻装的精锐将士紧随在后,鼓声震天,曹军未战即溃。曹操率军从华容道(故道在今湖北潜江西)步行撤退,道路泥泞不通,又刮起大风,曹操让所有老弱残兵背草铺在路上,骑兵得以勉强通过。老弱残兵被人马所践踏,陷在泥泞中,死了很多。刘备、周瑜则水陆并进,追赶曹操直到南郡。这时,曹军又饿又病,死了一大半。曹操就留下征南将军曹仁、横野将军徐晃镇守江陵,折冲将军乐进镇守襄阳,自己率军返回北方。

对于赤壁交战,吴军似乎并没有作更多的准备,这是双方在兵力与士气反向不对称情况下迅速了结的战役。曹军兵力占据绝对优势,但因他们麻痹大意、骄傲轻敌,过分小看江东的力量,同时根本没有意识到自身许多不利条件;而江东周瑜统帅的军队,是为守卫自己的地盘而作战;统帅部对敌我双方各自的优劣点都有精准的把握,专门在敌人不习水战等薄弱处做文章,他们将士齐心,军纪严明,在大江上首战时以火助攻。当黄盖做好各种准备,以诈降计实施火攻时,曹军官兵尚在军营观看等待,准备接受投降，作战的胜负在行动开始前结局就已经确定了。孙刘方面虽然兵力不足，而士气和战斗力绝对占据优势，这是历史上战斗力胜过兵力的典型之战。

周瑜、程普率领几万人马，与曹仁隔长江对峙，尚未开战，甘宁请求先去夺取夷陵（治今湖北宜昌东南郊）。甘宁自己率部前往，占领了夷陵后入城防守，曹仁则派兵包围了甘宁，甘宁被困后形势危急，吕蒙与周瑜分出兵力前往援救，在夷陵大破曹仁军队，获战马三百匹而返回。吴军上下士气倍增，周瑜遂渡过长江，驻兵北岸，与曹仁相持。

刘备在曹军溃败后协同周瑜追杀敌军至南郡，其后他向朝廷上表推荐刘琦担任荆州刺史，又领军队夺取荆州南部的四郡。武陵太守金旋、长沙太守韩玄、桂阳太守赵范、零陵太守刘度全都投降（参见 2.1.13《对战后成果的争取》），庐江营帅雷绪也率领部属几万人归降。刘备任命诸葛亮为军师中郎将，派他督察零陵、桂阳、长沙三郡，征收赋税，以补充军用物资，又任命偏将军赵云兼任桂阳太守。

这年十二月，孙权派张昭率军攻打九江郡所属的当涂，未能攻克；他亲自率军包围合肥，直到 209 年春，也未能将其攻破，于是他率领轻骑准备亲自突击，长史张纮劝阻说："作战是很危险的事情，如今将军倚仗着锐气，轻视强暴的敌人，这会使三军将士为您担心。即使能对敌人杀将砍旗，威震敌军，那也不过是一位偏将的事情，不是主将该作的。希望您抑制孟贲、夏育那样的勇气，而想着争霸天下的谋略。"孙权遂停止了出击。张纮的建议是很好的，但孙权在战场上敢于迎战的行为也表现了他抗曹战斗中已经练成的英勇精神和争取胜利的作战气概。当时曹操派将军张喜率军解救合肥，时间很长还未到达，扬州别驾蒋济私下向刺史建议：假装收到张喜的书信，声称四万步骑兵已经到达雩娄（今安徽霍邱），派主簿去迎接张喜。又派三批信使携带书信去通知城内守将，其中一批到了城里，另外两批被孙权部下的兵士俘获（参见 1.11.8《蒋济的风光与惭恨》上）。合肥争战中的攻守双方势均力敌，战争长期处于胶着状态，蒋济使用了以假书信欺诈诳敌的谋略，孙权看到后相信了这个假情报，于是烧毁围城的器械后撤走了。不久曹操任命在六安（治今安徽六安北十公里）刚平定了陈兰等人叛乱的张辽与乐进、李典率七千余人屯驻合肥，也算是加强防御吧。

周瑜率军围攻曹仁一年有余，杀伤曹军甚多，曹仁弃城撤走。孙权任命周瑜兼任南郡太守，屯驻江陵；任命程普兼任江夏太守，设郡府在沙羡；任命吕范兼任彭泽太守，吕蒙兼任寻阳县令。刘备向朝廷上表，推荐孙权代理车骑将军，兼任徐州牧。恰在这时刘琦去世，孙权荐举刘备兼任荆州牧，周瑜将荆州长江以南的地区分给刘备。刘备将军营设在油口（今湖北公安县北古油水入江之口），改名为公安。同时，这年孙权还把妹妹嫁给刘备。孙权的妹妹才思敏捷，性情刚猛，有兄长们的风度，她的侍婢一百余人，经常都执刀侍立，刘备每次进入内宅，内心都很恐惧。结盟的孙刘两家其实各有自己的利益追求，但因刚刚打败曹操，各自得到的成果并不巩固，这尚是他们关系较为密切的时期。

曹操密派九江人蒋干去游说周瑜，蒋干以才能和机辩在江、淮之地闻名而出众，他受命后换上平民的衣帽，自称以私人交谊来看望周瑜。周瑜出来迎接他，站着对他说："您真是很辛苦，涉水远道而来，是为曹操作说客吗！"邀请蒋干进来，与他一同参观军营，巡视仓库、军用物资与武器装备之后，回来设宴款待蒋干，洒席间让蒋干看自己的侍女、服装、饰物以及各种珍玩宝物，对他说："大丈夫活在世上，遇到知己的君主，外表上有君臣关系，实际却情同骨肉，言听计从，福祸与共，即使苏秦、张仪重生，也不能转变他的心意啊！"蒋干只是笑，一直不谈曹操交代的事情。他返回向曹操汇报，称周瑜雅量高致，不是言语所能离间的。这里，周瑜一见到蒋干，就一直向他炫耀自己人生的成功，表达自己内心的满足和对君主的忠贞不贰之心，事情发生在赤壁作战之后，周瑜有意堵死了蒋干游说表达的机会。

孙刘联军与曹操的赤壁交锋，扭转了天下政局向曹家独大偏转的演变方向，尽管事实上没有极其宏大的规模，但它塑定了东汉末期三足鼎立的政治格局，引发了当时各政治集团间更为复杂的矛盾纠葛，拓展了三国时代各家运筹制胜的思想内涵，也为后世谋略文化的创制发挥打开了一处深邃的切入口。

3.2（6）战后对江东的治理

赤壁交锋中孙刘联军挫败了曹操兼并江南的企图，其后夺得了刘表原在荆州的大部分地盘，各自取得了喘息和发展的机会，但赤壁一战并没有扭转北强南弱的军事态势，孙权本人在合肥战场进击受阻，他至此应该能对双方力量对比作出更正确的估计，从而能明白江东治理中必须坚持的策略方针以及自我拓展的方向。《资治通鉴·汉纪五十八》《三国志·吴书·吴主传》记述了战后两年间孙权的重要军政活动，表现了他在江东治理中的某些策略方法和取得的效果。

周瑜病逝及任用鲁肃　南郡太守周瑜从江陵返回去见孙权说："曹操赤壁战败后返还，他担心的是许都内部的隐患，暂时无心与我们交战。我请求与奋威将军孙瑜一起领兵进攻蜀地，再并吞汉中张鲁，然后留孙瑜将军守卫蜀地，与马超结成联盟；然后我回来与将军据守襄阳，伺机进攻曹操，这样就可以规划进取北方了。"周瑜计划进攻蜀地，然后从汉中和襄阳两面进攻曹操，他图谋为孙吴吞并天下，雄心可谓不小。孙瑜是孙权的堂兄弟，周瑜在这里特意提出与奋威将军孙瑜一同领兵攻蜀，夺取属地后再让孙瑜镇守该地，内心考虑的当然是孙权对孙氏族外人物领军远征的顾忌，他是要打消孙权对军权失控的一切疑虑，以便获得他对攻蜀计划的支持。

孙权同意了攻蜀计划，周瑜遂返回江陵准备行装，不想在途中生了重病，他上书给孙权说："人寿的长短由天命决定，实在不足惋惜。我只恨心中的微小志向未能实现，再也不能接受您的命令了。现在曹操在北方，战事并没有结束；刘备寄居境内，就像身边养了一只老虎。天下许多事情，尚不是最后的结局，这正是臣僚们奋发忘食之时，也是您运筹思虑之日。鲁肃为人忠烈，遇事不马虎，可以接替我的职务。假如我的建议被采纳，我就虽死不朽了。"周瑜在巴丘（今湖南岳阳南郊的山）去世，孙权得知消息后十分悲痛，大哭着说："周瑜有辅佐帝王的才能，现在忽然短命而逝，我依靠谁呢？"周瑜怀着对孙吴的满腔忠诚和志吞益州的宏图大略，在准备实施攻蜀战略时，倒在了为理想而奋争的道路上，这的确是东吴集团无可弥补的损失，孙权的悲痛是发自内心的。

孙权亲自到芜湖去迎接周瑜的灵柩，对他的儿女做了很好的安排，其后接受了周瑜的荐举，任命鲁肃为奋武校尉，让他接替周瑜统领军队，任命程普兼任南郡太守。鲁肃也是东吴一位出色的优秀将领，但他与周瑜不同，更擅长于政治策略而非军事谋划。在周瑜身后，也不失为最合适的统军将才。

与刘备集团的妥协与合作 刘备在赤壁战后夺取了荆州的一些地方，刘表原部属中的许多人归附了刘备（参见 2.1.10《属下将吏盘点》），刘备觉得周瑜划拨给他的土地太少，不足以容纳自己的部下，就亲自到京城（今江苏镇江）去面见孙权，请求让他作荆州都督，管辖全部荆州之地。当时周瑜尚在，他上书给孙权说："刘备为一代枭雄，而且有关羽、张飞这些熊虎一样的猛将辅佐，必定不会长久屈居，为他人所用。我认为应当把刘备迁置吴郡，为他在那里建造宅第，多供美女和玩赏之物，让他有所迷恋；同时把关羽和张飞两个人分开，使我们的将领能统率他们攻战，大事就可以安定了。如果滥割土地给他作基业，使他们三人聚在境内，恐怕他会像蛟龙得到云雨，终究不会居于水池中了。"吕范也劝孙权留下刘备。孙权上一年已经把妹妹嫁给了刘备，看了周瑜的上书，他认为曹操在北方虎视眈眈，江东应该广揽英雄，于是拒绝了他的建议，并没有扣留刘备，但似乎也并未答应刘备要求全部占有荆州的请求。

鲁肃接任了周瑜的军权后，劝孙权把荆州借给刘备，与刘备共同抵抗曹操，孙权同意了，他给刘备划拨了一些地盘，名义上是鲁肃提出的"借用"，刘备借荆州的话题应该是由此而来。但当时属口头承诺，并无任何文字凭据，后来双方为此引起了无尽的纠葛。同时，孙权在给刘备划拨地盘时，还对某些郡县的行政区划做了调整，他们从豫章郡中分出一部分土地，设立番阳郡（今鄱阳湖东岸）；从长沙郡分出一部分土地，设立汉昌郡；任命程普兼任江夏郡太守，鲁肃为汉昌郡太守，率军驻在陆口（今湖北嘉鱼西南陆水入长江处）。

刘备过了很久才听到周瑜上书等东吴君臣的内幕情况，他感叹说："天下智谋之士，看事情都大体相同，当时诸葛亮劝我不要去，也是担心发生这样的事情。但我正在急迫之时，不得不去，这实在是走险路，几乎逃不出周瑜之手！"这些情况反映了孙刘联盟内部存在的真实矛盾。

对部下的引导教育　早先孙权发现了吕蒙的才干，对他提拔重用，让他担任了寻阳（治今湖北黄梅西南）县令，应是对年轻干部的锻炼培养吧。孙权曾对吕蒙说："你现在一方担任要职，执掌权力，不能不学习。"吕蒙推辞说军中事务太多。孙权说："我难道是要你研究经典去做博士吗？只是要你涉猎浏览书籍，了解过去发生过的事情。你说事务多，难道比我还忙！我经常读书，自己觉得大有好处。"于是吕蒙开始读书，等到鲁肃经过寻阳时，与吕蒙谈话，吃惊地说："你今天的才干谋略，再不是吴郡那里的阿蒙了！"吕蒙说："士别三日，就应该刮目相看啊！"孙权引导吕蒙读书学习，事情是很典型的，想必这种情况不是个例，应该是他对许多青年人持有的态度，显示了领导人对部属的培养关爱。

向南方之地的开拓伸展　孙权向北方的发展开拓遭受到了曹操的抵挡，但社会管理松弛的南方之地尚有巨大的发展空间，他能抓住机会，在条件具备时即把统辖的触角伸向了岭南之地。起初，苍梧人士燮担任交趾郡（治今越南河内东北）太守。交州刺史朱符被夷寇杀死，州郡陷入混乱。士燮上表推荐他的弟弟士壹代理合浦郡（治今广西合浦东北三十五公里）太守，士䵋代理九真郡（治今越南清华）太守，士武代理南海郡（治今广东广州）太守。士燮性情宽厚，有很多中原地区的士大夫都前往投奔，他在交州很有势力，又处在万里偏远之地，于是士燮在那里的威望与尊严至高无上，出入时的仪仗警卫十分盛大，当地各蛮族都顺服他。

不久朝廷派遣南阳人张津担任交州刺史，这是朝廷主政人曹操向岭南派出的官员。张津迷信鬼神，经常用绛色头巾裹头，他弹琴、烧香、读道家书籍，说这样可以得道。张津后来被他的部将区景杀死，刘表遂派遣零陵人赖恭代替张津担任刺史；苍梧郡（治今广西梧州）太守史璜逝后，刘表又派吴巨代理苍梧太守，看来当时荆州刘表也染指岭南，他利用与岭南接壤的地理优势，越过朝廷向该地区派出官员，想要逐步取得对岭南之地的统辖权。

朝廷则赐给士燮诏书，任命他为绥南中郎将，这是统属南方七郡的军事长官，同时让他继续兼任交趾太守。曹操在了解了岭南当时的实际情况后，干脆利用士燮在岭南拥有的威望而对他顺势任用，避免外派人物进入后节外生枝，这应该属于极策略的手段。后来刘表派来的吴巨与赖恭关系恶化，吴巨发兵进攻赖恭，而赖恭逃回零陵。岭南显然成了士燮及其兄弟的掌控之地。

孙权看准机会，任命番阳郡太守步骘为交州刺史。赤壁交战之后，曹操退回了北方，士燮大概是要就近而疏远吧，他率领自己的兄弟们都听从步骘的命令，明显地倒向了孙吴一方。吴巨表面上服从，心里却另有打算，步骘把他引诱出来杀死，由此声威大震。孙权顺势提升士燮为左将军，士燮则派遣自己的儿子到孙权那里作人质。从此，岭南之地开始归属孙权。孙权在进军北方受阻后，在南方开拓发展上取得了极大的成功。

3.2（7）与曹军的反复较量

赤壁交锋拉开了孙权与曹操南北对抗的序幕，双方有一个暂休缓冲的间歇。211年，曹操平定了关中马超韩遂的反叛，清除了西部的隐患，同时摆平了许都政权内部的诸多矛盾纷争后，于212年冬准备再行伐吴。扫平江南本来就是曹操战略发展的重要内容，也是他报仇雪耻的需要。《资治通鉴·汉纪五十八》《三国志·吴书·吴主传》及其引注等处记述了在南北争战的烽烟重新燃起之时，吴主孙权的军事准备及其在战场上与曹军的反复争夺。

被朝廷任命为会稽东部都尉的张纮曾向孙权建议说，秣陵县（治今江苏江宁南秣陵关）山川雄伟，地势险要，应该将此地作为东吴治所，209年刘备到江东要求为他扩大荆州地盘时，也曾劝孙权居住该处。孙权于是修建石头城（故址在今南京市清凉山），把治所由京城（治今江苏镇江）迁到秣陵，将秣陵改称建业。当孙权听到曹操前来攻吴的消息时，曾向刘备请求援助，当时刘备正在蜀地为益州牧刘璋防守汉中张鲁（参见 2.1.16《进军西蜀》），忙于自己的西向扩张之事，最终没有给予支持，孙权只能依靠自己的力量了。

吕蒙听说曹操打算再次东征，他劝说孙权在濡须水口（今安徽巢县西巢湖）的两岸修建营寨，众将们都说："要上岸攻击敌军，洗洗脚就上船了，修营寨有什么用？"吕蒙说："军事有顺利和不顺之时，不会百战百胜，如果我们与敌人突然遭遇，对方步骑兵紧逼，我们就连水边也到不了，怎么能上船呢！"吕蒙对未来的争战作了更为充分而细致的估计，希望能提前做好应对准备，孙权考虑后说："你说的很对！"于是，下令修筑用以军事防守的营寨堡坞，称作濡须坞。

曹操大军十月出发，号称步、骑兵四十万，于次年正月到达濡须口，孙权率领七万人抵抗。曹军攻破了孙权设在长江西岸的营寨，俘获孙权部下的都督公孙阳，初战获胜。有一次曹操乘牛皮作的油船兵出濡须口，夜晚到达江中的一个洲上，孙权则领着水军将其包围进攻，杀伤和俘获对方三千多人，溺水者也有好几千。孙权几次挑战，曹操让部队坚守不出。后来孙权亲自来观看阵势，乘坐快船从濡须口接近曹军。曹军将领以为是前来挑战的吴将，于是准备出击，曹操说："这必定是孙权想亲眼看看我们部队的作战队列。"他吩咐军队排列严整，不能轻易射箭。孙权巡行了五六里，其后擂鼓吹号而返回。

曹操看到孙权那边战船、器杖和军队都整齐肃穆，叹息说："生子当如孙仲谋（孙权），刘景升（刘表）儿子，像猪狗一样！"曹操一世英雄，他仰慕英雄，赞美英雄；到了晚年，仍然心慕年轻一辈的英雄，哪怕其是敌对人物，也会给予由衷的赞佩。刘表的儿子刘琮在 208 年把荆州一手奉送，因为他完全抛弃了父亲的基业，曹操尽管成了最大获利者，但仍然不能给他以稍微尊重的评价，这是曹操的英雄气质使然，也合于世间事物的一般情理。晚年曹操想到的是自己的接班问题，他不知道自己接班的儿子将来会是何种表现，但当他这次在濡须洲上受挫，并看见孙权军队的气势和阵容时，不禁把自己的儿子和孙权联系了起来，这既是对年轻孙权的赞赏，也是对自己儿子的期望。

另有资料《魏略》中记述，孙权乘着大船前来观看曹军，曹操让军队一齐射箭，乱箭射进了大船，船身偏重似乎就要翻了，孙权让掉过船头，让另一面接受射来的箭，箭在两边，船身平衡后孙权返还。这一险情处置应该是熟悉水战的人都能知晓的方法，孙权在这里的随机性应对也没有过多的特别之处，后来历史小说中诸葛某人的"草船借箭"，大概源头就是出自这里。

两军相持了一个多月，发生过小型的战斗，应该是各有胜负。孙权写信给曹操说："春水就要上涨，您应当赶快撤军。"另附的一张纸上写着："您不死掉，我不得安宁。"孙权这次濡须交战至少和曹操打了个平手，他以七万人对付曹操的几十万军队，又属自己亲自参加指挥的战斗，是利用自家水战的优势遏止了曹军的进逼，粉碎了曹操报仇雪耻的企图，其内心的自豪还是不言自明的。他在给曹操的信中提到春水将涨的事实，是表明后面的优势会向善于水战的一方偏转，这里当然含有对曹操的威胁；同时又附带送上了一个半陈事实、半为诅咒的语句。曹操对部将们说："孙权不欺骗我。"于是撤军返回北方。

曹操撤军前准备把临江郡县的百姓迁徙到内地，意在防止孙权将这些人口掠走，民众听到这个消息后互相传扬，他们不愿意离开自己本土，于是庐江、九江、蕲春、广陵等地十多万人口东渡长江，反而跑到了东吴（参见1.11.8《蒋济的风光与惭恨》上），长江之西一时人口空虚，合肥以南只有皖城还有居住的人口。这件事情在于曹操决策的失误，但也反映了沿江民众对东吴政权并没有过分的抗拒之心。

几年之后的215年八月，孙权乘曹操收复汉中征讨张鲁的机会，率十万军队围攻合肥，其时张辽、李典、乐进率七千人在合肥驻守。曹操让护军薛悌送去一封信函，上面写着："敌人到来时再打开。"孙权兵临城下时，张辽等人打开信函，只见上面写道："若孙权来到，张、李将军出战；

乐将军守，护军不得参战。"（参见 1.16.1《忠勇将军张辽》下）这次战斗中孙权占据兵力上的优势，而张辽在战斗中做出了超常发挥，他以死相拼，奋勇杀敌，竟然以少胜多。其后孙权在逍遥津北岸受到突袭，多亏甘宁、吕蒙等战将的死力守护才得脱身。孙权乘骏马过桥，桥南部有一丈多宽的桥面木板却已被撤去，他的近臣侍卫谷利正跟在马后，他让孙权抓住马鞍，放松缰绳，他本人在后面猛烈用鞭抽马，借助马的冲势飞跃了过去。将军贺齐率三千人在逍遥津南岸迎接，孙权因此得免于难。孙权包围合肥十多天，一直无法攻陷，并且遭受了张辽的袭击，最后撤军返回。

孙权登上大船，在船舱设宴饮酒，贺齐从席间走出，哭着说："主公无比尊贵，应处处小心谨慎，今天的事情，几乎造成巨大灾难。我们这些部属都非常惊恐，如同天塌地陷，希望您终身记住这一教训！"孙权亲自上前为贺齐擦去眼泪说："很惭愧，我把这次教训铭刻在心中，不仅仅是写在束身的带子上。"孙权这次本来是利用了曹操在汉中作战的机会，他组织优势兵力向合肥进攻，与张辽等将军的交战中竟然险遭不测，最后无功而返，其中的确包含有很大的教训。

3.2（8）与盟友的分歧与摩擦

在208年九月曹操大兵压境时，孙权和刘备两家结成了抗曹联盟，数月后取得了赤壁交锋的胜利，并且夺得了荆州的大片地盘，孙刘两家从双方结盟中各自实现了应有的利益并且自觉地巩固这一联盟。然而，随着战胜曹操的赤壁红利销蚀殆尽，孙刘各方的利益获取形成了冲突趋势。《资治通鉴·汉纪五十九》《三国志·吴书·吴主传》等处记述了孙权与刘备集团不断发生的分歧和摩擦，表现了利益原则主导下联盟各方的特殊关系。

刘备209年开始占得荆州大部分地盘，其后孙权把妹妹嫁给刘备，刘备也去京城请求孙权划拨给他更多地盘，到鲁肃掌军时主张借给刘备一些地盘以便巩固联盟。另有资料提到，先前周瑜、甘宁等人多次劝孙权夺取蜀地，孙权派遣使者与刘备商议一同攻蜀，刘备是希望独自占领蜀地的，于是声称他和刘璋都是刘姓皇族而加以阻止；后来孙权派孙瑜、周瑜率水军驻在夏口准备入蜀，刘备不允许孙权的军队过境，对孙瑜说："你们若要攻取蜀地，我将披头散发，隐遁山林之中，不能在天下人面前失信。"（参见2.1.15《机会需要等待》），随后派关羽驻守江陵，张飞屯兵在秭归，诸葛亮据守南郡（治今湖北江陵），他自己坐镇孱陵（治今湖北公安南），孙权不得已而把孙瑜军队召回。

211年刘备暗中接受成都张松、法正等人的邀请，以协助刘璋驻守葭萌关为由进军蜀地，孙权听到消息后说："这个滑头，竟敢如此搞阴谋诡计！"刘备则留下关羽防守江陵，鲁肃的防区与关羽为邻。这年刘备的孙夫人要带着刘禅返回东吴，应该有孙权的引诱配合，张飞与赵云率水军截堵并接回了刘禅，双方的矛盾冲突至此公开化。212年，曹操进攻濡须口，孙权请求刘备回军援救，刘备为此写信给刘璋请求给他增拨一万名士兵和军用物资，以便回军支援东吴，刘璋只拨给四千人，军用物资也都只给一半。刘备就以此为借口与刘璋翻脸，开始公开实施庞统关于夺取益州的方案（参见2.1.16《进军西蜀》）。刘备当时其实并没有回军援助孙权的心思，孙权的救援请求仅是为他提供了翻脸攻蜀的借口。

215年刘备已经得到了益州，孙权派中司马诸葛瑾向刘备索求荆州各郡。刘备不同意，说："我正准备夺取凉州，取得凉州后，才能把荆州给你们。"孙权说："这是有借无还，不过是找借口以拖延时日罢了。"因此任命了长沙、零陵、桂阳三郡的地方长官，但几人就任时被关羽全部驱逐。孙权大怒，派吕蒙统领鲜于丹、徐忠、孙规部队二万人夺取上述三郡。吕蒙向长沙、桂阳发送文书，二郡都望风归服，只有零陵太守郝普坚守不降。刘备得到荆州纷争的消息，立即从成都到达公安，派关羽争夺三郡。孙权则前往陆口（今湖北嘉鱼西南陆溪口）调度各军；派鲁肃领兵一万人驻屯益阳（治今湖南益阳）对抗关羽；用紧急军书传召吕蒙，让他放弃零陵赶快协助鲁肃。

吕蒙把孙权的书信密藏起来，夜间召集部属作出安排；次日清晨向零陵发起攻击前，吕蒙看着郝普的旧友邓玄之说："郝普想做忠义之事，但不了解情况。现在刘备在汉中被夏侯渊包围，关羽远在南郡，我们主公亲自来征讨，他们首尾不能相顾，没有力量救援零陵！现在我已准备向零陵发起攻击，很快就会攻克，城破后郝普自己死亡，没有什么好处，而且牵连百岁白发老母遭受诛杀，这不很痛心吗！我料到郝普是不清楚外边的情况，以为会有援兵，所以如此坚守。你可去见他，为他说明祸福。"邓玄之见到郝普，把吕蒙的话全都告诉了。郝普非常害怕，于是出城投降，吕蒙拉着他的手一起下船。吕蒙利用郝普信息不通和对周边情况的不了解，让邓玄之给其送去了非常不实的信息，用编造的危险情况吓唬和误导郝普，诱骗对方投降后，留下孙河处理零陵事务，他当天即执行孙权的命令，率军奔赴益阳援助鲁肃。

鲁肃是一位忠厚之人，是他支持建立孙刘联盟，又主张把荆州地盘借给刘备，在联盟内部出现如此危机时，他仍然准备前去与关羽会谈，属下将领恐怕见面后情况有变，认为不可前往。鲁肃说："事已至此，最好的办法是开导劝说。刘备有负我们，是非还没有最后决断，关羽怎么敢谋害我的性命！"他邀请关羽会面，各自把部队停留在百步以外，只有双方将领带一把佩刀相见，称为"单刀之会"。会谈间鲁肃责备关羽不返还三郡，关羽说："乌林（今湖北洪湖东北长江北岸乌林矶）战役中刘将军直接参战，奋力打败敌人，难道白白辛苦，不能有一块土地？而你今天是要来收取土地吗！"鲁肃说："不对！开始我与刘将军在长阪会见时，他的部众抵挡不了一个校尉的攻击，智竭计穷，士气低落衰颓，打算远逃，那时想不到会有今天。我们主公可怜他无处安身，不吝惜土地和百姓，让他有了落脚之地，帮助他渡过险难；现在刘将军却自私虚情，辜负恩德而损害友好。他已得到益州，又要占据荆州土地，这事连普通人都不忍心去做，何况统领一方的人物！"据说当时关羽无话可答。这次单刀之会是鲁肃寻求和解的方式，并没有鸿门宴的意味，双方在会谈中其实没有哪一方能绝对说服对方放弃利益追求，会谈中没有发生刀枪之争，也没有导致后续的更大冲突，而会谈过后双方的矛盾分歧依然存在。

这时候，刘备听说曹操将要攻打汉中，他恐怕失去益州，于是派使者与孙权讲和,孙权命令诸葛瑾答复刘备,愿再度和好。于是双方以湘水为界,分割了荆州:长沙、江夏、桂阳以东归属孙权;南郡、零陵、武陵以西归属刘备(参见 2.1.18《对荆益两州的稳定与治理》下),双方用妥协方式达成了暂时和解,避免了联盟的破裂。这次孙权和刘备都前往荆州指挥部队,仿佛要在此展开一次决战,却因为曹操的压力而妥协。两人离开荆州后,刘备去守御益州并与曹操争夺汉中,孙权不久与张辽等曹操将领进行了极有影响的合肥争夺战。在这里,利益获取是联盟形成的条件,又是联盟发生危急的催化剂,外部压力的大小对联盟内部的关系起着重要的调节作用。

3.2(9) 联盟的破裂(上)

孙吴集团在政治战略上把占据长江流域作为自己王霸基业的前提,因而对刘备占有荆州共享长江之利一直耿耿于怀;诸葛亮在隆中对中向刘备提出三分天下的战略,占有荆、襄之地也是其中不可或缺的内容。战略设定上对荆州的共同觊觎使他们在抗击曹操、夺取荆州时很快能结成联盟,而双方对荆州的独占图谋又使他们在曹操退兵后必然发生联盟内部的摩擦与争斗。在曹操 215 年争夺汉中时双方有过维护联盟的暂时妥协,然而来自北方的威胁一旦解除并缓和下来,孙刘联盟内部的争斗又会重新发作。《资治通鉴·汉纪六十》《三国志·吴书·吴主传》等处记述了其后双方矛盾的演化及反曹联盟瓦解和破裂的过程。

215 年曹操从张鲁手中收复了汉中,与益州刘备的矛盾冲突有所加剧,而对东南孙权的压力则有所松缓。史书上说,217 年三月,孙权派都尉徐详到曹操那里请求投降;曹操派使者回复愿意建立友好关系,发誓与孙权重结姻亲之好。当时在孙策打败黄祖的 199 年,曹操为了拉拢和安抚江东,他把自己的侄女嫁给孙策的弟弟孙匡,又为儿子曹彰娶孙贲的女儿(参见 3.1.6《乘胜进军扩大战果》),这里再次重申姻亲之好,是曹操对东吴政治策略向好性的一种调整。

当年冬,鲁肃去世,孙权任命从事中郎严畯接替鲁肃的职务,率兵一万人驻守陆口（今湖北嘉鱼西南）。大家都向严畯祝贺，严畯却坚持说自己是"朴实书生，不熟悉军事"，将职位坚决推辞，他言辞恳切，甚至流下了眼泪。孙权便任命虎威将军吕蒙兼汉昌太守，让他代替鲁肃的职位驻军陆口。鲁肃曾是倡导建立孙刘联盟的主要人物，为巩固联盟也付出了不少努力，他曾劝孙权说，由于曹操势力仍然存在，应该暂且安抚结交关羽，和他共同对敌，不能失去和睦。相比而言，吕蒙则是很有算计、极富扩张雄心的人物，他认为关羽的军队驻扎在东吴的上游，这种形势难以持久，便私下对孙权说："如果现在命令征虏将军孙皎守南郡，潘璋驻守白帝，蒋钦率领流动部队一万人沿长江上下活动，哪里出现敌人，就在哪里投入战斗，由我在上游据守襄阳，这样，就不必担忧曹操，也不必依赖关羽！况且关羽君臣凭借诡诈力量，反复无常，不可以真心相待。现在关羽所以未向东进攻我们，是因为我们君臣尚在。现今不在我们强壮时解除这一后患，一旦我们死去，再想和他较量，就没有可能了。"孙权说："我准备先攻取徐州，然后再进攻关羽，怎么样？"吕蒙回答说："曹操远在黄河以北，他要安抚幽州、冀州，来不及考虑东部的事情；况且陆地交通方便，适合骁勇骑兵驰骋，我们今天夺取了徐州，曹操十天之后就一定会来争夺，即便用七八万人防守，仍会令人担忧。不如击败关羽，将长江上下游全部占据，我们的势力更加壮大，也容易守卫了。"孙权赞同吕蒙的建议。吕蒙在这里向孙权分析了东吴面对的两大敌手，认定关羽对东吴的威胁更大，并且击败关羽的现实性更强。吴国君臣的这一议论出于对自身实际状况的分析，表明他们联刘抗曹的军事战略正在发生转变。

219年，刘备从曹操手中夺取汉中，自己作了汉中王，他封关羽为前将军。大概是受到汉中军事胜利的鼓舞，抑或是收到成都方面的指令，关羽不久命令南郡太守糜芳守卫江陵，将军士仁守公安，他自己率军向樊城的曹仁进攻。曹仁派左将军于禁、立义将军庞德所领军队驻扎在樊城之北。八月，天降大雨，汉水泛滥，平地水深数丈，于禁等七路兵马都被大水所淹。于禁和将领们登到高处避水，关羽乘大船前来进攻，于禁等无处可逃，于是投降，而庞德被俘后不屈被杀。樊城被深水围困，危在旦夕，关羽乘船至城下，将樊城重重包围，使其内外断绝，另又派别的将领把曹将吕常包围在襄阳。

陆浑叛首孙狼等造反作乱，杀死了县主簿，向南归附关羽，关羽授予孙狼官印，给他军队，让他回乡作策应。在许都以南，多处有人与关羽遥相呼应，关羽的威名震动了整个中原。魏王曹操与群臣商议，准备离开许都，以躲避关羽的锐气，丞相军司马司马懿、西曹属蒋济对曹操说："刘备和孙权，从外表看关系密切，实际上很疏远，关羽得志，孙权必然不高兴，可派人劝孙权威胁关羽的后方，答应把江南封给孙权，这样樊城之围自然就解除了。"曹操听从了他们的建议。

孙权曾经为自己的儿子向关羽的女儿求婚，关羽骂了孙权的使者，拒绝通婚，孙权因此很恼怒。及至关羽进攻樊城，吕蒙向孙权上书说："关羽征讨樊城，却留下很多军队防守，一定是害怕我从后面进攻他。我经常患病，请求您允许我以治病为名，率一部分士兵回建业，关羽知道后，必定撤走防守的军队，全部调往襄阳，我军可昼夜乘船溯江而上，趁他防守空虚时进行袭击，南郡就可攻取，关羽也会被擒获。"孙权同意了他的建议，于是吕蒙自称病重，孙权则公开发布命令召吕蒙返回，暗中与他进行策划。

吕蒙顺江而下到芜湖时，定威校尉陆逊对吕蒙说："关羽和您的防区相邻，为什么远远离开，以后不会为此担忧吗？"吕蒙说："的确如您所说，可是我病得很重啊。"陆逊说："关羽自负骁勇，欺凌他人，刚刚取得大功，骄傲自大，他一心向北进攻，对我军未加怀疑，现在听说您病重，必定更不防备，如果出其不意，就可将他擒服。您见到主公，应该妥善筹划这事。"吕蒙说："关羽素来勇猛善战，我们很难与他为敌，况且他已占据荆州，大施恩德和信义，加上已经取得很大成功，胆势更盛，不易对付啊。"吕蒙这里是有意掩饰了他已有的谋划，这当然是出于军事保密的需要，不久他回到建业，孙权询问："谁可以代替你？"吕蒙回答说："陆逊思虑深远，有能力担负重任，观察他的虑事，终究可以大用；而且他没有大名声，不是关羽所顾忌的人，没有人比他更合适了。如果任用他，应该让他对外隐藏锋芒，自己观察形势，寻找可乘之机，然后才可取得胜利。"孙权于是召来陆逊，任命他为偏将军、右部督，以接替吕蒙。

陆逊到了陆口，写信给关羽，称颂关羽的功绩，显得极其谦恭，表示愿意对关羽尽忠和托付前程。关羽内心感到很稳妥，对东吴不再有疑心，逐渐撤出了防守的军队赶赴樊城。陆逊把情况向孙权做了汇报，陈述了擒获关羽的方案要点。孙权同意了陆逊进击关羽的行动方案，他收到曹操让他进攻关羽的书信后，回信对曹操说，自己愿意从后方讨伐关羽，为朝廷效力，并请求不要把消息泄漏出去，防止关羽有所防范。至此，孙权与联盟外部的力量联系了起来，并做好了暗中进攻关羽的准备，而关羽正得手于樊城，对东吴在背后的谋划一无所知，巨大的危险正在悄悄临近。

3.2（9）联盟的破裂（下）

在关羽北攻樊城并取得重大战果时，江东吕蒙希望用背后突袭方法夺回一直被关羽占有的荆州之地；而当时曹操的樊城之围未能解脱，正需要东吴从后面的军事配合，共同的利益需求把曹操和孙权双方联系在了一起，他们一拍即合。《资治通鉴·汉纪六十》《三国志·吴书·吴主传》等处记述了孙吴在樊城攻围战后期暗中对关羽荆州部队的背面进击，介绍了孙刘联盟最终走向破裂的过程。

关羽水淹七军后得到于禁和庞德的军队数万人，因为粮食不足，军队断粮，便取用孙权湘关的粮米，湘关是几年前刘备和孙权两家以湘江分界时在潇、湘二水合流处所设互通商旅的关口，东吴有粮仓在此。孙权听知关羽擅自取走储粮，便命令吕蒙率领军队出击关羽，并以征虏将军孙皎为后援。而关羽在樊城与曹操派来的徐晃军队交战正酣（参见1.16.5《战功不凡的徐晃》下），他被陆逊先前的谦卑之辞所迷惑，对东吴方面的安全防守非常放心，并不知道背后的一切情况。从古到今，关键战役中一切战场上的自负和大意都注定要付出难以补偿的代价。

吕蒙率军到达寻阳（今湖北黄梅西南），把精锐士卒都埋伏在大船中，让百姓穿着商人的衣服摇橹，他们昼夜兼程到达江陵，将关羽安排在江边守望的兵卒全部捕捉，截断了关羽在前方的消息来源。关羽的后方守将麋芳、士仁（又称傅士仁）一直都不满意关羽轻视自己（参见2.2.2《关羽事迹辨正》中），吕蒙先命令原骑都尉虞翻写信游说士仁，为其陈述得失，士仁得到虞翻信后，便投降了。吴军留下军队守城，带着士仁至南郡，吕蒙让士仁去与守城的麋芳相见并说服麋芳，麋芳也开城投降。吕蒙兵不血刃地进入江陵（今湖北沙市西北五公里），把被囚的于禁释放，将关羽及其将士们的家属召集起来，对他们都给以抚慰，对军中下令："不得骚扰百姓和向百姓索取财物。"吕蒙帐下有一亲兵，是吕蒙的同郡老乡，从百姓家中拿了一个斗笠遮盖官府的铠甲；铠甲虽然是公物，吕蒙仍然认为他违犯了军令，流着眼泪将这个亲兵处斩了，于是全军震恐，致使南郡一时道不拾遗。吕蒙还在早晨和晚间派亲信去慰问老人，询问他们生活上的困难，给病人送去医药，对饥寒的人赐予衣服和粮食，将关羽库存的财物珍宝全部封存起来，等候孙权前来处理。吕蒙一进荆州，占有了江陵，就开始了对基层民众的安抚工作，他是把荆州百姓当成自家东吴的臣民来看待。不久孙权到达江陵，荆州的文武官员都归附了东吴。

先前孙权请求曹操将自己突袭荆州的消息保密，以免关羽作出防范。曹操的谋士董昭说："军事行动应当注重权变，要求合乎时宜。我们可以答应孙权为他保密，但暗中将消息泄露出去。关羽知道孙权袭击后方，若要回兵守御后方，樊城的包围就迅速解除，我们便可获利。同时还可使孙权、关羽相互敌对僵持，我们可以坐等他们疲敝；假如保守秘密不做泄露，只能使孙权得志，这也不是上策。何况樊城中被围的将士不知道有这些情况，他们计算城中粮食不足，觉得难以持久，心中也会惶恐不安。"曹操说："很对！"于是立即让徐晃将孙权突袭荆州的书信用箭射入樊城之内和关羽军营中。在曹操与孙权的关系中，他们两家也是各自算计，都想在这次合作中谋求自身利益的最大化。曹军被围的将士得到书信后，士气增长百倍；关羽受到后方被攻的消息，觉得樊城即将攻破，因而犹豫不决不愿撤兵离去。

后来关羽得知南郡失守，他立即向南回撤。曹仁召集将领们商议，众人都说："现在趁关羽身陷困境，内心恐惧，派兵追击可以将他擒获。"赵俨说："孙权乘关羽和我军鏖战之机侥幸袭取荆州，他言辞和顺地请求为我方效力，不过是想利用我们和关羽的交战而坐享其利。现在关羽已势力孤单，正仓促奔走，我们应让他去危害孙权；如果对战败的关羽穷追不舍，孙权就将由防备关羽变为给我们制造祸患了，魏王必将对此深为忧虑。"于是，曹仁下令不要再穷追关羽。很快曹操知道关羽退走的消息，他唯恐将领们追击，果然迅速给曹仁下达命令不要追击。曹操和孙权两家在合作中的互相算计，不仅是考虑眼下，也是考虑长远，即便关羽的军队败局已定，曹家的人员也要放出这只落势的猛虎，让其在死亡前咬向东吴。

关羽在退军途中多次派使者与吕蒙联系，吕蒙每次都厚待使者，让使者在城中各处游览，并向将士亲属各家表示慰问，有的家属亲手写信托使者带走，告知将士平安。使者返回后，部队将士私下向他询问家中情况，都知道自己家中平安，所受的对待超过以前，因此跟随关羽的将士逐渐都无心再战了。可以看到，吕蒙对荆州兵家属的优待，还是一种瓦解敌军的手段，对于荆州将士说来，战场上两面受敌，已经一败涂地，没有了反转的机会，而自己的家属亲人们安然无恙，又受到了很好的对待，他们自然和失败的将军离心离德，开始谋划个人的前景与出路了。关羽自知孤立困穷，便向西退守麦城（今湖北当阳东）。孙权派人诱降，关羽假装投降，把幡旗做成人像立在城墙上，然后逃遁，士兵都跑散了，只有十余名骑兵跟随。孙权事先命令朱然、潘璋切断了关羽的去路。十二月，潘璋手下的司马马忠在章乡擒获了关羽及其儿子关平，将两人斩首，东吴遂占据了整个荆州。

荆州之战是关羽首先发起，并由曹操、孙权共同参与的一次激烈争战，在关羽进攻而占据上风的时刻，刘备的盟友孙权对荆州军队的后背猛插一刀，使骄傲大意的关羽猝不及防，兵败山倒。这次作战中孙权和曹操联合起来共同对付刘备的荆州部队，最终解了曹操的樊城之围，消除了来自南部的一大威胁；而江东则利用曹军在樊城牵制关羽的机会，一举夺取了垂涎已久的荆州之地，双方在互相配合中获得了极大的利益。曹操上表给皇帝，推荐孙权为骠骑将军，授予符节，兼任荆州牧，封为南昌侯。孙权派校尉梁寓入朝进贡，又将被俘虏的朱光等人送还，上书向曹操称臣，劝曹操顺应天命，即位称帝。当时曹操把孙权的信给臣僚们观看，他说："这小子要把我放在炉火上烤啊！"参见 1.3.6《曹操的自白》），这可能是曹操的真心话。但无论孙权和曹操在交往中各有怎样的个人心思，他们至此互相抬举，达成了友好关系，而把痛苦和屈辱留给了刘备。

荆州之失对于刘备是极其巨大的战略性损失，诸葛亮三分天下中关于占有荆、益，两路配合进击中原的军事设想自此失去了荆襄方面的重要支撑；而江东孙权则由此占据了长江整个流域，向早年设定的王霸基业推进了一大步。在军阀割据、天下战乱的年代，似乎并不能判定孙刘双方谁家的争夺行为更具正义性，也不能简单地从对待共有联盟的忠诚上对双方行为作道德审判。当年孙刘双方建立的抗曹联盟本来就是他们各自求生存、谋发展的应急手段，同样，联盟内部的摩擦以及后来的破裂也都是由各自的利益诉求和战略发展而引起。只是，刘备一方决策人与具体执行人没有充分预计和很好地把控并抑制事态的恶化，缺乏战略推进中以正确策略相配合的灵活手段，在联盟破裂中付出了惨重代价，留下了巨大的历史遗憾。

3.2（10）与部属的和善关系（上）

与刘备争夺荆州之时，孙权时年三十八岁，他自 200 年接替孙策掌控江东军政的十九年间，取得了赤壁抗曹的胜利，成功守卫了兄长开拓的六郡地盘，又借助政治交往方式把东吴治理延伸到了广大的岭南地区（参见 3.2.6《战后对江东的治理》），现在又夺取荆、襄，几乎占有了整个长江流域。孙权没有孙策那样驰骋疆场、英勇拼杀的霸王之威，但他继父兄基业后，对江东的治理总体上还是成功的。《三国志·吴书·吴主传》及其引注与《资治通鉴·汉纪五十九》等多处记述了孙权在军政活动中对待众多部属的行为，表现了他对臣僚的和善关系，从中能够发现年轻君主成功驾驭部属的性格优长和他特殊的处政方式。

217年三月,孙权留平虏将军周泰统领濡须守军,朱然、徐盛等将领都成了周泰的部下,但他们两人认为周泰出身寒微,心中不服。孙权于是召集各位将领,大摆酒宴,奏乐畅饮之时,他在酒席上让周泰解开衣服,用手指着其身上的伤痕询问受伤经过,周泰对每次受伤的作战地点和经过全都记得,依次回答。讲完后,孙权让他重新穿好衣服,拉着他的手臂流泪说:"你为了我们孙氏兄弟,像熊虎一样勇猛作战,不顾惜身体性命,受伤数十处,肌肤像刀刻划过一样,我怎么忍心不把你当作亲骨肉看待,委以统帅兵马的重任!"宴席散后,孙权让周泰暂留,随后安排兵马为护卫,摇鼓鸣号,奏起军乐,走出了军营。孙权在这里是要当着众位将军的面显亮周泰的战功,展示周泰的忠诚和英勇,他公开表明了任用将军所要看重的是忠诚和英勇,而与出身根本无关,并向众将表明自己对周泰的坚定支持态度以及他可以拥有的威严,于是徐盛等人才服从周泰指挥。他没有提及众将不服周泰的事,但在事情的关键处着力,最终彻底解决了这一问题。

东吴袭取荆州后孙权进入江陵,荆州官员纷纷归顺,只有治中从事潘濬称病不见。孙权派人带床到他家将他抬来,潘濬脸朝下伏在床席上不起,涕泪纵横,哽咽不止(参见2.2.2《关羽事迹辨正》下)。孙权对他以字称呼,诚恳地慰问劝导,让左右近侍用手巾为他擦脸。潘濬起身后下地拜谢,孙权当即任命他为治中,有关荆州的军事全都听取他的意见。当时武陵郡(治今湖南常德)从事樊伷引诱少数部族,想使武陵依附益州刘备。有人上书请求派遣一万人去征讨樊,孙权特别召见潘濬询问。潘濬回答:"派五千部队就足可擒获樊伷。"孙权说:"你为什么如此轻敌?"潘濬回答说:"樊伷是南阳的世家大族,颇能摇唇鼓舌,但实际上没有什么才智。我之所以了解他,是因为过去樊伷曾为州中的人设宴,直至中午,客人仍无饭菜可吃,十余人起身离去,这也就像观察侏儒演戏,看一节就可知道他有多少伎俩了。"孙权大笑,立即派潘濬率五千将士前去征讨,果然将樊伷等人斩首,平定了叛乱。潘濬应该是一位有思想、有情怀、有冤屈的忠贞才士，孙权欣赏他的为人，所以用抚慰劝导的方式将其招降，给东吴集团增添了一位不凡的人物。他从潘濬对樊伷个人能力的分析逻辑中感到了潘濬不同寻常的思维特征，更加确定了他的出众才能，不仅相信他的分析判断，并且把征讨樊伷的事情全盘委托给他，果然达到了预料的效果，自此潘濬成了孙权属下颇得信任、屡建功绩的名臣。

由于夺取荆州的功劳，孙权任命吕蒙为南郡太守，封为孱陵侯，赏赐一亿钱，黄金五百斤。吕蒙在这次战后得了重病，孙权把他接来，安顿在行馆的侧房，想方设法为他治疗和护理。医生不时为吕蒙针灸，孙权也为吕蒙愁苦悲伤，他想多去看望，又恐怕劳累了吕蒙，于是在墙壁上挖个小洞来观看病情，见吕蒙可以吃少量的食物，便高兴地回顾左右；不能吃食时便唉声叹气，夜不成眠。吕蒙的病好了一半，孙权下令赦免罪犯，以示庆贺，文武官员都来道喜。他是把吕蒙看成了完全可以信赖和依靠的国家栋梁，因而甘愿为他的健康和生命作巨大付出。不久，四十二岁的吕蒙竟然去世了，孙权异常悲痛，命令三百户人家守护他的坟墓。孙权始终是以自己的行为告诉属下百官：能够为东吴忠诚奉献的人，自然会享有良好的对待，他的行为是对病者和逝者的安慰，也是对所有生者极大的鼓励。

夺取荆州前，偏将军全琮向孙权上书陈述进攻关羽的策略，孙权对他的上书一直未予答复，擒杀关羽后，孙权在公安设酒宴，对全琮说："你先前陈述进攻关羽的策略，我当时没有答复，今天取得的胜利，也有你的功劳。"于是封全琮为阳华亭侯。对全琮的上书当时没有做答复，自然有保密的意图，但上书对孙权制定军事方案和坚定争战信心还是不无作用的，孙权在宴会中郑重地提出此事，是表明他并没有看轻和忘记全琮的建议，以此鼓励全琮在事关国家利益的重大问题上继续发挥自己的聪明才智。

荆州争战后孙权同时任命陆逊兼任宜都（治今湖北枝城）太守，十一月，陆逊平定了刘备原任将领詹晏等人与当地大姓拥兵自重的叛乱，前后斩首、俘获以及招降人数以万计。孙权升任陆逊为右护军、镇西将军，晋封为娄侯，让他率兵驻扎夷陵（今湖北宜昌），守卫峡口（湖北宜昌西北郊长江出三峡山口处)。在这里,孙权夺取荆州,杀害了关羽,他深知和刘备的关系已经无法恢复,双方已处在的敌对状态;而夷陵处在刘备进攻东吴的必经之道上,特意安排陆逊驻守该地,自然包含有安排陆逊守峡口以防御刘备的用心。

后来,孙权与陆逊评论周瑜、鲁肃和吕蒙时说:"周瑜有雄心大志,胆略过人,他打败曹操,拓境荆州,很少有人能和他相比。鲁肃经周瑜推荐和我相识,我与他闲谈,便论及建立帝王大业的宏图大略,这是第一件痛快事。后来曹操借着收服刘琮的声势,扬言亲率水陆军数十万同时南下,我询问所有将领,没有谁愿意首先回答,问到张昭、秦松时,都说应派使者写好公文前去迎接。鲁肃当即反驳说不可,劝我迅速召回周瑜,命令他率大军迎击曹操,这是第二件痛快事。此后他劝我把土地借给刘备,这是他的一个失误,但不足以损害他的两大贡献。周公对一个人不求全责备,所以我忽略他的失误而重视他的贡献,常常将他比作邓禹。吕蒙的韬略常常出奇制胜,仅次于周瑜,只是言谈和才华不如他罢了。谋划与关羽作战,却超过鲁肃。鲁肃给我的信中说:'成就帝王大业的人,都要利用他人的力量开路,对关羽不值得顾忌。'这是他不能对付关羽,外表却空说大话而已,我仍原谅了他,没有苛刻指责。可他行军作战和安营驻守,能做到令行禁止,辖区内的官员都尽心尽职,治安良好,路不拾遗,他的治理方法还是很好的。"

孙权接任之后的掌军之人先后是周瑜、鲁肃和吕蒙,他这里对三位重臣的议论,既是对自己多年执政历程的总结,也从一定意义上表明了自己识人用人的理念与方式。他把这些体会坦率地讲给新的掌军人陆逊,是和陆逊的政务沟通,也属君臣间的心心相交,对增加两人间的相知相亲、和谐相处自有大隐无形的作用。

3.2(10) 与部属的和善关系(下)

孙权自200年执政后十九年间开拓了岭南之地,夺取了荆襄,占有了整个长江流域,把东吴事业推进到了一个更加宏大兴盛的地步,这得益于天时、地利的配合，同时也有江东臣民的人和，人和因素的增强离不开主政人孙权的恩惠施政与亲善待臣的行为。《资治通鉴·汉纪六十》中说，夺取荆州后孙权对当地百姓给予了许多优厚的对待，当年发生大疫，他特意免去了荆州百姓的租税；《三国志·吴书》多处介绍了吴主孙权与部属的交往，表现了他以自己特有方式对内部良好和善关系的营造。

大将甘宁曾一度投靠江夏太守黄祖，因为黄祖鄙视他的出身而不重用，甘宁依靠黄祖军中都尉苏飞的协助才投奔了孙权，其后向孙权献出了最终攻取黄祖的建议。208 年春，孙权在西攻黄祖前的宴会上曾举杯向甘宁敬酒说："今年讨伐黄祖，就像这杯酒，已决定交付给你。你只管努力制定方案，保证一定攻破黄祖，就是你的大功，不必在乎别人说什么！"

进攻江夏前孙权预先制作了两个木盒，打算装黄祖与苏飞的人头。作战得胜后苏飞被东吴军队俘获。孙权为诸将领摆宴庆功，甘宁从席上走下来向孙权叩头，鲜血与眼泪一齐往下流，他对孙权讲述了苏飞从前对待自己的恩德，说："我甘宁如果没有遇到苏飞，肯定已死在沟壑，而不能在您部下效力了。现在苏飞的罪本该处死，我特地请求将军饶他一命。"孙权为甘宁的话所感动，说："今天就为你放了他，如果他逃跑怎么办？"甘宁说："苏飞能免除斩首之祸，蒙受您的再生之恩，赶他都不会走，怎么会打算逃跑呢！如果他这样做，就把我甘宁的人头代替他放入木盒。"孙权于是下令赦免了苏飞。孙权理解甘宁以友情报恩的真诚之心，释放了苏飞，给了甘宁极大的面子，也表明了对甘宁功劳及其本人的看重，他深知对一位知恩图报之人在其需要的地方作出施予，一定不会成为无谓的付出。果然，甘宁自此成为孙权属下最为忠诚善战的一位勇将，他在赤壁之战和其后的军事活动中为东吴立下了卓越的军功。

东吴将军凌操在早先与黄祖作战时被当时尚在黄祖手下的甘宁射死，凌操的儿子凌统怨恨甘宁杀死了父亲，经常打算向甘宁寻衅报仇。孙权命令凌统不得仇恨甘宁，并让甘宁领兵到别的地方驻守。甘宁知道凌统的心意，因而也经常防备着他，尽量避免和他见面。有一次，甘宁、凌统在吕蒙那里聚会饮酒，酒酣耳热，凌统起立舞刀，甘宁也站起来说："我能舞双戟！"吕蒙见二人有相斗之意，便隔在中间，说道："甘宁虽能舞，还是不如我舞得精妙。"于是，他操刀挟盾，将二人分开。后来，孙权知道凌统不能忘却父仇，就让甘宁率兵改驻半州城（今江西九江西）。甘宁和凌统都是孙权属下的忠勇将军，但两人间却有难以开解的私人怨恨，古人看重杀父之仇，孙权自然一时解不开他们之间的心理隔阂，只好用调离双方驻军地点的方法避免他们的见面摩擦。215 年的合肥之战他们同时参加，面对张辽在逍遥津战场的进逼，两人抛开私怨，互相协作而帮助孙权脱险（参见 1.16.1《忠勇将军张辽》下），这即是孙权对部属亲善对待并正确引导的结果，也是东吴群臣内部团结协作氛围的体现。

这次逍遥津之战孙权骑马跳过断桥后，护卫孙权的凌统返身迎战，后来身边的人全都阵亡，凌统本人也受了伤，他仍奋力杀死几十个敌兵，估量孙权已经脱险，凌统才退下来，穿着铠甲潜入水中游到对岸。他追上了孙权乘坐的大船，因为身边的人没有一个活着回来，于是在孙权面前忍不住放声大哭，孙权撩起衣袖给凌统擦干眼泪，对他说："公绩（凌统字），死者已经无法挽回了，只要你在，还怕没有人吗？"凌统受的伤很严重，孙权留他在船上，帮他更换了衣服，给他使用当时东吴最出名的卓氏良药，才保全了凌统性命。其后任用凌统为偏将军，给他的兵士数目增加一倍。当时有人推荐了一位名叫盛暹的凌统同乡给孙权，说该人德行节操胜过凌统，可以代替凌统的职位，孙权说："能够和凌统一样就够了。"表现了对凌统的极高信任和对故旧功臣的最大亲近，这种态度对其他臣属的教益和勉励作用是其他手段都难以企及的。

许多年后凌统去世，孙权将其只有几岁的两个儿子凌烈、凌封收养在宫中，与自己的子女一样对待，每当有客人来，就叫过二人说："这是我的虎子呀。"到了八九岁时，孙权命葛光教他们念书，十天学一次骑马，又追念凌统功勋，封凌烈为亭侯，把凌统的兵也交给凌烈。后来凌烈有罪免官，改由凌封袭爵领兵。东晋史家孙盛对孙权本人其实没有过高的评价，但他针对孙权给予部属的这类和善亲近行为感慨说：孙权这是用养士的态度对待部属，他是倾心竭思地想办法得到部属的死力。并认为像他那样没有出众德行，也没有广施仁政恩泽的君主因为能够卑身屈节，如此殷勤地善待部属，所以才能壮大东吴，延续孙氏基业。

夺取了荆州后，孙权还得到了刘璋和于禁。刘璋是214年失去益州后被刘备从成都迁徙至荆州的，孙权恢复了刘璋益州牧的职务，令其驻在秭归，为这位守御益州的失败者安置了归宿，当然也是为对付刘备做出的准备，但不久刘璋就去世了。于禁是关羽进攻樊城水淹七军时投降了的曹军大将，被押解到江陵，其人颇有名声。孙权得到于禁后大概是非常高兴吧，他和于禁乘马并行，吴臣虞翻看见了这一情景，于是斥责于禁说："你是个俘虏，怎么敢和我们主公并马而行！"举鞭要抽打于禁，孙权急忙呵斥制止了。可以看到，孙权在待人上并没有过多的禁忌，对于失败者和遭受鄙视的人物，他仍然能够报以和善亲近的态度，这里表现的是孙权那种淡漠等级观念、诚善待人的君子心性，尚不是孙盛所说那样以刻意养士的态度来交人。传统社会倡导的温、良、恭、俭、让的人格文化引导和育成了孙权卑谦而温和、平等且真诚、良善又亲切的内在心性，他以这样的本真风格去对待自己的臣属，促进了孙吴集团内部的人和。

3.2（11）夷陵交战前后的外交演变

119年东吴夺去荆州并获杀了关羽，与蜀汉的同盟关系完全破裂，双方走到了完全敌对的地步。次年初曹操去世，曹丕继位作了魏王，九个月之后汉献帝刘协将帝位禅让于曹丕，实现了东汉向曹魏的和平过渡；221年四月，汉中王刘备在成都即皇帝位，建立汉朝，自认该政权是东汉的延续，后世称之为蜀汉。《资治通鉴·魏纪一》《三国志·吴书·吴主传》及其引注记述了天下局势发生重大变化后，孙权在与蜀汉刘备关系难以挽回的敌对状态下，为应付刘备的复仇之战而不断调整加强与曹魏关系的外交努力，介绍了吴蜀夷陵之战前后魏吴交往关系的波折变化，表现了孙权在三方博弈中选定的政治立场与行事方式。

夺取荆州后孙权自公安迁都鄂县（治今湖北鄂州），改鄂为武昌，以武昌、下雉（治今湖北阳新东南二十公里）、寻阳（治今湖北黄梅北）、阳新、柴桑（治今江西九江西南）、沙羡（治今湖北武昌金口镇）六县设置武昌郡，不久又修筑了武昌城。孙权给诸将发令说："生存不能忘记死亡，居处安宁要想到危机，历史上都有很好的教训。汉代名臣隽不疑在太平年代刀剑从不离身，这是君子不能松弛武备，何况现今处于强敌之旁，与豺狼打交道，岂能轻率地不顾虑突发事变！近来听说各位将军出入时，崇尚约简而不带兵器侍从，这并非周全自爱的行为。保全自身而让君王和家人安宁，远胜过简约而自危，应该深以为戒。"孙权要求众将们加强军事戒备，有其防备蜀国报复的深沉考虑。

其时，建业城（今江苏南京）报称天降甘露，这是古人所说的吉祥之兆。《魏略》中说，孙权听得曹丕受禅而刘备称帝，就召来懂星象的人询问，让看看自家江东分野中的星象气势如何，这表明他自己也有上位之意。资料中没有记录星相者的观察结果，只是说孙权觉得自己的名号尚低，年龄也轻些，缺乏威服众人的资本，所以没有行动；另外，据说在天下政局尚不明朗的时期，孙权打算首先向外显示卑谦的态度，希望以此取得各方的同情认可，然后等待机会而行事。

221年五月，蜀汉皇帝刘备准备亲自率军伐吴，当时刺杀了张飞的凶手张达、范强也带着张飞首级顺长江而下投降了孙权，刘备发誓要灭掉东吴，为关羽、张飞报仇。孙权派使臣向蜀汉求和，南郡太守诸葛瑾也写信给刘备陈说吴蜀双方应该一致对付曹魏，刘备置之不理。他组织起四万蜀军很快向秭归进军，武陵的蛮夷各部同时受利诱派兵前往（参见2.1.22《向东吴进军》）。孙权派镇西将军陆逊为大都督，统领诸将等五万部队对抗蜀军。

在军事防守的同时，孙权在这年八月派使者向曹魏称臣，他的奏章言辞谦卑，并将于禁等人送还。魏国谋臣刘晔建议乘东吴穷于应付蜀军之时将其一举灭掉，曹丕拒绝了刘晔的提议，接受了孙权的归顺（参见1.11.7《总被弃置的神策妙算》下），他想以最大的宽厚展现自己对孙权的信任，坚持册封孙权为吴王，并加赐九锡以示尊礼。当时东吴群臣商议，认为应该自称上将军九州伯，不应接受魏国策封，因为他们觉得接受了封号就会受到很多制约。孙权坚持说:"九州伯,没有听说古代有这样的名号。过去沛公刘邦也接受项羽所给的汉王封号,这只是一时的权宜之策,又有什么损失呢?"于是予以接受。从孙权对群臣的解释上看,他把和魏仅仅看作特殊情况下的变通策略,只不过是用一种更加卑谦的方式去展现。

孙权再派都尉赵咨出使魏国,赵咨在洛阳的诸多表现及其对魏国君臣的外交对答赢得了魏国君臣的尊敬(参见1.4.8《与东吴的短暂"蜜月"》),出色完成了使命,孙权非常高兴,任命他为骑都尉。赵咨对孙权说:"据我观察魏国最终不会与我们守盟,现今的策略,我们应该接续汉朝四百年的治理,顺应东南方的运数,确立自己的年号,正服色,以便应天顺民。"他是让东吴像曹魏和蜀汉一样,在江东自己建立独立政权。孙权心中接纳了他的建议,只是因当时情势所限并没有真正开始行动。

不久曹丕打算封孙权的长子孙登为侯,孙权以孙登年幼为借口上书辞谢,其后派西曹掾沈珩前去洛阳致谢,并进献地方特产作贡品。沈珩在洛阳同样有出色的表现,赢得了曹丕的信任。他返回东吴后对孙权说:"我了解到魏国侍中刘晔多次为他们朝廷献出奸计,魏国终究是靠不住的。兵家常说,不能依靠敌人不来侵犯,只能依靠我们自己不可侵犯。为今之计,应当节省民力,注重农桑以蓄积军资,积极备战,同时揽延人才,奖励将士,这样逐步夺得天下。"沈珩是劝孙权趁早做好图谋天下的准备,孙权封他为永安乡侯,任命其为少府,这是掌管王室财政收支和各种宫廷杂务的九卿之一。对沈珩的提升重用同样反映了孙权不甘屈居曹魏属下而为臣的勃勃雄心。

这年曹丕派使者来东吴请求得到南方的雀头香、大贝、明珠、象牙、犀角、玳瑁、孔雀、翡翠、斗鸭、长鸣鸡等珍稀之物,这些请求超出了以往进贡的规矩,东吴群臣主张予以拒绝,但孙权还是坚持备齐后全部给予。由于当时东吴正在西线与蜀军交战,孙权是要最大限度地争取魏国的支持或中立,要避免与北方之国再度为敌,他对群臣说:"这些东西对我们来说如同瓦片石块,有什么可吝惜的!何况曹丕在守丧期间却还索求这些珍宝玩物,怎么能和他谈礼制呢!"孙权当时已有自己的宏图大志,对曹魏的和好只是一种应对危机的策略，他对曹丕甚至有某种内心鄙视，但仍然以迷惑对方的两面手段交往示好。

后来，曹丕要求归顺魏朝的孙权把儿子送来洛阳任职，实际是要求送来人质，但孙权以卑谦的言辞予以拒绝，曹丕费了好大力气去说服诱导，都没有成功。拒送人质的行为引起了曹魏君臣对孙权归顺的极大怀疑；而孙权向曹丕上书说：刘备领着四万大军前来进攻，已经出了秭归，希望魏国出军援助，曹丕也只是以言辞应付，并没有真正出兵。至此，孙权对曹魏虚假应付的把戏再也演不下去了，因为在夷陵之战中没有得到曹魏的支持，他也对与曹魏的同盟关系逐渐失去了兴趣，曹丕则对孙权一年来的虚假友善耿耿于怀，（参见1.4.9《对吴关系的反转》）。222年六月，刘备猇亭战败后退至白帝城，吴将徐盛、潘璋、宋谦等人纷纷请求领军继续进攻，认为一定能够生擒刘备。孙权就此征询陆逊的意见，陆逊和朱然等人都明确表示："曹丕正在调集军队，表面上协助我们，实际上包藏祸心，请下令全军退回。"孙权因而停止了对蜀军的追击。东吴君臣内心明白自己与魏国盟好的真实程度有多大，在关键时候对魏国要作出提防而不敢心存侥幸。

曹丕果然在九月决定大举伐吴，他派征东大将军曹休、前将军张辽出兵洞口（今安徽凤阳东），派大将军曹仁出濡须（今安徽芜湖），又派上军大将军曹真、左将军张郃等进攻荆州南郡（参见1.4.17《三路伐吴》）。孙权派建威将军吕范督军抵御曹魏几路兵马，曹魏军队在战场上取得了一些不大的胜利后于次年撤还。孙权听说刘备住在白帝城，因为离吴国边境很近，心里为此非常担心，他在222年底打发太中大夫郑泉前往蜀汉进行访问，希望双方和好，刘备同意和解，并派蜀汉太中大夫宗玮到东吴回访，双方恢复了正常的对等交往。

在东吴夺占荆州后的几年间，由于天下政局的重大变化，孙权逐渐产生了更大的雄心，意在自为王霸，为尊一方，实现早年的战略目标。由于对自身力量的不自信，他在对外关系上一直提防着西部蜀汉的军事报复，另一方面对曹魏采取卑谦归顺的策略，同时又谨慎地辞绝对方的控制行为，终于使短暂的魏吴同盟很快解体。夷陵之战取胜后，面对更加强大的魏国，吴蜀双方的对立又有了缓和的迹象。孙权是在自身利益的盘算中不断地调整东吴的外交策略，而在形式上则更具卑谦柔和的方式。

3.2（12）与曹丕的书信往来（上）

东吴在219年底夺取荆州后，次年曹丕继承了曹操的魏王之位，数月后又接受禅让代汉建魏，孙权为了保证荆州战果不被刘备夺取，于是主动联络和强化与曹魏的关系。《三国志·吴书·吴主传》引注《魏略》中记述了孙权与曹丕这一期间的许多书信往来，表现了他以许多柔媚方式对曹丕的迷惑。

当年曹操派于禁率军援救樊城时，同时派担任过徐州刺史的浩周为护军，东里衮为军司马，因部队战败，他们都被关羽俘获。孙权袭取荆州后，一并得到了浩周和东里衮，非常礼貌地对待他们。220年初曹丕继位作了魏王，孙权就送回于禁，并让浩周和东里衮返回洛阳，同时给曹丕带去书信说："上年征讨关羽，得到了于禁将军，其时已告诉了先王（指曹操），准备送他返回。这是我想表达自己的诚心，所以没有事先说知。先王并没有留意这事，却认为我中间有什么其他意图，我抱着恭敬的情思，没有果决处置此事，以至先王离开人世，殿下您继承了统位，我们的情况才得以上达。献贡返回的梁寓传达了您非常周到的王命，我已深知殿下您的愿望。我孙权的忠诚之心，不敢有其他意念，只希望能得到理解宽恕，保守我们已得到的地盘。现在让浩周、东里衮返回，真实的情况他俩都是知道的。"孙权准备和新的执政人曹丕建立友好关系，把关羽俘获的曹操大将于禁送回洛阳，并用含糊其词的说法掩饰他当时没有及时送返的原因，希望曹丕通过浩周两人了解自己的忠诚之心。

曹丕召见浩周和东里衮，询问孙权的情况。浩周认为孙权必定臣服，而东里衮认为孙权不一定臣服。曹丕喜欢浩周的话，觉得浩周对孙权知之更深。这年十月，曹丕接受汉帝禅让建魏代汉，他派使者封孙权为吴王，让浩周与使者一同前往东吴。浩周转致诏命后，有一次与孙权私下饮宴，他对孙权说:"因为大王您没有遣儿子入侍朝廷,皇帝陛下为此不大信任,我浩周以自家阖门百口性命保证。"孙权恭敬地称浩周之字说:"浩孔异,你能以举家百口保我,我还能说什么呢?"当场流涕沾襟。不久与浩周告别时,又指天为誓。浩周返回时,孙权给曹丕写信道:"我孙权本性空疏浅薄,缺乏文武之才,早年继承了父兄统军之位,由此得到了先王的看重和抬举,以国家恩惠给以名号,让我镇抚江东之地。这期间考虑不周,不明事理,因为恐惧威势而忘了恩德,所以有许多严重罪错。先王恩德仁惠,不忍心疏远抛弃我,不仅开释了过去的罪责,而且公开表明他的信任。虽然我后来受命进攻荆州,枭获了关羽,但功效浅薄,未报恩德于万一。事业尚未终了,先王已经离世,现在殿下受禅承位,威势与仁德在天下流芳,我常私下担心自己的心意不被理解,梁寓返回后,知道殿下也不曾疏远我,想要我安定江东,继续前辈的事业。我孙权得到这一信息,不禁欣然奋勇,心开目明,非常高兴。我孙权世受恩宠,感到情分义气深沉实在,现在所想的,就是永执一心,恭敬奉命,继续得到朝廷的垂念包涵。"这封信中孙权对自己208年赤壁迎战时与曹操的对抗做了深刻检讨,表明这是自己的一桩重罪;同时提到上一年东吴进攻关羽侧翼的军事活动,表明这是接受曹操策动而报恩改错的行为。其中对曹丕称帝作了献媚和吹捧,意在能得到曹丕的信任,以便关键时候得到魏国的庇护。

但孙权并没有遣子去洛阳,而是不断找各种托词,曹丕于是让东吴的来使留了下来。孙权给浩周写信说:"自从我们双方开始联络以来,我始终没有忘记美好的意愿。既然已归顺了北方,新近得到了国家诏命,加上相互更为了解,所以心中的想念,是无法抑制的。我因为信息不通,不能彰明忠诚,中间招来了罪责,得到过弃绝,幸而再蒙国恩,又被原谅宽宥,所高兴的是与您始终相知。《易传》中不是说:虽不能一同开始,善终也是好的。"孙权在信中陈述了过往的关系波折,表达了与浩周始终不渝的友情,接着又说:"先前您来时,提出让我遣儿子入侍朝廷,当时满心高兴地接受,只是因儿子孙登年龄幼小,想等几年再说,但我的真情不被信任,于是受到责备,常使我感到惭愧而担心。本来丢失了国恩,又蒙您再加开导，于是忘记了前面的不快，只想得到后面的良好效果，可喜的是我们当初结盟的心愿都没改变。前面我已上表对遣子之事作了说明，想必您返还后，已经知道了这些情况。"他对浩周作了一番奉承，强调了与浩周的亲密关系，然后在信中说："现今儿子应当入侍，只是还没有妃耦婚配，过去您顾念他，以为可以攀连皇家宗室如夏侯氏，虽然中间放弃了这事，但我经常心里记着。希望无论先后能实现这一夙愿，使儿子获得攀龙附骥的福分，得到他永久巩固的地位。这样他能分得的恩惠就没有限量了！假如这样的话，我就准备派遣孙长绪（孙邵）与儿子一同赴洛阳，以便奉行礼聘，这事情最后的成功都靠您了。"信中给了浩周一个完全可以企及的未来设想，但也表明只是需要等待一番。

孙权还在信中说："小儿年弱，加之教导不足，一想到与他分别，就感到很想念，父子间的恩情，没有办法抑制啊！我又想派遣张昭跟着作辅导护卫。我心里再没有其他想法，凡是想到的东西，现在全部表露出去了。唯恐我的赤诚之心不能得到理解，所以就先说给您，希望能明白我的考虑。"这封信很可能是紧接上次的另一书信内容，孙权又以另外的理由借故推延送质之事，并且继续奉承浩周，希望得到他的谅解，也希望他能对曹丕予以说明。

曹丕应该是从浩周那里看到了上述书信的内容，他发诏说："孙权前次对浩周陈述说不敢疏远朝廷，情愿派来儿子为质，高兴成为朝廷外臣。他前后的说辞，从头到尾都是实诚的，这鼠子自己知道不能保证他的地盘，现今他又给浩周写信，请求到十二月再派儿子前来，又想派遣孙长绪、张昭与儿子同来，那二人都是孙权的股肱心腹；他又想为儿子在京师求婚，这是孙权没有异心的明显表现。"曹丕既相信孙权的甜蜜言辞，同时认为浩周能了解其真心，曹丕并没有看到孙权只说虚假华丽的话，一直就没有遣子之意。

3.2（12）与曹丕的书信往来（下）

孙权在特殊的受战情况下为了强化与曹魏的关系表示归顺，同时又因送子为质一事迟迟不能兑现,使曹魏君臣难以相信他的忠诚。222年初,东吴西境面临刘备蜀军的大举进攻,《三国志·吴书·吴主传》及其引注中记述了孙权当年与曹丕的书信往来,从中可以看到吴蜀战争状态下,当曹魏大臣对孙权表示归顺的暧昧态度失去耐心时,孙权极力维护与曹魏友好关系的态度方式。

《魏略》记录了当时魏国《群臣表伐吴策》中一位大臣的奏书,其中说:"树枝过粗主干就易开裂,尾部太大就会掉不过头,治国理家对此必须谨慎。汉朝文、景二帝守国,忘记了战事,放纵吴、楚,养成了祸患,遂成社稷大忧,前事不忘,后事之师。现今吴王孙权这小竖子,没有任何功绩,在天下兵乱时承袭了父兄之业,从小像翼下鸟卵那样受到抚育恩养,长成后内含鸱鸮反逆心性。一度与关羽互相窥伺,为了得到自身利益,假为卑辞。先帝知道他以奸谋求利,因为当时于禁败于水灾,为了讨伐关羽,所以给他授以事务,而孙权并不尽心,想要乘国家大丧时削弱王室,他没有得到允许,就擅取襄阳,在受到军事进攻时,却变得非常恭谦,表现了一副奸邪之态,虽然多次远道派使者前来,并送回于禁等人,但内心包含着隗嚣那样摇摆观望的奸诈,也想延缓朝廷的惩罚。我们大魏宽宏大量,加之不忍诛讨,对他优待而宽赦,与其重新开始交往,勉强承认他的地盘并封其为王,让他南面称孤,又给了他官位,允许他有名马百驷等相应的礼仪,成就了他的威势,使其光宠而显赫。但孙权以犬羊般的身姿,披着虎豹的外皮,并不考虑效忠朝廷的节义,以报答无量之恩。为臣我每次观看前后多次下发的孙权所上章表,我以愚笨之心预料孙权之意,他是自以为江东有江湖阻隔,所以据险而不臣服,他们几世都靠诈伪立业,使用南粤王赵佗和汉初英布那样的计策,所以终究不会成为不侵不叛之臣。为臣我仔细考究了《周礼》上对诸侯的九种讨伐规定,根据孙权的凶暴和萌生的叛逆行径,应有十五条罪状。过去九黎乱德,黄帝即加诛讨;项羽犯有十条大罪,汉高祖不曾放过他。现在孙权所犯罪责非常明白,已经不是仁恩所恕,不为天地所容。为臣请求免去孙权官职,鸿胪(指掌管藩国事务的官员)应削夺封给他的土地,将其逮捕治罪。如果胆敢不听从，就发兵进讨，以申明国家法典的奖罚规矩，同时解除扬、荆、交三州百姓的苦难。"

魏国许多大臣其实已经看清了孙权的真实心态，上述表奏表达了大多群臣的认识，他们对魏吴双方关系有不同的认定，希望以军事打击的方式实现对方的真正臣服，但曹丕似乎仍然被孙权的谦卑柔媚态度所迷惑，总认为孙权未送人质的确是有某种特殊情况，遂派侍中辛毗、尚书桓阶前往东吴与孙权结盟，并再次催促他送来儿子（参见1.4.9《对吴关系的反转》）。此时夷陵之战已经结束，东吴在西境战场获得了全面胜利，孙权再一次礼貌地回绝了曹丕关于送子为质的请求。曹丕心中愤怒，大概是认定孙权以归顺来耍弄魏国，于是准备组织大军讨伐东吴。

在魏吴边界已有军事动作的情况下，孙权给曹丕写了一信，其中说："先王觉得我孙权的忠诚已经得到证实，所以召还了边境上的部队，合肥的守军也已撤除，以此显示南北间的相互信任，也让我孙权进攻敌人没有后顾之忧。最近得到守将周泰、全琮等人的报告，上月六日，有马步兵七百，径直到达横江（今安徽和县东南的长江津渡）；同时魏将马和领着四百人进军到了居巢（治今安徽桐城南），全琮等人听说有兵马渡江，前去观看，受到了这批兵马的攻击，两军交锋，互有杀伤。突然发生这些事情，内心非常恐惧，我孙权离那里实在太远，没有事先听知，平时对军队约束不严，因此只能表示谢罪。我又听说张征东（指张辽）、朱横海（指魏将朱灵）现在又返还合肥，先王相约盟好由来未久，况且我孙权自己觉得没有什么罪过，不明白为何发起这些行动，要派军队大老远前来？我们合作的事业还未结束，本应当为国家讨除逆贼刘备，但发生这些事情，会使我们大家的宏图落空。大凡边远人们所依凭的是朝廷的信任，希望殿下最终能消除前面那些事情，开示坦然之心，使我孙权奉守王命，得以实现我们共同的目标。凡我想表达的心愿，浩周都会明白并做出传达。"孙权在这里完全作出一副无辜受屈的姿态，他是想以最大的耐心和卑谦保持与魏国的友好，避免使江东陷入夷陵之战后的再一场战争。

这年九月，曹丕组织三路大军伐吴，当时扬、越两州蛮夷军队多未平定，东吴内部的祸患尚未消除，孙权感觉到了魏国进犯的严重性，他再次卑辞上书，请求改正自己的过失，信中说："如果我的罪责难以原谅，必须加以制裁，我一定奉还朝廷封给我的土地和人口，寄居在交州度过余年。"孙权并不打算送出人质，但他仍然以诚恳的态度致信曹丕以求和解。

曹丕在行军途中回复孙权说："你出生在天下大乱之世，本就有纵横天下的大志，却降低身份奉待魏国，享有现在的封赏。自你被册封为吴王以来，奉献的贡品不绝于路，又击败刘备，使国家事业有所成功。但做人反复无常，古人视为可耻，我与你的君臣名分已经确定，难道乐意劳苦军队远征江、汉吗？只是因为朝廷作决策，君主不得独断专行，三公上奏你的过失都有根据。我做人不明，虽有三人成信、曾母投杼的疑惑，但还是希望人们所言不真，并以此为国家幸事。为此先派使者来犒劳你，再遣尚书、侍中来与你重修前盟，商定送子之事。你却借口推辞，不打算让太子前来，使群臣觉得难以理解。前次都尉浩周劝你送子前来，那是朝臣们商定的，是以此试探你的诚意，你果然借口推辞，说什么隗嚣送子入质而最终背叛，窦融不送子却对朝廷坚忠不渝。现在时势不同，人心各异，浩周返回后，口说手指地为你说情，越发让议事大臣们对你产生嫌疑，你关于始终侍奉朝廷的保证没有任何凭据，故此我同意了大臣们的建议。现在看了你的上表，心意非常诚恳，令人内心感慨，伤感动容。我即日下诏，命令各路军队深沟高垒，停止前进。如果你要表示自己的忠诚，解除大家的疑虑，让孙登早上来朝，晚上我就下令撤军。我所说的话，就像长江一样不会回流！"

曹丕在这里是真诚地谈到了魏国群臣早不信任孙权的实际情况，只是他并没有看清孙权卑谦态度的虚假性，仍然相信孙权有兑现送子承诺的时刻。后世有史家对此议论说，曹丕认为孙权做事反复不定，其实孙权是胸有韬略，并非没有主见，反倒是曹丕受到他的玩弄。

3.2（13）重建吴蜀友好

曹丕在222年九月组织大军伐吴时，受到孙权书信中卑谦词语的迷惑，仍然相信孙权会送来人质，回信表示自己已令军队停止前进以作等待，他认为浩周是真正懂得孙权心意的人。但孙权只是话说得漂亮，他只是用甜言蜜语延缓魏国进军的时间，最终并没有打发儿子孙登去洛阳，于是发生了魏国三路大军伐吴的军事对抗（参见 1.4.17《三路伐吴》）。《三国志·吴书·吴主传》及其引注中记述，自此之后，曹丕才看清了孙权的真正心意，他开始疏远浩周，据说对其终身不用。

孙权军事上派出军队抵御魏国的三路进攻，同时采纳了都尉赵咨关于顺应东南方的运数和"改正朔"的建议，确立了自家的年号。当年为曹魏黄初三年，蜀汉章武二年，东吴黄武元年。孙权虽然尚未称帝，但魏、蜀、吴三个政权各有了自己的年号，表明孙权这时已朝独立政权的建设方向迈出了一步。史书上说，冬十一月，孙权的军队在北境沿江战场上与魏国军队在洞口（今安徽和县东南长江岸边）、徐陵（约今江苏镇江）等地已经接战，另一方面他与曹丕仍然有书信往来，直到224年方才中断。

当时因为魏吴双方在沿江战场上各有斩获，一时胜负难决，这年十二月，孙权遂派太中大夫郑泉前往白帝城与刘备联系，又与蜀汉图谋和好（参见 2.1.24《战后政局的变化》）。据西晋虞溥所著《江表传》中记述，孙权当时对臣僚说："最近收到刘备的来信，他已经表达了深刻自责，请求重新建立盟好。前面所以称他们为蜀，是因为许都汉帝尚且存在，现今汉已被废，就可以称刘备为汉中王。"孙权对吴臣所述刘备的认错自责未必可信，但从中可以看到两个信息：一是刘备在夷陵交战后退守白帝城时曾给孙权有过书信，孙权据此派郑泉前去联络，他是希望与蜀汉的关系能有所缓和，以便能集中对付魏国的进攻。二是孙权当时在内心并不认可刘备的皇帝地位，他因情势所迫要与"僭位"称帝的刘备打交道，自然要造出一些于己有利的舆论。吴人韦曜所撰《吴书》中记述，郑泉到了白帝城，刘备问他说："吴王为什么对我的书信不作回复？是不是觉得我不应该有皇帝的名号？"郑泉说："曹操父子欺凌汉室，最终夺取了帝位。殿下您既然身为宗室，就有维护汉室的责任，不能操持兵戈为天下作出表率，却自己先取名号，这与天下人的心意不相符合，所以我们君主没有回复书信。"刘备听了这话心中惭愧。上述记录都出自撰述南方人物事迹的书籍，韦曜更是几乎与孙权同代的吴人，两处资料都明显包含有意贬低刘备的思想倾向，但同时也真实地反映了孙权在面临魏国大军压境的情况下，谋求与战败方蜀汉重新和好的主观意图，能看到他是不惜用各种手段在三方关系中做着外交投机。

到了223年三月，魏国三路大军作战数月，并没有实现过江和破城的预期作战目标，加之当时出现了流行的瘟疫，于是魏军全线撤回。不久东吴群臣劝孙权采用皇帝尊号，孙权没有应允，他对臣下们说："汉室遭受凌替，我不能作出维护救援，还有什么心思与别人竞争呢？"群臣拿出天命符瑞，坚持向他请求，孙权并未答应，他对众位将相说："前年我因刘备正在向我们西境发兵，所以提前命令陆逊挑选军队在夷陵等待；又听说北方魏国有意援助我们，我内心料到他们会提出条件的，但如果不接受他们的封号，就会让他们感到屈辱而刺激其快速发兵，这样他们就与西边蜀军一同来到，我们两面受敌，受到的困难就会加剧，所以还是自我克制，接受了魏国的封王。我们卑谦受屈的游戏，各位似乎还不能完全理解，现在才能向大家作出说明。"当魏国大规模的进军无功而返后，孙权感到江东面临的外部军事压力大大减小了，于是讲出了当时臣服魏国的真实心态。也许孙权在这里有些自我饰美，但却反映着他对魏吴关系的最终考虑，先前所谓归顺臣服只是一种政治游戏而已。

223年六月，刘备在白帝城病逝，孙权派遣立信都尉冯熙出使蜀国，为刘备吊丧。冯熙从蜀国返回后，孙权任命他为中大夫，再派其出使魏国。孙权此时仍然在与魏、蜀双方的交往中搞平衡，希望能在外事交往领域继续为东吴获取更大的利益。曹丕见了冯熙询问说："吴王若欲和魏国修往日友好，就应当进军江关（今重庆奉节东长江北岸赤甲山上的关隘），战旗指向巴蜀，但现在我听说东吴派使者去重新与蜀国修好，这其中必有重大变故。"冯熙说："我只知道出使西边是单纯的礼节报问，而且是要观察发现机会，并不是有什么谋划。"他把自己出使蜀国的情况轻轻抹过，表明双方并没有实质性的合作，这大多也反映着当时双方交往的真实情况。

　　这年十一月，掌握蜀政的丞相诸葛亮派中郎将邓芝为使者前来东吴，带来二百匹马、一千匹锦及蜀中特产为礼物，意在恢复两国的友好关系（参见2.3.3《初掌国政》上），224年夏，孙权派遣辅义中郎将张温回访蜀国（参见2.4.3《外事场合的出彩者》）。从此之后，吴蜀双方使臣往来不绝，东吴也拿出自家的特产做礼物，以答谢蜀国的深情厚意。由蜀国丞相诸葛亮坚持倡导的吴蜀友好关系开始进入了一个新时期。

　　224年九月，曹丕领军出广陵进军东吴，吴人非常恐惧，他们按照徐盛的建议，自石头城至江乘一带，在江岸竖立木桩，外面包起苇席，做成假城池和望楼，连绵相接，长达数百里，又在长江派出许多舰船往返巡航。当时长江水位迅猛上涨，曹丕临江南望，不禁叹息说："魏国有铁骑千万，在这里难有用场，看来无法攻取了！"于是退军返回（参见1.4.19《长江北岸的两番叹息》）。孙权不知魏军实情，他召来境内术士赵达让卜算战场情况，赵达回复说："曹丕已经离开了，虽然这样，我们会在庚子年衰弱。"孙权询问："还有多少年？"赵达屈指计算说："还有五十八年。"孙权说："我只说现在的忧患，来不及考虑过远，那是子孙的事情了。"卜算的事情自然并不可靠，但后世史家为此指出："孙权当年四十三岁，他的言谈中似乎没有一点儿为子孙打算的远虑。"

　　这年蜀国又派邓芝再次出使东吴，重结盟好（参见2.8.3《孙权欣赏的邓芝与宗预》）。孙权对邓芝说："境内山民作乱，江边守兵大多撤除，考虑到曹丕会乘机起事端，进而逼迫东吴求和。群臣会觉得求和对我们有利，因而主张应当通好，但恐西州（这里指地处西边益州的蜀国）不能理解我们交好的诚心，以至产生嫌疑。我们的土地边境线很长，而长江与大海都需防守，曹丕寻找机会出军，我们的防御有时候并不方便。只是挂念这件事情，我们对魏国也没有其他意图。"孙权曲曲折折地说了这许多，只是要表明他们与魏国的和好，仅仅是一种守卫国土的策略，并没有联合对付蜀国的图谋。孙权在这里是希望就东吴前后和好魏国之事得到蜀国执政者的谅解，进而希望蜀国相信他们建立吴蜀友好同盟的真诚。

自夺取荆州之后，孙权与魏国的关系经历了归顺和好、态度暧昧与关系反转的过程，与刘备蜀汉的关系则经历了两相交战、互相联络和同盟友好的转变，这是各方利害关系的作用和诸葛亮等相关掌政人主观努力达成的结果，孙权在其中用尽了他诡诈多变的手段。这样的转变过程后三方关系似乎又回到了东吴联刘以抗曹的原初状态，然而由刘备占有的那部分荆州地盘已经全部归属到了东吴属下，孙权是三方关系演化中的重大利益获得者，复杂的政治斗争磨炼出了一位快速成熟的政治领袖。

3.2（14）臣属眼中的明主

224年底吴蜀重新确立友好关系时，执政二十五年的孙权已经推动东吴事业取得了不小的成就。人们往往对当时中原外围东南之隅的政务活动及其相关人物容易忽视，因而大多并不看重孙权的江东治理，《三国志·吴书·吴主传》多处引注中记述了江东臣僚对孙权的评价与态度，从中可以看到孙权在臣属眼中的大致形象。

在几年间的交往中，作了皇帝的曹丕一直想了解孙权的为人，他曾向奉命出使洛阳的吴臣赵咨询问对孙权的印象，赵咨回答说："他是聪明仁智、雄才大略的君主。"其后解释说："从一般平民中选拔鲁肃以重用，显示他的聪慧；从普通将士中提拔吕蒙任统帅，显示他的英明；俘获于禁而不加害，表明他的仁厚；夺取荆州而兵不血刃，展现了他的智慧；仅占有荆、扬、交三州之地，却有征服天下之志，这是他的雄才；屈尊向陛下称臣，这是他的大略。"（参见1.4.8《与东吴的短暂"蜜月"》）赵咨的回答固然有外交场合逢场作戏、自我夸大的情况，但其中所标明的事实却是无法否认的。

在魏国三路伐吴大军撤回之后的223年秋，魏吴关系已经对立时，吴臣冯熙奉命出使魏国，曹丕询问冯熙："听说吴国连年灾旱，人才也有减损，以你的观察觉得如何呢？"冯熙回答说："吴王有胸量并且聪明，善于任用人才，赋政施役这些事务总是亲自过问，他教养吏民，亲贤爱士，奖赏不择弃有怨仇的人，惩罚一定加于犯罪，群臣都感恩怀德，奉献忠义。

现在能武装的部队有百万之众，谷帛储集如山，稻田沃野，百姓没有饥年，正是人们常说的金城汤池，强富之国。以我观察，东吴的前景未可限量。"当时冯熙的回答是有些过分夸大，曹丕很不高兴。因为魏臣陈群与冯熙为同郡老乡，曹丕于是让陈群以重利引诱冯熙，冯熙并不改变心意，返回东吴时被送至摩陂（今河南郏县东南），魏国准备把他困在那里，后来又召还洛阳，尚未到达，冯熙担心魏国逼迫，会使自己危身辱命，于是引刀自杀。因为身边人及时发觉，所以并未致死。孙权听说后流着眼泪说："这与苏武没有什么不同啊！"冯熙最终死于魏国。在这里，冯熙不仅叙述事实表达了对孙权的高度评价，而且以他忠贞不渝的个人行为表明了对东吴事业和主君孙权的热爱。他在外事场合对孙权的介绍虽有夸大之辞，但这些却属于他发自内心的赞赏。

孙权此后还曾派尚书令陈化出使魏国，曹丕在酒酣之时对陈化发问说："吴、魏两家如果对峙，谁将会平定和一统天下呢？"两相比较，曹魏的势力明显更大些，曹丕的发问中不能排斥他对吴国的轻蔑嘲讽之意。陈化回答说："《周易》上说'帝出乎震'，又听说前辈哲人是能料知命运的。当年汉代术士曾说'紫盖黄旗，见于斗牛之间，东南有天子气'。"《周易·说卦传》中有"帝出乎《震》"之句，本意指太阳在东方升起，而震为东，为春，一年之始，这里是讲天帝通过八卦造化自然的起始过程。陈化在回答中则把该句与汉代术士的言论综合一体，是要从另一角度论证东吴的最终强大与得胜。曹丕对陈化的论证当然不服气，他接着说："过去周文王为西方伯主，所以能一统天下，难道他是在东方吗？"陈化说："周朝更早时的太伯是在东方，所以文王才能在西方兴盛。"历史上周人先祖古公亶父的长子太伯为避位而逃奔东方建立句吴，周文王姬发是他的侄儿。陈化在二次回答中强调太伯东方奠基对周文王兴盛的重要性，维护了他关于帝出东方的论断。曹丕对陈化的结论一时无言以对，他心中暗暗佩服，临别时送给陈化丰厚的礼物。陈化对曹丕的回答更多含有外交争胜的意蕴，但不能否认他当时对东吴事业所抱必胜的自信，也不能否认他对东吴君主孙权的真诚拥戴。

陈化返回东吴后，孙权觉得他出使中原为江东争了光，就提升他为犍为（治今四川宜宾西南）太守，在此设置官属。该郡是刘备治理的益州边缘地，刘备逝后一段时间发生归属不定的情况，陈化在此任职应属未到任的遥领，纯粹属于孙权对他的职务晋升行为。不久陈化再升为太常，兼尚书令，成了东吴的高级官员。据说陈化非常恭敬严肃地对待江东政务，经常教导家中担任军政职务的子弟，让他们放弃田耕，勿治产业，仰仗官府的俸禄，不得与百姓争利。陈化妻子早逝，他以古事为鉴，不再复娶。孙权听说了这事，觉得他人在壮年，就交代掌管东吴宗室事务的宗正选孙氏家族女儿嫁给他，而陈化借口身体有病坚持推辞，孙权也不好违背其本人的心意，他后来七十多岁后申请退职。陈化外事活动中所表现出对东吴前景的自信，看来也不纯粹是一种外交争胜，他是真正热爱江东的事业，愿意给君主孙权做出最大的奉献。

孙权的近臣侍卫谷利在逍遥津之战中协助孙权逃脱了张辽军队的突袭（参见 3.2.7《与曹军的反复较量》），被封为都亭侯。大约 225 年孙权在武昌建造了大型船舰，名为"长安"，大船在钓台圻（今湖北武昌西北江滨）下水试航之时，狂风大作，当时与孙权一起在船上的谷利立刻命令舵手转往樊口（今湖北鄂城），孙权说道："应当迎风往罗州（今湖北鄂城所临江水中）去！"谷利拔刀上前胁迫舵手说："你不往樊口我就斩了你。"舵手于是立即转往樊口。船到樊口时，风势比刚才猛烈数倍，无法行船，只好上岸。孙权对谷利说："阿利，你怎么这样怕水？"谷利跪下说："大王您是万乘君主，却随便在风浪难测的江中玩水，船楼又高，风力很大，万一发生危险，社稷该怎么办！所以我才敢冒死抗命。"谷利早年出身卑贱，但在他的心中，孙权的身躯和国家的事业紧密相连，所以在关键时刻他不顾个人利害而冒死抗命，意在全力保护孙权的生命安全，表现了一位身边近臣对孙权的衷心热爱和高度负责。孙权于是更加器重谷利，自此以后他不再直呼其名，而爱称他为"谷"。

四十三岁的东吴君主孙权人到中年，他依靠自己政治战略的成功推进与个人谦逊、亲切及细致关怀的独特处人方式，已经赢得了众多臣属的高度赞赏和内心拥戴，成了东吴众臣心目中愿意终身追随的明主。作为当时东吴无可替代的政治领袖，孙权团结并凝聚了江东的文臣武将，驾驭和带领他们为了东吴的宏图大业在不懈努力。

3.2（15）登上皇帝之位

夺取了荆州后，东吴实际已辖有了江南扬州、交州和荆州的广大土地，基本占有了整个长江流域，实现了鲁肃早年设定的战略目标（参见3.2.2《逐步确立的政治战略》），成为当时亚于曹魏的第二大政治集团。夷陵之战中东吴击败了蜀汉数万军队的进犯，巩固了取得的利益成果，随后又成功防卫了曹魏大军的三路进击和曹丕224年的二次谋攻，捍卫了孙家的历世基业。《三国志·吴书·吴主传》及其引注中记述，225年九月曹丕领大军再进广陵（今扬州），次月在江岸边检阅集合的十多万部队准备再次伐吴，但因天气寒冷，水道结冰，战船无法入江。曹丕眼望江中的波涛叹息说："哎！这是上天要以江来划分南北啊！"（参见1.4.19《长江北岸的两番叹息》），面对严防死守的吴军，尚未交战就下令撤归，而吴将孙邵乘魏军撤退时反而有所斩获。吴军凭借长江天险粉碎了曹魏大国的连续三次讨伐，等于宣告了自身的不可战胜，进而稳固了立足东南、鼎足天下的政治地位。

在巨大的成功面前，孙权并没有停止脚步，他似乎还有更大的雄心。226年春，孙权下令："战争已经多年，百姓离开了农田，父子夫妇之间，不能体贴抚爱，我为此深感不安。现今北方敌人已退缩逃窜，中原之外没有战事，因此各州郡都应让百姓宽松休息。"他看到了东吴对外战争的和缓，把关注力放了对境内百姓的安抚上。当时陆逊因驻地缺少粮食，上表请求孙权让军中将领广开农田。孙权回复说："主意很好！现在我们父子亲自领受一份农田，用我驾车的八头牛配四耦犁耕作，虽然比不上古圣贤的行为，也想和大家一样劳作。"孙权父子参与耕作的事情虽小，却表现着他看重农业、体恤爱民的思想理念。这年七月，魏国皇帝曹丕突然因病去世，孙权听说这一消息后大概感觉到东吴有了扩张地盘的机会吧，立即兴兵征讨江夏郡（治今湖北新洲西），围攻石阳（治今湖北应城东南四十公里），但没有打下来，最后无功而返。此时的孙权始终保持着不懈努力、再图进取的精神状态；进攻石阳而未克，也表明了东吴军事进攻力的有限程度。

不久陆逊再次上表向孙权陈说眼下应该办理的事情，劝他广施恩德并减轻刑罚，同时主张减少田赋、停止户税。又说："忠直之言，不敢全部陈述；只有那些希望容身讨好的小臣，才会经常劝人主谋取功利。"孙权回复说："设置法令，是想以此抑止邪恶，防祸患于未然，怎能不设置刑罚以威服小人呢！这叫作先以法令制止，后依法律制裁，不想让人犯罪违法而已。你以为刑罚太重，我又何曾乐意重用刑罚呢，只是不得已才这样罢了。现在根据你来信所言，应当重新商讨，对好的意见务必实行。而且身边大臣有尽力规谏的责任，宗族亲戚也应提出补察得失的建议，以此纠正君主的过失，彰显道义忠信。《尚书》中说'我有过失你纠正；你不能只是顺从'，我怎能不乐意听取忠言来弥补自己的欠缺呢？而你信中却说'不敢全部陈述'，这怎能称为忠直呢！如果小臣之中，有可以采纳的意见，难道能够因人废言而不予采纳吗？如果只是谄媚之言，我虽愚笨，但也能识别清楚。至于征发户税的事，只是因为天下尚未平定，事业成功须得众人支持，如果只是守住江东，推行宽容政策，兵力当然够用，赋税多出来又有何用？考虑到坐守江东实在浅陋啊！如果不预先征收，恐怕临时征收就不方便了。另外，我与你名分虽然不同，但荣辱喜忧相同，你来信中说不敢随和众人苟安容身，这确实是我对你的真切希望。"

孙权对陆逊的这封书信回复很有内涵：同意他关于广施恩德之言，但坚持必要的严苛刑罚，认为这反而有助于威服小人、制止犯罪；同时孙权表明了追求国家功利的必要性，不赞成陆逊关于减少赋税的建议，在此表达了他不能坐守江东一隅的进取雄心。孙权信中对陆逊的建议有肯定也有否定，但仍然鼓励其继续提出建言。后来，孙权命令主管官员写好全部法令条款，派郎中褚逢送给陆逊和诸葛瑾过目，让他们对觉得不妥之处作出增删修改，这更表现了他处事待人的独特方式。整个书信体现着孙权对东吴事业的雄心，也体现着他诸多成熟的思想理念及其拥有的自信。

自从孙权"改正朔"，建立自家独立年号以来，东吴境内就不断出现一些吉祥之兆。223年五月曲阿（治今江苏丹阳）报称天降甘露，番阳报说先前也有黄龙出现，这些都是古人认定的吉祥之兆。226年曹丕刚去世时，苍梧（治今广西梧州）传说出现了凤凰，东吴公卿百官都因此不断劝谏孙权正式称帝。据说早年汉献帝刘协在位不久，吴中就有童谣为："黄金车，班兰（斑斓）耳；闾昌门，出天子。"童谣前两句是赞赏小皇帝所坐车辆的漂亮，后面称闾昌门中会有天子出入。闾昌门，又称开昌门、破楚门，是春秋吴王夫差在吴都（今江苏苏州）所建的西城门，处在孙权的辖区。东吴大臣们在童谣发生近三十年后将其当作一种谶纬预言来看待，认定吴地会出天子，那自然就成了孙权必定称帝的佐证。229年四月，夏口、武昌都传言有黄龙、凤凰出现。孙权于是在众位大臣的推戴下"顺天应人"，该月中旬在南郊正式登基为帝，自称吴大帝。当日大赦，改年号为黄龙，追谥父亲破虏将军孙坚为武烈皇帝，母亲吴氏为武烈皇后，哥哥讨逆将军孙策为长沙桓王，立太子孙登为皇太子，同时大封群臣，给属下各位将军官吏都晋爵加赏。

孙权当时昭告天帝说："您的臣属皇帝孙权用最高祭礼昭告皇皇后帝：汉朝享国二十四世，经历四百三十四年，现今气数终了，福禄运尽，天下离散，地土分崩。奸邪之臣曹丕于是篡夺了神器，曹丕的儿子曹叡继位后继续作孽，用邪恶的名号搞乱了天下礼制。我孙权生在东南，碰上了天命运数，相信统序犹在，志在平定天下，愿意奉天命讨伐有罪，为民效力。朝中群臣将相以及州郡百城的执事之人，都觉得天意已离开汉朝，刘氏汉室已不能祭祀天帝，皇帝位上空虚，郊祀没有主事的人，他们发现了很多嘉瑞祥兆，前后多次陈述，认为运数在我身上，不能不予接受。我孙权敬畏天命，不敢不听从，所以谨选吉日，登坛作祭，即皇帝之位。希望天帝接受我的祭祀，保佑吴国永远享有上天给予的福禄。"这份昭告正像孙权平素的为人一样，仍然是一副卑谦恭敬的姿态，与魏、蜀立国的昭告文书颇有些不同特点。

尤其值得提及的是，昭告天帝的文书中公开斥责了曹魏，表达了与篡汉立国的曹魏明确为敌的态度，而对刘备的蜀汉立国却只字未提。在传统文化关于天下一统的理念之下，孙权要想确立自己国家的正统地位，当然不能表示对蜀汉的认可；但因自诸葛亮掌政后双方已经建成的同盟关系，孙权在此也无法表示对蜀汉建国的道义批判，因此在这里干脆采取了回避不提的态度，这也表明了他内心对联蜀抗魏大政方针的认可。

孙权即位次月派遣校尉张刚、管笃出使辽东，与北方的公孙渊联系，同时将即位皇帝的事情通告蜀汉，提议两国并尊二帝。当时蜀国军队三出祁山，在武都（治今甘肃省成县西）与阴平（治今甘肃省和县西）战场略有小胜后很快返回，正准备第四次伐魏，群臣们听到孙权称帝的消息后引起了轩然大波，人们信奉"天无二日，民无二主"的理念，许多大臣主张应断绝与孙吴的关系（参见 2.3.3《初掌国政》中），经过丞相诸葛亮的引导和耐心说服，大家为了能有效地联吴抗魏，最终确认了"孙权僭号篡逆之罪，不宜公开表明"的主张。六月，蜀国派卫尉陈震前往吴国庆贺孙权登基。孙权不久迁都建业（今南京），魏、蜀、吴自此进入了三个独立国家相博弈的新时期。

3.2（16）与蜀汉的盟约

孙权在 229 年四月接受群臣推戴，登上了皇帝之位，他向蜀汉通报了此事，提议两国并尊二帝，不久蜀国派卫尉陈震来吴国表示庆贺，等于认可了孙权在东吴的皇帝之位。吴蜀两国自诸葛亮 223 年实际掌政后已恢复建立了相互信任的同盟关系，这次陈震奉命前来出使，双方于是商议了将来消灭魏国后对其辖地的均等划分：豫、青、徐、幽四州属吴；兖、冀、并、凉四州属蜀；司州（指司隶校尉统属的洛阳周边地区）的辖地，以函谷关为界分属两国（参见 2.5.13《拘谨使臣陈震》），并正式确立了双方的同盟关系。

《三国志·吴书·吴主传》中记述，两国立盟时制定的盟约如下："天降祸患，使皇统失序，叛逆之臣乘机篡取国家政权，事情起自董卓，终于曹操，他们穷凶极恶，搞乱九州，致使海内四分五裂，天下丧失了纲纪，人神共怨而没有止息。曹操的儿子曹丕更是逆贼作丑，他篡窃了皇位；而小妖孽曹叡又重蹈曹丕恶迹，倚仗兵力窃据汉土，至今尚未伏诛。古时共工作乱而尧帝兴师，三苗违法而虞舜征讨。现今要消灭曹叡并擒拿其党徒，除过汉、吴两国，还有谁能承担呢？讨恶除暴，一定要声讨他们的罪行，应分割他们的疆土，夺取他们的土地，使天下民众的内心有所归属。故此春秋时晋文公伐卫国，首先将其土地分给宋国，就是这个道理。同时古人建树功业，一定要首先缔结盟誓，所以《周礼》中有司盟职务，《尚书》中有诰誓之文。汉与吴，虽然双方内心互相信任，但分割魏国的土地，应当具有盟约。诸葛丞相的德行威望远近闻名，他辅翼本国，主持军国大政，信义和诚信感动天地，现在重结同盟，再申约誓，使双方士民都能知晓。故此立坛杀牲，昭告神明，再歃血于盟书之上，将副本珍藏于天府。天在高处倾听下界事情，神的灵威辅助诚信之人。司慎司盟及各位神灵都亲临观鉴，从今天起，汉、吴两国结盟之后，应当勠力一心，共讨魏贼，互相救援，共当祸福，好恶相同，不可二心。如果汉遭侵害，则吴出面讨伐；如果吴受到侵害，则汉前往讨伐。各自守好自己的地盘，互不侵犯。盟约要传之后世，有始善终。凡是各项盟约，都按盟书所记，诚信之言不求文辞艳丽，是出自彼此友好。如果有谁背弃盟约，招致祸乱，怀有二心制造不和，就是亵渎天命，上帝神明会督察讨伐，山川百神会惩罚诛灭，他会丧失军队，帝位不得善终。希望伟大的神灵来作明察！"

  盟书再一次声讨了曹魏篡汉的罪行，表明了双方结盟抗魏的正义性。此外能够从中看到：①划分地盘时涉及的几个州都是北方曹魏的地盘，盟约中用历史事实说明了提早划分魏国地盘的必要性，认为这样可以使曹魏治下的北方民众在内心知道自己的未来归属。而蜀汉占据的益州，以及吴国占有的扬、荆、交州都不做考虑，应是归原主不变的。就是说，十年前东吴所夺取的荆州地盘，蜀汉已经认可，不再计较。②原文中提到的结盟双方为"汉、吴"，而不是"蜀、吴"，这表明刘备建国时应是自号为"汉"。因曹丕220年受禅建魏之后汉室已亡，刘备自认汉室宗亲，认为他在成都建就的政权直接就是汉朝的延续。后世为了将该政权与建于洛阳的东汉政权相区别，称其为"蜀汉"，其实刘备当年的政权名号中并无"蜀"的标记，正像刘秀早年在洛阳建立的政权不称"东汉"，其中并没有"东"的标记一样。③原文中提及结盟双方时都称"汉、吴"，汉在前而吴在后，表明该同盟的盟主是汉而不是吴。春秋时霸主与众多随从国结盟，争夺盟主地位是结盟仪式背后最重要的活动，三国时代的结盟活动对此不会毫不在意，这应该是新近即位的孙权为融洽双方关系而对蜀汉执政人做出的谦让。④盟书中没有提及两国皇帝，而对蜀汉丞相诸葛亮的德行和信义则作了高度赞赏，似乎有些反常之处。其实从实际情况来看，诸葛亮是蜀汉政权的实际掌政人，又是吴国近臣诸葛瑾的亲弟，一直为本国内部的亲吴派代表，是这次汉吴同盟得以恢复的灵魂人物。他本人有着坚定如一、始终未变的政治追求，结盟双方对他都有很高的信任，而这些都是两国皇帝刘禅与孙权所不具备的，诸葛亮的人格和信用的确对稳固联盟有着很好的保障。⑤盟约中不仅表明了双方的共同敌人，而且写明：如果汉、吴一方受到敌人进攻，另一方就应出兵援助。可以看到，这次缔结的既是政治同盟，又是军事同盟，虽然没有关于对外进攻时必须同时出兵的约束，但却提出了在遭受进犯而被迫防御时相互间的援助义务，反映了双方面对强敌而谋求生存保护的紧迫性。⑥盟约对双方都具有战略性、长久性意义，它不是管一时的，而是要传给后世，世代遵从。从逻辑上说，自盟约制定之日起直到彻底消灭曹魏之时，整个过程中它都是起作用的，盟约的有效期长短取决于两国最终消灭曹魏的时间长短。⑦盟约中表明了双方各自的诚信，但同时把履行盟约的监督权交给了天地神灵，双方对天起誓，不守盟约的一方将受到神灵的惩罚。在人们普遍相信天地神灵的古代社会，这种表达形式对双方而言，既是各方希望对对方作出监督，也是他们自己对神灵作出的保证，双方订盟的内心都是真诚的。

这一盟约奠定了吴蜀两国此后在政治战略上友好合作的基础，保证了双方关系的长期稳定。从盟约的执行情况看，诸葛亮至234年去世为止，终其一生都自觉保持着与吴国的同盟友好关系，其后蒋琬、费祎和姜维相继掌政直到263年国灭,蜀汉与吴国只有过约攻魏国而配合不甚紧密的事情,基本上没有违背盟约的情况。

吴大帝孙权对盟约的认识和遵守如何呢,看看两则事实:234年诸葛亮去世时,吴国担心魏国可能趁机攻取蜀国,于是在两国边境巴丘(今湖南岳阳南)增加了一万守兵,一则打算救援蜀国,同时也可趁势分其国土(参见2.8.3《孙权欣赏的邓芝与宗预》),这是准备在情势变化时趁火打劫之意。另一事情是,蜀汉在蒋琬掌政时,提出改变诸葛亮的进军路线,沿水路东向出兵的战略(参见2.8.1《盛名难副的掌政人》下),为此蒋琬驻军汉中,在汉水上游大造战船。事情被吴国看到了,大约244年时,吴将步骘、朱然等人上疏孙权说:"从蜀国回来的人都说蜀国要背叛盟约而与魏国交往,他们制造了很多战船,又修治城郭。而且蒋琬驻守汉中,他听到司马懿率兵南下,不出兵乘虚夹击魏军,反而离开汉中,撤兵靠近成都。事情十分明白,没有什么可怀疑的了,我们应作好准备。"孙权作了推测后说:"我们对待蜀国不薄,订立并遵守盟约,没有对不起他们的地方,怎么会到这地步呢?再说司马懿率兵南进舒县(治今安徽庐江西南),十天就撤退了,蜀国远隔万里,怎么会知道情况而立即出兵呢?从前魏国打算进兵汉川(指汉水流域),我们这边刚开始准备,也没有出击,不久听说魏军返还而停止了行动,难道蜀国也会因此而怀疑我们吗?况且人家治国,舟船城郭,怎么能不修缮保护呢?现在我们也在训练军队,难道能说是用来抵御蜀国吗?传言切不可信,我以破家来为大家担保这事!"后来知道蜀国根本没有那种谋划,孙权根据蜀国国内情势未变的事实而坚守盟约,他的预料和决策都是完全正确的。孙权作为事业成功的政治人物,他基本上坚守了对盟约的信用原则,但也并没有完全超脱特定情况下的投机心理。

蜀汉真正的国家危机发生在263年魏军大举进伐之时。当时孙权的儿子孙休为吴帝,在邓艾率军逼降成都关头,吴军曾以救援的名义进军蜀国境内欲行分割之实。后来听说钟会、邓艾两人灭蜀后反叛失败,益州百城没有防守之主,吴国遂欲兼并蜀地,其进军部队与蜀国巴东太守罗宪在永安（今重庆奉节东）附近进行过激烈争战（参见 2.8.5《蜀吴边界的守御人罗宪》）。历史状况变了，同盟存在的条件已不具备，一纸盟约传至二代就已失去了意义。

3.2（17）与魏国的较量

自 222 年十月魏国三路大军伐吴起，曹丕至 226 年离世前共向东吴发起三次进军，但都没有什么成效，无功而返。此后东吴与蜀汉在诸葛亮的主导下恢复建立起了同盟关系，与魏国就处在战争状态。229 年孙权称帝后与蜀汉结盟立约，两国的盟友关系更加巩固，其间吴国与曹魏几乎断绝了使臣往来。《三国志·吴书·吴主传》《资治通鉴·魏纪四》多处记述了这一阶段孙吴与魏国间发生的战争较量，表现了双方军事争战的复杂情景。

捕捉叛将晋宗 223 年五月，东吴戏口守将晋宗杀死了将军王直，领着众人反叛投魏，魏国任命他为蕲春（治今湖北蕲春西北）太守，晋宗带领魏国军队多次侵犯边境。六月，孙权令将军贺齐督领着糜芳、刘邵的部队进击蕲春，刘邵等人活捉了晋宗。这次争战发生在曹丕执政时期，有关资料上标明戏口即今陕西临潼东北戏水入渭水之口，但陕西临潼不可能是吴国的地盘，晋宗原来的镇守地应该在江南某地才对。

派周鲂诱骗曹休 孙权在称帝前数月的 228 年，派遣番阳太守周鲂暗中求助在北方知名的山越宗帅，想让他们去引诱魏国扬州牧曹休，周鲂说："山民宗帅地位低贱，不足以取得对方信任，事情若泄露出去，也不能使曹休上钩。请派亲信带着我的书信去引诱曹休，说我受到责难，害怕被杀，打算以郡归降北方，请求派兵接应。"孙权同意了这一方案，立即实施。这年八月，孙权到达皖城，任命陆逊为大都督，又任命朱桓、全琮分别担任左、右督，各领三万人迎击曹休（参见 1.10.6《曹家"千里驹"》），曹休与曹叡果然上当，进军的曹休部队遭到吴军的伏击，损失惨重。

没有成功的"回马枪" 曹叡 226 年五月继位执政后，魏吴双方有

过一段战争间歇期，到 230 年十二月，孙权扬言要出兵攻打合肥，魏国征东将军满宠上表奏请调兖州、豫州各军集中以应敌。在两州军队尚未到达时，吴军却很快退兵，曹叡下诏停止此次军事行动，满宠认为："现在吴军大举进兵却不战而还，应该不是他们的本意，必定是伪装退却以使我们停止准备，他们会返回来乘虚而入，攻我不备。"他上表请求不要罢兵。十几天后，吴军果然再次来到合肥城下，后因攻不下城，只好退兵。这次吴军采取了佯装退兵的战术策略，正是希望在魏国军队终止部队的集合行动时，他们好杀个"回马枪"，这的确是极有智谋的方案。但可能是进军前的有意张扬和刚到后的未战而撤过于离奇，显示了军队行事的反常，反而让魏将满宠生出了更多的警惕，识辨出了他们的图谋。

抓捕"潜伏"的隐蕃　231 年二月，魏国青州（治今山东临淄）人隐蕃逃到吴国，他给孙权上书说："我听说商纣王无道，微子就出离本国；汉高祖英明，陈平就入境投靠。我今年二十二岁，抛弃故土来归顺有道之君，上天保佑我安全到达。我来此已有多日，而主事官员把我看成一般的归降之人，没有作出精细的考察甄别，使我的深意妙招不能呈献，非常遗憾！我现在向宫门呈递奏章，请求召见。"对这么一位胸有大志富有才情的青年人，孙权看到上奏后即刻召他入宫，召集多位大臣与隐蕃就时事形势谈论了很久。这位来自魏国的青年人极善言辞，仪态不凡，几位同坐的大臣对其评价并不相同，侍中右领军胡综认为："隐蕃上书语气大得像汉朝的东方朔，敏捷诡辩就像祢衡，而才能却比不上。"而左将军朱据、廷尉郝普却称赞隐蕃有辅佐帝王之才。孙权觉得隐蕃谈论较多的是刑狱之事，就任他为廷尉监，这是国家最高司法长官廷尉的助手。过了没多久，隐蕃却图谋在吴国叛乱，事情被发觉后逃走，后来被抓捕，遂被处死。资料中并没有说明隐蕃反叛作乱的具体事实，是收集情报还是策反队伍，只知道最初是曹叡安排他来到吴国。魏国采用派人渗透的办法，让年轻臣属打进吴国内部进行有利自身的阴谋活动，但阴谋很快被吴国识破并加以粉碎。

诈降诱敌　231 年十月，孙权安排中郎将孙布诈降魏国，想要引诱扬州刺史王凌上钩。孙权在阜陵（今安徽全椒县南）设下伏兵等候，孙布则派人告诉王凌说："道路太远，不能自己前去，请求出兵迎接。"王凌把孙布的书信抄写下来向上报告，请求出兵相迎。征东将军满宠认为这必是诈降，不给派军，他替王凌写了一封给孙布的回信，表示说："现在暂且保密你的计划和志向，等到时机合适时再做部署。"满宠临时入朝前交代留府长史说："如果王凌想要去迎孙布，一定不要给他军队。"（参见 1.5.18《曹叡的用人和处事》上）王凌要不到驻守之兵，遂单独派遣一位督将率领步骑兵七百人前往迎接，孙布乘夜袭击，督将逃走，魏兵死伤过半。这事发生在隐蕃事件的第二年，孙权大概是一时找不到在战场上打败魏军的机会，于是也采用了一种诡诈的方式，以假投降引诱对方军队上钩，果然也有所斩获，也算是报了隐蕃欺诈之仇。

进军庐江而惊恐撤归 232 年，吴国陆逊率军向庐江（治今安徽庐江西南）进发，魏国朝臣认为应该火速救援。满宠说："庐江虽小，但有精兵良将，可以防守一段时间。而且，敌人是舍船陆行二百里而来，没有后继部队，他们不来我们还要打算引诱的，现在应该听任他们前行，怕的是他们逃走我们赶不上。"于是整军直赴杨宜口（今安徽霍邱西古阳泉水入古决水之口），这是要断绝吴军退路，也有包抄入境吴军使其有来无回之意。吴军这次大概是想突袭庐江，认为对方难以很快调集大军前来，自信会收到出其不意的效果。而听到魏军以少量兵力断己后路的消息，只好连夜撤退。

欲攻合肥新城 吴国每年都有攻魏的计划，魏国受到无尽的边境骚扰。满宠于是上书说："合肥城南临长江、巢湖，北面远离寿春，敌军围攻合肥，肯定据水占取地势；我军救援，应当先攻破敌人主力部队，然后才可解除包围。敌军来攻极为容易，而我们救援却很困难，应该调出城内军队，在城西三十里处的奇险之地另建城堡固守，这是引诱敌人上岸，在平地上切断他们退路的好方法。"曹叡不同意。满宠又上书说："孙子说'用兵必须诡诈，所以能战而显示不能，以小利引诱敌人骄狂，假装恐惧使敌人上当'，这就是表面和实质不必相适应。又说：'善于调动敌人靠的是外表的行动。'现在敌人未到而我们从城内撤出,这就是以表面行动引诱敌人。让他们远离水域,选择有利时机发动攻击,在城外战场上取胜,城内也会得到守护。"尚书赵咨认为满宠的计策比较完善,曹叡于是下诏批准。满宠的办法是在合肥西部三十里处另建新城,引诱敌人远离水域,使他们不方便顺水撤走,再想办法在陆地上包围歼灭敌军。魏国据此在合肥旧城西鸡鸣山东麓修筑了合肥新城。

233年,孙权出动大军攻魏,打算包围合肥新城,但因该城远离水域,军队在水中逗留二十多天不敢下船上岸。满宠对魏军将领们说:"孙权得知我们迁移城址,出军前必定在他的部众中说了狂妄自大的话,如今大举出兵前来,是想求得一时之功,虽然不敢到城前攻击,也必定要上岸炫耀武力,显示自己力量有余。"于是秘密派遣步骑兵六千人埋伏在肥水隐蔽的地方等待。孙权不久果然率军上岸炫耀,满宠的伏兵突然起来袭击,斩杀吴军数百人,有的吴兵跳入水中淹死(参见1.18.9《谋划出众的满宠》下)。孙权派全琮攻打六安(治今安徽六安北十公里),也没能攻下,只好退归。这里吴军在江岸边的损失只是微小的和偶然的,重要的问题在于,面临远离水域的合肥新城,吴军要包围进攻时果然面临巨大的恐慌,他们不愿意远舍自己近水作战的优势,因为心理准备不足,这次只能望城兴叹。事实说明了魏将满宠新的防御方案的正确性,表明魏吴双方隔江对峙中,无论哪方要在进攻中取胜都不是一件容易之事。

3.2(18) 配合诸葛亮的一次作战

吴蜀两国所以能结成同盟,源于双方有共同的敌人魏国。自229年结盟之后双方真诚践约,各对魏国发起过进攻,吴国与曹魏数年较量,诸葛亮也曾屡次出击,但都没有明显成效。234年初,诸葛亮六出祁山,驻军五丈原与魏国司马懿相对峙,这次出军前他做了充分准备,并相约与吴国在东西两线上向魏国同时进军。《资治通鉴·魏纪四》《三国志·吴书·吴主传》等处记述了吴国这次派大军北攻曹魏的军事活动,表现了吴国配合诸葛亮进攻魏国的具体过程及其结果。

234年五月,孙权组织大军,分三路向魏国进军,其中派陆逊、诸葛瑾统率一万余人进入江夏(治今湖北鄂州)、沔口(今湖北汉阳西南沔水注入长江处),进击襄阳(治今湖北襄樊);派将军孙韶、张承进入淮河,直指广陵(治今扬州)、淮阴(治今江苏淮安西南);孙权自率军队入驻巢湖口(今安徽中部鸟巢状的湖),直指合肥新城。全军号称十万,同时进击,这是吴国组织军队最多、规模最大的一次攻魏作战。这次蜀国在西线出击,已把魏国洛阳以西的军队吸引在关中之地,使魏国没有多少机动兵力增加东线力量,吴蜀两军两线并进,互相借重,形成了最为良好的配合态势。

诸葛亮在西线战场上与司马懿相持,而在东线战场上,当吴军前来时,魏国征东将军满宠想要率领各路大军救援新城,殄夷将军田豫说:"敌人倾巢出动大举进攻,不是贪图小利,而是打算以新城为钓饵,引诱我大军前来。如果我们现在马上进军,就正中了他们的奸计。现在应当听任吴军攻打新城,挫伤他们的锐气,不应与其立即争战。吴军攻城不下,士兵必然疲怠;待他们疲怠然后攻击,可以大获全胜。如果吴军看出这一计策,必定不再攻城,那就会自行撤退。"满宠和田豫两人的战法不同,他们各有自己的理由,而田豫的方案似乎对吴军的威胁更大些。

此时,魏军在东方的部队正轮番休假,满宠坚持他自己的方案,上表请求征召中军兵,并要召回休假的将士,准备集中力量迎战。朝廷散骑常侍刘劭商议时认为:"敌军人数众多,刚刚来到又心志专一,士气旺盛,满宠因守军人少,即使出击,未必能制胜敌军,他请求援军是对的。我认为可以先派遣步兵五千,精骑兵三千,作为先头部队出发,扬言从多路进军,造成震慑敌人的形势。骑兵到达合肥后则疏散队列,多布旌旗,在城下展示兵力,然后带部队从敌人背后包抄,占据他们的退路,截断他们的粮道。吴军听说我们大军前来,骑兵又截断了后路,必定震惊而逃,不战自破。"这一方案吸收了田豫建议中的优长处,又致力于军队的后续集结,并给吴军造成截断其粮草与归路的印象,其中有真有假,虚实相间,对初来求战而不明真相的吴军确有震恐作用。曹叡采纳了刘劭的这一方案,于

>>> 3.2 东吴出色的守成之主孙权

是立即安排执行。

满宠想要转移新城守军,引敌人到寿春,曹叡不同意,他说:"从前光武帝派遣部队占据略阳,终于攻破了隗嚣;先帝在东方设置合肥,在南方把守襄阳,在西方固守祁山,敌人一来就在这三城之下将其击败,因为它们都是必争之地。现在孙权即使攻打新城,肯定不能攻下。可命令将士们坚守,我将亲自前往征讨。等我到达时,孙权恐怕已经逃走了。"曹叡是要把新城变为吴军砸不烂的"铁豌豆",如果吴军不因心生恐惧而提前撤军,那就在此牢牢吸引住他们,等待后续大军的集合包抄。但吸引吴军驻留的前提是新城不被攻破,为了坚定守城将士的信心,曹叡决定亲自前来助战,御驾亲征。但他同时表明,敌军在他到达前可能早已逃走,他料定孙权不会有过大胆略能围攻新城到最后一刻。做了这些考虑和安排后,曹叡派遣征蜀护军秦朗统率步、骑兵二万人援助西线战场,交代司马懿只需坚壁拒守就行,到七月曹叡乘龙舟亲自前往东线合肥新城战场。

魏国守将满宠招募壮士焚烧吴国攻城的器械,射死了孙权的侄子孙泰,当时吴国军中将士生病的很多。曹叡离吴军驻地还有数百里时,魏军中佯装截断敌人归路的先遣军队已先行到达。孙权开始认为曹叡不会亲征,后来听到曹叡率大军即将到达,他果然被魏军虚张声势的包抄归路战术所吓倒,于是立即撤走,孙韶一路进攻广陵、淮阴的部队也跟着退兵。

吴将陆逊派亲信韩扁携带表章去见孙权听候指示,半路上被魏国巡逻的人截获。同路副将诸葛瑾听到消息后非常担心,他给陆逊写信说:"主上已经撤军,敌军俘虏了韩扁,会完知道我们的虚实,而且河水已干,应当立刻撤军。"陆逊未做回答,却催促部众种菜、种豆,并和部将如同平常一样下棋练射。诸葛瑾说:"陆逊足智多谋,这样必有其他原因。"于是前来会见陆逊,陆逊说:"敌人知道主上已经回去,再没有什么忧虑了,就会专门对付我们。而且他们已处关口要道,我们的兵将心怀恐惧,应当镇定以安军心,应当再想些办法处置,然后撤军。现在便表示撤退,敌人会认为我们害怕了,必定前来相逼,那样我们就势所必败。"于是他秘密地与诸葛瑾定下计谋,让诸葛瑾督领船队,陆逊出动全部兵马佯装向襄阳

99

进发。魏兵素来惧怕陆逊的名声，急忙赶赴襄阳守卫。诸葛瑾便率领船队驶出，陆逊从容整理队伍，故作声势步行到船上，魏军不敢逼近。船队行到白围（白河与汉水汇合之处）时，假称停留打猎，暗中派将军周峻、张梁等袭击江夏（魏国江夏郡治今湖北安陆西南）、新市（治今湖北京山东北）、安陆（治今湖北安陆北）、石阳（治今湖北应城东南四十公里），杀死俘获一千余人后撤还。吴军两路撤归后，陆逊一路军队已经无能为力了，他要立即撤退，又怕被魏军所乘，于是虚张声势地去进攻襄阳，其行为迷惑了对方，陆逊之军在半道上略有斩获后方才返回。

吴军这次声势浩大的三路进击最终也是无功而返，御驾亲征的曹叡没有走到前线战场，听到吴军撤退的消息就停止了东征。群臣以为司马懿正在同诸葛亮相持不下，曹叡可能会向西到达长安坐镇观战，但曹叡说："孙权已经退走，诸葛亮必然破胆，大军足以制胜，我没有可忧虑的了。"于是在寿春检录了各将领的功劳，授爵赐赏后返回了洛阳。吴军撤归后，西线蜀军失去了战略上的配合，诸葛亮深为自己一生的壮志难酬和心力空耗而悲伤，八月他病逝于西线战场（参见2.3.12《秋风五丈原》）。事实表明了北方魏国在军力和人才上的明显优势，吴蜀两国即便联合起来也难以动摇。

3.2（19）与辽东的远交（上）

吴国在北境隔长江与魏国相接，而魏国的东北部尚有辽东燕国，那是约四十年前公孙度建立的割据政权（参见0.3.1《公孙家族的兴盛》），后来经公孙康、公孙恭而传到公孙渊手中。辽东辖境相当今辽宁西部大凌河中下游一带，这里与吴国没有陆地接壤，但可以跨海往来，属于吴国水路可通的远邻。《资治通鉴·魏纪四》《三国志·吴书·吴主传》及其引注记述了孙权联蜀抗魏时期与辽东公孙渊的恩怨交往，这构成他治理吴国外交活动的重要内容。

233年初，公孙渊派遣校尉宿舒、郎中令孙综携表向吴国称臣，孙权大概是初次感受到境外掌政者的尊崇和推戴，他非常高兴，向国内发诏说:"我以无德之人,开始承受上天赋予的使命,日夜兢兢业业,连睡觉时也小心谨慎。心里想着平定祸乱,救抚百姓,以便能上报神灵,下慰民望。故此我真心诚意地招求杰出人才,愿意与他们合力同心,共同平定天下,如果能够同心,我将与其终生携手。现在使持节督幽州军事的燕王、兼青州牧辽东太守公孙渊,因长期受到曹魏胁迫,远隔一方,虽然他倾心向往我们吴国,却因道路阻隔,无缘承受国恩。如今他顺应天命,从遥远的地方派遣二位使者前来表达内心的忠诚,写奏章展现深情。我看到这些,真感到无比高兴!即使商汤得到伊尹,周文王得到吕望,光武帝未平天下就得到河右,这些与今天的事情相比也不能超越!天下一统,由此已能看出预兆。《尚书》不是说过:'君主一人有庆幸,亿兆臣民就会获得幸福。'为此我决定大赦天下,给犯罪者改过自新的机会。该令要下达各州郡,让全国人都知晓。特下诏书给燕国,让他们传扬皇恩,让普天下都知道这喜庆之事。"孙权当时的幸喜心情是显而易见的,他为辽东的称臣而大赦天下,真正是把与辽东的交往当作吴国的重大事件来对待。

三月,宿舒和孙综要返回辽东,孙权特派太常张弥、执金吾许晏、将军贺达率领大军万人,携带金银财宝、奇珍异货及赐给燕王的九锡等物,乘船渡海送给公孙渊。另有《江表传》中记录,孙权还下诏宣布,将幽、青二州十七郡一百七十县封给公孙渊,为燕增加封地。所封土地本来是最实际的利益,只是这些土地当时属于魏国,对公孙渊只是属于一种心理上的慰藉而已。与孙权的幸喜心情有所不同,当时吴国自张昭、顾雍以下的满朝大臣都直言规劝,他们大多认为"公孙渊不可轻信,这样做,对他的恩遇太厚了,只要派遣官兵护送宿舒、孙综就够了",但孙权并没有接受。

公孙渊在北方与曹魏的关系一直不睦,但也并没有真正的对抗。当孙权送来极大的信任和丰厚的礼物时,公孙渊知道吴国相距遥远难以依仗,大概是为了讨好魏国吧,于是斩下张弥、许晏等人的首级,送到魏国京城洛阳,他不仅将吴国送来的金银财宝全部占有,而且吞并了吴国的全部士兵。吴国使臣的头颅和孙权给辽东的一片真心诚意成了公孙渊献给魏国的祭礼,魏国收到后果然非常高兴,这年十二月,曹叡颁诏任命公孙渊为大司马，封为乐浪公。公孙渊在魏吴两国间搞政治投机，毕竟还是从曹叡那里得到了一时的好处。

孙权听到消息后勃然大怒说："我现在年已六十，人世间的艰难困苦全都经历过了，近来却被鼠辈所戏弄，令人气涌如山。如不亲手斩掉鼠辈的脑袋扔进大海，就无颜君临万国，即便为此受苦亡国，也决不遗憾！"他要组织军队大举讨伐辽东公孙渊。陆逊上书劝谏说："陛下以神武资质，承受大命，曾在乌林大破曹操，在夷陵大败刘备，在荆州生擒关羽，这三个败房都是当世英雄，却都被您所打败。如今正要荡平中原、统一天下，如果不能忍住小恨而发出雷霆之怒，是违背了'千金之子，坐不垂堂'的古训，也是轻视了身为帝王的尊贵。"陆逊夸张性地肯定了孙权的才质和能力，给了他充分的心理满足，最终是要让他放下一时的怨恨，取消远征辽东的军事冒险。

尚书仆射薛综上书谈到了讨伐辽东的具体问题，他说："辽东属于化外小国，没有坚固的城堡和防御的战术，兵器钝老，如犬羊一样未经治理，征伐必胜，这正如陛下诏书所言那样。然而辽东地土狭小而湿寒，不长庄稼，民众熟习骑马，流动无常，忽听大军来到，自料抵抗不过，会如鸟惊兽骇一样四散远逃，大军前去征讨将会连一人一马都见不到，即便得到了这空旷之地，守住它毫无益处；同时大海无际，洪流深广，海上航行变化无常，波涛风浪难以避免，悠忽之间，会人船不保，尧舜般的德行智慧无法施展，孟贲、夏育一样的勇力难以发挥。另外，浓郁的大雾罩在天空，咸苦的海水蒸发在下，极易使人生出脚气病，互相传染。"他指出了征讨辽东会遇到的三种实际问题，意在否定出军的可能性和必要性，认为忽视这些实际问题，只顾发泄一时的气愤，是不利于国家的行为。

尚书陆瑁上书说："北方魏国与我们土地接壤，如果稍有空隙，就会乘虚而入。我们当时结交公孙渊，就是为解决马匹不足，借以除掉魏国这一心腹之患。现在因一时气愤就改变目标，这是敌人愿意听到的，而绝不是我们最好的办法。兵家战术，在于以逸待劳，如果大军征讨，军队到了沓渚（今辽宁旅顺）后离辽东路途还很遥远，粮食要靠陆路运送，敌人的骑兵随时可以截击；如果公孙渊再与魏国联系而进攻，我们就会面临更大的困难，何况国内的山越叛民也会乘机起事，这恐怕不是万全之策。"陆瑁是从军事活动的危险性上说明远途征讨是一种失策，孙权仍然没有同意。

陆瑁再次上书说："战争一直是用来诛杀暴乱、威震四方蛮夷的行动，但在中原战乱不断，地方割据相互为敌之时，用兵却必须首先使自己深根固本，应当爱护人力，珍惜财物才对，没有这时会舍近治远、疲惫自家军队的。汉朝时南粤王尉佗叛逆，僭号称帝，当时天下太平，百姓安居富足，可汉文帝仍然认为出兵远征并不容易，只是派陆贾前去劝喻而已。现在我们的首恶元凶还未消灭，边境常有报警，不宜先去讨伐公孙渊。"这里用前朝优秀帝王的行为来做对照，是希望孙权以汉文帝的行为为楷模，成为能赢得后世人们普遍赞誉的君主，孙权这才罢休。

战国时有"远交近攻"的政治战略，那是强大起来的秦国分化瓦解东方六国、用蚕食列国的方法兼并天下的策略手段。孙吴处在比北方魏国更为弱势的地位上，与主动前来投好的辽东燕国发展交往关系也未尝不可，但他没有准确把握与国交往中的利益原则，又为公孙渊一时的卑辞称臣所迷惑，误以为燕国会轻易放弃与魏国的交好而一意投靠自己，最终被公孙渊出卖和欺侮，不仅利益受损，自身的威信和尊严也遭受践踏，他心中的痛恨和怒气是可想而知的。东吴的众多大臣劝谏了孙权对辽东远方征讨的冒险行为，这自然有合理的一面，但双方的交往并没有到此为止。

3.2（19）与辽东的远交（下）

233 年，孙权因辽东公孙渊上表称臣而非常高兴，他不顾群臣劝谏，派遣太常张弥、执金吾许晏、将军贺达率领大军万人，携带金银财宝、奇珍异货及赐给燕王的九锡等物，乘船渡海送给公孙渊，但公孙渊将吴国送来的金银财宝全部占有，吞并了吴国的全部士兵，并且斩下张弥、许晏等人的首级送给魏国买好。《三国志·吴书·吴主传》及其引注与《资治通鉴·魏纪四》中记述了当时吴国使臣与士兵到达辽东后发生的一段曲折惊险的经历，介绍了孙权强忍怨恨数年后，在239年公孙渊灭亡时刻与辽东的重新交往。

《吴书》中说，张弥、许晏等人到达辽东治都襄平（今辽宁辽阳），跟随的官员侍从约四百多人，公孙渊将使者斩首并吞没了部队后，又想对官员侍从下手，于是就把这些人分散安置在辽东各县，担任中使的秦旦、张群、杜德、黄疆及官员侍从六十多人被安置在玄菟郡，玄菟郡原治今朝鲜咸境南道咸兴，后辖地缩小，治所移至今辽宁铁岭一带，该郡在辽东北部，离襄平约二百里，郡太守王赞统管的民户约三百左右。秦旦等人都被安排住在当地百姓家里，仰仗民户饮食生活，过了四十多天后，秦旦与黄疆等人商议说："我们大老远到这里来有辱国命，又自我抛弃，与死亡有什么不同？现在观察该郡，看来治理非常薄弱，如果我们同心干事，焚烧城郭，杀掉郡中官员，能为国雪耻，就是死了也没有什么遗憾，总强过苟且偷生永为囚俘吧！"黄疆等人表示赞同，于是这些来到该郡的六十多个吴人暗中相约，定在八月十九日夜晚起事。这些流落在玄菟郡的官员在吴国的职位并不高，但他们却有着高度的国家忠诚，在使团首领被害后，遂准备将手头不多的人众组织起来，在极为偏僻的地区发动事变，侥幸求胜，决心为国家报仇雪耻。

准备起事的当天中午，他们的计划被一位知晓了情况的当地郡民张松所告发，这完全是经验不足、保密不慎导致的结果。郡守王赞便让士兵关闭了城门，大概是要防止城内外的接应联合，并防止重要人员的出逃。秦旦、张群、杜德、黄疆等人都翻越城墙逃走，当时张群腿膝生了疽痈，赶不上同伴的步子，杜德搀扶着他一起在崎岖山谷中行走了六七百里路程。在性命攸关的危急时刻，他们没有抛下有病的同伴而独自逃生，表现出了深厚的义气情分，相互救助的行为中闪烁着人性的光芒。后来张群的疽伤更加厉害，不能继续前行了，就躺倒在草丛中，大家在一块儿相视流泪。张群说："我不幸伤得这么重，活不了几天，你们大家应该赶快上路，希望能够走出去。如果空守在这儿，都会死在山谷中，也没有什么好处。"杜德说："我们离家万里，生死都在一块儿，不忍心把你抛弃。"于是催促

>>> 3.2 东吴出色的守成之主孙权

秦旦、黄疆前行，杜德则单独留下守护张群，搜寻野菜山果充饥。

秦旦、黄疆离开几天之后，到达了句骊，这是辽东玄菟郡下属的一个朝鲜族居住区，治所在今吉林集安。秦旦两人应是冒充使者吧，他们向句骊王宫及其主簿宣示吴国皇帝诏令，说朝廷送给句骊的赏赐被辽东攻夺了，这位名叫宫的句骊王听说吴国朝廷有赏赐，心中非常高兴，他当即接受诏命，派人跟随秦旦去迎接张群、杜德到来。过了不久，句骊王派遣宫中士兵二十五人送秦旦等人返回，并奉表称臣，进贡貂皮一千张，鹖鸡皮十幅。秦旦等人终于回到了吴国，并带回了句骊王宫的贡物，他们见到了孙权，悲喜交集，感慨流泪。孙权很赞赏他们的节义，将几人都任命为校尉。

事情过了一年多，应该到了235年，孙权派使者谢宏、中书陈恂前去玄菟郡的句骊部族，拜句骊王宫为单于，加赐衣物珍宝。陈恂等人到了安平口（今辽宁丹东市东鸭绿江入黄海口），大概是要打探对方的情况，同时要告知皇帝诏令到来应有的礼节仪式吧，他们提前派遣校尉陈奉前去面见宫，而宫早先受了魏国幽州刺史的指令，让他们若有吴使前来就遣送到魏国。陈奉听到这消息，就返回来告诉了陈恂。句骊王宫应该是把握不了如何应对这复杂的关系，于是派主簿笮咨、带固等人到达安平，与谢宏等人相见。谢宏将句骊来的三十多人捆绑起来作为人质，宫闻讯后表示谢罪，他献给吴人几百匹马示好。吴使谢宏在句骊王宫的态度游移不定之时立威著信，用威服的方式逼使对方采取和好态度。谢宏他们知道这一方式所起作用的短暂性，在缓解了自身的安全危机并得到实际利益后，并没有前去会见句骊王宫，谢宏遣对方使者笮咨、带固将吴王诏书送给句骊王宫并赐予礼物，因为吴使团所带的船小，临行时载了八十匹马返还。孙权这次同样是带着美好的愿望联系句骊王宫的，封给单于之位又予赐赏，但美好的愿望不及一时的威严，在控制力不能达到的地方，臣服对方的愿望只能是一厢情愿。

238年，魏国司马懿伐辽东，公孙渊听到消息，再次派遣使节向吴国称臣求救。孙权想起几年前的仇恨，打算杀掉来使，臣属羊衜说："不可

105

以，这是发泄匹夫一时怒气而破坏王霸事业的办法，不如就势厚待来使，然后派遣奇兵暗中前往，以胁迫公孙渊归附。如果魏国讨伐不能取胜，而我军远赴救难，这便与远方夷族结下了恩情，大义彰显在万里之外；如果他们双方交战难以分解，那辽东前后分隔，我们就在其边陲郡县劫掠而归，既显示上天对辽东的惩罚，也是报往日的怨仇。"孙权赞同这一方案，于是大规模集结部队，并对公孙渊的来使说："请回去等候音信，我们遵从来函盼咐，一定和老弟休戚与共！"又说："司马懿所向无敌，我深为老弟担忧。"孙权在远交受挫后再次与辽东交往，已经能够采取更加理性的态度了。

当时魏帝曹叡向护军将军蒋济问道："孙权会救援辽东吗？"蒋济说："孙权知道我们戒备严密，不可能从中渔利，援军深入则力所不及，不深入势必徒劳无功；即使是儿子或兄弟处于那种危险境地，孙权都不会出动，何况是境外他国之人，加之以前还被羞辱过。现在孙权之所以向外宣扬出兵救辽，不过是欺骗辽东来使，使我们产生疑惧，一旦我们不能攻克，希望公孙渊向他臣服而已。可是沓渚（指今辽宁旅顺口）离公孙渊所在相距尚远，如果我军受到阻碍，战争相持不下，那么以孙权的浅薄心思，他可能会轻兵突袭，这就难以预料了。"（参见 1.5.25《对辽东的战争》下）蒋济关于东吴对公孙渊要采取的明暗两种手法，所以能与孙权的内心态度完全吻合，就是因为这种方法出自国家远交的一般准则，蒋济并不陌生。

魏国太尉司马懿在 238 年底平定辽东，斩杀了公孙渊。数月之后，孙权派督军使者羊衟、宣信校尉郑胄、将军孙怡率军至辽东，进攻魏守将张持、高虑等，劫掠当地男女人众而归。张持等守将是辽东被灭时投降了魏军的地方将官，他们所辖的土地和人口原属辽东所有，吴国乘其归属刚刚易手、魏国治力虚弱之时派兵劫掠，可能是当初所应诺"援助"辽东的部队回撤时顺手牵羊的行为，也算是孙权对辽东早先结怨仇恨的最后报复。

3.2（20）称帝后的内政治理（上）

孙权在 229 年称帝后，确立了联蜀抗曹的战略，成就了三国时代的鼎足之势，他满怀王霸雄心而与远方辽东、句骊交往，虽然遭受过挫折，但并没有动摇他的远大理想与内心自负。《三国志·吴书·吴主传》及其引注与《资治通鉴·魏纪六》等处记述了他在国家建设中的一系列活动，展现了他内政治理上的措施与方式。

对儿子孙登的着力培养 孙权立儿子孙登为皇太子，其后调任诸葛恪为太子左辅，张休为右弼都尉，顾谭为辅正都尉，陈表为翼正都尉，四人号称"四友"，共同辅佐太子，谢景、范慎、羊衜等人都作为太子宾客。孙登让侍中胡综作《宾友目》说："英才卓越、出类拔萃的是诸葛恪；精识时势、见解深邃的是顾谭；雄辩明达、言能释疑的是谢景；学问高深、可与子游、子夏等同的是范慎。"羊衜对胡综这一议论有不同的看法，但无论如何总能看到孙权为太子身边配备的人才之众，感受到他对孙登的高度关爱与着力培养。

孙权称帝数月后迁都建业，留下孙登及尚书九卿在武昌，让大将军陆逊辅佐太子，掌管荆州及豫章（治今江西南昌）、鄱阳、庐陵（治今江西泰和西北）三郡事务，并监督全国的军政大事。过了几年，在 232 年正月，孙权的小儿子建昌侯孙虑去世。太子孙登从武昌入朝晋见父亲，他对孙权说自己久离父母，不能尽到儿子的孝道；又说陆逊忠诚勤恳，完全可以把武昌的事务交给他，没有什么可顾虑的，于是孙登留在了建业。

对夷洲、亶洲的开拓 230 年春，孙权派遣将军卫温、诸葛直率领兵士一万人，渡海寻求夷洲（今台湾岛）、亶洲（又作澶洲），并打算俘获当地人众以增加国家的民力。《后汉书·东夷列传》中记述说："会稽海外有东鳀人，分为二十多国，又有夷洲和澶洲。长老传言秦始皇帝遣方士徐福领着童男童女数千人入海，寻找蓬莱神山及仙药，徐福没有找到神仙，他害怕杀头不敢回来，于是就留在该洲，这些人世代相承已有数万家了，那里的民众不时来到会稽做买卖。会稽东冶县（治今福建福州）的人在海中航行遭到风暴，有漂流到澶洲的，那地方非常僻远，不可能相往来。"根据这样的记载，澶洲应是今天的东邻日本之地。孙权派一万部队到夷洲、澶洲之地，要为吴国劫掠人口，这直接是为自己的王霸事业服务的措施，自然也是一次宏大的远航计划。

陆逊、全琮都来劝止，他们说："桓王（指孙策）创立基业时，兵士不过五百人，而今江东人众已很多，足够使用，不应当远涉不毛之地，渡海万里发兵进攻别地，加之海上狂风巨浪难以预测，而且民众一旦改变水土环境，肯定会引发疾病，打算增加民力反而会更加受损，想要谋利反受害；况且那里的民众犹如禽兽，得到他们不足以助益事业，没有他们也不会显得人众亏缺。"陆逊和全综用华夏中心的理念看待华夷之别，其中对海外两岛上的民众有不自觉的鄙夷，但就当时的航海技术而言，他们的劝诫还是有道理的，但孙权没有接受。到231年，卫温、诸葛直率军出海已有一年，兵士因为得了传染病而死的有十之八九；澶洲极其遥远，最终也没能到达，只掠得夷洲几千人返回。卫温、诸葛直因出师无功，孙权论罪将他们诛杀。

关于卫温、诸葛直两人远航境外海中两洲的具体经历，史书中再没有做出其他的记录，留下了史料中的巨大空白和绝大遗憾。另有东吴临海郡（治今浙江临海）太守沈莹所撰《临海水土志》中记述："夷洲在临海东南两千里，土地没有霜雪，草木不死，四面是山谷，人都束发穿耳孔，女人则不穿耳。土地肥沃，既可生长五谷，又出产鱼肉，家中养狗，狗的尾巴很短。那里的人全家睡一张大床，相互多不避讳。当地出产铜铁，作战用鹿角状的矛，打磨青石做弓矢。人们把生鱼肉储存在瓦罐中，用盐卤制一月多后作为上等佳肴食用。"沈莹对夷洲人生活习性的记载多半是听说而来，无论其准确程度如何，但反映了当时大陆与台湾已有不少的民间往来，卫温、诸葛直的出海抢掠远不是两岸最初的交往。

平定国内反叛 230年底，武陵郡（治今湖南常德）五溪蛮夷（蛮族的五支）反叛吴国，孙权认为南方疆土安定，即调交州刺史吕岱回军驻守长沙沤口（约今湖南资兴东古沤江入耒水之口）。次年二月，孙权授予太常潘濬符节，命他与吕岱统领大军五万人讨伐五蛮。潘濬在几年间斩杀俘获五蛮几万人，到234年末平定了武陵蛮夷。自此之后，各蛮夷部族衰落，武陵平静无事，这年十一月，潘濬返回武昌。

与此同时，庐陵李桓、罗厉等人聚众反叛，235 年夏孙权派遣吕岱率军讨伐，一年多之后，李桓、罗厉分别被吴军中郎将吾粲、将军唐咨所擒获。另外，在 237 年二月，陆逊领军征讨鄱阳彭旦的反叛，当年将其平定。吴国在周边区域，尤其是在山区之地的社会治理最初是不稳定的，经过君臣们的多年努力，国内的局势逐渐趋于平定。

授命诸葛恪治丹阳 丹阳（治今安徽宣城）山路险阻，与吴郡、会稽、新都数郡接邻，周围数千里，山谷万重。当地民众深居幽谷，从没有进过城，遇到官吏，都是手持武器，在山野中逃跑，他们老死在丛林中，被追捕逃亡的罪犯也都在此逃窜。山里出产铜铁，山民铸造兵器；民俗喜好练武，熟习打仗，崇尚气势勇力。他们爬山越险、穿密林过棘丛，就好像鱼游深渊和猿猴攀树一样自如。山民不时寻找机会出山抢掠，时常招致官兵讨伐，虽然以前出军征讨，只是空得一些县外平民而已，其余都藏在深山远谷，不能全部擒获。234 年末，吴国诸葛恪多次请求到当地做官，提出让山民出山，并保证三年获得四万士兵。众臣都议论认为："那里的山民生性强悍，战则一哄而上，败则如鸟飞鼠窜，他们逃跑后藏身在山洞，从前一直没能制服他们，要让他们出山并从中征召士兵非常困难。"诸葛恪的父亲葛谨听到后，也认为事情最终办不到，叹息说："诸葛恪不能使我家兴旺，终将使家门败灭！"诸葛恪一再说他必能取胜报捷，孙权于是任命他为抚越将军，兼丹阳太守，让他按自己的计划行事。

诸葛恪到达丹阳，用正式公文通知属城的长官，命令他们严密防守疆界，整顿部队；已经归顺的山越平民，一律设屯聚居。然后又调各将领，率兵据守险要，只修缮防御工事，不与山民交兵。等待地里粮食快成熟时，他即下令士兵收割，使地上不留粮种。原有的粮食已经吃尽，新粮又没有收成，归顺的平民设屯聚居，山民竟劫掠不到任何东西。他们饥饿难忍，逐渐出山归降。诸葛恪又下命令说："山民只要痛改前非，接受教化，都应当抚慰，迁移到外县，不能随意猜疑和拘押逮捕。"臼阳（治今安徽当涂东北小丹阳镇）县长胡伉获得降民周遗，周遗原是一个恶霸，迫于饥饿暂时出山。胡伉把他捆绑起来，送到郡府惩办。诸葛恪认为胡伉违抗命令，于是将胡伉斩首。山民听说胡伉因随意捕人被杀，知道官府的目的只是想让他们离开山区，于是扶老携幼，大批出山。诸葛恪为对付游动的山民，他采取收获田地粮食，抓住山民的命脉，用招抚优待的方式引诱他们出山归顺。237年统计人数，都同原来计划的一样。诸葛恪亲自统领一万人，其余的分给其他将领。孙权嘉奖他的功劳，任命诸葛恪为威北将军、封为都乡侯。吴国君臣的丹阳治理取得了出乎意料的成功。

3.2（20）称帝后的内政治理（下）

做了皇帝的孙权为了实现自己更大的宏图理想，在国家政务上也是竭尽心力的，除过外交、军事、海外开拓和境内平叛等必不可少的国政活动外，《资治通鉴·魏纪六》前后史料和《三国志·吴书·吴主传》及其引注还记述了此后十余年间的其他事务，表现了孙权的某种执政风格。

开展文化教育 230年孙权下诏设置都讲祭酒，这犹如后来的国子祭酒，属于国家学官，主要职责是教学诸子。学官的设立表明吴国对文化教育的看重，但史书中并没有见到设置太学等教学机构，及安置经学博士等相关教育人员的记载。吴国开启了应有的文化教育，如果不是史料记录上的疏漏，那就是这方面的事情做得并不到位。

《江表传》上记录了一条与此略有相关的事情，这年冬天，群臣们觉得孙权称帝后尚未郊祀，于是上奏说："近年来多次出现嘉瑞祥兆，远方国家也倾慕向往，天意人事都汇集齐全了，应该准备郊祀，以承接天意。"孙权说："郊祀应在天下地土中心，现在我们不处在那个位置，为什么要做这件事情？"群臣再次上奏说："普天之下，莫非王土；帝王以天下为家。过去周文王、周武王在鄷（今陕西长安西南沣河以西）、镐（今陕西西安韦曲西北）郊祀，那里也未必是地土中央。"孙权曰："武王伐纣成功，在镐京即位，所以就地郊祀。文王没有作天子，他郊祀于鄷，出自哪一经典？"大臣再次上书说："曾见《汉书·郊祀志》中，汉相匡衡向汉成帝上书提议将郊祀迁徙至甘泉河之东的甘泉泰畤，奏书中说到周文王郊祀在鄷。"孙权说："文王生性谦让，他处在诸侯之位，分明是没有做过郊祀。经传上都没有明文记载，匡衡奏书中只是俗儒的臆想说法，不是典籍中的正论，不可采信。"

古人说："国之大事，在祀与戎"，认为祭祀与军事是国家的重大事情，祭祀关联到与天沟通、取得保佑，且是取得统治合法性的手段。孙权认为自己没有占有作为天下中心的中原之地，所以进行郊祀的资格不足，这是杜绝滥祀、非常看重郊祀神圣性的心理，反映了他当时积极奋斗、争夺中原的目标所在；也能看到他不愿轻信前人之言，做事以典籍言论为准，这些做法都得到了后世不少学人的赞誉。但也有学人认为，孙权对所谓经典的理解过于刻板。无论如何，吴国郊祀事件引起的文化探讨，对激发当时与后世学人的经典兴致还是极有意义的。

钱币的改革与废止 史书上对吴国开国初期经济事务的记载实在不多，这其中涉及钱币的改革。236年春季，吴国铸造大钱，一枚值五百，这应该是在汉末钱币基础上所做的改革，面值有所扩大，该钱币直径一寸三分，重十二铢，上刻"大泉五百"文字。同时孙权发诏让境内吏民向国家交铜，计铜给钱；政府还设置盗铸之科，防止私自铸钱。238年三月，吴国又铸造可值一千的大钱，面值比原来大了一倍，该钱币直径一寸四分，重十六铢。到了246年，吴国认为大面额的钱币不方便，于是停止了使用。孙权为此发诏说："谢宏早先说铸造大钱能够增加财货，所以听从了他的建议，现在听说民间感到大钱使用不方便，所以停止这些钱币的使用，将其铸为器物，官方此后再不要流出。私人家里所有的，可以交出来，按其面值给予补偿，要务必做好这件事情。"

孙权在废止时的诏书中表明了提出币制改革的人员与当初的目的，以及停止使用的原因，而史书上对这一通行十年就废止的钱币改革没有作出其他的说明。后世史家提出，当时钱的面值太贵，只有空名，人们都怕拿到它。清代学者何焯说："钱币五百，已经不能通行，又铸面值为千的钱币，这只是胡乱作为，由此可见吴国做事是没有定制的。"这里只能说，提出建议的人和实施方案的决策人都不懂得应有的经济规律。

解决民间灾荒 240年冬季，吴国发生饥荒。孙权在次年春下诏说：

"君主没有民众就不能立身,民众没有粮食就不能生存。近年以来,对百姓征役过多,又发生水旱灾害,粮食产量减少,而有的官员缺少良知,有侵夺民时的现象,因而导致饥困。从今以后,督军与郡守都要用心监督官员的非法行为,在耕种收获之时,有以徭役事务扰民的,都要检举揭发。"这年四月,吴国大赦,下诏让各郡县修建城郭,并筑起城门上瞭望的谯楼,以防备盗贼;同时要求各地穿堑掘渠,这应是能用于浇灌庄稼的小规模水利设施。十一月,民间饥荒严重,孙权下诏打开国家仓廪以赈济贫穷。为了解决民间灾荒,孙权在国内采取了多种手段。

向北方求马 当时陆地上征战的重要装备是马匹,而北方更适宜养殖出更优良的战马。吴国的守御本以舟舰战船为主,但向北方的进攻也离不开战马,所以做了皇帝的孙权一直是优良战马的渴求者。232年三月,孙权派遣将军周贺、校尉裴潜乘船渡海到辽东,向公孙渊求购马匹。数月后,魏国汝南太守田豫觉得吴国买马的周贺等人行将返归,当时已到冬季,海上风急,他料定吴人必定畏惧海浪飘摇,靠岸行驶,而东边海岸水浅不能靠岸,必然会赴经成山(今山东荣成胶州半岛最东端),成山没有藏船之处,田豫于是派部队把守成山。周贺等人返回行至成山,果然遇风上岸,田豫率军袭击周贺一行,斩杀了周贺(参见1.18.10《北疆制敌的田豫》下),这次重金买马以丧师舍马而告终。

235年吴国使者谢宏、中书陈恂前去玄菟郡的句骊部族,到达后因为情况有变,他们用威服的方式逼使句骊王宫选择了和好吴国的态度,意外地得到了对方送来的数百马匹。遗憾的是,因为他们所带的船小,最后仅带八十匹马返还。同年,魏明帝曹叡因蜀相诸葛亮去世后失去了外部压力而意气颓废(参见1.5.12《心志突然沉沦》),他大兴土木,同时派人去吴国用马匹换取珍珠、翡翠、玳瑁。魏吴属于敌对之国,本来官方没有正常的交往,而孙权说:"这些东西都是我不用的,如果可用来换到马匹,我为什么要吝惜呢?"于是全都给了魏国来使。若与曹叡相比,孙权在这件事上还是显得更为高明。

议论丧葬礼仪 不知由什么原因引起,237年正月孙权发诏大谈当下的丧礼,他说:"三年的丧期,这是天下共同有的制度,是人情极痛之期;贤良的人怀着哀痛遵从礼制,不肖者勉强而达到。世道平安时,上下无事,君主不侵犯人情,所以三年不进孝子之门。至于天下有事之时,就要削减礼制以服从实际需要,身着孝服而处事。"他主张遇到事情应坚守礼制,但在国家有需要时,凡是有公职在身的人,都应该先公后私,把握好各项仪节的尺度。"当时吴国还设置了相应机构,专门处理在丧事上违背礼制的人员。大概当时有为了奔丧而放弃公事的事情,大臣顾谭认为对这种违反制度的事情,处罚得轻则不足以禁绝孝子之情,处罚得重则本来就不是该死之罪,他主张用灵活的办法作个别处置。将军胡综认为:作忠臣的不得为孝子。主张制定条律,采取严惩手段,如果故意违犯,则有罪无赦。丞相顾雍主张采用死刑以震慑。

其后吴县县令孟宗母亲死后擅自奔丧,事后他将自己拘守在武昌以等候刑罚。陆逊为此向朝廷陈述孟宗平素的良好品行,请求对其宽恕,孙权于是减去孟宗一等罪罚,还做了此后不得为比、下不为例的告示,据说后来再未发生这类事情。后世有学者认为,顾谭的意见就像儿戏,胡综和顾雍则是违礼而逆天,主张用死刑把人驱赶到作逆子的地步,这与先圣以孝道教育天下的理念根本不容。从吴国君臣关于丧葬礼仪的议论和处置,既能看到他们对礼仪问题的看重,又能发现他们的探讨和处置方式总是未能抓住问题的要害,往往出现偏而不正的结果,这也许是地方文化薄厚不佳所导致的必然状况。

3.2(21) 中年孙权与臣属的交往

孙权在200年初掌东吴政权的许多年间,总是以卑谦恭敬的态度对待各位臣属,尤其是对跟随兄长多年的文臣武将,由此赢得了群臣的敬佩和拥戴。229年做了皇帝后,47岁的孙权人到中年,也许是由于地位的变化和权威的增强,孙权与许多臣属交往中的态度有了一些明显的不同。《资治通鉴·魏纪四》和《三国志·吴书·吴主传》及其引注中记述了孙权与张昭等人交往的事迹,从中能看到他们君臣关系的明显变化。

孙权刚即位称帝后，文武百官都来朝会，他当众把功劳归于周瑜。绥远将军张昭举起笏板想要歌功颂德，没等开口说话，孙权说："如果当初听了张公的计议，现在已经讨饭吃了。"孙权所说的是指赤壁之战前张昭提出归顺曹操的主张，他为这事尚且耿耿于怀，借机发泄自己的情绪。张昭听罢极为羞愧，伏在地上直流汗，一副紧张不安的神情。张昭曾经是孙策和吴太夫人临终前安排辅佐孙权的重要人物，对孙权早年的树威立信有过不少帮助（参见 3.2.1《承父兄之业》），先前孙权以太师太傅之礼对待张昭，现在到了他称帝之后的喜庆之日，却对其当众责备羞辱，其态度的变化是很明显的。

史书上说，张昭每次朝见，总是辞严气盛，义形于色，曾多次以直言而冒犯孙权旨意。张昭是东吴才能威望俱佳的文臣，他经常对自己的见解非常自信，在孙权面前大概也有以老自居的态度，所以逐渐被孙权所厌倦，有时候双方的关系会比较紧张。张昭不久以年老多病为由辞去官职，同时交回了所辖部众，被改任为辅吴将军，班位次于三公，并改封为娄侯，食邑一万户，他的权力、地位和待遇都有所降低。

张昭应该是感觉到了一些不利的情况吧，随后不肯来朝见。后来，蜀汉使者来到吴国，称赞蜀汉的美德，而吴国群臣都不能辩倒他。孙权叹息说："假使张公在座，他即便不折服对方，汉使的气焰也会收敛，怎么可能再作自夸呢？"次日，他派宫中使者前去问候张昭，并邀请张昭相见。张昭到来后离席请罪，孙权则跪下阻止了他。张昭坐定后仰起头说："以前太后、桓王（指孙策）没有把老臣托付给陛下，而是把陛下托付给老臣，所以我是想竭尽臣节以报答厚恩，然而见识肤浅，违逆陛下旨意。可我是一片愚拙之心为国效劳，志在忠心效命而已！如若改变心意，为了取悦而奉承，这是我做不到的。"孙权连连辞谢。可以看到，孙权是在遇到某些事情时需要张昭，而张昭则在君主需要时会借机摆起自己的资格，两人的做事特点决定了他们在国政事务的处置中有相合之处，也会有冲突之时。

233 年孙权违背群臣劝谏，派遣大批使者和一万军队去给辽东公孙渊送礼，张昭说："公孙渊背叛魏国，他害怕讨伐，从远地前来称臣求援，绝不是他的本意。如果公孙渊改变主意，打算向魏表明忠心，我们的使节不能返回，不是让天下人取笑吗？"张昭预料这事情不会有良好的结局，而孙权反复驳难张昭，张昭越发坚持己见。孙权最后不能忍受，按着佩剑恼怒地说："吴国士人入宫则参拜我，出宫则参拜你，我敬重你已经到了极点，而你却屡次在大庭广众下顶撞我，我常常怕自己做出不该做的事。"张昭看着孙权说："我虽然知道陛下不会采纳我的意见，但每次都竭尽愚忠，因为太后临终唤我到床前，盼咐我辅佐陛下的遗诏总是言犹在耳。"说罢泪流满面。孙权掷刀于地，与张昭相对哭泣。而最后孙权还是派遣张弥、许晏去了辽东，张昭因为他的意见不被采纳很有怨忿，于是声称有病不去朝见。孙权为此生恨，下令用土将张昭家的大门堵住，张昭又从里面用土将门封死。在出使辽东一事上，君臣两人因意见分歧又发生了更紧张的冲突，双方都努力把冲突控制在君臣情谊容纳的范围内，但孙权要坚守和维护自己的君主权威，张昭则自信自己意见的正确而坚持做消极对抗。

这次出使吴国果然被公孙渊坑骗，孙权决心出军报仇，后来被陆逊、薛综、陆瑁等人谏止（参见 3.2.19《与辽东的远交》），事后孙权有所反悔，他多次派人慰问张昭，向他道歉，张昭始终不出来。孙权有次出宫，经过张昭家门呼唤他，张昭回答说病重。孙权火烧张昭家门，想要恐吓张昭，张昭仍不出来。孙权让人把火灭掉，在门外长时间等候，张昭几个儿子同扶张昭起来，孙权用车子把他拉回宫中，深切地责备了自己，张昭不得已，后面继续参加朝会。事情过后一年多，八十一岁的张昭就在 236 年去世。

230 年魏国青州人隐蕃受曹叡安排伪投吴国，隐蕃极善言辞，仪态不凡，当时孙权与其交谈后认为他多谈刑狱之事，就任他为廷尉监（参见 3.2.17《与魏国的较量》）。吴国左将军朱据、廷尉郝普屡次称隐蕃有辅佐帝王之才，郝普尤其与隐蕃亲密友好，于是隐蕃门前车马云集，宾客满堂，许多臣僚都与其倾心交往。但没多久，隐蕃图谋在吴国叛乱，事被发觉逃走，后被捕到处死。孙权严厉责备郝普，郝普恐惧自杀，朱据被软禁，过了一些时间才予解除。当时如何使用来到吴国的隐蕃，许多臣僚都有自己的看法，但安排他做廷尉监，最终还是孙权自己的意见。当这一任用出了问题时，孙权是否做过内心的自我检讨不得而知，但他过分苛责主张重用的大臣，实际是减少了自己对责任的担当，还引起了因恐惧而自杀的事件，这就不是好的态度和方式。

虞翻是辅佐过孙策的旧臣，孙权任他为骑都尉，他性情粗疏率直，酒后屡次出现过失，又喜好顶撞别人，多次受人毁谤。孙权有次饮宴时起身向各位大臣劝酒，虞翻趴在地上假装喝醉，接不住酒杯，而孙权离开后，他马上坐了起来。孙权看见后大怒，持剑要砍虞翻，在座的人都非常惶惧，多亏有臣僚出来劝谏方才作罢。另有一次，孙权曾与张昭谈论神仙，虞翻指着张昭说："他们都是死人而你却说是神仙，世上哪有仙人！"孙权对虞翻的恨愤已有多次，于是将虞翻贬到交州（治今广州市）。

232年孙权派遣将军周贺等人乘船渡海到辽东向公孙渊求购马匹，虞翻从遥远的交州听到这一消息后，认为辽东相隔极远，即使前来归附，也不足取，现在派人带财物去辽东购马，既不是国家之利，又恐怕没有收获，他想上书规劝，又怕再冒犯君主，于是将劝谏的奏章给了交州刺史吕岱过目，吕岱没有回答。虞翻被怨恨的人告发，再次被贬到苍梧郡（治今广西梧州）猛陵县（治今广西苍梧西北）。不久周贺买马返回时被魏国田豫出军斩杀于成山（今山东荣成胶州半岛最东端），吴国损失惨重。后来孙权听说了虞翻事先的建议，非常感慨，于是召虞翻从交州返回。但虞翻已经去世，孙权命人运回了灵柩。

中年孙权仍然热衷于自己的王霸事业，需要群臣的辅助和支持，而对待臣属的态度，最大的变化是失去了卑谦之心，对自己的意见显得过分自信，同时又刻意坚持和维护自身的权威，借助权力而威众；他一方面会在可能的地方漠视自己的过错，同时对事实已证实自己错误的意见也能立即反省，保持着有错必改的精神。

3.2（22）吕壹惹起的是非

孙权身边有一个谄媚有宠的人物吕壹，他担任中书郎，主管各官府及州郡公文。此人深得孙权的信任，喜欢援引法律条文对有关官员进行奸诈诋毁，他把许多事情直接报告给孙权，借机排斥陷害无辜，诽谤朝廷大臣，群臣对吕壹都深怀恐惧，侧目而视。太子孙登屡次规劝，孙权都不接受。《资治通鉴·魏纪六》《三国志·吴书·吴主传》等多处记述了吕壹借助孙权的宠幸而诬陷大臣的事情，以及几位大臣与吕壹较量的经过。中年孙权与群臣的关系有些疏远，应该与吕壹这类人物的出现不无关系。

有下面两件事情：一件是，吕壹诬告前江夏太守刁嘉诽谤讥讽朝政，孙权闻听大怒，将刁嘉逮捕后下狱审问。当时被牵连的人畏惧吕壹，都说听到过刁嘉诽谤之词，而侍中是仪一人说没有听到过，于是被连日追究诘问，诏书也越发严厉，群臣都为他捏着一把汗，是仪说："如今刀锯已经架在我的脖颈上，我怎敢为刁嘉隐瞒而自取杀身灭门之祸，成为不忠的鬼魂？只是要说听到必须有根据才是。"是仪据实回答审问，最终没有改变供词，孙权于是放了他，刁嘉也被免罪。另一件事情是，曾与张昭、孙邵共定吴国朝仪的郑胄一度担任建安（治今福建建瓯）太守，吕壹的宾客在该郡犯法，郑胄将其收捕入狱，在狱中行刑致死。吕壹心中怀恨，其后向孙权私下诬陷郑胄。孙权听到郑胄罪状后大怒，召郑胄返还后将其拘捕。潘濬、陈表等人同时为之求情，孙权才将其释免，随后任他为宣信校尉，随同羊衜在238年底往救公孙渊，数月后劫掠辽东而还（参见3.2.19《与辽东的远交》下）。

对于上面两件事情，史料中都没有交代吕壹诬陷刁嘉和郑胄的具体事情，难以知道孙权的怒气何以产生并达到怎样的程度。从中能够看到，遭受吕壹诬陷而受到惩罚的大臣最后都在同僚的救助下脱离了险境；但也能够看到孙权对宠臣吕壹的信任。由于吕壹对众位大臣不友好的诬陷屡次都借助于孙权的权威来实现，这种现象必然会影响到朝臣们对孙权的信任，这是当时吴国君臣间发生信任懈怠的现实原因。

鉴于吕壹在孙权身边诬陷朝臣而导致的祸乱国政现象，上大将军陆逊、太常潘濬等人非常忧虑，一谈到这件事就止不住流泪。当时潘濬请求朝见，他自己亲往建业，打算尽力极谏。到达后，听说太子孙登已经多次揭发吕壹而不被接受，潘浚于是宴请文武百官，打算在席间亲手杀死吕壹，再以性命抵罪，为国除害。吕壹私下知道了这事，声称有病不去赴宴，潘浚私下的计划竟然没有成功。在这种情况下，黄门侍郎谢厷则采取了另外的对付方式。吕壹曾指控丞相顾雍有过失，孙权大怒，诘问并责备顾雍。谢厷在闲谈时问吕壹："顾公之事如何？"吕壹答："不容乐观。"谢厷又问："如果此公被免职，谁将代替他？"吕壹没回答。谢厷说："莫非是潘浚？"吕壹过了好久回答说："你的话差不多。"谢厷说："潘浚常常对你恨得咬牙切齿，想说给主君只是没有机会。他如今天接替顾公，恐怕明日就会打击你了。"吕壹非常恐惧，于是打算撤销对顾雍的陷害。谢厷在这里有意引导并向吕壹展示出了顾雍被陷害后的另一人事任用可能，从私人利害的角度威胁吕壹，让吕壹知道顾雍之后对自己更为不利的结局，使他自己放弃了对顾雍的陷害。

不久发生了一事，左将军朱据的部众因公事应该领到三万缗钱，工匠王遂却将钱诈骗冒领。吕壹怀疑朱据实际将钱私取，拷问朱据部下主事的军吏，以至将军吏打死。朱据哀伤军吏无辜屈死，用上等棺材将他丰厚地入殓安葬，吕壹又上表说朱据军吏为朱据隐瞒，所以朱据为他厚葬。孙权屡次责问朱据，朱据无法表明自己清白，只好搬出家门，坐卧在草席上听候定罪。几天后，监管武官的典军吏刘助发觉了此事，大概是经过了详尽的了解吧，他告诉孙权说三万缗钱是被王遂取走了。孙权确认了王遂领钱的事实后深有感悟地说："朱据尚被冤枉，何况小小吏民呢！"于是深究吕壹罪责，他对吕壹的态度至此才有了改变。

吕壹被带到了廷尉那里，丞相顾雍到廷尉审理和判决案件，吕壹以囚犯身份相见，顾雍和颜悦色地审问他的口供，临走出时，又对吕壹说："你是否还有什么要讲的？"吕壹叩头无语。当时尚书郎怀叙当面责骂羞辱吕壹，顾雍责备怀叙说："官府有正常的法律，为什么要这样！"有关部门奏请处以吕壹死刑，有的认为应加以焚烧或车裂之刑，以表明他是罪魁祸首，孙权就此事询问中书令阚泽，阚泽说："盛明之世，不宜再有此刑。"孙权听从了他的意见，将吕壹处死。

惩处了吕壹之后，孙权让主掌诏旨起草事务的中书郎袁礼代表朝廷向诸位大将道歉，同时询问他们对国家目前时事的兴革意见。袁礼返回后应是如实汇报了各位将军的态度和反应。孙权随后发出诏书责备诸葛瑾、步骘、朱然、吕岱等人说："袁礼回来后说：'与诸葛瑾、步骘、朱然、吕岱相见，同时向他们询问对时事安排的意见，几个人都以不掌民事为由，不肯当场发表意见，全推给陆逊和潘濬。陆逊、潘濬见到袁礼，流泪不止，态度诚恳痛切，辞意辛酸痛苦，甚至心怀危惧，有一种感觉不安的神情。'我听了袁礼的汇报不禁怅然感慨，内心非常自责。为什么？天下只有圣人才没有过错，只有聪明人才能看清自我。普通人的举止行动，怎么可能全部正确？我有时会自以为是而伤害众意，一时也没有觉察，所以使各位因有避忌而心存为难了。不然的话，有什么缘由至于这样？"在处置了吕壹后，孙权应是想观察了解各位将军的反应态度，他从中发现了严重的问题：许多忠诚的故旧大臣已经不敢讲话，他们借口不掌民事和不熟悉情况而回避谈论国家事务，孙权知道这是君臣关系不正常的表现，他主动承担了对造成此种状况应负的责任，检讨了自身的不足。应该说，这种知错就改的精神，对于一位国家君主来讲是难能可贵的。

孙权在诏书中继续说："我和各位共事，从年少至年长，如今头发已经花白，自以为无论外表内心都完全可以和诸位坦率直露，公私情分都足以互相保护。你们对我尽言直谏，这是我对你们的希望，指出不足弥补过失，这也是我期望你们做到的。大义上我们是君臣，但恩情上犹如骨肉至亲，荣耀福分与喜乐悲戚都共同分享和承受。忠臣不应该隐瞒实情，智士不应该保留谋略，不论事情的是非如何，各位怎么可以从容悠闲地袖手旁观呢！我们是同舟共济，还有谁能互相推诿呢？古代齐桓公有善行，管仲无不赞叹；有了过失则无不直谏；如不被采纳，则规劝不止。如今我自知没有齐桓公的德行，而各位不肯开口直言规劝，仍然在避嫌畏难，就此而言，我比齐桓公还好些，不知各位比起管仲来又是如何？久不相见，对这类事应觉得可笑。共同建立大业，统一天下，还有谁来担当呢？凡事都应有所变革改进，任何意见我都乐于接受，用来纠正我做得不够的地方。"

孙权在这里对大臣的态度是诚恳的，他检讨自己轻信奸佞之臣的过失，希望能彻底消除吕壹对君臣情谊的伤害，使双方关系返回到原初的良好状态。

3.2（23）孙权身边的女人们（上）

后宫生活不仅是君主人生活动的重要方面，而且对国家政治治理发生着极其重要的影响。孙权是三国时代在位时间极长的君主，从200年接掌东吴权柄到252年去世，在位52年，身边有难以计数的女人。《三国志·吴书·吴主传》《三国志·吴书·妃嫔传》及其引注中涉及孙权身边有身份地位的皇后夫人，以及有姓氏记录的多位妃嫔，但这并不是孙权身边的全部女人，从中能看到吴国孙权后宫生活的部分图景及其与国家政治的关联。

最早的谢夫人 谢氏应是孙权正式聘娶的首位夫人，她是会稽郡山阴（治今浙江绍兴）人。她的父亲谢煚，先后担任过汉朝尚书台四百石的六品官员尚书郎、徐县（治今江苏泗洪南二十公里）县令。孙权母亲吴夫人早年为孙权聘谢氏作为妃子，受幸得宠。后来孙权娶姑母的孙女徐氏，想让谢夫人名位排在徐氏之下，谢夫人不肯，从此谢氏失宠并早死。

十几年后，谢夫人的弟弟谢承被任命为五官郎中，逐渐升为长沙东部都尉、武陵太守。他撰写关于后汉的历史（也作《后汉书》）一百多卷，另撰有《会稽先贤传》七卷。据说谢承博学多闻，所知道和见过的事情都会终身不忘。

姑孙徐夫人 徐夫人是吴郡富春（治今浙江富阳）人。她的祖父徐真，与孙权父亲孙坚关系友好，孙坚就将妹妹嫁给了徐真，生子徐琨；徐琨娶妻后生女儿徐氏，徐氏起初嫁给同郡人陆尚。陆尚死后，孙权以讨虏将军身份在吴郡，就娶徐氏为妃，这位徐夫人是孙权姑母的孙女。后世史家注意到了孙权娶徐氏的辈分错乱，同时也指出，"三国时代的君主总是喜欢收纳再婚妇女"，这是联系曹操与曹丕父子的婚娶状况综合而言的。

孙权早有长子孙登，史书上说"孙登所生庶贱"，但始终没有披露其生母的任何信息，包括她的姓氏和地位无所知晓，后人揣测是孙权的贱妾所生。孙权非常喜欢孙登，就让徐夫人抚养儿子孙登，并做他的母亲。后来孙权的心思转移到其他夫人身上，因为徐夫人妒忌后宫，便将她废置在吴郡。过了十多年，孙权作了吴王（约221年），并很快称帝登基（229年），他册立孙登为太子。大臣们奏请立徐夫人为皇后，但孙权有意以步夫人为皇后，所以最终没有答复群臣们的请求，后来徐夫人因病去世。

徐夫人的父亲徐琨年少时在州郡做官，汉末天下大乱，他辞去官职，跟随舅舅孙坚征战有功，被任命为偏将军。孙坚去世，徐琨继续跟随表兄弟孙策在横江讨伐樊能、于糜等。在当利口（今安徽和县东南）攻打张英，因为船少，打算安营驻守寻求船只。徐琨的母亲（即孙坚的妹妹）当时在军营中，对徐琨说："恐怕州里会多派出水军来抵御，这样就不利了，怎么可以驻守不动呢？应当砍伐芦苇编为筏，辅助船队渡兵。"徐琨将这些话报告孙策，孙策当即行动，军队全部得渡，于是打败张英，击溃笮融、刘繇，奠定东吴大业基础（参见3.1.2《攻取扬州及事后的自辩》）。孙策上表任命徐琨兼任丹杨太守，时逢吴景放弃广陵（今扬州）东归，孙策再让吴景为丹杨太守，而让徐琨领兵为督军中郎将。徐琨跟随孙策打败庐江太守李术，被封为广德侯，升任平虏将军。后来随从孙策征讨黄祖，被飞箭射死。

徐夫人的哥哥徐矫，继承父亲徐琨的侯爵，参与平定山越，被任为偏将军，在徐夫人之前去世，因为没有儿子，由他的弟弟徐祚继承封号。徐祚也以战功官至芜湖都督、平魏将军。

皇后步夫人 临淮郡淮阴（治今江苏清江西南）人，与丞相步骘同一宗族。汉朝末年，步氏的母亲带着她准备迁徙庐江，庐江被孙策所攻破，于是都东渡长江。步氏因容貌美丽被孙权所娶，孙权对她的宠爱盖过整个后宫。

步夫人生性没有妒忌，她经常向孙权推荐美妾，故此长久受到宠爱。孙权在被封王及称帝后，打算立步氏为后，而群臣的意见都是徐氏，孙权十多年间一直没有决定此事，然而宫中都称步夫人为皇后，亲属上疏也以中宫相称。238年步夫人去世后,大臣们按照孙权的心意,请求追封她皇后的尊号,于是追赐印玺、绶带,孙权在策书中赞扬步氏说:"日夜恭敬虔诚,与我一样辛劳。品行修养端庄,从不缺失礼仪;待人宽容慈惠,有贤淑美好的德行,臣民景仰,远近归心。我因为战乱没有平定,也因为皇后本人常怀谦让之心,故此没有及时授予名号,总以为皇后一定享有天年,永远与我亲身面对上天的赐福。未料突然之间,她的大命终止,我恨自己的本意没有及早彰显,哀伤皇后未能尽享天福,哀悼之时已是痛心疾首。现在派丞相醴陵侯顾雍,让持节奉册授号,皇后魂若有灵,定会感念和赞赏所受的恩荣。"孙权是以悲痛的心情册封步夫人为皇后,其中还表达了对她迟封的悔意。这里的感情是诚挚的,其后孙权将步夫人安葬在蒋陵(今江苏南京东之钟山),后来孙权本人死后也葬于此地,相当于与步夫人合葬。

步夫人生有两女,大女儿叫鲁班,字大虎,也称全公主,先许配周瑜的儿子周循,后又改嫁全琮;小女儿叫鲁育,字小虎,先许配朱据,后又嫁给刘纂。刘纂早先娶孙权的中女为妻,因为妻子早逝,所以又取小虎为继室。这位名号大虎的全公主给吴国政权后来引出了许多是非。

冤死的王夫人 王夫人为琅邪郡人,她大约在222年前后因选妃而入宫,受到孙权的宠爱,生下儿子孙和,她的受宠仅次于步夫人。步氏死后,因为太子孙登在241年去世,后来孙和被册立为太子,孙权打算立王夫人为皇后,而全公主鲁班一向讨厌王夫人,所以在父皇孙权面前不断地诬陷诽谤她。孙权生重病时,鲁班说王夫人显得很高兴,于是孙权严厉地怒责了王夫人,王夫人忧愤而死。孙和的儿子孙皓264年称帝后,追封王夫人为"大懿皇后",她的三个弟弟也都受封为侯。

3.2(23) 孙权身边的女人们(下)

孙权后宫的女人不少,史书上对他们每个人事迹的记述并不多。《三国志·吴书·吴主传》《三国志·吴书·妃嫔传》及其引注中除记述孙登生母、最早的谢夫人、姑孙徐夫人、皇后步夫人、冤死的王夫人外,还记述或涉及有姓氏记录的其他多位妃嫔，展现了孙权后宫生活的复杂性。

另一王夫人 除被冤死的王夫人之外，孙权后宫还有另外一位王夫人，南阳人，她因选妃入宫，一度得到孙权的宠爱，约在235年生下儿子孙休。及至242年孙和被册立为太子后，因孙和的母亲王夫人非常显贵，而其他受宠爱的嫔妃都被撵出宫外，这位王夫人出宫到了公安（今湖北公安西北五公里），去世后就安葬在那儿。孙休在258年登帝位后，派遣使者前往公安追尊她为"敬怀皇后"，改葬敬陵，封王夫人的同母弟弟文雍为亭侯。

皇后潘夫人 潘氏为会稽郡句章（治今浙江余姚东南）人。她的父亲做过小官，因犯法被处死。潘夫人和姐姐一起被送进皇宫的织室，这是给皇家及其宗庙做衣服与织物的机构。参照《拾遗记》可知，潘氏的姿色无人能及，为江东绝色，同在织室的有一百多人，大家都觉得潘氏为神女，对她敬而远之。主管官员把这事报告给了孙权，孙权让画下她的容貌。当时潘氏忧戚而吃不下饭，人瘦得变了形，画工画下了他的真实状况送给孙权，孙权看见后非常高兴，他感叹说："这真是一位神女！忧愁时尚能感人，何况处在欢乐中。"在织室看见了潘氏，觉得她的确与众女不同，于是召入后宫并得到宠幸。潘氏怀孕时，梦见有人将龙头送给自己，自己遮蔽着膝膝而接受，于是生下孙亮。250年，孙权废掉孙和而立八岁的孙亮为太子，潘氏请求允许自己的姐姐出宫嫁人，孙权答应了。次年，潘夫人被册立为皇后。这是孙权册立的第二个皇后，也是孙权身边唯一在生前做皇后的夫人。

潘夫人生性妒忌，巧于谄媚，自进宫到去世，诬陷加害袁夫人等多人。252年孙权生病，她派人请教中书令孙弘关于汉朝吕后专制的事情。她在侍候孙权时过分劳累，因而虚弱病倒，身边宫女们待她昏睡后合伙将其勒死，托词说她暴病身亡。后来事情泄露，由此被处死六七人。孙权不久去世，潘夫人与他合葬于蒋陵。孙亮登帝位，任命潘夫人的姐夫谭绍为骑都尉，授以兵权。孙亮被废黜后，谭绍及其家属被遣返原籍庐陵郡。

袁术女儿袁夫人 《吴录》中记录，袁夫人是袁术的女儿，袁术失败后袁氏流落江东，后被孙权娶入宫。她有节行而无子，孙权几次让抚养其他姬妾所生的儿子，但都没有养成。238年步夫人刚死，孙权本想立袁氏为皇后，但袁夫人以自己没有儿子而谢绝不受。

"三绝"赵夫人　赵夫人为东吴著名方士赵达之妹。据《拾遗记》所记，赵夫人善画，巧妙无双，能于指间以彩丝织成云霞龙凤之锦，大至一尺多，小到方寸，宫中谓之"机绝"。孙权曾觉得魏蜀尚未消灭，不断有军旅战事，想得到一位善于画画的人，让其画下山川地势的军阵图像。赵达于是推荐了他的妹妹，孙权让赵氏画写九州江湖高山的地形，赵氏说：'丹青图画的颜色容易褪色，不能久存，我能刺绣，可将各处地形列于方帛之上，描上五岳河海城邑的地形。'做好后进献给孙权。即使树林棘木间的猴子，云梯上的飞鸢，也都有所表现，时人谓之"针绝"。孙权居住在昭阳宫，暑天倦热，于是设置紫绡帷帐，赵夫人说：'这个不足为贵。'孙权让她说说自己的意思，赵夫人回答说：'我会想些办法，能使帷帐清风自入，向外看没有蔽碍；周旁的人飘然自凉，就像在风中穿行一样。'孙权认为很好，夫人于是剪下头发，用所谓"神胶"处理接续起来。这种神胶产于东部海边的鬱夷（也称郁夷、崛夷）国（在今江苏连云港云台一带），该国人常用神胶续接弓弩的断弦，可以百断百续。赵夫人用了几个月的时间，将神胶处理过的头发织为纱，裁制为幔，从内外看视，飘飘如烟气轻动一般，而房内自凉。其时孙权随军出征，常将此幔带在身边作为军帐帷幕，展开可宽达数丈，卷起来可放在枕头中，时人谓之"丝绝"。当时吴有"三绝"，天下没有那么精妙的宝物。

赵夫人除姿色不凡外，她应该是一位有多方面才艺、技术高超的艺术家。据说后来有贪宠求媚的人，称赵夫人喜欢在君主面前夸耀自己，大概是说了一些其他不利的话，或者是有另外的原因，赵夫人被疑而致退黜，但她创作的艺术品一直在宫中保存，280年吴国灭亡后，机绝、针绝、丝绝均不知所在。

赵夫人的兄长赵达，为河南郡（治今河南洛阳东北）人，东吴方士（参见3.9.10《赵达与刘惇的占卜人生》），他从小就跟随汉朝侍中单甫求学,认为东南方向有帝王的征候,可以躲避灾难,因此离开家乡南渡长江。他研究九宫算术数,探究其中微妙的道理,因此遇事随时都能算出凶吉,据称非常灵验。孙权行师征伐,每次让他推算,大体都和他的预测一样;而向他询问术数秘诀,他却始终不说。据说他珍爱自己的数术,秘不示人,最终失传。

谢姬 这位谢姬在史书及引注各篇章中都没有正面记录,《三国志·吴书·吴主五子传》在记述孙权儿子孙霸的章节中,说到孙霸的儿子孙基、孙壹时提道:孙皓264年称帝后,削了孙基、孙壹的封地,让他们与祖母谢姬一同迁徙到会稽乌伤县(治今浙江金华义乌)居住。由此知道孙权生前有一位谢姬,她没有夫人的名分,其身份稍低些。

仲姬 《三国志·吴书·吴主五子传》中提到孙权的儿子孙奋时说:"孙奋是孙霸的弟弟,生母为仲姬。"此外,关于这位仲姬再也没有其他信息。

孙权妻妾众多,他的后宫生活是复杂而多变的,其中发生过多次内宫变乱。比如鲁班引发的宫内外争斗,又如潘夫人被宫女勒死,这种现象就极为罕见。后世有史家就认为,孙权晚年病重时,潘氏欲学汉朝吕后专权称制,实际上是吴国朝中用事之人指使宫女们将其杀死,然后嫁祸于人,可见后宫斗争的复杂程度以及与朝政的密切关联。孙权临终时废掉太子孙和,立年仅八岁的幼子为太子,完全是后宫的溺爱影响了朝政的作为。

3.2(24) 后期的国务处置

孙权在执政后十多年间也面临许多内政上的决策和用人处事等各方面的重大问题,史书上似乎对此并没有作全面而周全的记录。《资治通鉴·魏纪六》《三国志·吴书·吴主传》及其引注等篇章对其中的有些重要事件有所记述,从中表现了孙权对国家政务处置的某些态度与方式,展示了孙权为人处事的一定特征。

安排吕岱镇守荆州 239年十月,吴国太常潘濬去世,孙权即任命镇南将军吕岱接替潘濬,与陆逊共管荆州文书。太常本是掌管宗庙礼仪事务的九卿之一，但吴国的太常一直在荆州留守，远离国都建业，仅仅成了一种职务和待遇的象征；吕岱原任镇南将军，应该是一位武将，安排他接任这一高级职务，自有加强荆州防守的意义。吕岱时年已经八十，身体一直很健康，他做事专心而勤奋，亲自处理政事，与陆逊同心协力，办好事情的功绩则互相推让，南方人士对他们非常称道。

吕岱任职两月时，跟随蒋秘南征的都督廖式在军中反叛，杀了临贺郡（治今广东贺州东南）太守严纲等，自称平南将军，攻陷了荆州所属的零陵、桂阳，煽动交州（治今广东广州）各郡，聚众数万人。太常吕岱上表后立即前往平乱，连夜兼程前往迎战，孙权派遣使节在后追赶，任命吕岱为交州牧，并派遣将领唐咨等率兵增援，前后相继，讨伐攻打了一年，最终平息叛乱，杀了廖式及其党羽。各郡县全部平定后，吕岱又返回武昌。事实表明，孙权在关键位置上对吕岱的任用还是成功的。

再平交趾　248年，吴国交趾（治今越南河内东北）、九真（治今越南青化）的夷人造反，攻陷了城镇，整个交州地区也都骚动不安。当时交州所统辖的土地似乎比现在人们所指的岭南之地要更广大些，向南延伸到了越南境内，而周边地区的治理程度可能更为松散。收到交趾夷人反叛的消息，孙权即任命驻于衡阳郡（治今湖南湘潭西南）的督军都尉陆胤为交州刺史和安南校尉。陆胤受命进入交州境内，广施恩惠和诚信，结果投降者有五万余家，交州境内又恢复了平定。这是一次交州周边少数民族部落组织的反叛活动，孙权派军队前往平定，他大概是相信陆胤的地方治理能力，于是提升并委派他为交州的军政负责人，事态最终得到的平息。

对功臣后代的处置　周瑜的次子周胤任兴业都尉，他率兵一千人驻防公安县，239年因犯罪被放逐到庐陵。诸葛瑾、步骘为他求情。孙权说："早先的亲近故臣，都与我齐心协力，周瑜是其中之一，我是不会忘记他的。以前周胤年幼，开始并无功劳，平白地领受精兵，封以侯爵，全都是思念周瑜才对他宠爱的。但周胤依仗恩宠酗酒荒淫，恣意放纵，前后多次告诫，没有改悔。我对周瑜的情义同你们二位一样，乐于看到周胤有所成就，岂有终止？可是迫于周胤罪责太重，不应该现在让他回来，我还想让他尝点苦头，使他能了解自己。就凭他是周瑜的儿子，又有你们二位在中间，假如他能改正，还有什么担忧呢？"

周瑜的侄子偏将军周峻领有士卒千人，他这年去世后，全琮请求让周峻的儿子周护接领周峻部队。孙权说："从前击败曹操、吞并荆州，全是周瑜的功劳，我常记不忘。起初听说周峻去世，便打算任用周护。后听说周护性情凶狠，任用他恰恰是让他去闯祸，所以改变了主意。我思念周瑜，岂有终止！"

对这些功臣的后裔"官二代"如何处置，当然应该根据他们的才能加以任用，做到事得其人，人尽其才。这里既不能刻意照顾，以免造成尸位素餐；也不能有意打压，以避免才失其用。几位大臣的劝谏都是希望孙权能对这些功臣的后代予以照顾，并在他们有过失时予以谅解。孙权在回复大臣的劝谏时，公开表明自己是好心照顾了他们，与众位建议人的态度是相一致的，只是想用苦难磨炼对方，或者是想让其避免灾难；但事实上，周胤最后病死于庐陵，从孙权对周胤本人的诉述看，他在孙权心目中根本就是一位不堪使用之人，孙权这里显然是对劝谏人说了反话，他对二人坚持不使用的原则，但在表面上则把话说得婉转些，表现出与众人心思相合，以及对功臣子弟的照顾。这显然是孙权领导方式、处事策略的一种反映：对才能平庸的官二代不予任用，同时要安抚他们的支持者，尽量平和内部的矛盾分歧。

对陆逊的态度　上大将军陆逊一直在外任职，但他关心朝廷事务，经常给孙权提一些重要建议，尤其听说宫中孙和与孙霸争夺皇储时，屡次上疏陈述嫡庶之分，又请求进京面见。孙权发觉宫中事情外传，先后收监审问了几位大臣，同时遣宫中使者写信责备了陆逊。244年正月，丞相顾雍去世后，孙权以上大将军陆逊为丞相，但对陆逊的成见并没有消除；因为其他事情的牵连，陆逊的外甥顾谭和几位亲近之人都先后遭受流放和狱中死亡，陆逊本人也遭受到了一些诬陷中伤，在245年初愤忿而逝。

251年，担任立节中郎将的陆逊儿子陆抗从驻军地柴桑（治今江西九江西南六公里）到建业治病，病好将还之时，孙权流着泪与他告别，对他说："我以前听信谗言，对你父亲没有做到诚守大义，所以也对不住你；我前后责问你父亲的诏书，你都全部焚毁吧，不要再让人看到了。"他对往昔责备陆逊的事情表示了深刻反悔。

史书上并没有记录孙权让人写给陆逊书信的责备内容，但值得注意的是，孙权当时虽然对陆逊很有看法，但他在任命陆逊为丞相时下发的公开诏书，却是非常的冠冕堂皇，其中说："我以无德之人承应天命，登上大位，天下尚未统一，奸乱之徒充塞道路，我朝夕忧恐，顾不上休息。唯你天资聪颖，美德显著，担任上将重职，辅佐朝廷除乱。有盖世功绩的人，就应光大他的荣耀；兼具文武才干的人，必须担当社稷重任。过去伊尹使商汤兴隆，吕尚辅佐周朝，如今朝廷内外大事，应该由你肩负。"这是一篇充满褒扬的公开文告，与孙权对陆逊充满怨望的内心看法是完全不同的。这与孙权对待周瑜子侄的态度一样，都表现了孙权待人处事的一种策略方式。

停用一则苛法 据《江表传》所载，大约在244年，孙权发布的一则诏书，其中说："军队督将逃亡反叛后就杀了他的妻子儿女，这种处置使妻子离开丈夫，儿子抛弃父亲，非常伤害大义之教，自今以后不要杀害。"如果该资料记载为实，那就从中能看到吴国先前所执行的一条不人道法规：对逃亡和反叛的将军，会杀掉他们的妻子儿女作为惩罚。传统社会的法规，其立其废大都出自执政人的主观意志，孙权停用或废止了这一带有株连性质的苛法，也算是他理念上的进步和更为人道的做法。

3.2（25）与魏军的再较量

进攻魏国是吴国自身图存发展的需要，孙权自229年称帝后，与蜀国掌政人诸葛亮签订了同盟协定，此后基本遵循了协议的要求，在军事上与魏国反复交锋，多次配合了诸葛亮北伐曹魏的战略，也常常独立展开对魏国的战场争夺。无论在曹叡生前还是在其后曹芳在位的十多年间，吴国与魏国的军事对抗一直没有停止过。《资治通鉴·魏纪六》《三国志·吴书·吴主传》等处记述了这期间吴国与魏军的多次战场较量，表现了两国军事斗争的多样情景。

策应吕习投降而无果 237年十月，魏国庐江郡（治今安徽庐江西南）主簿吕习秘密派遣使者向吴国请求出兵接应，想要打开城门里应外合。孙权派卫将军全琮督领前将军朱桓等部队赶赴庐江，到达时事情败露，吴军无奈返回。吕习这里是准备将城池献给吴国，似乎也并非诈降，但事情已泄露后其计划无法实施，只好中途作罢。史书上没有记述事情的更多细节，但足以反映吴国灭魏计划从未放弃，一有机会就发起攻击的军事图谋。

没有实施的制胜方案 241年春季，魏少帝曹芳接替曹叡在位两年之时，吴国准备讨伐魏国。零陵太守殷札对孙权说："如今上天废弃曹氏，国君丧事接连出现。在此猛虎争斗之际魏国却让一个孩子临政，陛下可以亲自统率大军，夺取乱国而征服北方。现在只要尽出荆州、扬州的人力物力，查清丁壮和老弱的人数，让丁壮执戟上阵，安排老弱转运物资；同时联络西边蜀汉在陇右驻屯；命令诸葛瑾、朱然率大军直指襄阳；陆逊、朱桓出征寿春；陛下御驾进军淮河以北，进攻青州、徐州。我们做好各种准备，全军出动，一定能够打败魏国，其后可乘胜追击，平定华夏。"他认为以前各次出军没有结果，都是由于出动兵力太少，不足以做出大事，容易导致战术上的败退，造成军队疲惫和军威消失，最终只是耗竭了自己的力量。针对这一失误他于是提出了上述新的方案。

殷札的方案是有可行性的，他是选择了曹芳在位不久，执掌国政的曹爽不懂军事，司马懿又受到排挤，魏国执政者内争权力之时，在战略上具有可乘之机；而在军事部署上，他认为魏国长安以西的部队要全力防御蜀军，这样许昌、洛阳的京城军队势必要分散；而襄阳、寿春两处已被诸葛瑾和陆逊的两路部队所围困。由于多方牵制，同时进军，形成魏国边境全面开花之势，如果对方有一处指挥失当，一军战败，则其全军军心涣散，这样就更有胜利的把握。但不知什么原因，孙权却没有采纳殷札的建议，这里表现出了孙权军事胆识上的缺陷，他是习惯于对魏国的轻骑偷袭，也热衷于边境上的骚扰蚕食，大概认为全军出动的全线进攻风险太大，难以把控吧。

多路进攻再败绩 241年四月，吴国全琮进击淮南，掘开芍陂（今安徽寿县南）堤岸；诸葛恪攻打六安（治今安徽六安北十公里）；朱然围困樊城；诸葛瑾攻打柤中（今湖北宜城西维水与夷水上游之间）。这是一次数路同时出军的作战部署，而魏征东将军王凌、扬州刺史孙礼与全琮在芍陂交战，全琮败逃；荆州刺史胡质派出轻装部队救援樊城，有人说："敌人强盛，不能靠近。"胡质说："樊城城墙低矮，守军又少，所以应当强行进军作为外援，不然樊城就危险了。"于是率军逼近吴国围城部队，城中军心始安。

全琮一路败逃后，吴国其他部队仍留在荆州境内，魏太傅司马懿说："柤中汉夷民众有十万之多，隔在沔水南岸，流离逃亡，无家可归，樊城被围，已过一个多月还没解除，这是危急之势，我请求前往征讨。"司马懿遂于六月率领各军救援樊城。吴军听到消息后，连夜遁逃，司马懿率军追到三州口（约在今湖北襄樊附近荆、豫、扬三州界口），获得大量物资和俘虏而归。这是吴国一次规模较大的进攻，因为几路部队的协调配合不足，而每支部队又力量薄弱，极易被对方分而治之；加之他们又慑于司马懿的军威，所以最终仍空耗兵力而无所获得。

几次骚扰和劫掠的小胜 243年四月，吴国诸葛恪率军袭击六安，劫掠当地百姓而归。十一月，诸葛恪派遣暗探观察山川地要，准备攻打寿春。魏国太傅司马懿率军进入舒县，打算由此进攻诸葛恪，孙权则调移诸葛恪在柴桑（治今江西九江西南六公里）驻屯。246年二月，吴国车骑将军朱然侵犯柤中，杀死掠夺了数千人之后离去。吴国在边界上的这种突袭骚扰大多能屡屡得手，并能获得一些战利品，然后立即撤退，但这样的胜利对大国争锋总是起不到重大的影响作用。

一次虚张声势的军事行动 247年冬，孙权发大军集中在建业，扬言要入侵魏国，扬州刺史诸葛诞得到消息后，让安丰（治今安徽霍邱西南二十公里）太守王基出谋划策。王基说："如今陆逊等人已死，孙权也已年老，内无贤良的继承人，朝中又无主谋者。孙权若亲自领兵出征，则惧怕内乱像痈疽溃烂那样突然爆发；若派遣将领出征，则旧将领已经死光，而新将领又未获得信任。所以这只不过是想整顿内部，加强自我保护的措施而已。"后来吴国果然没有出兵。王基的分析是有道理的，当时孙权大约66岁，许多能征惯战经历过考验的将军均已去世，让新任将军统兵，的确还有一个不大放心的问题。孙权集中了军队，表明他征讨魏国的雄心犹存，而后来终于没有出兵，大概正是在犹豫好久后考虑到了面临的上述实际问题，本着自身安全第一的原则，不得已放弃了出征计划。

对付魏将的套路与诡计 250年十月，魏国庐江太守文钦伪装背叛，想以此诱惑吴国偏将军朱异亲自领兵来迎接他。朱异知道文钦是诈降，他把此事上报给孙权，并认为不能迎接文钦。孙权说："如今北方领土尚未统一，文钦想要归降我国，应该去迎接他。如果怀疑他是诈降的话，只要设计网罗他，发重兵加以防备就行了。"于是就派遣偏将军吕据率领二万人与朱异一起到达北部边界，文钦看见吴国有所准备，果真也不来投降了。针对魏国文钦的诈降套路，将军朱异决定置之不理、放弃了事，而孙权则主张用将计就计的方式对付魏军，以俘获文钦及其部队，孙权显然还没有完全失去伺机败魏的雄心壮志，可惜文钦也识破了吴国的诡计，双方各有戒备，最终都是劳而无功。

行动迟缓而战场致败 250年十一月，孙权派遣十万大军进驻堂邑（治今江苏六合北）、涂塘（今江苏六合西北十五公里）两县，以占领通往北部的道路，大概是要组织一次对魏国较有规模的军事进攻。魏征南将军王昶发现了吴国的动向，他在十二月给朝廷上书说："孙权现在朝政混乱，我们可乘其内部分裂之机进攻吴国。"朝廷采纳了他的意见，于是派遣新城（治今湖北房县）太守州泰袭击巫县、秭归；派荆州刺史王基进兵夷陵；王昶则发兵江陵，他用竹篾绞成的粗索为桥，军队渡河进击。在这里，魏国发现了吴国的动向，于是采取先发制人的策略，未等孙权出兵就首先发起了三路进攻。

吴国大将施绩，夜里逃入江陵城，王昶想把他引入平地与其作战，于是先派遣五军人马从大道返回，使吴军望见感到高兴，又把缴获的铠甲马具等物丢弃在城的四周以引诱吴军，然后设下埋伏等待吴军出击。施绩果然率军追击，王昶与他交战，伏兵齐出，大破吴军，并杀了吴将钟离茂、许旻等。到 251 年正月，王基、州泰进击吴国军队，两路都获得胜利，吴军投降的达数千人。这次吴军有心进攻，但由于行动迟缓，战场上丧失了应有的主动性，反而被魏国打败。

种种情况表明，孙权执政后期直到晚年，他虽然一直没有丧失消灭魏国的雄心，但受到自我力量、军事素质以及朝政内乱等多种因素的影响，始终没有得到军事上战胜魏国的机会。

3.2（26）内政之乱

孙权前期的国家治理赢得了群臣的崇敬，同时使东吴辖地扩大，建成了独立的国家，并且在与魏国的对抗中通过结盟蜀国而站稳了根基，总体上是取得了应有的成功；而在后期治国的十多年间，孙权滋生了过分自信的心态，他刚愎自用，听不进不同的意见，对大臣的态度也失去了原有的亲和。《资治通鉴·魏纪六》《三国志·吴书·吴主传》记述了孙权对后宫女人的宠爱转移，以及原太子孙登去世后发生的数次太子易位事件，表现了吴国后期朝政混乱的情景。

孙登是孙权早年的生子，他极为看重。在 219 年孙权袭取荆州后主动发展吴魏关系时，曹操、曹丕父子先后要求东吴送孙登为人质，孙权都以各种借口予以推脱（参见 3.2.12《与曹丕的书信往来》），他不惜为此引起与魏关系的恶化也要保证孙登的安全，先后将其立为王子和太子，后来还给他安排了特别出众的辅佐班底（参见 3.2.20《称帝后的内政治理》上），并且让自己宠爱的徐夫人抚养孙登，做他的母亲，对其精心培养的珍爱之心非常明显。但不幸的是，孙登被立太子十二年后，竟于 241 年五月病逝。大约半年之后，在 242 年正月，孙权重立当时非常宠爱的王夫人所生的儿子孙和为太子，照例大赦天下，并改吴国年号禾兴为嘉兴。

重立了太子后，百官奏立皇后及四个儿子为王，孙权发诏说："现今天下没有平定，民力与财物消耗很多，况且还有许多立功者没有受到奖励，饥寒者没有得到救助，如果我的儿子称王封地，我的妃妾因宠而受爵，这都不是我所希望的，以后不要再提此事。"孙权这里说得冠冕堂皇，而事实却是，此前他一直宠信的是步夫人，而当时太子孙和的生母王夫人同样受到宠爱，他应该是难以确定究竟该封谁为皇后；另外，他对其余四个儿子其实是有情感差别的，他并不愿意给四人以同样的对待。

孙权有一位年龄比孙和略小的儿子孙霸，他是宫中地位较低的谢姬所生（参见 3.2.23《孙权身边的女人们》下），而孙权特别宠爱，对待孙霸与孙和几乎没有差别。242 年八月，在立太子数月之后，孙权再封儿子孙霸为鲁王，并安排尚书仆射是仪兼任鲁王的老师。是仪上书规劝说："我私下认为鲁王天资聪明又有卓越的美德，才质兼备文武，当今之计应让他镇守四方，作为辅助朝廷的屏藩，彰显朝廷的威德，这才是有利国家的良策，也符合举国上下的希望。同时太子和亲王两宫之间应该有所差别，这可确立上下间的秩序，显明教化的根本。"是仪是按照传统的礼仪规范看待问题，认为不能给鲁王孙霸与太子孙和同等的待遇，他为此上书三四次，孙权都不加理睬。

果然如是仪所担心的那样，时间不长就发生了鲁王孙霸与太子孙和不相和睦的事情，当时皇亲大臣中全寄、吴安、孙奇、杨竺暗中辅助孙霸，图谋太子孙和，孙霸与孙和的随从亲信于是互相憎恨诋毁，最终蔓延到朝堂之上。事情传到孙权耳中，孙权对侍中孙峻说："子弟之间不和睦，臣下就会分党分派，这样就将出现像袁绍兄弟那样的失败，会被天下之人耻笑。"从此就对孙霸与孙和都产生了不良印象，甚而心中产生厌恶，但孙权似乎无心搞清其中的是非，他下令让两人断绝与所有宾客的往来，让他们专心钻研经典学问既可。羊衜等大臣为此向孙权提出劝谏，主要是认为不能把太子封闭起来，要想法让他在与各方交往中确立威信，但孙权并没有采纳。

孙权的潘夫人是被送进织室的囚犯女儿，因为长得漂亮被孙权看中，其后被纳入宫中受到宠幸，生下了少子孙亮，孙权后来十分喜爱他。孙权的女儿全公主鲁班因为什么原因与太子孙和产生了矛盾，她看见父皇对孙亮的宠爱，就想预先结交孙亮，于是常常称赞孙亮之美，并把她丈夫之侄全尚的女儿嫁与孙亮为妻。在鲁班的多次劝说下，孙权有了废掉孙和而立孙亮为太子的意思，但在数年间仍然未拿定主意。

250年秋，孙权终于幽禁了太子孙和。骠骑将军朱据进谏说："太子是国家的根基；加之他平素仁和孝敬，所以天下爱戴。从前晋献公宠幸骊姬而太子申生不能存活，汉武帝听信江充之言而戾太子刘据蒙冤而逝，我担心太子不堪忍受忧惧，那时即便像汉武帝那样建立思子宫，恐怕也无可挽回了！"孙权不听。朱据与尚书仆射屈晃于是带领各文官武将用泥涂头，自行绑缚，连日到宫门跪求放了孙和，这是集体劝谏采取了一种传统上的激烈方式。孙权登上白爵观看到群臣这一情景，他心中对这种劝谏方式应是十分反感，遂对朱据、屈晃下令说不许如此。担任军中无难督的陈正和五营督陈象，两人各自上书直切进谏，朱据、屈晃也仍然不断进谏，孙权为此大怒，他诛杀了陈正、陈象及其家族，又把朱据、屈晃带入殿中，见二人仍然口谏陈述，叩头流血，辞气毫不软弱，孙权于是下令将两人各杖一百，又把朱据降职为新都郡（治今浙江淳安西）丞，成了地方中级官员；把屈晃罢官，让其退居乡里，官员们因进谏获罪被诛杀流放的有几十人之多。后来朱据去新都郡任职，还没有到达任所，中书令孙弘就奉诏书追上他将其赐死。

事情到了这个地步，可见在废立太子一事上，孙权与群臣的分歧已达到了不好调和的地步。孙权要废掉太子孙和，自然有其不合理之处，而群臣对问题的对待和过激化处理方式也进一步加剧了与孙权的矛盾，说到底，还是君主孙权的过分自矜和专断作风，以及个人掌控的专制权力发挥了恶劣作用，导致孙权凭一时的个人感情随意处政，使吴国内政出现混乱与危机。

孙权终究还是把太子孙和废为平民，迁居到故鄣县（治今浙江安吉西北十五公里），又赐鲁王孙霸自杀。其后诛杀了追随孙霸诬陷孙和的全寄、吴安、孙奇、杨竺等人，还把杨竺的尸体扔到江中。处理了这些事情后，这年十一月孙权立八岁的孙亮为太子。可以看到，孙权所以这时要批量化处置官员、诛杀大臣，除宣泄他内心的恨意外，多半是为孙亮继位考虑的。他既忿恨违逆君心的群臣采取过激的形式与自己对抗，而更多的是考虑到这些官员不会赞成孙亮继位的安排，担心在他身后新主在位时这些官员会闹出许多对抗和乱子，他是要为幼子孙亮的接班掌权扫清障碍，为此才不惜在朝中大兴杀戮。

3.2（27）孙权之死

孙权后期对太子孙和的废黜引发了吴国内部的诸多矛盾，而临近晚年的孙权既无力处置这些问题，也没有更多机会把控国家政治局势，他不能对新立幼君孙亮作更多的扶助，只好采取选定能臣辅政的托孤方式。《资治通鉴·魏纪七》《三国志·吴书·吴主传》及其引注记述了孙权改立孙亮为太子后两三年间的主要活动，介绍了当时国家政局的演变以及他临终时的情景，表现了吴国后来政治渐次衰弱的基本成因。

251 年，孙权立潘夫人为皇后。潘夫人是孙亮的生母，母以子贵，立其为皇后似乎也顺理成章，为此照例实行大赦，并特意改年号为太元。过了些时日，据说孙权已经明白原太子孙和是无罪的，而史书上并没有说明他是如何醒悟的，只是记载这年冬十一月，孙权祭祀南郊，回来后得了风疾，他提出把孙和从贬黜地故鄣县召回来，但全公主鲁班以及侍中孙峻、中书令孙弘等坚持说不能让孙和回来，于是作罢。另外，陆逊的儿子陆抗从驻军地柴桑到建业治病，病好返回时，孙权流着泪对陆抗诉说心中块垒（参见 3.2.24《后期的国务处置》），表达对陆氏父子的愧疚心情。孙权对往昔的过错似乎有所感悟和认识，但却无力作出纠正。

孙权觉得太子孙亮年幼，想要找个可以托付国事的人，孙峻推荐大将军诸葛恪，认为他可承担大事，孙权嫌诸葛恪刚愎自用，孙峻说："当今朝廷群臣之才，没有能赶得上诸葛恪的。"孙权对此是认可的，于是从武昌召诸葛恪来京都建业。诸葛恪临行之时，上大将军吕岱告诫他说："现在正是多难之时，希望你每做一事必先思考十次。"诸葛恪说："从前季文子三思而后行，孔子说：'只要想两次就可以了。'您让我做事情想十次，这是认为我才能低劣吗!"吕岱没有回答。诸葛恪是诸葛瑾的儿子,从小就以聪明颖慧而知名,当时人们都认为吕岱的话为失言。

　　诸葛恪到了建业,孙权在卧室之内召见,诸葛恪在床下受诏,他被任为大将军,并兼太子太傅,孙弘兼任太子少傅。孙权向有关部门发诏,申明国家的事情一并由诸葛恪负责,只有诛杀大臣的事情需要事后报告;同时特意为诸葛恪制定了群臣百官拜揖的礼节,又任命自己的女婿会稽太守滕胤为太常,为掌管宗教礼仪的九卿之一,孙权意在让滕胤对掌政的诸葛恪做出应有的辅助和监护。

　　孙权患病期间,临海郡罗阳县(治今浙江瑞安)有一位自称王表的神仙,据说他频繁地活动于民间,说话吃饭与常人无异,就是活动时看不见他的形迹;他有一位女婢,名叫纺绩。孙权有次派遣中书郎李崇带着"辅国将军罗阳王"的印绶前去迎请王表,王表跟随李崇一同离开住所,他与李崇及所在郡县的太守县令等官员谈论事情,李崇等人都很信服。王表走过许多山川,都是让女婢拜访那些山川之神。这年七月,李崇与王表到达建业,孙权在苍龙门外为王表建造宅舍,多次派侍臣带着酒食前往问候。王表说到的水旱等小事,往往能得到验证,孙权也因此更加信任。和历史上的许多帝王一样,孙权在病重临危时大概也希望得到神仙的帮助,为此请来了这位王神仙,并赐给他"辅国将军罗阳王"的印绶,盼望能为他祛除疾病,助他延年益寿吧。

　　252年初,孙权立前太子孙和为南阳王,让他居住在长沙;立仲姬之子孙奋为齐王,安排他居住在武昌;立王夫人之子孙休为琅邪王,使其居住在虎林(今安徽贵池西三十公里的长江南岸)。这年二月,孙权病势加重,潘皇后派人向孙弘询问西汉吕后行使皇帝权力的事情。据说她身边的人不堪忍受其虐待,乘她昏睡之机将其勒死,又宣称她是暴病而亡(参见3.2.23《孙权身边的女人们》下),后来事情败露,犯罪被杀的有六七人。当时朝廷多位官员几次去王表那里请求赐福,而王表已经逃亡。王表本是请来帮助君主祛病延年的神仙,但当皇后暴亡、皇帝病势加重之时,"神仙"的原形已经显露无遗,他除了逃亡保命,似乎再也没有别的办法了。

古人说："国将兴，听于民；国将亡，听于神。"孙权晚年在宫中请来神仙，最终并没有得到神仙的助益，由此也可以看到他晚年处政的荒唐。东晋史家孙盛为此指出："孙权年老志衰，谗臣围在身边，他废嫡立庶，以妾为妻，可以说是德行寡薄，而临到头却相信符命，向妖邪求福，这其实就是明显的亡国之兆！"

当时孙权病情危重，他召诸葛恪、孙弘、滕胤以及将军吕据、侍中孙峻等人进入卧室内嘱托后事，这年四月孙权去世。孙弘平素与诸葛恪不和，他害怕被诸葛恪整治，于是封锁消息秘不发丧，想要假造诏令杀掉诸葛恪。孙峻把此事报告了诸葛恪，诸葛恪假装请孙弘前来议事，在座位中将孙弘杀掉，然后举行丧礼，同时为孙权加谥号为大皇帝，太子孙亮即位，将孙权安葬于蒋陵。实行大赦，改年号为建兴。不久，孙亮任命诸葛恪为太傅，滕胤为卫将军，吕岱为大司马。诸葛恪下令罢免了充作朝廷耳目的各官，免除拖欠的税赋债务，广施恩泽于百姓，民众皆大欢喜。诸葛恪每次出入，百姓们都伸着脖颈想看看他的模样，总之在孙权死后，吴国一时进入了诸葛恪掌权的时期。

孙权是三国时代影响极大的政治活动家，他逝后人们即有不少评论。魏晋学人傅玄评议说："孙策为人英明果决，处事独断，他的勇猛冠盖天下，因为父亲孙坚战死疆场，他年轻时就组织军队为父报仇，转战争斗千里，占有了江南之地，其间诛除当地名门豪强，威行东南各地。后来及孙权继业，有张昭为腹心，有陆逊、诸葛瑾、步骘以为股肱，有吕范、朱然以为爪牙，划分责任授予职权，善于抓住时机，出军多有收获，所以作战少有失败，保持了江南的安稳。"傅玄比孙权生活的时代晚了大约二十年，他的说法反映了当世之人对孙权的评议，应该是颇有道理的。

3.2（28）身后的议论

252 年四月，吴大帝孙权把国家权力交给了幼子孙亮，并做好了诸葛恪等人辅政的安排后撒手人世，时年七十一岁。孙权 200 年接替兄长孙策执掌东吴军政，229 年自立为吴国皇帝，他一生在皇帝之位 23 年，而执掌东吴政权52年，应是三国时期执掌集团权力时间最长的掌政人。孙权在位期间力求有所作为，因而极大地影响了所处时代的发展演变，在他生前及其身后，人们对这位一方君主有过不少的议论。

当年开创江东基业的小霸王孙策临终前对孙权说："率江东兵众，决战两阵之间，与天下争锋，你不如我；而举贤任能，使人们各尽其心，以保守江东，我不如你。"（参见3.1.10《一枝射向面颊之箭》），这其中有鼓励的成分，但也不乏客观的真实判断；孙权的对手曹操临阵感叹说："生子当如孙仲谋，刘景升儿子若豚犬耳！"这其中包含有一种羡慕嫉妒恨的意味；刘备从江东娶亲返回后对身边人说："孙将军长得上身长下身短，这样的人难于为下，我不可以再见到他。"（参见2.1.18《对荆益两州的稳定与治理》上）作为竞争对手的刘备对孙权存在情感上的厌恶；而蜀汉亲吴派代表诸葛亮在《隆中对》中说："孙权据有江东，已历三世，国险而民附，贤能人才都为他所用。"评价是极正面的。

江东几位大臣赵咨、冯熙、陈化等人出使魏国时在回答曹丕的询问中，都曾高度赞扬孙权的治国之能（参见3.2.14《臣属眼中的明主》），不能完全排除其中的真实成分。史家陈寿在孙权本传后评议说："孙权能屈身忍辱，任用人才，采用他们的策略，因而有勾践那样的奇功，是聪明人中的杰出者，所以他能独立统御江南之地，成就鼎立的大业。然而孙权生性多有疑忌，杀戮大臣，到了晚年，这种情况更加严重。至于轻信谗言，废弃太子，这大概都是遗留给子孙的祸胎吧？他的后嗣遭受残害，最终导致亡国，未必不是由此引起。"陈寿对孙权的治国才能给予了较高的评价，但也指出了他中晚期执政时的严重失误。吴国后来在孙亮、孙休、孙皓三人相继执政后于280年被代魏而立的晋国攻破灭亡，陈寿认为其亡国的根源应该追溯到执政时间颇长的孙权身上，认定是他废弃孙和的行为引起了连环性的恶果。

后来的裴松之似乎不大认可陈寿对孙权废弃太子消极后果的过分夸大，他认为："孙权无端废掉无罪的太子，虽然是引起祸乱的根源，然而后来国家的倾覆，完全是由于孙皓的暴虐导致。孙皓是故太子孙和的儿

3.2 东吴出色的守成之主孙权

子,假如孙和的太子之位不被废掉,孙皓就会身为吴国正统的世嫡皇帝,最终还会导致亡国,结果与孙和的废弃并无什么不同。这说明亡国是由于皇帝的昏庸暴虐,而不是由于孙和太子的废弃引起。假如后来继位的孙亮能够保持国政,孙休并未早死,那孙皓就不得立为皇帝,吴国也就不会灭亡。"史家陈、裴的论述各有自己的理由,裴氏似乎更主张不必让孙权负责更多后世的祸乱。事实上,孙权的执政行为与他身后发生的重大事情当然有一定的因果联系,但把其身后发生的一切出乎意料的事情都归咎于孙权,似乎也失之偏颇。人们只能依据孙权生前的作为来判断他的个人德行与施政得失,这样才是更加公允的态度。

孙权是一位胸怀大略并有判断力的人。孙权执掌父兄之业后经历了一个艰难的政务摸索过程,张昭、周瑜是他的左膀右臂,当鲁肃向他提出了关于控制全部长江流域,以成就帝王大业的战略目标后,孙权认识到了其中的价值,并立刻予以接受,此后成了他个人理想和集团政治行为的最高目标。在曹操208年大兵压境前所以实行联合刘备的赤壁交战,十年后所以接受曹操的提议派军队袭击荆州,其后对曹丕真真假假的称臣求和及与曹魏三十年间形式多变的诡诈对抗;所以与蜀汉丞相诸葛亮订立的结盟之约以及后来的真诚践行,包括与辽东公孙渊跨海远交引发的错失,无不是胸中那副宏图大志的引导刺激。229年他建立吴国做了皇帝,但他并不认为这是自己终极的成功,在他生命的最后几年,无论国家政局多么危急,都始终没有放弃向北方进攻战胜魏国的雄心,他的宏图大志应该是至死未灭,这也是历史上一切有为君主的共同之处。孙权在实现理想的道路上虽然于关键的北境战场上屡屡受到阻碍,但在南部交州的开拓、西部荆州的攻取,以及东部海洋中夷洲和澶洲的联络上也还作出了应有的开拓探索,都有不小的历史性收获。孙权总体上不是一位平庸的人物,他对各个发展节点上群臣们所提不同方案的优劣,包括赤壁抗曹前的和战方案、袭取荆州时的进攻方略、夷陵之战前陆逊的战术抉择、平定交州内乱的战将选派,以及许多关键时刻的用人安排等,大多都能做出正确的判断,这些能力能够保证他战略部署的稳步推进。

孙权是一位处人卑谦有组织策略的人。在魏蜀吴三国集团中，与曹操、刘备相对峙的孙权，他立足的基业并非自己亲身所创，全面统领所在集团的组织系统、驾驭原有班底的群僚重臣，自然面临更为复杂的问题，当时对孙权持不信任态度的大有人在，庐江太守李术和孙权堂兄孙辅先后暗通曹操（参见 3.2.1《承父兄之业》，3.3.3《战略目标的推进》），就是怀疑孙权的统御才能。孙权能否在自己不甚熟悉的组织系统中胜任领袖的角色、做到慴服人心指挥自如，是他执政前期面临的重大考验。面对百人百心的群臣僚属，孙权是用最为谦逊恭敬的态度对待他们，看看孙权对待部属周泰、凌统、周瑜、吕蒙，以及降房潘濬、于禁等人的事迹（参见 3.2.10《与部属的和善关系》），足以令人动容，史家孙盛也曾提到孙权当众哭周泰的创伤、养育凌统的遗孤等事情。孙权以古人养士的心态对待有才能的人，把谦逊爱护之德在卑微者面前发挥到了极致，这样很快得到了众人的拥戴。在组织领导本集团实现目标的方向上，孙权也能以卑谦的态度处置与外部的关系，他在特定时期向曹操父子的示弱称臣，拒绝孙登入质时对曹丕的多次书信表白（参见 3.2.12《与曹丕的书信往来》），夷陵战胜后对退居白帝城的刘备的专使探访（参见 2.1.24《战后政局的变化》，3.2.13《重建吴蜀友好》），都表明他把这种为人卑谦的态度用在内外关系上，能够很好地把握组织活动的上佳策略，赢得发展的机会。

孙权是一位权威支持下刚愎自用的人。毋庸置疑的是，随着孙权在组织系统内部人心的获得与地位的加强，他至少在赤壁交战之后已经成了东吴集团真正的领袖。然而随着个人专断权威的加强，孙权逐渐形成了自以为是、听不进下属意见的专横作风，尤其是做了皇帝以后，传统文化中过分尊君的意识，也使包括孙权本人在内的许多有识之士把君主的专横误以为理所当然，这在他与张昭、陆逊等人的关系上，在远交辽东公孙渊的错失上，在对宠臣吕壹的过分信任和对待后宫众位妃妾的态度转变上，在随意处置太子废立与惩罚劝谏众臣事情上，都显示了孙权的过分轻率。孙权常常有知错就改的良好习性，但国政处置上的有些重大错失，一旦发生了其实很难轻易纠正并抹去痕迹，加之孙权人到晚年已失去了应有的纠错勇气，因而只能采用一些零碎补缀的方法而听任国家政局走向不可预知的未来。

孙权也是江南大地上很有影响的人。孙权是三国历史上绕不开的政治人物，魏晋时期记录江南人物故事的资料对孙权都有更多的描述和评议，在当地上千年的民间话语谈资中，孙权始终是重要的人物，这一特征在以江南为背景的文学艺术中也有不少反映。据说孙权喜爱狩猎，常常骑马射虎，早出晚归。宋人苏轼在《江城子·密州出猎》上阕中写道："老夫聊发少年狂，左牵黄，右擎苍，锦帽貂裘，千骑卷平冈。为报倾城随太守，亲射虎，看孙郎。"该词是作者在密州（今山东诸城）知州任上围绕一次狩猎活动所写，后两句直接以年轻君主孙权自比，抒发的是一种英雄豪迈之气。清人吕履恒所写《孙大帝庙》，前半首为："仲谋才志拟难兄，江左开基事竟成。仇国称臣缘底急，同盟归妹却相倾。"作者对孙权称臣魏国而袭取荆州非常不满，也是借孙权而表达一种对社会历史的认识。

3.3 三位嗣主的朝政

252年四月，七十一岁的孙权撒手人寰，吴国进入了后孙权时期。该时期先后由孙亮、孙休和孙皓三人嗣位称帝，《三国志·吴书》上称他们为"三嗣主"。从孙权离世到280年孙皓降晋，吴国政权延续了二十八年之久，这是吴国高层权力争斗反复发生、政治危机不断加深，直至走向国家覆灭的时期。

3.3（1）诸葛恪穷兵黩武

孙亮字子明，他是孙权的潘夫人所生，是孙权最小的儿子。继位时年龄十岁，按照孙权生前的安排，大将军诸葛恪和太常滕胤等人辅佐朝政，实际掌政人为诸葛恪。《资治通鉴·魏纪八》《三国志·吴书·三嗣主传》及其引注记述了孙亮在位期间吴国发生的诸多重大事件，其中首先介绍了诸葛恪对魏国的军事出击。

孙亮继位后，朝廷各位文武官员都被晋爵和奖赏，诸葛恪大概是觉得要向外用兵，于是不想让皇族王公居住在江边兵马要塞之地，于是让齐王孙奋迁徙到豫章，让琅邪王孙休迁徙到丹阳，这两位都是孙权的儿子。因为孙奋不肯迁徙，诸葛恪给孙奋写信，指出他多次触犯国家法律的问题，希望他小心谨慎，不要辜负朝廷，以避免灭亡的灾祸。孙奋见信后非常惧怕，随即迁徙到南昌。

当初孙权建筑东兴堤，用以遏止巢湖之水外流，后来进攻淮南而战败，就把巢湖用来停泊船只，废弃大堤不再修筑。252年十月，诸葛恪集聚众人于东兴，重新建筑大堤，把左右两座山相连接，山上建筑了两座城，称为东关（今安徽含山西南三十公里处的濡须山上）、西关，各留千人把守，派将军全端驻守西城，都尉留略驻守东城，然后率军返回。这一切都是为后面的用兵攻魏做准备。

魏国镇东将军诸葛诞看到了吴国的用兵动向，请求主动进攻吴军，朝廷执政司马师让群臣讨论对付吴国的军事方案，征南大将军王昶、征东将军胡遵、镇南将军毌丘俭都提出了自己的看法，尚书傅嘏也发表了意见（参见1.17.6《才智文士傅嘏》下），因为几人的方案并不一致，司马师全未采纳。十一月，司马师安排三路部队袭击吴军：王昶进攻南郡，毌丘俭进攻武昌，诸葛诞、胡遵率七万大军攻打东关。吴国诸葛恪闻讯后率四万人马日夜兼程，前来救援东关。到达后立即派冠军将军丁奉和吕据、留赞、唐咨等人为前锋，要求他们从山的西面攻上（参见1.7.3《再起的对外战争》上），与诸葛诞的部队交战。战斗中由于丁奉等将士的拼死努力和各部队间的良好配合，吴军大获全胜，消灭魏军数万人，杀死敌将韩综、桓嘉等，缴获车辆、牛马、骡驴数以千计；王昶、毌丘俭听说东部魏军失败，各自烧毁营地后撤走，诸葛恪于是得胜而归。

这次吴国军队在253年二月返回，其后朝廷进封太傅诸葛恪为阳都侯，并兼任荆州、扬州牧，都督中外诸军事，成了掌管吴国军事的最高统帅。诸葛恪大概因为初战告胜因而产生了轻敌思想，他想要再度出兵，而各位大臣认为出兵频繁，军队会疲惫不堪，就一同劝谏，但诸葛恪一概不听，他向群臣发表议论，认为现在魏国皇帝曹芳暗弱，而其朝廷执政人心志不一，正是讨伐的大好机会；并说他近来见到家叔诸葛亮上表陈述与敌人争战的策略，感到很受鼓舞，由此表达了他坚定攻魏的决心。群臣虽然认为他说得不对，但没有人敢提出异议。丹阳太守聂友平素与诸葛恪很有交情，私下写信劝谏他；同受托孤诏命的滕胤对诸葛恪说："兴兵打仗要依靠众人之力才能成功，众人都不高兴这事，您一人能安然吗？"诸葛恪仍然坚持己见。他在这年三月很快组织起各州郡之兵二十万再次进犯魏国，同时任命滕胤为都下督，总管留守事宜。

诸葛恪率大军进犯淮南，杀掠百姓，属下将领提议说："我们率兵深入敌境，战区的百姓必定远远地逃离了，恐怕我军辛劳而功效少，不如围困新城，等待魏军前来救援，再与他们交战，就可以逸待劳，获得胜利。"诸葛恪采纳了这个意见，于是撤回军队围困新城。合肥新城是魏国在淮南的前卫阵地，魏国司马师按照谋臣虞松的意见作安排，特别告诫镇南将军毌丘俭说，可以把新城交给吴军，但一定要按兵自守。虞松是料到吴军要采取围城打援的战术，因而并不派出援军，是要用拖延战术消耗吴军。

当时驻守新城的是扬州牙门将张特，他领有三千军队在城中，将士们顽强机智地对付吴军，双方在新城对峙了九十多天，关键时候张特又采取了诈降的哄骗战术拖延敌军，当时天气暑热，吴国士兵疲劳不堪，饮用了当地的水而导致腹泻、浮肿，生病过半，死伤者满地。诸葛恪没有作战良策，又耻于攻城不下，时常显出忿恨之情，他几乎要杀掉几位报告伤病人数的将官，还剥夺了将军朱异的兵权，有的将官甚至奔投魏国（参见1.7.4《再起的对外战争》下）。到了七月，这场攻城之战实在打不下去了，诸葛恪遂抛下受伤生病的士卒率军退归。许多受伤生病的士卒流落在道路上，有的倒毙于沟中，有的则被俘获，全军处在哀痛之中。但诸葛恪却安然自若，外出在江中小洲上住了一月，计划在浔阳地区开发荒田，因后来收到几份召部队返回的诏书，他才率军回师。这次他违背众意而出师，战术错误而兵败，又不恤众情而积怨，诸葛恪的威信几乎丧失殆尽。

诸葛恪的出征军队八月回到建业，他让兵士排成队列，安排前导后从的仪仗进入自己府邸，到家后召来朝廷中书令孙嘿，厉声斥责说："你们怎么敢多次妄作诏书！"他是对诏书召军队返回极为不满，孙嘿十分恐惧地告辞，随后托病回家。诸葛恪还将出征期间各机构选任的官吏一律罢黜不用，要求重新选拔。治事愈益严厉，很多人受到责备和处罚，应该进见的人没有不胆战心惊的；同时他更换宫中侍卫，全部选用自己亲近之人；不久又下令让军队加紧备战，想要出兵攻打青州、徐州。二次攻魏失败，他是要再行出征作战，以挽回自己的颜面。

在魏国担任汝南太守的邓艾对司马师说："孙权已经死了，大臣们尚未顺从新朝廷，吴国的名宗大族都有自己的部曲，拥兵仗势，可以违抗朝廷命令。诸葛恪新掌国政，而朝内又无作主之君，他不想着抚恤臣民以树植自己的执政根基，却热衷于对外作战，役使百姓，将全军困顿在坚城之下，死掉数万人，受重创而返回，这就是他得到的罪恶。古时的伍子胥、吴起、商鞅、乐毅都得到了君主的信任，而君主死后他们仍然失败了，何况诸葛恪的才能比不上这四个贤人，他竟不顾虑大的祸患，其败亡看来指日可待。"（参见 1.19.6《蒙冤受害的名将邓艾》下）有远见的旁观人已经根据某些征兆预计到了诸葛恪的结局，孙亮的朝廷面临着又一重大的考验。

3.3（2） 诸葛恪之死

吴主孙亮继位之初，辅政大臣诸葛恪热衷于对外战争，两年中连续发动了对魏国的两次大规模进攻，他不顾众人的劝谏，第二次组织了二十多万大军出征期间，一直在合肥新城迁延数月之久，伤亡疫死数万之众。《资治通鉴·魏纪八》《三国志·吴书·三嗣主传》《三国志·吴书·诸葛恪传》及其引注记述，诸葛恪自新城兵败返还后在朝廷严厉治事，对群臣大施淫威，同时又准备向魏国的青州、徐州再行进军，由此引发了谋杀诸葛恪的政变，诸葛恪在事变中被杀，孙亮的朝廷经历了一次巨大的政治变乱。

当时诸葛恪积怨甚多，侍中孙峻因为臣民百姓对诸葛恪怨恨厌恶，就在孙亮面前诬陷诸葛恪，说他想要发动变乱。253 年十月，孙峻与孙亮密谋置酒相请，准备在宴席间杀死诸葛恪。诸葛恪将要赴宴的前一天晚上，精神躁动不安，整夜都不能入睡；次日早上准备洗漱，闻见水有腥臭味，侍者取来要换的衣服，衣服也有臭味，诸葛恪感到奇怪，因此换了水并另取了衣服，但原来的味道依旧尚在，私下里就很不高兴。他做好警戒将要出门，家中的狗咬住他的衣服，诸葛恪说："这是狗不想让我出行吗？"回家坐了一会儿，不久再次起身，狗又咬住他的衣服。诸葛恪让侍从赶走了狗，随后登车前往。

家里连续发生了几次怪异的事情，诸葛恪也起了疑心，他走到宫前把车停在门口，当时孙峻已经在帷帐之中设下伏兵，唯恐诸葛恪不按时进来使事情泄露，于是就出来见诸葛恪说："您如果贵体欠安，可以等以后再说，我会把情况禀告主上的。"他是想探试诸葛恪的态度。诸葛恪说："我会尽量去见主上。"当时散骑常侍张约、朱恩等人写密信给诸葛恪说："今日宫内的陈设不同平常，我们怀疑有其他变故。"诸葛恪看罢书信后放下进宫，在门前碰见了太常滕胤，诸葛恪说："刚才肚子痛，差点进不了宫。"滕胤并不知道孙峻的阴谋计划，他对诸葛恪说："自从您出征就未见主上了，今天主上设宴相请，您已走到门口了，应当尽量见见。"诸葛恪迟疑地进入宫内，带着剑上殿，向前谢过孙亮，回来坐在座位上。

史书引注《吴历》中记录说：当时张约、朱恩写密信劝阻诸葛恪入宫，诸葛恪拿书信让滕胤观看，滕胤劝诸葛恪回家，诸葛恪说："孙峻这小子能干什么事！只怕他酒中下毒。"于是自己带着药酒入宫。对于两处记录的差异，东晋史家孙盛评议说："诸葛恪与滕胤关系亲厚，张约两人的信说的是重大事情，肯定要拿给滕胤观看，以便共同应对局面。然而诸葛恪性格强硬，加之平时看不起孙峻，自然不相信会有变故，所以入宫了。"孙盛这里是认可后面引注中的记录，认为不会是滕胤劝诸葛恪入宫，应是诸葛恪过分自负而冒险肇祸。

诸葛恪入宫见过孙亮后，宫中摆上酒宴，诸葛恪因存有疑心就不饮酒，孙峻说："您的病没有大好，如果有常服的药酒，就请派人取来。"诸葛恪这才安了心。诸葛恪喝着自己的酒，几杯过后，孙亮回到内室，这时孙峻也起身如厕，他在厕所换下长衣，穿上短服，出来喊道："有诏命拘捕诸葛恪！"诸葛恪慌忙站起，一着急未能拔出剑，而孙峻的刀已经砍向诸葛恪，张约从旁边刀劈孙峻，但只伤及他的左手，孙峻回手砍断了张约的右臂。这时宫内卫兵都跑上殿来，孙峻说："要捕取的是诸葛恪，现在他已死了。"命令卫兵把刀剑全部收起来，把地面清扫干净后重新置酒设宴。

诸葛恪的两个儿子诸葛竦和诸葛建听说父亲遭难，用车拉着母亲准备投奔魏国，孙峻派人追杀了他们。又命令用芦席裹住诸葛恪的尸体，中间用竹篾捆绑，扔到了石子冈。另派担任无难督的施宽监护施绩、孙壹的军队前往公安县，诛杀了诸葛恪的弟弟奋威将军诸葛融和他的三个儿子。诸葛恪的外甥都乡侯张震、常侍朱恩也都被诛灭三族。

临淮人臧均上表请求收拾诸葛恪尸骨并加以安葬，他上书说："看到诸葛恪在贵盛之时，世上没有人能与他相比，而如今被诛杀灭族，却无异于禽兽，察尽人情的反复，怎能不令人悲伤！况且已死之人，理应埋于地下，没有必要再对他砍凿击刺。希望圣明的朝廷让他的乡里和故吏用士卒的丧服为他收尸，恩准他三寸薄棺。"孙亮和孙峻于是听任诸葛恪的部下把他收敛安葬。

诸葛恪被杀，是出于朝臣孙峻与少主孙亮的君臣和谋。挑起事端和组织发动的固然是孙峻，但事情得到了孙亮的许可和主动配合。诸葛恪掌政后过分专断、处事不照顾民情，说到底，是他听不进群臣意见，与少主孙亮也有所疏远的结果。当初诸葛恪少年时很有名声，吴大帝孙权非常器重他，而其父亲诸葛瑾常为此事忧虑，认为诸葛恪不是能保护家族的人。陆逊曾对诸葛恪说："在我前面的人，我必定要尊奉他与其一同升迁；在我下面的人，我必定要扶持接引他。现在我看你的气势凌驾于你前面的人之上，心中又蔑视在你下面的人，这不是安置德业的方式。"陆逊这里明确指出了诸葛恪为人处事的根本缺陷，他意欲引导扶持这位出众后生的心情是非常真诚的，可惜并没有引起诸葛恪本人的重视，以至于在其辅政当权后把错误的心性发展到了极端，引起了大多臣民的厌恶，导致了个人和家族悲惨的结局。

蜀汉侍中诸葛瞻是诸葛亮之子，为诸葛恪的堂弟。诸葛恪攻打淮南时，蜀国越嶲太守张嶷给诸葛瞻写信，认为吴、楚地方的人性格轻飘急躁，而吴国太傅诸葛恪掌政后却远离年幼的君主，深入敌国境内，这绝不是良好而长远的办法（参见 2.7.6《以智辅勇的和夷名将张嶷》中）。张嶷希望诸葛瞻把他的这一意见务必转告诸葛恪。人们并不清楚诸葛瞻是否把张嶷的看法转告了他的堂兄，但事态的发展完全表明，诸葛恪在吴国的败亡和灭族早有征兆，不是平白无故发生的，他个人的心性缺陷和在权力位置上的逆势作为才是导致悲惨结局的最终原因。

吴国群臣随后共同议定上奏，推举孙峻为太尉，滕胤为司徒。孙峻是孙坚之弟孙静的后裔，孙暠第三子孙恭所生，为孙静的曾孙。有向孙峻献媚的人说："政务的权柄应由皇族掌握，如果滕胤当了司徒，地位仅次于太尉，他声名卓著，众心归附，那日后的势力则不可估量。"于是上表请求任命孙峻为丞相、大将军，都督中外诸军事，却不设置御史大夫，因此士人都大失所望。滕胤的女儿是诸葛恪之子诸葛竦的妻子，滕胤以此为由想要辞职。孙峻对他说："鲧之罪不会牵连到禹，你何必这样呢？"孙峻和滕胤虽然内心不甚融洽，但处理朝廷事务却能互相包容，于是进封滕胤的爵位为高密侯，二人像以前一样一起共事。但因孙峻的地位高高在上，又是皇族大臣，因而孙亮的朝廷又很快进入了孙峻掌政时期。

3.3（3）孙峻孙綝的专权（上）

皇族大臣孙峻是与诸葛恪同时被孙权安排辅政的人物，他在孙亮继承帝位后担任武卫将军，掌管皇宫宿卫。诸葛恪执掌国政不到两年间因为屡次兴兵而引起了臣民怨恨，孙峻遂于253年十月挑唆吴主孙亮，君臣合谋诛杀了诸葛恪并灭其家族。孙峻受君臣荐举担任吴国丞相，主管内外军事。《资治通鉴·魏纪八》《三国志·吴书·三嗣主传》《三国志·吴书·孙峻传》记述了孙峻掌政三年间及后来孙綝专权两年多的政治活动，表现了孙亮在位时吴国政治局势的复杂多变。

废黜齐王孙奋 诸葛恪刚被诛杀时，孙权之子齐王孙奋在驻军地豫章（治今南昌市）听说了消息，他提出移居芜湖，想要到建业去观察事态变化。傅相谢慈等人劝谏他不要去，孙奋就杀掉了谢慈。朝廷得知后，把孙奋废黜为庶民，徙居章安县（治今浙江临海东南章安镇）。当时孙奋是被诸葛恪强令离开武昌而迁至豫章的，他是希望在诸葛恪死后返回京都建业，为此杀掉了身边的傅相，却遭到了孙峻更严厉的惩处。

逼死原太子孙和 孙权临终前将原太子孙和立为南阳王，孙和的妃子张氏是诸葛恪的外甥女。早先诸葛恪有迁都的打算，就让孙和去修建武昌宫，有谣传说诸葛恪想要迎立孙和为天子。诸葛恪被诛后，丞相孙峻就因此事夺去了孙和的印玺，将其徙居到新都，又派使者去赐孙和自杀。当初，孙和妃妾何氏生了儿子孙皓，另有其他姬妾生的儿子孙德、孙谦、孙俊。孙和临死时，与张妃诀别，张妃说："无论吉凶祸福，我都会永远相随，决不独自活着。"她跟随孙和也自杀了。何姬说："如果都相从而死，谁来抚养孤儿呢？"于是就抚育孙皓与其三个弟弟，孙和的孩子依靠何氏得以生存。

骄横淫乱 史书上说，孙峻平时就没有很好的名声，他骄横傲慢，淫乱残暴，滥施刑杀，许多行为惹得百姓非常愤恨。孙峻还曾奸乱宫人，并与公主鲁班私通。鲁班是孙权的长女，孙峻是孙坚之弟孙静的曾孙，应该是孙权的从孙，在家族内部，鲁班是孙峻的姑辈，两人的密切交往是他们互相权力借重的反映，而其私通行为则完全是和伦理道德相违背的。孙峻还派卫尉冯朝修筑广陵城，耗资巨大，整个朝廷无人敢劝说，只有滕胤进谏劝止，但孙峻不听，工程终究未能完成。

出军淮南 孙峻掌政时延续了对魏国的争战策略，255年，魏国驻军淮南之地的镇东将军毌丘俭和扬州刺史文钦，因为与夺取了国政的司马氏存在尖锐矛盾，于是二人假称受太后诏书，在寿春起兵反叛，并向各州郡发檄文以共同讨伐司马师（参见1.8.2《淮南的两次平叛》），与魏国朝廷军队战于乐嘉（治今河南商水东南）。他们曾与吴国执政取得联系请求支援，孙峻遂统率骠骑将军吕据、左将军留赞袭击寿春，出兵给予了军事支援。吴将留赞在路上发病，受指令带领人马返回，魏将蒋班领着步骑四千军马追赶。七十三岁的留赞因为病重而不能布阵迎敌，最终战败而逝。孙峻领兵到达东兴，听说毌丘俭等人失败，随后进军到橐皋（治今安徽巢县西柘皋），后来文钦在前线战败后转降吴国；孙峻听到诸葛诞已经占据了寿春，就领兵返回。他任命文钦为都护、镇北大将军和幽州牧。孙峻想利用毌丘俭在淮南反叛的机会进军魏国，看来因为他军事部署上的错乱，即便在有利的时机下也并没有取得应有的战绩，除得到降将文钦外几乎一无所获。

反对派的两次谋杀 孙峻的掌政应该是不得人心，他在不长时间内就遭到了朝中反对派的过激行动。254年，吴国朝廷担任司马职务的桓虑谋划要杀掉孙峻，立原太子孙登之子吴侯孙英为君主，事情没有成功，参与的人都被孙峻处死。另有资料记载，是吴侯孙英本人准备谋杀孙峻，事情泄露后孙英被处死。255年七月，孙峻出征淮南返回不久，蜀国派使者前来访问，吴国将军孙仪、张怡、林恂等人准备利用使者会面的机会谋杀孙峻，事情因泄露而未能成功，孙仪等自杀，其他被杀者有数十人。全公主孙鲁班在孙峻面前诽谤妹妹朱公主孙鲁育，说她与孙仪是同谋，于是孙峻又杀了朱公主。

再行出征而暴亡 256年八月，文钦向吴人游说讨伐魏国之利，孙峻派文钦与骠骑将军吕据、车骑将军刘纂、镇南将军朱异、前将军唐咨等人从江都（今江苏扬州西南）进入淮水、泗水，以图攻取青州、徐州。孙峻在石头城（今江苏南京清凉山）为他们饯行，当时孙峻看到吕据率领的军队部伍整齐，心里颇不高兴，他与吕据政见不合，是不希望吕据掌控精良的部队，于是借口心口疼痛离去。这天晚上，孙峻梦见自己被诸葛恪的冤魂用剑击中，惊惧发病而死，时年三十八岁，他临终前把后事托付给了担任偏将军的堂兄弟孙綝。孙綝也是孙静的曾孙，为孙暠长子孙绰所生（参见3.4.1《孙静及其子孙的多样人生》上）。孙峻死后，朝廷任命孙綝为侍中、武卫将军、都督中外诸军事，孙綝即召吕据等人返回。

孙綝挑起的内斗 吕据听说孙綝代替孙峻辅佐朝政，心中大怒，就与诸位都督、将领连名上表推荐滕胤为丞相；孙綝改任滕胤为大司马，代替吕岱驻守武昌。吕据领兵返回，使人报知滕胤准备一同废掉孙綝的执政地位。这年十月，孙綝派遣堂兄孙宪率兵在江都截住吕据，让朝廷使者给带兵的文钦、刘纂、唐咨几位将军下令，命他们共同击杀吕据；同时又派侍中左将军华融、中书丞丁晏去告诉滕胤，让他迅速离开都城前往武昌。他是想首先调离不大信任的滕胤，以便集中对付吕据。滕胤自认为灾祸已经来临，就拘留了华融和丁晏，随后整顿军队以自卫，同时招来典军杨崇、将军孙咨两人，告诉他们孙綝要作乱，并迫使华融等人写书信责备和劝谏孙綝。孙綝置之不理，向朝廷上表说滕胤要造反，又许愿给将军刘丞封爵，让他率兵马去围攻滕胤。

身在京城建业的滕胤与吕据政见相合，但并没有形成统一的行动部署，他受到了孙綝的逼迫，于是劫持华融等人让他们假称受诏书发兵起事，华融等人不从，滕胤诛杀了他们。有人劝滕胤领兵到苍龙门，提议说："将士们见您出来，必定离开孙綝而跟从您。"当时已经过了半夜，滕胤仗着有吕据的支持，觉得自己难以向宫中发兵，就勒令部曲不得散乱，并说吕据的军队已经经返回到了附近的路上，因此手下兵士都为滕胤尽死守护，没有一个离散的。滕胤脸不变色，谈笑如常。当时刮起了大风，到了拂晓，吕据仍然没有到来，而孙綝的部队则大举进攻，乱军杀死了滕胤及手下将士数十人，并诛灭了滕胤三族。

当时吕据的军队难以对付孙綝组织的大军，情况危急下，身边人劝吕据投奔魏国，吕据说："我耻为叛臣。"于是自杀而死。消灭了滕胤和吕据两股主要反对力量，孙綝巩固了自己的地位，其后实行大赦，改年号为太平，吴国孙亮的朝廷豺狼方去，虎豹又至，在孙峻逝后进入了孙綝掌政时期。

3.3（3）孙峻孙綝的专权（下）

皇族大臣孙峻于孙亮在位第二年谋杀了辅政掌权的诸葛恪，用暴虐手段维持了自己的执政地位，不幸在三年后的256年九月暴病身亡，他临终前将后事托付给了堂兄弟孙綝。孙綝当年剪除了朝中滕胤、吕据等反对派的力量，获得了朝中的执政地位。《资治通鉴·魏纪八》《三国志·吴书·三嗣主传》《三国志·吴书·孙綝传》等处记述了孙綝执政后的政治活动，介绍了孙綝统领军队进军淮南的军事失败及其在国内引发的不利情景。

256年十一月，吴国孙綝升任大将军。孙綝自负高贵，为人倨傲不群，做事大多无礼。孙峻的堂弟孙宪曾参与谋杀诸葛恪之事，孙峻当时给了他

151

很高的待遇，官至右将军、无难督，另有平九官事之职，这是在大将军职任之外兼及平决留镇武昌主要官员的事务，可谓位高权重。而孙綝掌政后对待孙宪不如孙峻那么优厚，孙宪十分恼怒，就与将军王惇准备密谋杀掉孙綝，事情败露，孙綝杀掉了王惇，孙宪服毒自杀。

257 年吴主孙亮开始亲理朝政，对孙綝的专权多有不满，而孙綝仍然按照自己的方式专断处政。孙綝掌政时曾遭到滕胤和吕据两人的反抗，他们的妻子都是夏口督孙壹的妹妹。考虑到滕、吕两人已被自己诛杀，孙綝遂于 257 年六月派镇南将军朱异从虎林（今安徽贵池西三十公里之长江南岸）领兵去袭击孙壹,、、要彻底清除反对派的势力。朱异到了武昌时，孙壹率领部曲投奔了魏国，魏帝曹髦下诏任命孙壹为车骑将军、交州牧，封为吴侯，开建府署征召僚属，仪同三司，又赐给帝王用的全套服饰，各种事情都给予优厚对待（参见 1.8.3《与敌国的较量》）。魏国君臣是希望在吴国内政混乱时期，能借此方式吸引更多的吴国官员来降。其实孙壹的外降与吴国内政的混乱完全是由孙峻孙綝的专断处政所造成。

当时魏国征东大将军诸葛诞与执政者司马氏的矛盾已经明朗化，他于是聚集了十几万军队在淮南发动反叛，为了争取吴国的支持，又派遣长史吴纲带着他的小儿子诸葛靓到吴国，向吴王称臣请求救援，并请求再让部下将士的子弟当作人质。吴纲等人到了吴国，吴国君臣非常高兴，派将军全怿、全端、唐咨、王祚等人领兵三万人，与文钦一起去救援军驻寿春（今安徽寿县）的诸葛诞；同时任命诸葛诞为左都护，持符节、大司徒、骠骑将军、青州牧，并封为寿春侯，这算是认可了诸葛诞吴国臣属的身份。

这年七月，吴国大将军孙綝出动众多兵力驻扎在镬里（今安徽巢县西北十公里处），又派朱异率将军丁奉、黎斐等五人前去解诸葛诞寿春之围。吴国派出大量部队支持诸葛诞的反叛，是把诸葛诞和整个援军的军事行动看作吴国对魏的进攻争夺。这次魏国执政人司马昭组织起了二十多万军队，并带着皇帝曹髦和太后一同出征平叛（参见 1.8.2《淮南的两次平叛》），而吴国的几路军队这次出征并不顺利。看看孙綝督军作战的如下情景：①全怿、全端等人统兵来救援据守寿春的诸葛诞，恰好全氏家族中留在吴都建业的全辉、全仪因为发生族内争讼，他们带着母亲并领着部曲数十家渡江投降了魏国，魏人暗中假托全辉、全仪的名义写下书信，派他们的亲信进入寿春告诉全怿等人，说吴国不满全怿等将领未在寿春战胜魏军，想要杀掉全氏家族的人，所以他们只好投奔魏国前来逃命。全怿等听闻后非常恐惧，他们竟打开把守的东城门投降了魏军（参见1.14.3《钟会的成长与作为》中）。吴国支援守城的将领中了敌人的反间计，反而为魏军的破城立下了功劳，导致寿春终被魏军攻破。②当时寿春城中粮食越来越少，文钦想让北方人都出城投降以节省粮食，留下他与吴国人一起坚守，但诸葛诞不同意，两人从此互相怨恨，事态紧急时则愈加猜疑。诸葛诞不久在文钦进见议事时将其杀掉，文钦的儿子文鸯、文虎闻讯后从驻守的小城投降了司马昭。③前往支援寿春的朱异把辎重粮草留在都陆（今安徽合肥西北），进驻黎浆（今安徽寿县南），派遣将军任度、张震招募敢死队六千人，在驻军地西边六里处建浮桥夜间渡水并筑下壁垒；而魏将石苞、州泰前来进击，攻破了壁垒，朱异的部队退到一块高地上，又用车厢围起木城作防御，石苞、州泰进攻再次得胜；魏国太山太守胡烈又率五千兵马偷袭都陆，全部焚毁了朱异的物资粮草，朱异率领剩余部队以葛叶为食，狼狈逃回镬里。这年九月，寿春已经危急，孙綝提出给朱异三万军队，让他再次拼死出战，朱异认为士卒缺乏粮食，不能进军。孙綝大怒，于是在镬里杀了朱异。④258年正月，司马昭下令四面进攻寿春，魏军鼓噪呐喊登上城墙，二月中旬即攻克该城。诸葛诞率麾下想要冲出，被魏军杀死并诛其三族。跟随守城的吴将于诠说："大丈夫受命于君主，带兵来救人，既不能取胜，又要被敌人俘虏，我决不如此。"于是脱掉盔甲突入敌阵而战死。唐咨、王祚等人都投降了魏军，吴国被俘的兵卒有一万多人，缴所兵器堆积如山。

从这次出军淮南的军事安排及其各路军队的作战经过来看，孙綝本人丝毫没有军事部署及其统兵作战的才能，自己在政治上统驭不了人心，在战场上部署无方，又指挥不了属下的将领，派出去的军队各自为战，一盘散乱，这种状况在精心部署的魏国二十多万大军面前，其结局是不难想象的。出军淮南的几路部队均告失败，孙綝约在258年夏领兵撤归建业。

孙綝这次统大军出征，既没有救出诸葛诞，又伤亡了大量士卒，还杀戮折损了自己的几位名将，因此吴国人对他怨恨颇大。当年吴主孙亮开始亲自过问政事，孙綝在出军前就受到过多次质询，他心里一直有所恐惧；从镬里率军返回之后，孙綝称病不上朝，又让他的弟弟威远将军孙据进入苍龙门担任宿卫，安排武卫将军孙恩、偏将军孙幹、长水校尉孙闿分别驻守各军营。孙綝已经感觉到了来自君臣百姓的巨大压力，他是用某种方式进行自我保护。

3.3（4）孙亮夺政之败

孙权252年去世后十岁的孙亮继位作了皇帝，在不到五年间经历了诸葛恪、孙峻的辅政与专权后，国政转到了孙綝手中。257年四月，十五岁的吴帝孙亮亲临正殿，实行大赦，想要执掌属于他自己的权力。《资治通鉴·魏纪九》《三国志·吴书·三嗣主传》及其引注记述了孙亮从孙綝手中夺取国政的个人努力，表现了孙亮在宫廷斗争中的不慎及其不幸结局。

史书引注《吴历》中介绍了孙亮亲政时的少年聪慧：孙亮多次要来皇家档案记录，了解孙权过去处理国政的事情，他问身边的使臣说："先帝处理朝廷政务都有特定的制度，现在大将军每次奏事，却只是让我写下同意！"孙亮是在揣摩父皇孙权当年的治政常规，由此发现了孙綝独断专行和架空皇帝的不正当行为，意在矫正这样一种不合常规的君臣关系。孙亮还选择军队将士家中十八岁以下、十五岁以上的子弟三千多人，又挑选将军子弟中勇武有力的青年安排他们领兵，每天都在苑囿中练兵习武，他说："我建立这支军队，是想和他们一起成长。"孙亮感到了军事力量在政权巩固中的重要性，他在这里撇开掌政统军之人，想要建立一支纯粹属于自己掌控的国家武装力量。

引注资料中同时记录了一件事情，当时孙亮走出了西花园，吃了一枚没有成熟的梅子，大概是感到太酸了吧，于是打发黄门小太监去府库取点蜂蜜,准备以梅渍蜜而食。等取来蜂蜜后,发现蜂蜜中有老鼠屎,于是召来管仓库的小吏责问,这位小吏叩头认罪,他不知道老鼠屎为何掉进蜂蜜中。孙亮于是询问小吏说,:"取蜜的黄门小太监向你索要过蜂蜜吗?"小吏说:"过去要过,但我确实不敢给他。"而小太监并不承认是自己放进老鼠屎以陷害小吏。身边侍中刁玄、张邠两人提议说:"黄门小太监和府库藏吏说的话对不上,把他们交给狱吏让审查侦断吧。"孙亮说:"这事很好判断。"他让人剖开老鼠屎,内中是干燥的。孙亮笑着对刁玄、张邠说:"如果老鼠屎早先在蜂蜜中,那就应当里外都是湿的,现在是外面湿里面干,必定是小太监刚放进去的。"经孙亮这么一说,小太监方才认了罪,身边的人都为孙亮的聪明灵慧而惊异。这些记录表明,无论就执政的思想准备还是个人智商,吴国少年皇帝孙亮都是具备了执政的主观条件。

当时身任大将军的孙綝向朝廷上表奏章,多次受到孙亮的责难,孙綝心中恐惧。258年六月孙綝从镬里兵败返回后安排亲近之人担任宿卫和驻守各军营,本人一直称病而不上朝。孙亮非常厌恶他,于是就追问朱公主鲁育被杀的情况,他要从此事入手打开整治专权者的缺口。朱公主鲁育是她的姐姐全公主鲁班在孙峻面前诽谤而被杀的,在孙亮追究此事时,全公主害怕地说:"我实在不知情,都是朱据的两个儿子朱熊、朱损所说的。"全公主鲁班早年因与原太子孙和及其母亲王夫人有矛盾,于是唆使父亲孙权废掉了孙和而立孙亮为太子,并把自己夫家堂侄全尚的女儿许配给孙亮为妻(参见3.2.26《内政之乱》),全氏在孙亮称帝后被立为皇后,因而全公主鲁班与孙亮的姐弟关系应该是和善友好的,孙亮自然相信了全公主对朱熊、朱损的控告。当时朱熊担任虎林督,朱损担任外部督,他们分别负责虎林之地和建业城外的营兵屯守,孙亮将他们都予处死。史书上没有介绍他们几人间的纠葛关系,但孙亮抓住此事严厉处罚,以此树立自己权威的心态却是明显的。朱损的妻子是孙峻的妹妹,在处罚朱损时孙綝曾作劝谏,孙亮并没有听从,从此孙綝更加恐惧。

这年九月,孙亮暗地里与全公主及将军刘承谋划杀掉孙綝,全皇后的父亲全尚担任太常、卫将军,孙亮对全尚之子黄门侍郎全纪私下说:"孙綝专擅权势，眼中看不起我。我以前命令他迅速上岸，为唐咨等人作后援，但他却留在湖中不上岸一步；他又把罪责推卸给朱异，擅自杀掉有功之臣，也不事先上表奏明；他还在朱雀桥南建筑府第，不再上朝进见，他在朝廷无所忌惮，对此不能长久忍耐，我如今要设法除掉他。"孙亮这里说了一段与孙綝交往相处中对方不听指挥，目无君主的事情，这是《江表传》中所记，资料中并没有讲明这一事情的来龙去脉，但已可见孙亮对孙綝的厌恶以及将其除掉的决心。孙亮与全纪继续密谋说："你父亲担任中军都督，让他私下整顿兵马，我会出宫到桥上，率领宿卫虎骑和身边卫士包围孙綝府第，再写诏书命令孙綝统领的兵士立即解散，不得反抗。如果一切事情顺利，必然能够成功。"孙亮对除掉孙綝的事情做了周密计划，他想借助全氏父子掌控的兵力控制局面，并利用自己皇帝的身份突然间解除孙綝所统兵士的反抗，取得出其不意的成功。

全纪接受了命令后，孙亮想到全纪的母亲是孙綝的堂姐，所以特别叮咛说："你出去必须秘密行事！向你的父亲宣明诏令，千万不要让你母亲知道；女人不明晓大事，如果她见到孙綝泄漏出去，就会误我大事！"全纪接受诏令告诉了全尚，但全尚没有考虑，就把此事告诉了妻子孙氏，孙氏则让人私下告诉了孙綝。孙綝获悉消息后提前行动，他深夜派兵袭击全尚，把其扣押起来，又派弟弟孙恩在苍龙门外杀掉刘承，天明时包围了王宫。孙亮闻讯大怒，他骑马带上弓箭出宫，说道："我是大皇帝的嫡子，在位已经五年，谁敢不服从我！"侍中近臣以及乳母一起连牵带扯地制止，终于未能出宫，孙亮叹气发怒不吃饭，又大骂全皇后说："你父亲昏愦无能，坏了我的大事！"又派人去叫全纪，全纪说："我父亲奉行诏命不谨慎，辜负了君上，我没有脸面再见君主。"于是自杀而死。因为孙亮秘密行动的计划被泄露给对手，孙綝提前行动，孙亮夺取国政的计划功败垂成。皇宫被孙綝的部队包围，孙亮已经没有什么回天之力，只能静等孙綝的处置。

孙綝让担任皇宫总管的光禄勋孟宗祭告太庙，把孙亮废黜为会稽王。他召来群臣议论说："少帝多病昏乱，不可居处天子之位而承奉宗庙，已经祭告先帝将他废黜了，诸君若有不同意者，请提出异议。"众人听罢都震惊害怕，说道："服从将军的命令！"孙綝遂派中书郎李崇夺来孙亮的玺绶，向国内各地公告了孙亮的罪状。尚书桓彝不肯签署名字，孙綝愤怒地将其杀掉；同时又把全尚迁徙到零陵，随后派人将其追杀于途中，将全公主鲁班迁到了豫章。

朝廷典军施正劝孙綝将孙权第六子琅邪王孙休迎立为天子，孙綝同意了。第二天他派遣将军孙耽送孙亮到他的封国会稽，又派管理皇室宗族事务的宗正孙楷与中书郎董朝到会稽迎接孙休来建业即皇帝之位，吴国朝廷又进入了孙休为帝的时期。

3.3（5）孙休上位

258 年九月，吴主孙亮为夺回属于自己的国政而策划了诛杀孙綝的密谋，因做事不慎而失败，得势的孙綝反而贬黜孙亮为会稽王，另迎琅邪王孙休做皇帝，吴国进入了孙休执政时期。《资治通鉴·魏纪九》《三国志·吴书·三嗣主传》及其引注记述了孙休即位皇帝的过程，以及在帝位上与权臣孙綝政治较量的策略，表现了他执政六年间的相关政治活动。

孙休，字子烈，他是孙权的第六个儿子，为南阳王夫人 235 年所生（参见 3.2.23《孙权身边的女人们》下）。孙休十三岁时，师从江东大儒中书郎射慈、郎中盛冲学习，252 年正月孙权封其为琅邪王，居住于虎林（今安徽贵池西三十公里之长江南岸）。三月后孙亮在孙权逝后继位为帝，掌政的诸葛恪因不愿让诸王居住在长江边上争战之地，于是将孙休迁往丹杨郡。丹杨太守李衡多次侵扰孙休，孙休上书请求迁往他地，朝廷于是下诏让孙休迁至会稽（治今江苏苏州），孙休在此居住了几年，他有天梦见自己乘龙上天，回头看不到龙尾，醒后颇为奇怪。这次孙亮密谋失败而被废黜，孙綝派宗正孙楷与中书郎董朝迎请二十四岁的孙休回建业即皇帝之位。

因为琅邪王孙休还未到京城建业，孙綝就想进入宫中居住，为此召集百官商议时，众人都惊惶失色，只勉强应付着而不置可否。参与官员选拔事务的选曹郎虞汜说:"您担当将相的重任,执掌废立的大权,上安宗庙社稷,下惠黎民百姓,人们把您当作国家的伊尹、周公看待。现在琅邪王还未迎来而您却入宫居住,那众人心里就会产生疑惑,这不是永守忠孝、扬名后世的做法。"孙綝很不高兴地放弃入宫居住,同时命弟弟孙恩代行丞相事,率百僚带着乘舆法驾在永昌亭(今南京珠江路一带)迎奉孙休。

一直在会稽居住的孙休听到迎他为帝的消息,心中非常疑虑,孙楷、董朝一起解释朝廷所以奉迎的原因,等了一天两夜后,孙休跟随出发。几天后一行人到达曲阿(今江苏丹阳),有老翁拦住孙休叩头说:"事情拖久了就会发生变化,天下人都殷殷期望着您,希望陛下迅速前行。"孙休认为老者说的对,当天就赶到布塞亭(今江苏南京附近),孙恩已经率百官用皇帝的御车在永昌亭迎驾孙休,提前在此修筑了宫室,用武帐围成便殿,设置了皇帝御座。孙休到达,望见便殿停了下来,让孙楷去见孙恩。孙楷返回后报告了孙恩代表丞相迎接之意,孙休才乘辇前行,百官再拜称臣。

孙休登上便殿,谦逊不上御座,只停息在东厢殿中。主管庶民上书事务的户曹尚书前往殿中阶下宣颂奏文,捧上丞相送来的皇帝玉玺、符契,孙休再三谦让,群臣又多次请求,孙休于是说:"将相诸侯共同推戴我,寡人岂敢不承受玺符。"百官按等级秩序给孙休导引车驾,孙休遂乘上皇帝辇车,百官相陪前行。孙綝则率领士卒千人至近郊迎接,在路旁下拜,孙休下车回拜,他当天就登上正殿正式即位,其后大赦全国,更改年号。孙綝自称"草莽臣",在殿前上书,交上了丞相的印绶、节钺,请求让贤,以开通进贤之路。这些都是新君主上台后辅政大臣表示自谦的表面文章。孙休以好言慰解,下诏任命孙綝为丞相、荆州牧,增加封邑五个县;又任命孙恩为御史大夫、卫将军、中军督,封为县侯。对孙綝的亲信孙据、孙幹、孙闿也都授予将军之职并进封侯爵。另任长水校尉张布为辅义将军,封为永康侯。群臣奏请立皇后、太子,孙休说:"我以微薄之德继承了祖宗的大业,即位时间短,对百姓没有恩泽,现在后妃名号、太子之位都不是当务之急。"有关部门坚持要求,孙休未予同意。他刚到京城即位,是要安抚朝廷百官，尽力展现出公而无私的情怀。

当初丹杨太守李衡因事侵扰琅邪王孙休，妻子习氏劝止他，但李衡不听，孙休后来上书请求迁居会稽郡。现在孙休即位为天子，李衡十分恐惧，对妻子说："没听你的话，结果到了这个地步。我想去投奔魏国，怎么样？"其妻说："不行。你本是一普通庶民，先帝把你破格提拔，你既已对琅邪王无礼，而又在心里胡乱猜疑，还想叛逃乞求活命，你跑到北方有什么脸面见中原人呢！"李衡说："那我该怎么办？"其妻说："琅邪王平时就好善而追求声名，现在他正想显扬天下，不会因私人怨恨而杀你，这是很明白的。你可以到牢狱把自己囚禁起来，上表陈述以前的过失，公开要求接受处罚。这样反而会受到优厚的对待，岂止是保住性命而已。"李衡照她的话做了。孙休下诏说："丹杨太守李衡，因为以往的嫌隙自我投狱接受刑罚。春秋时齐桓公不计管仲的箭射带钩之嫌，晋文公宽宥寺人勃鞮砍断衣袖之恶，因为当了君主就应该行君主之事。现在请送李衡回郡，让他不要自生疑忌。"孙休同时授李衡威远将军之职，又赠给他官员出行可作仪仗的棨戟。

新皇帝孙休还封原太子孙和的儿子孙皓为乌程侯，孙皓弟弟孙德为钱塘侯，孙谦为永安侯。乌程在今浙江吴兴南二十公里，是当年孙皓的生活之地。过了几天，孙休又下诏说："那些五口之家的官员，若其中三人为国家做事，既交纳了规定的税粮，又要跟着军队出征，以至家中生计无人经营，我对这种情况甚为怜悯。以后这种情况的，听任家中父兄决定，留下一人在家，免除该家应交的粮米，军队出征时不必跟去。"又说："凡在永昌亭迎驾的各位官员都升位一级。"年龄稍长的孙休明白处政的策略，他要向各方广施恩惠，以此树立自己在国家官员和百姓心中的威望。

当年十一月初，建业一带经常刮起旋风，迷雾连日不散。孙綝一家五侯都掌领禁卫军，权势震慑人主，他在陈述事情时，孙休也是恭敬对待不敢有违，孙休担心孙綝会生出什么变化，因而多次给予赏赐，同时下诏说："大将军内心忠诚，首建大计以安定国家，朝廷内外百官一致赞同他的提议，一同建有功劳。从前汉朝霍光定计，百官同心，也没有超过今天的情形。请及时按照前些天与大将军商定的祭告太庙人员名单，依照旧例封给爵位的，都要尽快办理。"孙休在这里采取的是与政治目标完全相反的手段，大概也属"将欲弱之，必固强之"吧。

可以看到，孙休是带着忐忑不安的心情进入京城，登上皇帝之位的，他上位后尽力对整个官员队伍和普通百姓，包括过去与自己有过其他嫌隙的人物给予更加宽厚的对待，不失时机地树植自己在百姓和民众心目中的形象，让广大吏民们感受到自己新帝的恩惠。另一方面，他心中畏惧孙綝的权势，但为了不致引起自己无法控制的变故，因而一直采用着抚慰取悦和曲意讨好的策略，甚至给其党羽升官晋爵，这反而强化了孙綝的势力，长此以往将会导致更为严重的问题。在京城的旋风刮起之时，吴国朝廷也酝酿着一场更大的政治风暴。

3.3（6）孙休夺政及其治国思路

在258年九月接替孙亮登上吴国皇帝之位的孙休，一上台就感觉到了来自权臣孙綝势力的巨大压力，他一直用曲意抚慰的方式维持表面的关系，预防孙綝有另外的图谋变乱，而内心的愤恨则难以消除。《资治通鉴·魏纪九》《三国志·吴书·三嗣主传》及其引注记述了当年数月内他们君臣间酝酿发生的重大冲突，表现了孙休诛除权臣孙綝的夺政过程以及后来的治国思路。

当时孙綝表面上受到了皇帝极大的恩宠，他于是带着牛酒去拜见孙休，因孙休不收，只好送到左将军张布家里。两人喝得酒意正浓时孙綝发怨言说："当初废掉少主（指孙亮）时，很多人劝我自立为君，我认为陛下（指孙休）贤明，因此把他迎来。没有我他当不了皇帝，但我今天给他送礼却遭到拒绝，这是对待我与一般大臣没有区别，我应当改立别人为君。"张布把这些话告诉了孙休，孙休心中怨恨，但恐怕孙綝生事变乱，所以多次加给他赏赐。孙休下诏说："大将军掌管中外诸军事，事务繁多，今加卫将军，加御史大夫孙恩侍中职务，与大将军一起分担各种事务。"有人报告孙綝心怀怨恨侮辱君主，想图谋造反，孙休就把那人抓起来交给孙綝，这是有意表示对孙綝非常信任而容不得任何中伤谗言。孙綝把那人杀了，但从此心里更加害怕。

不久孙綝通过孟宗向孙休要求外出驻扎在武昌，孙休答应了。孙綝命令他所统领的中军精兵一万多人都上船随行，又取走了武库中的兵器，孙休下令给他。孙綝又要求让中书台两位郎官一同去管理荆州诸军事，主管者奏明中书不应外出，但孙休特许孙綝带走中书，对孙綝所要求的事全部答应。将军魏邈对孙休说："孙綝居住在外，必然会有变乱。"武卫士施朔也报告说孙綝意欲谋反。孙休准备诛除孙綝，就私下询问辅义将军张布的意见，张布说："左将军丁奉，虽不能撰写文书，但他计谋过人，能决断大事。"孙休召来丁奉，向他询问对付孙綝的计策，丁奉说："丞相的兄弟党羽很多，恐怕朝中人心不同，不能突然制服他，可以乘腊祭集会之机，用宿卫部队除掉他。"孙休听从了他的意见。

这年十二月上旬，建业城中有谣言流传，说次日腊祭会有事变，孙綝听到后很不高兴。夜间刮起了大风，吹掀了屋顶，扬起漫天风沙，孙綝更加害怕。第二天腊祭集会，孙綝称自己有病不去参加，孙休强令他来，派使者催促了十多次，孙綝不得已，于是准备入宫，身边人劝他别去，孙綝说："皇帝多次下令，我难以推辞，你们可以预先整顿好军队，在府内放起火，我以这个为借口，自宫中很快返回。"他随即入宫，不久府内起了火，孙綝要求出去看看，孙休说："外面兵士很多，不麻烦丞相亲自去。"孙綝起身离席，丁奉、张布目示左右武士把他捆绑起来。孙綝见势不妙，叩头说："我愿意迁徙到交州（吴国当时交州治今越南河内东北，称龙编）。"孙休说："你为什么不把滕胤、吕据迁到交州？"孙綝又说："我愿做官家奴仆。"孙休说："你为什么不让滕胤、吕据为奴仆呢？"随即就将其斩杀了。又拿着孙綝的首级对他手下的兵将说："凡与孙綝同谋的人，一律赦免。"放下兵器投降者有五千人。孙闿乘船想要投降魏国，孙休派人追杀了他，诛灭了孙綝三族，又掘开前执政权臣孙峻的坟墓，取出他的印绶，砍薄了其棺木以示贬惩，然后再行掩埋。

因为左将军张布讨伐奸臣有功，孙休任命他为中军督，主管皇宫与京都宿卫，封张布的弟弟张惇为都亭侯，授给亲兵三百，张惇的弟弟张恂被任命为校尉。随后又改葬了诸葛恪、滕胤、吕据等人，凡受诸葛恪等人之事连累而迁徙远方的人全部召回。朝廷大臣中有人请求为诸葛恪立碑，孙休下诏说："他盛夏出军，士卒损伤严重，又没有取得任何成功，不能说是有才能；接受托孤的重任，却死在一个小人手里，不能说是有智。"于是放弃了为他立碑。

新皇帝孙休一举除掉了接替孙峻掌政两年的权臣孙綝，亲自掌握了朝政，他要努力开启一个安定清平的社会，不久下诏说："古人创建国家，要把教育学习放在首要，以此引导社会风尚，肃整人的心性，为时代培养人才。自建兴（孙亮在位年号）以来，国家时事多变，官吏百姓多看重眼前利益，抛弃根本而追逐末业，不遵循传统道义。所崇尚的浅薄而不敦厚，结果伤风败俗。现在应按照古制来设置学官，立五经博士，考核录选人才，给予优厚的俸禄，同时招收官员及军队将领子弟中有志向学之人，让他们各就学业。一年后考试，分出品第高下，给予不同的地位和待遇，让见到他们的人欣喜他们的荣耀，听到的人羡慕他们的声名，以此敦促道义教化，兴盛纯美风俗。"孙休在治国上首抓文化教育，他决定设置机构，通过考试录取的方式招揽人才，根据各人的成绩给予不同的对待，用优厚的地位和待遇造成人人向往的局面，进而加强道德文化对全社会的影响力量。这里把青年人才选拔的对象限定在现任官员和部队将领的子弟圈中，自然有买好权力集团、维护既得利益阶层的用意，但与当时底层百姓子弟普遍缺失文化教育的现象也密切相关。无论如何，这种整肃人心、优化社会风尚的措施还是很有意义的。

259年春，吴国进一步完备九卿官制，孙休下诏说："我以无德之人身居王公之上，心中日夜不安，忘食废寝。现在打算偃武修文，停息战事而昌明文教，以推崇宏盛的教化。这种治理方式应当从士民心中向往的事情着手，就必须加强农桑生产。《管子》有言：'仓廪实，知礼节；衣食足，知荣辱。'一夫不耕，就有人挨饿；一妇不织，就有人受寒；饥寒交迫而人们不为非作歹，从未有这种情况。近年以来，州郡官民及军队士卒大多离弃农桑本业，驾船在长江上下来往做生意，良田逐渐荒芜，所收粮食日益减少，这样想求得国家安定怎么可能呢？也是因为租税过重，农人获利甚少，才变成这样吧！现在准备广泛开发农业，减轻赋税，根据劳力强弱来征收田税，务必使农民负担均匀，使国家和个人分利得当，让各家各户自己足够赡养，这样百姓就会爱惜身家性命，不去触法犯令，然后国家刑罚就可以做到置而不用，形成良好的社会风尚。"孙休是依据古圣贤的教诲，又充分把握了国家与吏民的实际情况，决心把治国的重点放置在内政建设上：一方面停止对外战争，使大量的人力回归到农业生产上；同时减轻赋税，吸引人们安心于农桑本业；加上教化的实施和社会风尚的优化，孙休的治国思路及其方案措施都是清晰和完善的。

孙休对他自己的治国方案大概也非常自信，他在诏书的最后说道："凭着全体官员的忠诚贤明，如果尽心于当前急务，虽然远古时代的教化盛世我们一时还不能达到，但汉文帝时期的升平景象必定能够实现。到了那时，君臣一起享受光荣；否则，君臣都遭致凌辱，我们怎能从容地得过且过呢？众位公卿尚书，可以共同商议计划，务必选取更方便上好的措施。农桑大忙季节已到，千万不能误过农时。事情决定后当即施行，这才合于我的心意！"他表达了对实现吴国社会升平景象的高度自信，并向全体官员申明了君臣一体、荣辱与共的思想理念，鼓励大家为实现美好理想而团结奋斗。人们在此似乎已经看到了一位年轻君主振兴国势的雄心以及他立志治国的真诚。

3.3（7）孙休治政事迹及其格局

孙休在258年九月接替孙亮作了吴国皇帝，经过暗地里的准备，当年十二月利用腊祭集会的机会一举除掉了权臣孙綝，其后做了必要的人事安排，向全体臣民公布了关于注重教化、停止对外战争和减轻赋税、加强农桑生产的成套治国思路。《三国志·吴书·三嗣主传》及其引注与《资治通鉴·魏纪九》记述了孙休掌政后的诸多活动事迹，从具体的治国实践中表现了孙休的处事格局。

处置前废帝孙亮 260年春三月，西陵（即夷陵，今湖北宜昌）传说出现红乌鸦。这是一种吉祥征兆，传统上多认为会有天助贵人的事情出现。当时会稽郡谣传被贬黜为会稽王的孙亮将回朝作天子，而孙亮的王宫中有人告发说孙亮让巫祈祷祖祠，祷告中有凶恶言辞。吴国朝廷主管官员将此事报告给了孙休，孙亮为此被贬为侯官侯，于是他被遣送到新的封地。侯官县治约在今福建福州西北三十公里处，孙亮在受贬迁徙的半路上自杀，路上护送他的人都被判罪处死。而《吴录》中记录，当时有消息说，孙亮是被护送人员在路上鸩杀的，四十年后的晋太康年间，吴国原少府丹杨人戴颙将孙亮遗骨重新迎回安葬于赖乡（今河南鹿邑东之苦县）。如果这一所记有据，那孙亮就应是被孙休安排人毒杀的，两年前孙亮因为想诛除孙綝而行事不慎，反被孙綝得手废黜为会稽王。孙休是孙亮年龄最接近的兄长，当他把红乌鸦的征兆与孙亮回朝称帝的传言联系起来，即认为孙亮成了挑战他政治地位的对手，于是在其迁徙途中安排人将其杀掉，然后除掉护送的人以灭口，这一情况是极有可能的。对弟弟孙亮的贬徙与处置表明了吴帝孙休在对待亲族关系上的狭隘格局。

派官员境内巡查 261年五月，南方连下大雨，河流泉水涌溢，造成多地灾害。孙休在当年八月派光禄大夫周奕、石伟巡察各地百姓的疾苦与民情风俗，并检察各地将领官吏的清浊状况，以作为对官员升退进贬的依据。据《楚国先贤传》所记，石伟是南郡人，年轻时好学，很注重自我品格节操的修养，他与众不同，有不可移易的志向。地方州郡将他举茂才、贤良方正，他都没有接受。孙休即位后，以朝廷的名义征召石伟，后来升任他为光禄勋。这次专门派他为巡查使者，了解百姓的生活与官员的清廉状况，以此为后面的治国施政和官员任用找寻重要参考。这次调查了解国内实情的做法当然是可取的，但也能由此看到，吴国的巡视监察当时并没有形成常规化的制度，仅仅是君主一时的临时性安排，其政权系统的运作体系并不如中原魏国那么完善。

与蜀汉的使臣往来 261年冬，孙休派五官中郎将薛珝到蜀汉去访问，回来后孙休向他询问蜀汉朝政的得失，薛珝回答说："主上昏暗而不知自身过失，臣下不思进取只求安身自保，进入朝中听不到忠直之言，途经田野看见百姓面有饥色。我听说燕雀处于堂屋之上，子母间相互嘻乐，认为这是最安全的地方，当烟囱破裂房屋被焚时，燕雀仍然怡然自得不知祸之将至，这就是蜀汉目前的状况。"蜀国当时正值姜维掌政频伐中原后期，姜维与宦官黄皓的矛盾难以调和，国政正处衰落时期，薛珝的观察应该是有道理的。孙休在位时应是继续履行着吴蜀双方互相交流的盟友之约，但从他们君臣对盟友国政的评议中，能够看到吴国当时的某种优越感，感到孙休治国所取得的一定成效。

立皇后与太子 262年七月，始新县（治今浙江淳安西北三十公里）报说有黄龙出见。这年八月，孙休立夫人朱氏为皇后，立儿子孙𩅦为太子。朱氏是朱据和孙休姐姐朱公主孙鲁育的女儿，孙休与朱妃本是舅舅和外甥女的关系，250年孙权将朱氏许配给孙休为妃，撮合了这一以舅娶甥的婚姻。252年孙权册封孙休为琅邪王，朱王妃跟随丈夫几处迁徙，258年一同到了建业，至此被立为皇后。太子孙𩅦，字莔。这些生僻字组合的名字，是父皇孙休费尽心机专门搜寻、刻意使用的命名。

为儿子重新命名 孙休为他的四个儿子故意用非常生僻的字重新起了名字，《吴录》记录了孙休为此所发一则诏书，其中说："人各有名，以相区别，长大了还要有字，其后就不轻易称名。按照礼的规定，名子要起得难以触撞而容易回避。我现在为四个儿子起名字：太子名𩅦，音如湖水湾澳之湾，字莔，莔音如迄今之迄；次子名𩃙，音如觊觎之觎，字𩇕，𩇕音如玄黓首之黓；三子名壾，壾音如草莽之莽，字昷，昷音如举物之举；四子名𡨢，音如褒衣下宽大之褒，字㷛，音如有所拥持之拥。这些字都不与人们所常用的字相同，所以翻阅钞来旧文搜寻整理出来使用。我今造出这些名字，既不相配，字又单一，非常容易回避。为此普告天下，使大家都能知道。"

孙休是一位非常喜欢读书且有些造诣的人，他作了皇帝后曾根据古圣贤的教诲，提出了推进国家走向兴盛的系列方略，在后期的贯彻过程中，实际的措施并不多，却在为四个儿子起名上刻意追求文字的使用与回避，为这些没有多少意义的事情不惜花费大量精力，他做皇帝的正事到底是什么，不禁令人心生迷惑。史家裴松之引用《左传》古语说："命名表示义，义产生礼，礼体现政事，政事端正百姓。政事取得成功就百姓服从，违反了就发生变乱。"裴氏明白地指出："孙休为了让儿子的名字难以触犯，于是没有根据地造字，制定了并不出自典籍的发音，既不遵从古人的遗教，又留下了让后代耻笑的把柄，这不是非常奇怪吗！所以他死后坟土未干妻子儿子就遭到诛杀，就在这里显出了征兆。"

重用旧时相好 262年冬，孙休任命濮阳兴为丞相，濮阳是以邑为姓，属于当时的复姓之一；孙休还任命廷尉丁密、光禄勋孟宗为左右御史大夫。当初孙休在会稽居住时，濮阳兴为太守，他与孙休深相结交，左将军张布曾任会稽王的左右督将。孙休即位作了皇帝后，濮阳兴和张布二人受到尊崇而执掌朝政：张布主管朝内官署，濮阳兴主管军国之事，二人在朝廷内外阿谀欺蒙，吴国人为此非常失望。孙休曾经宣称要君臣共担荣辱，共同为国家兴盛而努力，他也曾派出巡查人员考察各地官员的治政得失，似乎要以此作为用人的参考，但在治国实践中，却一味偏重过去与自己相好的官员，君臣一体完全成了一句空话，这怎能不让官员们为之心寒！

孙休的诸多治政事迹表明，他不是一位昏君，但他作为政治人物的个人格局太小，远远够不上一位励精图治的明主。

3.3（8）孙休执政的终结

吴国第三任皇帝孙休在258年末向全国臣民提出了兴盛国家的治政方针，而在几年间的治国实践中，却并没有提出和推行相关的治国措施，反而在处事、用人和对待皇家兄弟的关系上显示出了他的狭小格局。《三国志·吴书·三嗣主传》及其引注与《资治通鉴·魏纪十》记述了孙休在位最后两年间遇到的内政与对外事务，介绍了其执政的终结，也从一个侧面表现了孙休执政的特征。

放弃了经典研讨 孙休专心于传统典籍，打算将百家著述全部通读完毕,尤其喜欢射野鸡,春夏之间常为打猎而晨出夜归,只有这时才放下书本。孙休想与博士祭酒韦曜、博士盛冲讨论有关学问的理论和方法,韦曜、盛冲两人一向耿直,而张布害怕他们入侍皇帝后揭发出自己的过失,使自己不能独断专行,因此在孙休面前胡言乱语,意图阻止韦、盛两人入宫。孙休写诏回答说:"我爱好学问,各种书籍都有浏览,所读的东西不少了,那些明君昏主,奸臣贼子,古今贤愚成败的事情都无所不知。现在韦曜等进入内宫,只是想与他们讨论书籍而已,并不是我跟他们从头学习。即便跟他们从头学起,又有什么损失呢?你只是担心韦曜等人说出臣僚奸邪之事,故此不想让他们入宫。像这样的事情,我早已有所防备,不须韦曜他们说出来才知晓,这些都没有什么损害的,看来你是心里有所顾忌吧。"这里的话说得很直率。

张布得到此诏书即向孙休表示歉意,他改换口气陈述,说是担心孙休读书讨论会妨碍政事,孙休回答说:"书籍这东西,就怕人们不去喜爱它,喜欢它并无坏处。政务与学业,两者各有不同,互不相碍,想不到你如今任官行事,对我进行这方面的管束,实在不可取。"张布奉上奏表,叩头请罪。孙休回答说:"姑且相互开导罢,不至于叩头谢罪!像你的忠诚,远近都知道,以往你令我感激,今天我才使您显赫。《诗经》有言:'没有初始,哪得结果。'善终实在困难,希望您能善终。"张布是因过去的友情而被孙休宠用、委以重任的,他在任上专擅朝廷大权,做了许多无礼的事情,又担心自己的短处被韦曜、盛冲说出来,故此阻碍两人入宫。孙休虽说明白其中用心,心里对此不痛快,他担心张布为此而产生疑惧,最终还是顺从了张布的意思,放弃了讨论学问的事情,不再让盛冲等人入宫。从这里可以隐约看到孙休对宠任者张布的高度信任及其无原则的迁就。

对交趾反叛的处置 263年二月,吴国交趾(治今越南河内东北)太守孙谞贪婪暴戾,本来就受到百姓的厌恶痛恨,当时他正征调郡里的手工匠人一千多人要送到建业,恰好此时孙休派遣担任察战职务的巡视监督官员邓荀到交趾去,邓荀又根据孙休的安排,调用三十只大孔雀送往建业,当地百姓害怕遥远的劳役,于是图谋作乱。当年五月,郡中吏员吕兴等人借此煽动士兵和百姓，招诱各少数民族部落反叛，并且领众人杀掉了孙谞和邓荀，同时派人到魏国请求派来太守和兵力，九真（治今越南青化）、日南（治今越南广平美丽县）二郡也都起而响应。丞相濮阳兴从南方屯田的人众中选取了一万人组成军队，又从武陵郡（治今湖南常德）中划分地盘设置天门郡（治今湖南慈利东北），大概是要用据守险要、截断进路的方法，意在保持中心地区的安全，而并未派出出征平叛的部队，这完全是一种放弃交州的消极退避的处置方式，可以从中看到吴国君臣当时苟且偷安的心态多么严重。

事情到了次年九月，魏国发诏令任命吕兴为安南将军，都督交州诸军事，任命南中监军霍弋遥领交州刺史，让他们自己依据条件选用官吏。魏国正忙于平定蜀汉的大规模战争，根本无暇顾及交阯的事务，于是采取了一种只加任命、确认他们自我发展的策略方式。当时受命归属了魏国的蜀国将军霍弋参与了平定南方交阯等地的军事行动（参见 2.5.2《坚贞不二的霍氏父子》），他上表推荐建宁人爨谷为交阯太守，派他率领牙门将董元、毛炅、孟干、孟通、爨能、李松、王素等人领兵去帮助吕兴，还未到达，吕兴就被他的功曹李统所杀。能够想象，如果交阯的反叛是由魏国委派将军而平定，那此后该地的归属将不再为吴国所有。

派军队救援蜀汉　263年十月，魏将钟会与邓艾的军队大举攻蜀，汉人向吴国告急求援。孙休派大将军丁奉督领军队进兵寿春；让将军留平到南郡的施绩那里商议进兵；派将军丁封、孙异到沔中（约今陕西汉中地区）去救援蜀汉。在魏蜀双方激烈交战之时，吴国多路出击，包括向魏国本土进攻，当然都是对蜀国战争的支持。但他们不久听说蜀国已经灭亡，于是就停止了丁奉等人的军事行动。

平定五溪之叛　武陵郡（治今湖南溆浦南，后移治今湖南常德）五溪夷人与蜀国接壤，蜀国灭亡后，吴国害怕五溪夷人叛乱，就让越骑校尉钟离牧代理武陵太守。当时魏国已派遣汉葭（治今四川彭水东北）县长郭纯暂代武陵太守，率领涪陵百姓进入迁陵（治今湖南保靖东南）界内，驻扎在赤沙（今湖南保靖东北十公里），引诱各夷族部落进攻酉阳（治今湖南永顺东南三十五公里），郡中一片震恐。郡吏们认为两个县山势险要，各夷族部落一直都拥兵自守，不能用军队去惊扰，可以派恩信之吏去宣教慰劳。钟离牧坚持说："境外之敌入侵，诳骗和引诱民众闹事，应乘其根柢未深时迅速平定，这是救火贵速的形势。"命令部队做好准备，随即率领仅有的三千兵士夜间出发，沿着险峻的山路行走了近二千里，杀了叛民中怀有异心的首领一百余人以及亲信党羽一千余人。郭纯等人四散逃走，终于平定了五溪等地。平定五溪叛乱是当时吴国一次成功的军事活动。

与罗宪在永安的较量 早先刘禅让巴东太守罗宪领兵二千人驻守永安（今重庆奉节城东），这是把守蜀汉的东大门。263年冬魏国大军进攻蜀国时，罗宪坚守永安。不久，罗宪收到了蜀主刘禅归降魏国的手令，他统领部队到达都亭驻军。吴国听说蜀国失败，就起兵西上，表面上扬言救援，实际上是想袭击罗宪。因罗宪有所防备，吴军抚军将领步协于是率军队与罗宪在永安作了长时间的较量。到264年二月，孙休听说攻城不下而大怒，又派遣镇军将军陆抗、征西将军留平、建平太守盛曼率三万兵士增援对罗宪的包围（参见2.8.5《蜀吴边界的守御人罗宪》）。魏国后来派将军胡烈率步骑二万侵西陵，以救罗宪，陆抗等人只好引军撤退。另外，在这次天下政治格局剧烈动荡的节点上，吴魏双方还有过规模不大的几次军事冲突，但对双方的军事态势都没有发生多大的影响。

孙休突然离世 264年五月，孙休卧病在床，他口中说不出话，于是手写便条叫丞相濮阳兴入内，又让太子孙𩅦出来拜见濮阳兴。孙休拉着濮阳兴的手臂，手指着孙𩅦托付给他。几天后孙休去世，时年三十岁，被谥为景帝，群臣尊朱皇后为皇太后，孙休的执政到此结束了。史书上没有介绍孙休死亡的原因，这位处在青壮年的皇帝似乎是没有缘由的突然死亡，留给了后世人们莫大的疑团。

孙休这位志气宏大、喜好读书的皇帝在位不到七年，其间最有影响的事情是一举诛除了权臣孙綝，夺回了属于皇帝的权力；亲自掌政后他即向人们表达了治国兴吴的崇高志向和拥有的勃勃雄心，惜乎志大才疏，既没有推进国家治理的措施，也缺乏坚持不懈的毅力。事实已经清楚地表明，以孙休的才具和格局，无论他在位多长时间都难以推动国家走向兴盛。

3.3（9）孙皓继位

执政近七年的吴国皇帝孙休在位期间诛除了权臣孙綝，但并没有如约推动国家走向兴盛，在魏国大举进攻蜀汉而蜀主刘禅举国投降后的264年六月，孙休毫无征兆地重病在床，他把太子孙𩅦托付给丞相濮阳兴后撒手离世。《三国志·吴书·三嗣主传》及其引注与《资治通鉴·魏纪十》记述了孙休逝后吴国政局出乎意料的曲折变化，表现了末位皇帝孙皓上台的经过及其执政初期的暴戾行为。

孙休生前明显是想把权力交给他的儿子，但他去世后，大臣们考虑到蜀国刚刚灭亡，交趾的吕兴又聚众反叛，国家形势十分严重，所以想要选定一位年长的君主来执政。当时左典军万彧曾经担任过乌程（治今浙江吴兴南十二公里）县令，与乌程侯孙皓相友善，就声称："孙皓的才识和明断能力，可以和长沙桓王孙策相类比；同时他又非常好学，遵奉法度。"他将孙皓的情况屡次向丞相濮阳兴和左将军张布说知，取得了两位的认可；濮阳兴和张布又劝说孙休的夫人朱太后，提出想要立孙皓为继位皇帝。朱太后说："我是个寡妇，怎能考虑国家的大事，只要吴国不遭陨灭，宗庙有所依赖，就可以了。"于是群臣就迎立孙皓继位，更改年号，并实行大赦。自此吴国进入了第四位皇帝孙皓执政时期。

孙皓，字元宗，他是孙权的孙子，原太子孙和的儿子，又名彭祖，字皓宗。孙权有次去城外军营游乐，丹杨句容一位姓何的女子在路上观看，孙权望见后感到与众不同，让身边宦官将女子召来，送给了儿子孙和为妻，这位何氏后来生下了一位男孩，孙权非常喜欢，起名为彭祖，就是孙皓。孙和被废黜太子后受封南阳王，居住在长沙。孙峻谋杀诸葛恪而掌权后，不久逼死了被改封为南阳王的孙和，孙和的妃妾何氏将生子孙皓及其三位异母弟抚养长大（参见3.3.3《孙峻孙綝的专权》上）；孙休执政时的258年，即封孙皓为乌程侯，并遣送他到封地。西湖地区有个叫景养的人给孙皓看相后说他要大贵，孙皓心内暗喜而不敢泄露。孙休去世后，吴人对国家政局的演变非常担心，想让年龄稍大的人继承皇位，于是迎接孙皓为帝，其时孙皓二十三岁。

孙皓是在臣民惊恐不安的特殊时期做了皇帝，《江表传》中记述说：孙皓刚上台后，他发优抚诏书，体恤士民百姓，打开仓库，赈济贫困之人，按条例放出宫女做民间无妻男子的配偶，把养在御苑中的禽兽都放归山林。当时人们都赞誉他称之为明主。称帝月余后，他任命上大将军施绩、大将军丁奉为左右大司马，任张布为骠骑将军，加侍中，在军事将领的安排上把施绩、丁奉放置在了张布之前。这年九月，他贬朱太后为景皇后，追谥父亲孙和为文皇帝，又尊母亲何氏为皇太后。随后在十月初，他封孙休的太子孙雨为豫章王，其三个弟弟孙𩅦为汝南王，孙壾为梁王，孙𠅨为陈王；并立自己的妃子滕氏为皇后。

后来孙皓的地位逐渐巩固，史书上说，他得志之后，开始变得粗暴骄横，既有很多忌讳，又沉湎于酒色，全国上下大失所望，濮阳兴、张布也暗自后悔。有人向孙皓诬陷濮阳兴和张布，十一月初，濮阳兴和张布入朝，孙皓就把他们抓起来，迁徙到刚从交州划分出的广州，在半路上把两人杀掉，并诛灭了他们的三族。又任命皇后的父亲滕牧为卫将军、录尚书事，即兼管尚书台事务，成了吴国中枢机构的官员；孙皓还把他的舅舅何洪等三人封为列侯，不断强化他的亲族在朝廷的势力。

这年底，魏国司马氏篡政的迹象已经非常明显，执政的司马昭为了表现自己的信义并扩大影响，他任命当年寿春之战中所俘获的吴国相国参军事徐绍为散骑常侍，水曹掾孙彧为给事黄门侍郎，让他们出使吴国，他们的家人在魏国的，完全可听任他们相随而去，也不必让他们回来。他还为此给孙皓写信，其中威德兼施，中心是表达了和平招降的愿望。据《汉晋春秋》所记，信中说：“圣人说有了君臣然后就有上下礼义，所以大必定支配小，小必然侍奉大，这样才会各安其位，众生得到安宁。现在到了末世，纯粹的道德遭到破坏，各家凭力量在天下竞争。当今我们的君主非常圣明，恩惠覆盖天下，我本人充任宰辅之位，承担着国家重任。至今天下崩裂已经六十余年，兵革兴起，没有哪年不发生战争，暴尸斩首，没有尽头，每当想起这些就非常悲伤，常常总是坐以待旦。"司马昭首先表达了一些基本的社会理念，然后介绍消灭蜀国后魏国的战略选择，他说："现在想要停止战争而弘扬仁爱，为百姓请命，所以派出我们的部队平定蜀汉，战争不到一年就消灭了蜀国。当时我们勇猛的将军和众多谋士，以及朝臣百官，都认为应该顺应天时，指挥胜利了的军队，凭借气吞顽敌的声势，将战旗东指，乘势进入吴境，水军在江上顺流而下，步军向南直接夺取江南四郡，加上成都的军械和巴蜀的粮草，然后以中原大军为主力，三方会合，用不了多久即可平定江东，使南方归于华夏一统。然而朝廷考虑到伐蜀之时蜀民就深受其害，在绵竹作战时，元帅以下的将士一并遭受斩戮，尸体遍地，血流田野。想起这些事情，一直追恨不忍，何况后面的情况会更加严重！所以我们放下兵器停止了进攻，想与南方邦国共同保全百姓的性命。"司马昭的意思是，灭蜀之后本来可以很快会拿下吴国，只是考虑到战争的残酷性，才停止了对吴国用兵，给吴国的和平归降留下了机会。

司马昭最后告诫孙皓说："希望能够看清形势，顾及力量对比，考虑和估量风险，往远处参考古昔废兴之理，近处借鉴西蜀安危结局。弘扬德行而保社稷，回避危险而求顺遂。能委屈自己以安宁天下的，是高尚的仁哲之人；脚踩危险而偷安，亏损德行而颠覆社稷，不被后世称颂的，不是智者所为。现在朝廷派遣徐绍、孙彧送来书信开导劝谕，若书信送到眼前，请稍微做些留意，多加考虑和盘算，争取结欢息兵，共为一家，把恩惠送给吴郡和会稽的民众，也施及中原百姓，难道不是很好吗！这也是我司马昭心中的一大愿望，我会真诚践行；如果不能得到您的认可，则天下终归还是要趋于大同，虽然会重操干戈，但也只好不得已而为之。"司马昭是尽量用婉转的词语表达出严峻的态势，催促孙皓做出和平归降的选择。

司马昭派来的使者徐绍和孙彧原是吴国人，257年随从孙綝救援诸葛诞寿春反叛抗魏时做了魏军的俘虏，成了魏人。他们接受司马昭的派遣来到吴国，带来了给孙皓的书信。完成了出使任务后，他们于265年三月返回魏国，孙皓送上了他给司马昭的回信，其中说："知道您以超世之才，位居宰辅之任，辅佐皇帝的功劳，辛勤至极。寡人德行不足，顺承皇统，想与贤良之士共同拯救乱世，而因道路阻隔没有实现的缘分，您的美意真切明显，深沉执着。现派光禄大夫纪陟、五官中郎将弘璆前来宣明我的心意。"孙皓派遣吴国光禄大夫纪陟、五官中郎将洪璆两人，随同徐绍、孙彧一起去魏国回报聘问。徐绍返回走到濡须时，有人给孙皓说，徐绍曾称赞中原的美好，孙皓于是动怒，竟派人追回徐绍把他杀死。到了265年七月，孙皓逼杀了前任皇帝孙休的夫人景皇后，把孙休的四个儿子迁到吴郡，不久又把四人中两个年龄大的杀了。

孙皓与孙休执政时的年龄几乎相当，吴国大臣抛弃太子孙𩅦而迎请他继位做皇帝，的确避免了乱世政局下少年君主执政的不利情况，但从孙皓在位数月时间的内政作为看，他做事不乏应有的心机，并且胆大果决，但为人阴沉暴戾，薄恩寡义，曾经扶持他上位的濮阳兴、张布，以及允准他入朝继位的朱太后都没有得到好的结果；前任皇帝孙休的四个儿子有两个被杀；与此同时，他的个人权威与集团势力在朝廷不断得到加强。值得注意的是，孙皓对敌视人物的上述迫害都不是一次到位，而是分步骤逐渐完成的，这里迷惑了不少善良的人们；当同情支持他的人看清了其真实面目，想要对他的恶劣行为作出抑制和阻碍时，已经在客观上无能为力了；能够对孙皓行为作出有效抑制的，其实仅仅剩下了外部的力量。

3.3（10）孙皓的折腾与识见

孙皓是一位有心机的君主，但从国家掌政人的素质要求上看，他不仅暴戾阴毒，且心胸狭窄而眼光短视，他在诸多具体的事务处置上来回折腾，实际上是缺乏政治人物应有的宽广识见。《三国志·吴书·三嗣主传》及其引注与《资治通鉴·晋纪一》记述了孙皓在位时期的活动事迹，这里仅从个别事务及他执政初期的行为上即能隐约看到这位吴国末代君主的处政特点。

多变的年号　年号本是传统社会中汉武帝以后的君主们表示年份的特

殊方式，如建元、建安、正始等，若遇到"天降祥瑞"等重要事情，有些君王也会在自己执政中间更改年号。孙皓264年继位为帝，改孙休的永安年号为元兴，当年称为元兴元年，次年为元兴二年。265年四月，蒋陵（今南京东的钟山）报称有甘露降临，孙皓于是改年号为甘露，当年为甘露元年。但266年八月，地方上报说得到了一只大鼎，于是又改年号为宝鼎，当年纪为宝鼎元年。到269年的宝鼎四年十月，又因故改年号为建衡，当年重复纪为建衡元年。建衡三年（271年）末，西苑中看见了凤凰聚集，遂从次年改为凤凰年号，272年称凤凰元年。而从275年至277年的连续三年，吴国年号分别为天册、天玺、天纪，每年更改年号，直到280年的天纪四年，吴国被晋所吞并。

历史上的年号常常有某种寓意，寄托着君王对国家治理的期冀。孙皓在位16年，竟然使用了八个年号，他的想法太多，个人期冀经常处在无厘头的变化中，实际上是对国家治理没有长远稳定的追求，仅仅热衷于玩弄一些表面光鲜的把戏，这种缺乏识见而又喜欢变化的治政，其中出现不断的折腾是必然的。

对魏晋态度的游移　孙皓曾收到司马昭一封和平招降的外交书信，因为魏国的强大，他自然希望稳定与魏国的关系，遂派纪陟、弘璆两人带着自己的回复书信跟随魏使前去洛阳进行友好回访；但在魏国使者徐绍已经上路离开后，孙皓突然听说徐绍在吴国曾称赞过中原的美好，于是就派人将其追杀。这究竟是与魏国和好还是与其争锋！其实到底如何处置与魏国的关系，如何对待魏国的使臣，孙皓心中并没有确定的主见。

265年八月，魏国执政司马昭去世，其子司马炎继位，这年底魏主曹奂禅位，司马炎建立晋国。孙皓曾派遣大鸿胪张俨、五官中郎将丁忠前往洛阳吊唁司马昭，这明显是要保持两国友好的意思。丁忠返回吴国后提议说："北方防守作战的器械不完备，可袭击取得弋阳（治今河南潢川西五公里）。"孙皓征询群臣意见，镇西大将军陆凯说："军队不得已才使用，况且三国鼎立以来，互相侵战攻伐，没有一年安定。如今北方强敌新近吞并了巴蜀，拥有两个国土的实力，他们遣使求和，不是对方求援于我们。

敌人势力正处在强大时期,而想侥幸取胜,看不出有什么好处。"车骑将军刘纂说:"天生五才,谁能去掉兵战之事?欺诈争雄,历来如此!如果碰上对方有空可钻的机会,难道能轻易放弃?应当派出间谍,前往探视对方实情。"孙皓私下赞同刘纂的意见,只是考虑到当时的实际情况,才暂未付诸行动,但却因此断绝了与晋国的关系,表现了他当时的一种态度。孙皓对魏、晋的态度一直处在这样的游移状态。

在迁都上的反复 265年冬,吴国西陵督步阐上表,请求孙皓把国都迁到武昌,孙皓听从了他的建议,委派御史大夫丁固、右将军诸葛靓镇守建业,他自己在当年十一月迁往武昌。这是一件非常隆重的事情,他到武昌后还特意举行了全国大赦。孙皓居住在武昌时,他任命陆凯为左丞相,万彧为右丞相,当时扬州的百姓逆流而上提供物资,异常劳苦,再加上孙皓奢侈无度,使得国家和人民都穷困匮乏。陆凯上疏说:"如今四周边境都没有战事,应当致力于休养民力,积蓄财富,然而却愈发穷奢极欲;还没有发生灾难而百姓的精力已尽,还没有什么作为,国库的资财已经空虚,我私下为此感到忧虑。武昌地势高险,土质薄,多山石,并非帝王建都的地方,况且童谣说:'宁饮建业水,不食武昌鱼;宁还建业死,不在武昌居。'由此就可以表明人心与天意了。"听了这番言论,孙皓心里并不高兴,但由于陆凯的名望大,而他所说的也是实际问题,于是在迁都武昌一年之后,孙皓安排卫将军滕牧留守武昌,他在266年十二月又迁回了建业。

国家迁都应该是一件极为慎重的事情,陆凯所陈述的情况应该是早就存在,而孙皓在迁居武昌之前,却根本无视或者并不真正考虑这些问题,于是轻易地迁往武昌,而一年之后又重新迁回建业,无论对于国家还是对于百姓,这样的治政的确算是真正的折腾。

相信神灵的护佑 孙皓居住在武昌的这年,永安(治今浙江德清西北二十公里)山贼施但,乘百姓劳苦有怨言,聚集了民众数千人,并劫持了孙皓的庶弟孙谦作乱,永安侯孙谦成了作乱反叛的头目之一。他们向北攻到建业,徒众有一万余人,离建业不到三十里时驻扎下来,准备选择吉日进城。施但派使者以孙谦的名义召镇守将军丁固、诸葛靓，丁固、诸葛靓杀了使者，发兵在牛屯（今南京东南二十公里）迎战施但。施但的兵士没有盔甲，立时就被打败而逃散了，孙谦独自坐在车子里，被官军活捉。丁固不敢杀他，把情况禀告孙皓，孙皓连同孙谦的母亲及其弟弟孙俊都杀了。当初，望云气的人说：荆州有帝王之气，应当能攻破扬州，因此孙皓迁都到武昌。这次施但反叛被平定后，孙皓自以为预言应验了，派遣数百人击鼓呐喊进入建业，杀了施但的妻子儿女，宣称说："天子派荆州兵来打败扬州叛贼。"至此能够看到，反复折腾的迁都，其最深刻的原因原来是孙皓受了望气者的蛊惑。只有遇事没有主见的人，才会反复轻信外界那些神秘信息的煽动，孙皓本人缺乏对社会问题的深刻识见，少有思想和灵魂，他处在独揽国政的位置，而又喜欢自作聪明，因内中无货，只好借助于神秘的东西来表现和证实自我。

拒绝臣下直视 孙皓特别憎恶别人注视他，群臣朝见或在一旁侍候，没有人敢抬眼看他。陆凯说："君臣之间没有不相识的道理，如果突然发生了意料不测的事情，君臣不相识，就不知道该怎么办了。"孙皓听了这话，就听凭陆凯注视他，而对其他人依然如故。按说，人与人的真诚对话，包括君臣间商议国事，都可借助于眼神的交流，但作为一国皇帝的孙皓却不允许人们对他的直视，大概是在众人的注视下心里会形成一种惶恐情绪吧，这完全是一个人对自我形象或语言表达自信不足的表现，是内心虚弱的征兆，潜意识上需要掩饰什么隐存的秘密。当陆凯向他表达了拒绝臣下直视的不妥之处时，孙皓觉得陆凯言之有理，但仍然是极有保留地接受了他的建议，他思考问题和处置事情的游移无定特征在这一事情上同样表现了出来，这就是孙皓的折腾心性与浅薄识见。

3.3（11）荒唐的治政

吴国君主孙皓是一位阴狠暴戾、没有多少政治识见的人物，他被大臣们仓促间推上皇帝之位，因为其个人素质的限制，在天下政治局势剧烈动荡、国家面临兴亡抉择的关头，他做不出引导吴国走向兴盛的任何谋划。

《三国志·吴书·三嗣主传》及其引注与《资治通鉴·晋纪一》等处记述了孙皓在皇帝之位上的诸多行为，表现了一位德才俱乏的君主在国家最高权力位置上的荒唐处政。

虐杀朝臣王蕃 吴国散骑常侍王蕃，为人风度高雅、气质不俗，他不会奉承主上看脸色行事，孙皓对他颇不高兴。同时担任散骑常侍的万彧、中书丞陈声乘机诬陷王蕃。266年四月，孙皓设宴欢迎出使晋国的使臣返回，在席间，喝醉了的王蕃趴伏在桌上不能起来，孙皓怀疑他是装醉，于是用车子把他送了出去，过了一会儿又召他回来。王蕃一贯仪容庄严，这次进来也是行止自如，孙皓看见后大怒，大概是感觉到王蕃刚才确实在佯装喝醉吧，于是喝令左右将王蕃拉下殿堂杀掉，其后他出殿登上不远处的来山，让左右亲随在山间抛掷王蕃的首级，又让他们像虎狼那样将其争抢啃咬，以此作为游玩，直到首级碎裂。其实王蕃在这里并没有可杀之罪，即便他佯装喝醉，也大不了是想拒绝继续喝酒。孙皓因为对他的不会奉承早有怨恨，借此则大施淫威，毫无章法地处置大臣，其后又组织亲信进行了一场缺乏人性的游戏，满足他辱尸为乐的病态心理，人们无法明白这究竟是怎样的一位君王！

荒唐的后宫生活 孙皓的夫人滕氏是已故太常滕胤的族女，孙皓作了皇帝后，立滕夫人为皇后，她的父亲滕牧被封为高密侯，任为卫将军，总领尚书事务。后来朝臣们考虑到滕牧是皇帝的贵戚，就常推举他向孙皓谏诤，为了这一事情，孙皓渐渐不欢喜滕氏了，皇后因而失宠。孙皓的母亲何太后常常保护着滕氏；而且太史说过："看国家运数历年，皇后不可更换。"孙皓迷信巫觋之言，故此滕夫人未被废黜，常年供养在升平宫。滕牧后来被遣发至苍梧郡（治今广西梧州），他的爵位没有被剥夺，其实相当于流放，在前往苍梧的途中滕牧忧郁而死。皇后宫中的女官，仅是凑数而已，只是滕夫人仍与过去一样参与朝贺仪式并接受大臣们上奏的表疏。而孙皓的各位嫔妃，很多都佩戴着皇后的印玺绶带。孙皓让朝廷有关部门发文到各州郡，选取将吏官员家的女子，凡二千石大臣的子女，都要年年把名册上报，年龄在十五六的女子要接受面阅，面阅没有选中的，才可以出嫁。当时后宫上千人之多，但采择女子的事务一直没有停止。

对张氏姐妹的病态思恋　《江表传》上记录说：孙皓选阅女子得到了张布的女儿，他非常宠爱，称为张美人。张布是孙休执政期间的国家重臣，孙皓上台当年将其与丞相濮阳兴一并杀掉了。孙皓向美人询问说："你父亲在哪里？"张氏回答说："强盗将他杀了。"孙皓闻言大怒，用棒子打死了张美人。后来又很思念她的容颜，就让手艺精巧的工匠刻木制作成美人形象，经常将其放置在座位旁边。后来孙皓询问身边的人："张布还有女儿吗？"身边人回答说："张布的大女儿嫁给了原卫尉冯朝的儿子冯纯。"孙皓立即派人去抢夺来冯纯的妻子张氏，张氏进宫后大受孙皓宠爱，拜为左夫人，昼夜与夫人在房中饮宴取乐，不理朝政，使宫中负责制造御用器物的尚方署用金制作了上千枚华燧、步摇、假髻等首饰，令宫女们戴上相互抢夺为戏，往往早上做成到晚上就坏了，然后拿出去重新制作，工匠们也会乘机偷盗，府库为之空虚。

奢葬左夫人　后来宫中姓王的左夫人去世，孙皓哀痛思念，把她安葬在皇家花园中，制作了很大的坟冢，让工匠刻柏木制成木偶人，放置在墓中作夫人的卫兵，并用金银珍玩之物送葬，其数量难以估计。安葬之后，孙皓又在宫内治丧，半年不出。国人见安葬得太过奢丽，都说孙皓已死，所安葬的是他本人。孙皓舅舅的儿子何都长得与孙皓相似，人们都说是何都代立皇帝了。临海（治今浙江临海东南）太守奚熙相信了传言，兴兵讨伐何都，何都的叔父何植（又称何信）其时担任临海三郡督，他组织军队击杀了奚熙，灭其三族，传言方被止息，而人们心中尚且疑惑。在这里，人们传言皇帝死了而何都代立，这当然出自对花园墓葬大超规格的想象，但与其说这是来自民间的猜测，不如说是人们的期盼，人们痛恨这样的皇帝，愤无所出，就以另外的方式进行诅咒，希望这是真的。临海太守奚熙兴兵讨伐何都，面对的应是吴国的国家军队，这很大程度上是一种反抗孙皓暴政的策略。

迎拜父亲神灵　孙皓上台不久即追谥他的父亲孙和为文皇帝，尊母亲何氏为太后。267年他任命孟仁代理丞相事务，安排他用皇帝车驾前往乌程迎奉父亲文帝的神灵到明陵（今浙江湖州西陵山）。路上使者来往不绝，敬问神灵的日常起居。巫者声称见到了文帝，称其穿着与容颜与活着的时候一样，孙皓听了又悲又喜，在东门外迎拜。等把文帝的神灵迎进祖庙，接连在七日之内拜祭了三次，并安排了各类歌舞艺人昼夜表演。孙皓把自己父亲的神灵置放在宗庙，倒也无可厚非，但他过分铺张，又十分虔诚地相信巫者的胡言乱语，为此而生出悲喜，足见其思想的幼稚。

拒谏言大兴宫苑 267 六月孙皓开始兴建昭明宫，要求俸禄二千石以下的官员都要亲自进山督促伐木。他大规模地开辟苑囿，兴建土山、楼台，极尽才艺工巧，工程劳役的花费以亿万计算。陆凯进谏劝阻，未被接受。中书丞华覈上疏说："汉文帝时九州安逸，只有贾谊认为当时的局势如同在燃烧着的柴堆上睡觉；现在北方大敌占有九州之地，拥有大半民众，想要吞并我国，比贾谊时代的局势更加紧迫。我们国库空虚，编户平民失去谋生的常业，而北方晋国积蓄粮食，休养民力，一个心思谋取东南。同时南部交趾又已陷落，岭外地区动摇，我们的胸前与后背两面受敌，首尾遭到威胁，这正是国家危难之时。如果舍弃紧迫事务，尽力营造宫苑，一旦遇到意料不到的事变，就是给强敌以乘利的机会。"当时吴国民风奢侈，华覈又上疏说："现在国家事务很多而劳役繁杂，百姓贫苦而民俗奢侈，工匠们制作无用的器物，妇女的打扮华丽浮艳，互相仿效，民众唯独没有羞耻之心。兵士和平民之家也在追逐流俗，家里没有多少粮米储蓄，出门却穿着鲜丽的服装；上层没有尊卑等级差别，下面却有破财费力的损耗，想得到富裕丰足，怎么能够实现呢？"这些话孙皓一概听不进去。孙皓的荒唐治政耗损了国力，丧失了人心，把吴国推到了衰落下滑的道路。

3.3（12）两位臣属轶事

孙皓在皇帝之位上做了许多荒唐的事情，致使国家政治出现了一种十分不堪的景象，但君主的行为并不能代表所有臣属的德才品性。《三国志·吴书》多个篇章引注了许多叙述南方人物的史书资料，其中有关于孙皓属下纪陟与孟仁的事迹介绍，从中能看到当时吴国朝廷有才有德的优秀人物，也能看到当时现存的某些社会文化现象。

纪陟的赴魏外交　《吴录》中记述说：纪陟字子上，丹杨人，早先担任吴国中书郎，孙峻执政时曾在253年底派他给南阳王孙和传令催其自杀，纪陟见到孙和后传达了命令，但私下让他进行无罪申辩。孙和最终还是自杀了（参见3.3.3《孙峻孙綝的专权》上），而孙峻听说了纪陟的事情后非常愤怒，纪陟恐惧地不敢面见孙峻，只好闭门不出。孙峻不久病亡，纪陟遂躲过了一劫，他在孙休执政时担任朝廷中书令，后来出任豫章太守。

《干宝晋纪》中记述，265年三月，上台不久的孙皓派纪陟、弘璆为使者，让他们带着自己给司马昭的回信，前往洛阳对魏国进行回访。纪陟与弘璆两人到了魏国境内，就询问对方国家的风俗和忌讳，驻守寿春的将军王布向他们演示马背射箭的功夫，事罢问他们说："吴国的君子能做到这样吗？"纪陟回答说："这事情是军人骑士们平平常常就能做到的，士大夫君子没有演习这事的。"王布听了非常惭愧。古人有重文轻武的倾向，他们把舞枪弄棒和演习射箭视作鄙薄的技艺，以治国平天下为己任的士大夫君子是不屑于做这些事情的。纪陟的回答中就暗含了这样的人身等级观念，但却符合传统文化的某种相关理念。这一回答把王布的技艺演示划入君子不屑的活动中，戳到了王布的痛处，自然使他非常尴尬和惭愧。

纪陟两人到了洛阳，见到了魏国皇帝曹奂，曹奂让礼宾人员传话询问说："你们来时吴王怎么样？"纪陟回应说："来时皇帝坐在前殿，百官僚属陪着，他的吃饭和身体都很好。"曹奂的询问属于礼节性的问候，最关键的地方是他称吴国君主为"吴王"，这在理念上是并没有把吴国当作一个平等的国家来看待。纪陟敏锐地发现了曹奂问话中的"政治"问题，他不能顺着其询问仅仅回答君主无恙，纠正对方对吴国君主的称呼才是回答中的最关键之处。纪陟在回答中明确的做到了这一点，又没有刻意纠正对方言语失慎的痕迹，既显示了吴国使臣的政治敏感性，又捍卫了君主和国家的尊严，属于一种极有水平的回答。

魏国实际掌政人司马昭为两位吴国使者举行招待酒宴，朝廷百官都参加，司马昭让礼宾人员告诉纪陟两人："某位是安乐公（刘禅），某位是匈奴单于。"纪陟当场对席间客人说："西蜀主君失去了国土，现在受到魏国君王的礼遇，这就像发生在上古三代的事情，大家都感到了君王的道义；匈奴属于边塞不易制服的国家，君王还心里装着他们，安排其本人坐在宴席上，这真正是威恩达到了远方。"招待吴国使臣时，专门安排投降了魏国的蜀主刘禅和匈奴单于在座，吴国君臣意在以此彰显自己的军事胜利。这件事情本来与吴国没有直接关系，而纪陟在传统理念的思想范畴内，就此对魏国君臣作了高度赞扬，给了对方心理上的满足，进而融洽了魏吴交往的关系。

司马昭接着问道："吴国的军事防守如何？"纪陟回答说："我们的防守自西陵起以至江都（今江苏扬州西南二十五公里的长江北岸），共达五千七百里。"又问："里程太远，防守就很难坚固吧？"这明显是意在揭出吴国边境防守中的薄弱问题。纪陟回答说："疆界虽然很远，但其险要必争之地，不过寥寥几处，就好像一个人，虽有八尺长的身躯，但其防护风寒的地方也就只有几处而已。"纪陟的补充回答表明了吴国在边境线上重点防守的策略，无论其实际情况如何，毕竟是比较完满地回应了司马昭关于防守薄弱的观点，在外交场合为本国扳回了面子。司马昭认为他回答得很好，具有外交使者的风度，就以优厚的礼节对待他们。

史家裴松之对纪陟向司马昭的两次回答也很赞赏，但他同时指出，把边境上的重点防御比喻为对一个人的八尺之躯重点作几处风寒防护，似乎并不清晰；不如直接对司马昭做比喻说："就像一座城池很广大，只要重点防御四门就行。"史家事后的思考自然更为严谨明朗些，但纪陟是在现场需要很快作出直接回答，没有多少思考的时间，能像他那样从容应对主人刁钻的问题而不失节失礼，已经很不容易了。

孟仁的清廉品行　孙皓的朝廷还有一位叫孟仁的臣属，《吴录》中记述说，孟仁字恭武，江夏人，本名孟宗，因为孙皓字元宗，为了做出避讳，他在孙皓上台后改名为孟仁。孟仁少年时跟从南阳郡儒士李肃学习，他的母亲专门为他做了厚褥大被，有人询问其原因，他的母亲说："我的小儿子没有德能招致客人，学习的人，他们家中大多贫寒，所以给他做了一个大被子，或者他能碰上情投意合的人交个朋友。"孟仁读书夙夜不懈，老师李肃感到惊奇，说："他有卿相的才器。"刚入职时为骠骑将军朱据的军吏，孟仁带着母亲住在军营。他事业上一直不得志，晚上下雨又碰上房屋漏水，为此半夜起来哭泣，向他的母亲致歉，他母亲说："事情不顺你应该继续努力，何至于为此哭泣呢？"朱据也风闻了这件事情，于是改任他为监池司马，这是在龙感湖、大官湖一带的国家渔产基地雷池（今湖北黄梅和安徽宿松以南）做监管。孟仁常常自己结网，亲自捕鱼，做下腌制的鱼鲊寄给母亲，他母亲退回了寄来的鱼鲊，对他说："你身为鱼官，却把鱼鲊寄给我，这就没有避嫌啊。"此后他的母亲三年不吃鱼。后来孟仁改任吴县县令，当时官员不得带家属到任职地，孟仁每次得到时鲜之物，就先寄给他的母亲，而他自己并不先吃。他在官任上听到母亲去世的消息，违反国家禁令，抛弃了官职，返回家中为母亲守孝。其时为孙权执政时期，国家对丧葬仪礼有新的规定，孟仁的做法本是要受到严重处罚的，事情反映到了孙权那里，大家觉得情况特殊，于是作出了减罪一等的决定，并向全国官员发出了下不为例的告示（参见 3.2.20《称帝后的内政治理》下）。后来朝廷对孟仁加以优待，恢复了他的官职。

孟仁不仅对母亲至孝，而且是当时官场公认的好官员，他后来一度管理国家的粮谷，其间上表给君主说："我过去担任雷池监，我的母亲于是三年不吃鱼；我如果管理粮谷，我母亲不可能三年不吃粮食，但我敢以性命坚守职任。"孟仁还曾担任过光禄勋，属于皇宫内的事务总管。另有资料说，朝中每次宴会，他会少少饮些酒，其后有强迫他饮酒的，他多喝一杯便呕吐，而吐出来的都仅仅是麦饭，没有什么肉菜。看到的人把事情传扬了出去，人们问他为什么只是麦饭，孟仁回答说："我家里有足够的米粮，吃麦饭我心里踏实，所以我就只吃麦饭。"君臣听到后都叹息说："这才是真正的德行清纯啊！"孟仁在孙皓的朝廷担任过御史大夫和司空，做过不少事情，荒唐的朝廷不失真诚的君子，孟仁 271 年去世。

3.3（13）对晋国的战争

孙皓缺乏一个帝王应有的雄才大略，对国家的发展胸无主见，根本不能把握与北方晋国的关系。当时吴国与晋国的力量悬殊较大，孙皓不能根据实际情况确定与晋交往的正确战略方针，而是相信气运历数、谶纬之言，认为他能依靠运数而轻易地消灭晋国，一统天下。《资治通鉴·晋纪一》《三国志·吴书·三嗣主传》及其引注等处记述了孙皓在位多年间对晋国发起的几次战争，介绍了他对晋作战的起因，以及这位昏庸君主在力量不足情况下的军事冒险，也表现了在陆抗西陵交战胜利后孙皓狂妄野心的膨胀。

《江表传》中记述，早年孙亮在位时的五官中郎将刁玄出使蜀国，得到了名士司马徽与术士刘廙谈论运命历数的一段记录，刁玄也是一位颇有才识的人，他返回吴国后大概是为了增强本国人的自信心吧，于是自己增改其文，哄骗国人说那段记录文字中表明："天子使用的黄旗紫盖将会出现在东南，最终拥有天下的，是占有荆州、扬州的君主！"后来吴人在一次交战中得到了魏国的俘虏，故意让这位来自中原的人宣称说，在寿春城中有童谣云："吴天子应当上位。"古人常常把无意识的童谣当作上天预示世人的谶纬之言看待，两件事情都内含着吴国将会统一天下的征兆。孙皓听到这些传言后非常高兴，他对人说："这就是天命啊！"于是信心十足地多次组织了对魏国的进攻，要开展统一天下的战争。

268年九月，孙皓开始向晋国发起攻击，他同时派出了北伐晋国和收复南方交趾的两路部队。北向攻晋的军队共有多个目标：孙皓亲率大军屯驻东关（今安徽含山西南），令左大司马施绩攻江夏（今湖北云梦南），右丞相万彧攻襄阳，右大司马丁奉、右将军诸葛靓进攻合肥。十一月，丁奉、诸葛靓的部队从芍陂（今安徽寿县南的陂堰）出兵，攻打合肥，晋国安东将军司马骏率兵抵抗，吴军难以得势，不久撤归。

吴国的战场失利是他们军事力量不足、作战部署又不充分的结果，但孙皓并没有认识到这一关键问题，甚至没有考虑究竟是什么原因造成了出征不利，仍然连续不断地挑起对晋国的战争。269年，除派出增援交趾的进攻部队外，吴国派右大司马丁奉再次北征，攻打谷阳（今安徽灵璧）；270年丁奉部队在涡口（今安徽省怀远东北）一带被晋将牵弘击退。这年九月，孙皓宠幸的都尉何定率领五千人马到夏口（今湖北武昌蛇山北侧）打猎，吴宗室前将军、夏口督孙秀怀疑是孙皓命令何定来抓自己，遂带领家眷数百人投奔了晋国。司马炎拜孙秀为骠骑将军，封会稽公，给予很高的礼遇。吴国这几次对晋战争并没有收到任何效果，反而引发了内部的矛盾。

271年三月，孙皓还是受运数谶纬的蛊惑，从华里（今江苏南京西）大规模出兵，车上载着太后、皇后以及后宫几千人，部队从牛渚（今安徽当涂西北十公里的长江边）西进伐晋。掌管国家图书修史的东观令华覈等人坚持谏阻，孙皓不听，行进途中遇到大雪，道路塌陷损毁，兵士身披铠甲，手持兵器，一百个人拉着一辆车子，天气寒冷，几乎将人冻死。兵士们难以忍受，大家议论说："如果遇到敌兵，我们就倒戈。"孙皓听到了这些话，才认识到战争实在难以进行，于是领兵返回。晋武帝派遣义阳王司马望统率中军二万人、骑兵三千人驻扎在寿春以防备敌军，听到吴军退却的消息，也就停止了军事行动。

272年八月，孙皓征召昭武将军、西陵督步阐来建业。步阐世代居住在西陵（治今湖北宜昌东南郊），突然被召，以为是自己公事失职，他害怕有人进了谗言，去建业有性命之忧，于是在当年九月占据西陵城，举城投降了晋国，派侄子步玑、步璿到洛阳去当人质。步阐和孙秀的情况相同，由于国内恶劣政治局势造成了人际关系的紧张，他们在本国未能获得应有的安全感，一有风吹草动，就如惊弓之鸟，无奈地投降了敌人一方；而晋国没有出兵交战就平白获得了西陵之地，自然非常高兴，晋武帝司马炎发诏令任命步阐为都督西陵诸事、卫将军、侍中，兼任交州牧，又封步阐为宜都公，给了其极高的职位和荣誉。

吴国镇军大将军陆抗听到步阐背叛的消息，马上派将军左奕、吾彦领兵前去讨伐。晋武帝派荆州刺史杨肇到西陵迎接步阐，又派车骑将军羊祜统率步兵进攻江陵（治今湖北沙市西北五公里），巴东（治今重庆奉节东）监军徐胤率水军攻打建平（治今福建建阳东南四公里）以救援步阐。陆抗命令西陵各军筑造高峻的围墙，从赤溪一直到故市（今宜昌葛洲坝），既可围困步阐，也可抵御晋兵。陆抗白天黑夜地催逼筑围，如同敌人已经来到眼前，众人为此异常劳苦。诸位将官进谏说："当前应乘三军的锐气，急速攻打步阐，等晋国救兵到来，必定已攻克西陵，何必去做筑围之事，使士兵都非常疲惫。"陆抗说："西陵城所处地势已很稳固了，粮谷又充足，所有守御的设施器具，都是我在此任职时准备的，现在反过来攻打它，不可能很快取胜。晋兵到来而我们没有防备，内外受敌，靠什么来抵御？"诸将都一心攻打步阐，陆抗想使众人心服，就听任他们攻打，果然攻而不克，于是大家齐心协力筑围防守。

这时，羊祜的五万兵到了江陵。当初，陆抗因江陵以北道路平坦开阔，命令江陵督张咸兴造大坝阻断水流，浸润平地以断绝敌人侵犯和内部叛乱，羊祜想借大坝阻住的水流以船运送粮草，就故意扬言要破坝以通过步兵。这是晋军向外传播的虚假消息，陆抗正确的分析了敌情，认定敌人必然想利用水路运送物资。他让张咸急速毁坏大坝，诸将都迷惑不解，多次谏阻陆抗也不听。结果羊祜到了当阳，听说大坝已毁，只好改用车子运粮，耗费了许多人力和时间。

十一月，晋国杨肇到达西陵。陆抗命令公安督孙遵沿着南岸抵御羊祜，水军督留虑抵御徐胤，他自己亲自率领大军凭借长围与杨肇对峙。将军朱乔营中的都督俞赞逃到了杨肇那里，陆抗说："俞赞是军队中的旧官吏，了解我军虚实，我常常担心我们部队中的夷兵平时训练不够严格，敌人如果围攻，必定先打夷兵防守的地方。"于是当夜更换夷兵，全都用精兵把守。第二天，杨肇果然攻打原来夷兵防守之处，陆抗下令反击，箭石如雨，杨肇的部众死伤不断。十二月，杨肇无计可施，夜里逃走了，陆抗想追击，又担心步阐一直积蓄力量窥伺时机，自己的兵力不足以对付两面敌人，于是就只擂鼓警示部众，作出要追赶的样子，杨肇的部众非常恐惧，全都丢弃铠甲脱身而逃。陆抗派轻兵紧随在后，杨肇部队大败，羊祜等人也都领兵撤还，陆抗于是攻克西陵，杀死步阐以及与他同谋的将吏共几十人，夷其三族，对余下几万人则请求赦免。陆抗战胜返回，没有显出骄傲自负之色，还像以往一样谦逊，孙皓加封陆抗为都护。而晋将羊祜返回则被贬为平南将军，杨肇被免为平民。

吴国攻克西陵后，孙皓自认为是得到了上天的佑助，心志益发张大。遂让术士尚广占卜他能否得到天下，尚广回答说："吉。庚子年，青色的车盖会进入洛阳。"孙皓听了大喜，不整修道德政治，更加专意地谋划兼并天下之事。

3.3（14）夺取交趾的战争

吴国在孙休执政后期的263年，交州南部的交趾（治今越南河内东北）郡吕兴聚众叛乱，魏国发诏令任命吕兴为安南将军，总督交州诸军事，后又委派归属了魏国的蜀将霍弋平定南方，让他以交州刺史的身份选用官吏（参见3.3.8《孙休执政的终结》），交州数郡由此归属于魏国，265年司马炎代魏建晋后整个交州即为晋国所有。《资治通鉴·晋纪一》《三国志·吴书·三嗣主传》及其引注等处记述，吴国皇帝孙皓决定兼并天下时向晋国发动战争，其中就几次派遣军队出击南方交趾，他想要从晋国手中夺回整个交州地盘。

268年，孙皓派遣交州刺史刘俊、前部督修则等人率兵进攻交趾，被晋将毛炅所击败，刘俊、修则等将领战死，兵士溃散退还合浦（治今广西合浦东北三十五公里）。269年十一月，孙皓派军队二次进攻交趾，他安排监军虞汜、威南将军薛珝、苍梧太守陶璜由荆州出发，监军李勖、督军徐存从建安（治今福建建瓯）海路出发，两路都到合浦会合攻击交趾。在行军途中，李勖一路道路不通，于是在270年三月杀死了向导冯斐后率军返回。当初，殿中列将何定曾经为他的儿子向李勖求婚，李勖没有答应，于是何定就向孙皓反映说冤枉了冯斐，李勖是擅自撤退返回的，孙皓为此杀了李勖、徐存连同他们的家属，还焚烧了李勖的尸首。

271年，上年从荆州出军交趾的虞汜、薛珝、陶璜陆路部队在战场擒杀了晋军守将，取得了战争的胜利。《汉晋春秋》记录了一些具体的作战过程：当初交趾刺史霍弋让杨稷、毛炅在交趾戍守，与他们约定说："如果敌人包围城池，围城一百天之内投降的，家属将被诛杀；如果超过一百天而城被攻陷，由刺史承担责任。"杨稷等人守城未到一百天而粮食用尽，他们向陶璜乞降，陶璜不允许，他送给城内粮食让晋军继续守城。吴国人劝谏陶璜，陶璜说："霍弋本人已死，没有人来救援他们，可以等待他们吃完这批粮食，到了一百天后再接受投降，这样他们投降后没有罪责，而我们得到该地也有情义，可以对内教育我们的民众，也让外面的邻国倾慕我们国家，这样不是更好吗！"后来杨稷、毛炅粮尽后救兵仍然不到，于是投降了吴国。当时九真太守董元也被陶璜所袭杀，晋人让王素代替，王素不久想逃回到南中，吴人捉住了他，九真、日南两郡也都投降了吴国。

《华阳国志》对事情有另外的记录：杨稷和毛炅守城时，城中粮食吃完，死亡人数过半，城内将军王约投降吴军，吴军得以入城，随即抓获了杨稷与毛炅，二人被囚禁了起来。孙皓让把杨稷送至建业，但杨稷到了合浦就吐血而死，晋国追赠其为交州刺史。毛炅因上年与吴军作战时，斩杀了吴国前部督修则，陶璜等人觉得毛炅壮勇，就想释放他，大概也是一种招降的方式吧。但修则的儿子修允坚持杀掉毛炅，想要为他的父亲报仇。毛炅本人也并不愿屈服陶璜军队，陶璜不禁发怒，他缚绑了毛炅当面斥责："晋贼！"毛炅厉声喊道："吴狗，究竟谁为贼？"吴军活活剖开他的肚子，修允割了其心肝，骂道："看你还如何做贼？"毛炅至死骂声不止，说："本要斩杀孙皓，你父亲只是一条死狗！"最终被杀害。晋武帝司马炎听到这事后非常哀怜，当即下诏让毛炅的长子承袭父亲爵位，其他三个儿子都被封为关内侯。

对上述两种不同的事情记述，后世许多史家各有自己的看法，而《晋书·武帝纪》《晋书·陶璜传》则补充叙述了更多的交战情节：当时晋国南中监军霍弋派杨稷与毛炅、董元等人从蜀地出兵交趾，他们先前在交州境内的古城打败了吴军，斩杀了吴国大都督修则、交州刺史刘俊。后来吴国派虞汜、薛珝、陶璜率兵再来，与晋国杨稷的军队对抗，在分水（今广西与越南交界一带)交战中陶璜兵败,退兵至合浦,损失了两员战将。薛珝大怒,对陶璜说:"你自己上表请求讨贼,却死了两员将领,这个责任谁负?"陶璜说:"下官我不能按自己的意志行事,各军又互不协调,因而打了败仗。"薛珝仍然生气,想领兵返回。陶璜连夜带几百名士兵偷袭董元,缴获了其珍贵器物,用船装载回来,薛珝方才向他致歉,让陶璜兼管交州之事,任前部前锋。

陶璜从海路进军,趁敌人没有准备时径直到达交趾,董元在此交手抵抗。众将领即将出战时,陶璜怀疑前面断墙内有伏兵,就在后面安排手持长戟的士兵。双方刚交战,董元假装败退,陶璜领军追击,对方伏兵果然冲出,吴军手持长戟的士兵挥戈而上,打败了董元部队。董元有个叫解系的勇将在城内,陶璜引诱解系的弟弟解象,叫他写信给解系,又让解象乘坐陶璜的轻便小车,乐队随他出行。这是用演示的手段施给晋军的反间计。董元看见后说:"解象尚且这样,解系一定有叛离的心思。"于是杀掉了解系。薛珝、陶璜进军包围了交趾城,于是发生了《汉晋春秋》叙述的杨稷、毛炅投降之事;而毛炅降吴之后,修则的儿子修允要求为父亲报仇,于是发生了《华阳国志》中叙述的毛炅被剖腹割肝之事。《晋书》是综合了两处记述形成了新的叙事版本。

这次南方征战,由于吴将陶璜在战场上的精心部署和前线将士的奋勇努力,也是由于交州距离晋国实在遥远,难以得到国家的有力支持,整个交州在叛离七八年之后,又重新归属了吴国,功臣陶璜随后被吴国任用为交州刺史。一直到了280年,孙皓投降晋朝后,亲笔写信交给陶璜之子陶融,传令陶璜归顺晋国,陶璜痛哭了好几天,派遣使者送交印绶到洛阳。司马炎下诏恢复他原来所任的职务,封其为宛陵侯,改为冠军将军。陶璜在南方许多年,威名恩德显扬各地,到他去世时,全州百姓如同死了父母那样悲痛大哭。

3.3 (15) 忠奸不分的昏乱作为

孙皓在挑起对晋国战争的次年,他立儿子孙瑾为皇太子。数年后改封淮阳王为鲁王，东平王为齐王，又封陈留王、章陵王等九王，共计十一王，每位王授兵三千。这些被封之王都是孙皓的儿子，是他兼并天下后要分封到各地的后备人选，史书中没有记下各王的名字，他们后来的结局也不为世人所知，而封王事件在某种程度上表明孙皓当时兼取天下的雄心还是非常充分的。《资治通鉴·晋纪一》《三国志·吴书·三嗣主传》及其引注等处记述了孙皓在执政后期忠奸不分、昏乱作为的施政行为，昭示了他雄心败落、大志难酬的缘由所在。

汝南人何定曾经担任吴大帝孙权的内侍，等到孙皓即位时，何定自己表白他是先帝的旧人，请求还去做内侍，这是在宫廷里听候使唤、侍奉皇帝的职务。孙皓让他当了楼下都尉，为少府属下掌管粮酒置买事务的官员。孙皓信任他，很多事情都交他去办，何定便在这一职位上专横跋扈，作威作福。左丞相陆凯当面指责何定说："你看看前后侍奉主人不忠、祸乱国家的人，有谁能得到好的结果呢？为什么你要专做邪恶、污秽和蒙蔽圣上的视听！你应当改过自新，否则你会遭到不测之祸。"何定对陆凯恨之入骨。

陆凯为国家尽心竭力，忠诚恳切发自内心，所上表疏全都摆出事实，不追求文饰。他在重病中对孙皓陈述说："何定不可信用，应当授给他朝廷以外的官职。"并且向他推荐了姚信、楼玄、贺邵、张悌、郭逴、薛莹、滕修以及陆喜、陆抗等清廉忠勤、资质卓越的人才，希望孙皓遇事与他们商议。但孙皓平时就心恨陆凯的严厉耿直，况且经常听到何定的谗言，不久陆凯去世后，孙皓将其家属放逐到了建安，陆凯的逆耳忠言孙皓就根本没有听得进去。

孙皓的堂弟、前将军孙秀任夏口督将，孙皓憎恨他，民间流传着孙秀早晚会被人算计的说法。在270年十一月，正好孙皓让何定带着五千士兵在夏口打猎，孙秀惊慌失措，以为何定要来抓捕自己，于是在夜里带着妻子儿女及亲兵几百人投奔了晋朝，受到了晋武帝司马炎的优厚对待。这一年，受命出征交趾的将军李勖因为路途不顺，他杀了带路的将官冯斐，领军队返回。当初，何定曾经为他的儿子向李勖求婚，李勖没有答应，于是何定就说李勖冤枉了冯斐，撤军返回是李勖擅自而为。孙皓对事情似乎并没有作出清楚的了解，便轻信何定之言，杀了李勖与一同出征的徐存及两人的家属，又焚烧了李勖的尸首。何定又让各位将官进献御犬，一头犬的价值高达几十匹细绢，拴狗的缰绳价值一万钱，用这些犬捕捉兔子供应厨房。吴人将这些事情都归罪于何定，而吴主却认为他忠诚殷勤，赐其列侯爵位。

陆凯的族弟陆抗针对何定的作为上疏说："小人不明事理，见识浅薄，即使让他竭心尽力，也还是不能够胜任其职，更何况他心向邪恶，爱憎颠倒呢！"孙皓根本听不进这些话；陆抗因为孙皓处理政事多有过失，做过多次上疏，认为守御国家不能单纯依靠长江、高山这些天险，建议重视人才的选拔任用，也提出过治理国家必须抓好的诸多具体事务，孙皓没有采纳他的意见。

271年，孙皓受蛊惑从华里（今江苏南京西）出兵攻晋，路途遇到了很大的风险，将士们怨声载道，右丞相万彧与右大司马丁奉、左将军留平密谋说："如果皇帝到华里不回来，国家的事情重大，我们就不得不自己返回了。"孙皓听到了他们的话，因为万彧等人是旧臣，就忍耐着没有发作，后来不得已返还（参见3.3.13《对晋国的战争》）。第二年，孙皓借着会见的机会，竟让人把毒酒送给万彧喝，递送酒杯的人暗中减少了酒的分量才无大碍。孙皓又拿着毒酒给留平喝，留平察觉了，喝酒后服下别的药解了毒，得以不死。万彧事后自杀而死，留平忧愤郁闷，一个多月后也愤而离世。孙皓把万彧的子侄都放逐到庐陵（治今江西泰和西北），他对忠直大臣在死后仍然作出了进一步的惩罚。

当初，万彧请求挑选忠诚清正的人来补充君主身边的职位，孙皓任命大司农楼玄为宫下镇，主管宫中事务。楼玄修身率众，遵奉法度行事，对答问题恳切耿直，孙皓渐渐地心中不快。中书令兼太子太傅贺邵上疏进谏说："近年以来，朝中百官杂乱，真伪相混，忠良之人被排挤贬斥，诚实的大臣遭受陷害。因此正直之士削去棱角，而平庸之臣苟且逢迎，揣摩旨意而奉承恭顺。人们坚持的是不合道理的评论，说出的是违背道义的言谈。"他指出了社会道德风俗上存在的问题，以及这种风气对人心的腐蚀及其对政治生活的恶劣影响。贺邵还明确指出："何定本来是地位卑贱的人，身无品行和才能，而陛下却喜爱他的奸巧谄媚，给予他权势，小人谋求上进，必然会进献包藏奸心的好处。何定近来妄兴事役，让江边防守的兵士驱赶麋鹿，老弱之人忍饥受冻，大小之人怨恨叹息。"他还指出了百姓哀怨、国库空虚、国防不振等诸多现实问题，希望国家予以重视，用实际措施予以解决。结果孙皓看到这篇上疏后对贺邵十分怨恨，孙皓身边的人看到这种情况，就一起诬陷楼玄与贺邵，说他们二人路上相逢，会停下车子交头接耳，毁谤和讽刺政事，然后一起大笑。于是两人都遭到审讯和谴责，楼玄被送到广州（264年分交州而置广州），不久孙皓又把楼玄迁徙到交趾，最终竟将其杀害。贺邵后来受到宽恕而恢复了官职。

孙皓对朝中许多正直之臣施加了无情的迫害，但时间一长，何定邪恶污秽的事情也得到暴露而被上报，史书上没有记录何定丑恶之事暴露的过程与缘由，只说到他受了处斩之刑。事后孙皓认为何定的罪恶很像张布，于是追改何定的名字为何布。事实上，张布是孙休在位时的重臣，264年迎接和扶持孙皓上台为帝，不久即被孙皓排挤杀害。处死了何进，是奸邪作恶之人迟早要暴露并受惩的必然结果，但孙皓把奸臣何定与功臣张布等同起来，表明他即便是在惩处了何定之时，仍然头脑不清，是一位忠奸不分的昏庸之主。

3.3（16）对群臣大施淫威

吴国272年冬，在陆抗的精心部署下于西陵消灭了投晋的步阐部队，并击垮了晋国派来救援的杨肇、羊祜大军，取得了对晋战争的一次胜利，孙皓自认为是得到了上天的佑助，他更加相信谶纬与运数之言，继续热衷于兼并天下之事。《资治通鉴·晋纪二》《三国志·吴书·三嗣主传》及其引注等处记述了孙皓为发动对外战争而对朝廷群臣大施淫威的行为，表现了一位暴戾君主末日的疯狂。

孙皓采用一些将领的策略，多次侵犯和掠夺晋国边境。陆抗上疏说：

"从前夏朝多行罪恶而商汤用兵，商纣王邪恶残暴而周武王举兵讨伐。假如当时时机不到，即使至圣之人，也应当积蓄威势以自保，不可以轻举妄动。现在我们不致力于兴农事以富国，不审查官吏任用贤能，不明确官员进退升降的标准，不谨慎地使用刑罚奖赏，不以道德教诲各部门，不以仁爱安抚百姓，反而听任各将领追求功名，穷兵黩武，动不动就耗费数以万计的钱财，导致士卒伤亡憔悴，敌军还未削弱而我们就已衰落了。我们有争夺帝王霸业的资本，现在却去贪图几十几百的小便宜，这只是臣下得奸邪之利，并不是国家的良策。从前齐鲁作战三次，鲁国两次取胜，但很快鲁国就灭亡，就是因为两国的势力大小有差别，何况现在我们军队战胜后所得到的，并不够弥补作战的损失！"陆抗以吴、晋两国的力量对比为依据，认为一次战术上的胜利并不等于双方战争趋势的扭转，他以历史事实为根据，建议孙皓把主要精力应放在国内的建设上，其中重点提到兴农富国、任用人才和教化国民，这涉及国家建设最根本的方面，但孙皓并没有听从他的意见。

大概是上有所好吧，其后吴国有许多谈论吉祥符瑞的人，孙皓为此特向侍中韦昭询问符瑞，韦昭是一直负责国史修编的江南学者，他回答说："这不过是家人箱笼里的寻常物！"韦昭正在修编吴国历史，孙皓想给自己父亲孙和作本纪，韦昭说："文皇帝没有登天子之位，应当作传，不应当作纪。"韦昭坚持了修史的惯例，孙皓心中不乐意，逐渐显露出对韦昭的谴责与怒气。韦昭忧郁恐惧，于是上书说自己年事已高，请求免去他侍中及左国史二项官职，但是孙皓没有同意。当时韦昭得了病，孙皓派医生和送药者监视护理，催促他快些上朝。

孙皓过去召集群臣饮酒，不管能不能喝，一律限喝七升。韦昭平时喝酒都不超过三升，孙皓过去对韦昭颇有礼貌，允许他可以少喝些，有时还私下送给茶水让他以茶代酒，自从这次失宠后，遇到这类事情就越发强逼他。另外，孙皓在饮酒之后经常支使近臣嘲弄公卿大臣，揭出他们的隐私和短处拿来取乐；大臣们这时若有过失，或无意间犯了孙皓的忌讳，就会被捆绑起来，甚至杀头。韦昭认为，不顾脸面地诽谤中伤，会使人内心增长怨恨情绪，造成群臣之间不和睦，这并不是好事，所以他只是在经义方面发难质问而已。孙皓认为韦昭没有奉行他的命令，不忠心尽职，将前后对韦昭的愤恨积累起来，于是拘捕了韦昭，把他投进了监狱。韦昭通过狱吏上书陈述，献上了他写的书，希望得到赦免。但孙皓却责备他的书沾满尘垢，又很破旧，愈加责怪他，最后杀死了韦昭，把他全家放逐到零陵（今湖南零陵）。

孙皓的宠妾派人到集市上抢夺百姓的财物，主管市场交易的司市中郎将陈声一向受到孙皓宠幸，他依法处理了这件事。该宠妾向孙皓诉说，孙皓勃然大怒，借其他事情为由，烧红刀锯截断陈声的头颅，把他的身躯扔到四望山（今南京市江宁区西北）下。

274年，会稽郡流传谣言说："章安侯孙奋将要成为天子。"孙奋是孙权的第五个儿子，其母亲仲姬的坟墓在豫章，豫章太守张俊就为孙奋的母亲打扫坟墓。临海太守奚熙写信给会稽太守郭诞，非议国政，郭诞只是向朝廷禀告了奚熙的书信，却没有提民间流传的谣言。孙皓为此大怒，认为郭诞没有按规定禀报全部情况，将他抓进监狱，郭诞非常害怕，他的属下功曹邵畴说："有我邵畴在，太守您不用发愁。"于是他到前往审讯的官员那里陈述说："我在会稽郡干事，地位是郡守的辅佐。我认为人们聚在一起胡乱议论，所说的本来就不是事实，我憎恨这种无稽之谈，不想把这样的议论让大家听到，所以自我藏污纳垢，没有写成文字让其显露，希望议论在平静中得到平息。太守郭诞听从了我的意见，放弃了他自己的正确主张。这次罪过实在是因我而起，我不逃脱死罪，特向主管部门认罪自首。"邵畴随即自杀了。孙皓考虑了邵畴的陈述，最后赦免了郭诞的死罪，把他送到建安去造船。孙皓派他的舅舅三郡督何植前去临海郡拘捕奚熙，奚熙发兵防守，被部下杀死，首级送到了建业。孙皓又车裂了豫章太守张俊，奚熙与张俊都被灭族，章安侯孙奋和他的五个儿子也同时被杀害。

连续几年间，孙皓对群臣的肆虐达到了疯狂的程度。275年吴国中书令贺邵得了中风病，不能说话，便离职几个月。孙皓怀疑他装病，就将其拘捕起来，押送到储藏酒的仓里拷打，打了他上千次，贺邵没有说一句话，孙皓叫人烧红刀锯割断了他的头颅，把他的家属放逐到临海。又诛杀了几年前受诬告被处死的楼玄的儿孙们。次年吴国发生了施但造反作乱事件，有人诬陷京下督孙楷说："孙楷不迅速去征讨施但，他是坐而观望，脚踏两只船。"孙皓听了这话，于是多次指责孙楷，召他任宫下镇、骠骑将军。孙楷心中疑忌恐惧，这年六月带着妻子儿女投奔了晋朝，晋朝任命他为车骑将军，封为丹阳侯。276年湘东太守张咏没有按时上交赋税，孙皓就地杀了他，把他的首级在各郡示众。会稽太守车濬一直公正清廉而有政绩，这年郡中大旱，百姓没有粮吃，车濬于是上表，请求借贷救济，孙皓认为车濬是想用朝廷的恩惠为自己收买民心，就派人杀了他，把头悬挂在柱子上示众。尚书熊睦说了几句劝谏的话，孙皓即用刀环把他砸死，熊睦死时身上没有一处完好的皮肉。

会稽人张俶经常在孙皓面前搬弄口舌，诬陷别人，因而深受孙皓宠信，多次升迁至掌管弹劾的司直中郎将，被封侯爵。张俶的父亲在山阴县（治今浙江绍兴）当差，知道张俶不是贤良之辈，就上表说："如果任用张俶为司直，他犯了罪请不要牵连到我。"孙皓答应了。张俶上表，设置弹曲二十人，专门负责举报各种不法行为。于是官吏百姓都凭个人好恶互相检举告发，一时间监狱里人满为患，上下人心惶恐不安。而张俶却借机为自己谋私利，骄奢专横。作恶到头终有报吧，后来在277年，张俶的罪恶暴露出来，父子两人都遭车裂酷刑。孙皓这里并没有兑现他的承诺，滥施淫威成了他对待臣属的一种惯性方式。

有人对孙皓说："临平湖（今杭州余杭区南）自从汉末就荒芜阻塞了，老人们说：'此湖塞，天下乱；此湖开，天下平。'近来该湖无缘无故忽然又开通了，这是天下将要太平，青色车盖要进洛阳的吉兆。"孙皓很高兴，就此事再去询问奉禁都尉陈训，大概是想再证实一下吧，陈训对他说："我只会望云气，不能通达湖水开通阻塞的奥秘。"陈训退下来就对他的朋友说："青车盖入洛阳，这是说将有君主战败投降之事，并不是吉祥的征兆啊。"孙皓凭借掌控国家权力的威势在朝廷作恶太多了，他能有什么吉祥的前景呢！

3.3（17）走向末日的孙皓

孙皓自 264 年上台以来十多年的荒唐施政，把吴国政治推到了吏民疲惫、群臣惶惧不安的危险状态，但孙皓本人仍然沉溺于得天之助的鸿运迷雾中，继续施行他的暴戾治政手段。《资治通鉴·晋纪二》《三国志·吴书·三嗣主传》及其引注等处记述了在孙皓暴虐统治下吴国内部因素的分化，以及晋国有识之士兼并吴国的筹谋，展现了昏庸君主孙皓走向末日的过程。

当时吴国临平湖多年的淤塞在 276 年自动开通，人们就传言是天下太平的开始，后来又在湖边得到一个石头盒子，里面有一块青白色的小石，长四寸，宽二寸多，据称上面刻有"皇帝"字样。而番阳传言说历阳县（治今安徽和县）山上的石头纹理形成文字，共有二十字："楚九州渚，吴九州都，扬州士，作天子，四世治，太平始。"另有资料说，历阳山上有七个并列的洞孔，里面呈黄赤色，石头上有带着色彩的纹理，当地习俗称其为石印。民间说："石印显露，天下太平。"历阳官员呈报说现在石印显现。孙皓于是派使者前去用最高的太牢礼仪祭祀，使者还造了很高的梯子登上历阳山，用红色字体在石头上书写了上面二十个字，是说："楚地是九州中的岛，吴国是九州之都。扬州之士作天子，四世得治，太平开始。"吴国皇族的祖籍吴郡属于扬州，孙皓是吴国第四位皇帝，这些都是宣扬孙皓必为天子、天下即将太平的升平景象。吴国政治已经衰落，不知孙皓哪儿来这么高的自信，大概也只有昏聩愚蠢的君王才会如此吧。前去历阳的使者返回后，将情况报告给了孙皓，孙皓大喜说："吴应当给九州作都，从大皇帝（指孙权）到我正好四世了。太平天子，不是我还会是谁！"他封历阳山神为王，又刻石立铭，以表吉祥。

另外，吴兴郡（治今浙江吴兴南）的阳羡山有一块空心石，长十余丈，名为"石室"，当地官员上表称其为"大瑞"之物。孙皓于是派遣兼任司徒的董朝和兼任太常的周处到阳羡县（治今江苏宜兴南），将那座山封为国山，更改年号，大赦全国，以便与石头上的文字相协和。孙皓执政十多年后，在国家建设和制服晋国上并没有多大建树，而对所谓的符瑞之事却十分热心，他是想凭借这种吉祥的天意实现自己占有天下的目标。

在此期间，吴国与晋国双方间的战争仍然不时发生。277年五月，吴将邵顗、夏祥带领部众七千余人投降了晋国。这年冬，吴国夏口都督孙慎出兵江夏、汝南，烧毁民居，掳掠百姓而去。吴人一直在皖城大规模地屯田，图谋进犯晋国，278年十月，晋国督领扬州军事事务的王浑，派遣扬州刺史应绰攻打皖城，打败了吴军，斩首五千级，焚烧了吴军储备的粮食一百八十余万斛，践踏了稻田四千多顷，毁坏船只六百余艘。吴晋双方在边境地区的实际冲突规模不大，但始终没有和好的迹象，而孙皓仍然迷恋于吉祥的运数，相信自己是未来的天下君主，迟早会依靠上天之助消灭晋国。

晋国卫将军羊祜是司马师的妻弟，为皇亲重臣，多年督领晋国驻荆州各路军马，278年春他因病入朝见晋武帝司马炎，当面向其陈述了伐吴设想，其后又直截了当地告诉司马炎说："孙皓暴虐到了极点，现在行动我们可以不战而取胜。假如孙皓不幸死去，吴人更立一个贤君，那即便有百万之众，长江也不是我们可以轻易跨越的了，这将造成后世的遗患！"司马炎与许多大臣都赞同他的话。北方魏晋自曹丕执政起，几十年间与吴国长期对峙，因为受制于长江天险而无能为力，一直只能防御自守，直到孙皓在位折腾许多年后，军事灭吴才终于被晋国提到了日程。

孙皓的脑子看来是始终不清楚的，他在与晋国的对峙争战中并不顾及双方力量的对比，也不考虑如何能够增强自我优势，在后期的施政中仍然一如既往地使用残酷暴虐的手段。史书上说，孙皓嫉妒比他强的人，侍中、中书令张尚有口才，能言善辩，谈论事情往往出人意料，时间一长，孙皓积聚下了对他的憎恨。有一次孙皓问张尚说："我喝酒可以和谁相比？"张尚回答："陛下有能饮百觚的酒量。"因为古谚有"尧饮千钟，孔子百觚"之说，于是孙皓对人说："张尚明明知道孔丘没有作君主，还要拿我和孔丘相比。"为此发怒，把张尚抓了起来。公卿以下的官吏一百多人都到宫里去叩头，替张尚请罪，张尚这才得以减罪免死，被送到建安去造船，但不久仍然把他杀了。孙皓每次宴会群臣都要把大臣们灌醉，他设置了黄门郎十人，让他们专门搜集大臣的过失，每次宴会结束以后，这十人就向孙皓汇报大臣们的过失，凡是大臣中有说了错话的都予举报，严重的被判刑处死，轻的也要作为罪状记录下来；有的被剥下脸上的皮，有的被挖去眼睛，因此朝廷上下人心相离，没有人肯为孙皓尽力。

279 三月，吴国发生了郭马反叛事件。郭马原是合浦太守修允的亲兵督领，修允转任桂林太守，因病住在广州，先派郭马领兵五百到桂林安抚各少数民族部族。修允死后，所属亲兵应当分派他人，但郭马等旧军人不愿分离；此时孙皓又核查广州户口，郭马遂与亲兵将领何典、王族、吴述、殷兴等恐吓当地兵民，将他们聚合起来，攻杀广州都督虞授。郭马自称都督交趾、广州二州军事，自任安南将军，任命殷兴为广州刺史，吴述为南海（治今广州）太守；并派何典进攻苍梧，王族进攻始兴（治今广东韶关东南）。这年八月，孙皓以军师张悌为丞相，牛渚（今安徽当涂西北长江岸边）都督何植为司徒，以执金吾滕循转任镇南将军，假节兼任广州牧，率兵万人从东路进讨郭马，在始兴与王族相遇，军队无法前进。孙皓再派徐陵（今江苏镇江）都督陶濬领兵七千从西道进讨，又命交州牧陶璜本部并会集合浦、郁林（治今广西桂平西故城）等郡部队，与东、西两路军队一起夹击郭马。数路军队合力将其击败，郭马受诛。

郭马反叛是吴国政治衰落、国内各种矛盾突出化的表现，《汉晋春秋》中记录：早先吴国有宣扬谶语的人说："吴国的败落，兵乱起于南方，灭吴的是公孙。"孙皓听到这话，就把文武官员职位在卒伍以上，姓公孙的人全部迁徙至广州，不让他们在长江沿岸停留活动。后来听说郭马反叛，他非常惊恐地说："这是上天亡我啊。"孙皓一直相信谶语，他以为迁走姓公孙的人就能永保江山，但郭马反叛发生在众多公孙之人迁居之地，又正好起于南方，他感觉到了亡国预兆的真切性，大概至此才对以往的所谓吉祥之兆产生了动摇和怀疑，发出了对自我前途的哀叹。

晋国益州刺史王濬在 279 年向司马炎上疏说："孙皓荒淫悖逆，应当迅速征讨，如果一旦孙皓死了，吴国又立一个贤明的君主，那就成为我们的强敌了；我在任上造船已经七年，每天都有船因腐烂而毁坏；现在我年已七十，离死亡没有几天了，如果不抓紧时机，情况发生变化，那消灭吴国就难以实现，希望陛下不要失去机会。"司马炎于是决定伐吴。这时，驻守扬州的安东将军王浑上表说："孙皓想要北上，吴国边境地区已经戒备森严。"晋国朝廷于是商议明年出师。王濬的参军何攀当时正出使洛阳，他向朝廷上疏说："孙皓一定不会出兵，应当乘着对方防备严密而突然袭击，这样更容易取胜。"

荆州督军羊祜病重时推荐杜预接替自己职位。杜预是魏国名臣杜恕的儿子（参见 1.15.4《忠诚履职的杜恕》），本人是著名的学者和军事理论家，他向司马炎上疏陈述利害，明确表示说："当前的举动万分妥帖，绝没有覆灭失败的忧虑，我已下定了决心，绝不敢以暧昧不明的态度以自取日后的麻烦，请陛下明察。"在没有得到及时回复后，杜预二次上表催促，终于使司马炎下定了伐吴的决心。晋国出动二十多万军队分路进军，目标是一举消灭吴国，昏庸君王孙皓的末日就要来临。

3.3（18）吴国的败亡之战

孙皓十五年荒唐而暴虐的执政把吴国导入了虚弱衰落的境地，在晋国大臣羊祜、王濬、杜预等人的反复提议下，晋武帝司马炎于 279 年十一月组织二十多万军队大举伐吴，他派遣镇军将军王伷兵出涂中（约今安徽滁州），安东将军王浑出军江西（指长江下游北岸淮水以南地区），建威将军王戎出武昌，平南将军胡奋出夏口，镇南大将军杜预出江陵，龙骧将军王濬和巴东监军唐彬自巴、蜀进军；同时任命贾充为大都督，使持节、假黄钺，与冠军将军杨济驻扎襄阳，监督节制各路部队。《资治通鉴·晋纪三》《三国志·吴书·三嗣主传》及其引注等处记述了吴晋战争的进展过程，叙述了吴国灭亡前的最后一战。

督领荆州兵马的羊祜在上一年病重时推荐杜预接替自己职位，杜预到任后，即挑选精兵袭击吴国西陵督张政，使吴兵大败。张政是吴国的名将，这次因为没有防备而打了败仗，他感到羞耻，所以没有把实情告诉孙皓。杜预想使离间计，于是公开上表给司马炎，把战斗中的缴获物都还给了张政。孙皓听到这事，果然召回了张政，派担任武昌监的留宪代替张政守西陵，杜预巧施计谋，使孙皓疑忌了张政，撤换了镇守西陵要地的吴国名将。

讨伐吴国的大军出发后在280年正月进入吴境，王濬、唐彬一路打败了丹阳监盛纪的部队，顺流而下。吴人把江边浅滩上的要害区域，用铁锁拦住，还打造了一丈多长的大铁锥，暗中放进江里，用来阻挡战船。王濬造了几十个大木筏，每一个木筏长和宽都有一百多步，又让人扎了许多草人，草人披铠甲，拿兵器，放在大木筏上，让水性好的人与木筏走在前面，遇到铁锥，铁锥就扎到木筏上，被木筏带走了。王濬又造了许多大火把，火把长十几丈，有几十围粗，用麻油浇在火把上，将火把放在船的前面，遇到铁锁就点燃火把，一会儿工夫，铁锁就被火把烧得融化断裂，战船于是无所阻挡。王濬很快攻克了西陵，杀了驻守的吴国都督留宪等人。不久又攻下了荆门（湖北宜昌东南二十五公里长江南岸）、夷道（治今湖北枝城）两座城，杀了夷道监陆晏。王濬随后还打败了吴水军都督陆景，将其杀掉。

杜预向江陵进发，王浑从横江（今安徽和县东南）出兵，攻打吴国的兵镇及边防营垒，所攻皆克。杜预派遣牙门周旨等人率领八百名奇兵，在夜里泛舟渡过长江，袭击乐乡（今湖北松滋东）。周旨竖起许多旗帜，又在巴山点起火，吴都督孙歆非常恐惧，写信给江陵督伍延说："从北边来的军队，是飞渡过江的。"周旨等人把军队埋伏在乐乡城外，孙歆派兵出城去迎击王濬，结果大败而回。周旨等人让伏兵尾随孙歆的军队进了城，孙歆没有觉察，周旨的兵一直到了孙歆的帐幕下，活捉孙歆而回。杜预进攻江陵，不久攻克，杀了守将伍延。这时，听到战场消息的吴国沅、湘以南地区以及地界相接的交、广等州郡，官员们都纷纷把印绶送来，表示归降之意，杜预手持符节按照司马炎的诏命安抚这些州郡。这时已总共俘获、斩杀吴都督、监军十四人，牙门、郡守一百二十多人。胡奋一路也攻克了江安。

司马炎密切关注着战争的进程，他此时下诏书说："王濬、唐彬已经平定了巴丘，再与胡奋、王戎一同平定夏口、武昌，顺长江长驱直入，直指秣陵（今江苏江宁南秣陵关）。杜预则应当安定零陵、桂阳，安抚衡阳。大军过后，荆州以南的区域，传布檄文自然会平定。杜预等人各自分兵以增援王濬、唐彬，太尉贾充移驻到项（今河南沈丘）。"王戎于是派遣参军罗尚与刘乔领兵与王濬一起攻打武昌。吴江夏太守刘朗、督领武昌的将军虞昺投降了晋军。

杜预与众将领议事，有人说："百年的寇贼，不可能一下子彻底消灭，现在正是春季雨水多，军队难以长时间驻扎，最好等到冬季来临，再大举发兵。"杜预说："从前，乐毅凭借济西一战而一举吞并了强大的齐国。目前我军兵威已振，这就好比破竹，破开数节之后，就都迎刃而解，不会再有困难之处了。"于是他授给众将领计策谋略，部队一直到了建业。

孙皓听说晋将王浑领兵南下，就派丞相张悌督领丹阳太守沈莹、护军孙震、副军师诸葛靓统领部众三万人渡过长江迎战。走到牛渚时，沈莹说："晋国在蜀地整治水军已经有很长时间了，我们上流各部队平时没有战备，名将又都死了，只是些年少之人担当重任，恐怕抵挡不住。晋国的水军必然要到这些地方，我们应当集中各军力量等他们到来，与他们在此决战，如果有幸取胜，那长江以西就太平了。现在渡江与晋军交战，不幸而打败，那大事就完了。"张悌说："吴国将要灭亡，这是贤愚之人都知道的，不是今日才有的事。我担心蜀地之兵到此，我军恐惧惊慌，不能整肃起来。趁着现在渡江，尚且还能与晋军决战。如果败亡，就一同为国而死，没有什么可遗憾的；假如能够取胜，那么敌军奔逃，我军声势就会倍增，然后乘胜向南进军追击，在半路上迎战敌人，不愁不能破敌。依你的谋划，恐怕兵士四散奔逃；坐等敌军到来，君臣只能一起投降，没有一人为国死难，这不是耻辱吗！"

到了三月，吴国张悌等人渡过长江，在杨荷桥（今安徽和县东南二十里）包围了王浑的部将张乔。张乔手下只有七千人，他关闭了栅栏请求投降。诸葛靓想把他们都杀了，张悌说："强敌还在前面，不应先去做无关紧要的事，况且杀了投降的人不吉利。"诸葛靓说："这些人是因为救兵未到、力量弱小抵挡不住，所以才假装投降以拖延时间，并不是真的屈服。如果放了他们，和我们一起往前走。必定成为后患。"张悌没有听从他的意见，安抚了张乔部队后继续前行。

不久与晋军相遇，张悌组成阵列与扬州刺史周浚对抗，沈莹三次率领丹阳精兵和手持大刀盾牌的士兵五千人，向晋兵发起冲锋，但都冲击不动晋军。沈莹只好领兵退却，部众于是溃乱起来。这时，晋将军薛胜、蒋班乘吴兵混乱之机打过来，吴兵接二连三地奔逃溃散，将帅们制止不住，而投降了的张乔部队又从背后杀来，结果吴军大败于版桥（今安徽含山县北滁河）。诸葛靓带着几百人逃走，他派人去接张悌，张悌不肯离开，诸葛靓流泪离去，走了一百多步远，回头看张悌，他已经被晋兵杀害，同时被斩首的还有孙震、沈莹等七千八百人。这一战使吴人受到了极大震动。

晋军至此已经冲破了吴国的重要防线，打败了吴国的主力部队，几路部队势如破竹般地向吴国腹地进军。

3.3（19）孙皓的降晋与自省

280年三月的版桥一战，吴国丞相张悌督领的三万部队被晋军击败歼灭，数位将军阵亡，吴国君臣异常震恐。而晋军各路则士气高昂，在吴国境内所向披靡，径直向武昌、建业等腹地进军。《资治通鉴·晋纪三》《三国志·吴书·三嗣主传》及其引注等处记述了吴国最后的灭亡，以及昏庸君主孙皓投降晋军前后的某种醒悟。

自蜀地一路顺流而下的王濬、唐彬部队攻克了吴国西陵后继续进军，按照晋武帝司马炎的诏令部署，王濬攻下建平（治今重庆巫山北三公里）后，接受杜预的节制，到了建业后全军则接受王浑的调度。杜预到达江陵后，觉得王濬攻克了建平，就会顺长江长驱直进，他威名昭著，已不适合再受自己节制。于是写信对王濬说："您已经摧毁了敌人的西部屏障西陵，应立即直取建业，讨伐敌寇，从水深火热中解救吴人，这也是前所未有的大功业。"王濬非常高兴，上表向司马炎陈述了杜预信中的指令后继续进军。

吴相张悌领军与扬州刺史周浚对阵后阵亡，扬州别驾何恽对周浚说："张悌领着吴国的精兵在此被歼灭了，这使吴国朝野之人无不震恐，现在王濬已经攻下了武昌，正乘胜东下，所向无敌，敌人眼看土崩瓦解，我们现在应当立即渡江，直逼建业，到时候大军突然临近，必使敌人丧胆，可以不战而擒敌了。"周浚赞同何恽的计划，让他去报告安东将军王浑，王浑听后说："我接受皇帝的命令，只让军队驻扎在长江以北抗击吴军，并没有让轻易进兵。你们州的军队虽然勇武，难道能独立平定江东之地！而且皇帝命令王濬也接受我的调度，你们应该做的，只是准备好船和桨一齐渡江。"何恽坚持说战场上应该抓住机会行动，不可以事事等待命令，而王浑并不听从他的意见。

王濬从武昌顺着长江进军建业，舟师经过三山（今江苏南京西南长江东岸之三峰），王浑派信使邀请王濬过来商议事情，王濬正扬帆挺进，回复王浑说："风太大，船停不下来。"实是要快速进逼建业以获取大功。王濬带领的士兵身披铠甲，似乎满江中到处都是，旌旗映照着天空，气势威猛盛大，建业城中的吴人看到后异常恐惧。上一年被孙皓派往广州去征讨郭马反叛的徐陵（今江苏镇江）都督陶濬，兵马到了武昌时，听说晋兵已大举进逼，就领兵返回东边。到了建业，孙皓派人领他来见面，向他询问水军的情况，陶濬回答说："蜀地的船都很小，现在给二万名士兵，乘大船作战，我有把握打败敌人。"于是吴召集兵员，授予陶濬符节斧钺。原定第二天出发迎敌，但当天夜里，陶濬召集的士兵全都跑光了，没有人愿意为孙皓迎敌防守。孙皓派遣游击将军张象率领舟师一万人抵抗，张象的部众望见王濬的旌旗就投降了。

孙皓的宠臣岑昏，为人阴险狡诈，因为谄媚逢迎而爬上了九卿之位。他喜好大兴工程劳役，民众深受祸患。在晋兵就要到达时，宫中亲近的几百名随从官吏向孙皓叩头请求说："北方敌军已经逼近，而我们的士兵却不拿起武器抵抗，陛下打算怎么办呢？"孙皓问："这是什么原因？"众人回答说："是由于岑昏的缘故。"孙皓说："要是这样，就拿这奴才去向老百姓谢罪吧！"众人应诺，随后就去抓岑昏。孙皓说罢有些后悔，连续派人去追赶制止，而岑昏已经被杀了。

孙皓在兵败后的国亡关头大概多少有些醒悟吧，《江表传》中记录了他写给舅舅何植的书信，其中说："先前大皇帝（指孙权）以神圣英武的谋略，统领三千军队割据江南，席卷岭南交、广两州，开拓了宏大的基业，想要传之万世。我因缺少德行，竟成了最后的守业人。我不能聚合民众之心，做了许多错事，违背了上天的法则，把许多反常的变化，反而视作吉祥，致使南蛮之地生出叛乱，征讨尚未取胜。听说晋国军队已经临江而来，我们的军队疲惫退却。张悌出军迎战没有回返，军队损伤过半，我感到非常惭愧惆怅，却毫无办法。现在收到陶濬的上表，称说武昌以西已经失守，失守不是因为粮食不足，不是城池不坚固，是因为兵将放弃作战，士兵放弃作战，难道能怨恨士兵吗？这是我的罪过啊。老天的运数变化在上面，士民的怨愤生于下面，看着这样的事势，危如累卵，吴国的国运现在到头了，这是多么短暂！不是上天灭亡吴国，是我招致的灾祸，当我在地下闭上眼睛时，有什么脸面见到四位皇帝！您若有挽救国家的奇谋，请尽快写下来告诉我。"该信是孙皓写给亲人的内心自白，应该没有虚假的粉饰，表现了他执政十多年的自我鉴定，昏庸的君主在亡国之时倒也有一些清醒的认识，但实在是悔之已晚。

孙皓又给群臣写下书信说："我德行浅薄，继承先辈的遗业。在位许多年，施政凶暴悖逆，致使百姓蒙受长久困苦，至今天命他归，社稷倾覆，宗庙无主，感到非常惭愧。自从我进宫以来，经常身有重病，对国事考虑不足，处政失误，许多事情做得荒唐，身边小人因此生出残酷暴虐，致使忠顺之人被害。我平时并没有觉得自己昏昧，实际是被人蒙蔽，是我辜负了各位，事情已无法挽回，覆水不可收啊。现在大晋平治四海，治国者务在擢用贤才，真正是英俊人士展现才华的时节。管仲虽是仇人，而齐桓公用他；张良、陈平离开楚国去做汉臣，抛弃乱国投奔道义所在，并非不忠之臣，不要因为改换了朝廷，就丧失了自己的志气。我还能再说什么呢，只能就此搁笔！"孙皓在此做了深刻的反省，自己承担了亡国的责任，并勉励群臣去勇敢地投奔晋国，以展现个人的才华和实现远大抱负。对社会人生和君臣关系有如此透彻的认识，这也反映了昏聩君主孙皓的两面人格。

这时，司马伷、王浑的军队也已临近，孙皓采纳光禄勋薛莹、中书令胡冲的建议，分遣使者送信给王濬、司马伷、王浑说："过去汉室失去皇统，九州分裂，我的祖先因时而起，占有江南，于是分隔山河，与魏国冲突绝隔。现在大晋皇帝登基，仁德恩泽遍布四海。我昏顽偷安，不明天命，及至今日，烦劳六军从多路远道驰临长江之上，使举国震惊。敢求天朝包容光大，谨派私署太常张夔等奉上佩带的印玺绶带，交付我的身体请求处置，希望能够信任接纳，以便拯救黎民百姓。"使者将孙皓的印玺绶带送给了琅邪王司马伷。

王濬的八万士兵，乘着相连百里的战船，擂鼓呐喊地首先进入石头城。晋军接收了吴国的地图、户籍，总计攻克了吴的四个州，四十三个郡，三百一十三县，五十二万三千户，二十三万名士兵；获得二百三十万男女人口，米谷二百八十万斛，舟船五千余艘，后宫五千多人。孙皓效仿当年蜀主刘禅投降邓艾的方式，他素车白马，光着臂膀把自己绑起来，口中衔璧，身后牵羊，让人抬着棺材，身后跟着太子孙瑾等二十多人，穿着丧服，直到王濬军营。这是一种传统的投降仪式，王濬给孙皓解开了缚着的绳子，焚毁了他带的棺材，延请其相见，晋军接受了孙皓的投降。

3.3（20）战争的追忆

279年十一月晋国组织了大规模的伐吴之战，280年三月王濬首先攻入石头城，吴国皇帝孙皓投降，至此结束了吴国在江南几十年的统治。唐人刘禹锡曾缅怀这段历史，写有《西塞山怀古》云："王濬楼船下益州，金陵王气黯然收。千寻铁锁沉江底，一片降幡出石头。人世几回伤往事，山形依旧枕寒流。今逢四海为家日，故垒萧萧芦荻秋。"西塞山在今湖北大冶东，地势险峻，状如关塞，是长江中游的要塞之一，据说吴国曾在此设防。刘氏在此追忆这段三国末期的往事，抒发了自己对社会人事的感慨。

事实上，晋国灭吴的这次战争，事后曾有不少史家在史书中对战争中的情节和人物事迹做了补充叙述，这里看看对王濬攻破吴国江防和吴国丞相张悌的阵亡两事做出的一些追忆。

一是关于王濬攻破吴国江防。《宋书·五行志》中记录，大约278年，江南有童谣说："阿童复阿童，衔刀游渡江。不畏岸上虎，但畏水中龙。"传统社会中人们以为无意识的童谣属于谶语，能预示未来的某种情况。据说羊祜听到这一童谣后说："这是表明水军在战争中会有所成功。"王濬小名叫阿童，于是羊祜举荐王濬督领益州各路军队；晋武帝司马炎听到了这一童谣，就封王濬为龙骧将军，有意让王濬带上了"龙"字。《晋书·王濬传》中记录，司马炎计划灭吴时，下诏让益州刺史王濬修造舟舰，王濬造连舫大船，方一百二十步，每艘可装载二千余人。大船四周以木栅为城，修建有城楼望台，有四道门出入，船上可以来往驰马。又在船头画上鹢首怪兽，以恐吓江神，船舰的规模之大数量之多都属自古未有。果然这位龙骧将军王濬在灭吴战争中首先冲破吴军海防，第一个攻破石头城，成就了灭吴大功。

东晋学人干宝所撰《晋纪》，以及唐人所撰《晋书·吾彦传》中记录，吴郡才俊吾彦有文武才干，受到吴国大将陆抗的赏识荐举，升任为建平（治今重庆巫山北三公里）太守，当时吾彦在江流中看到了水上漂着的大量木屑，将其拿给孙皓，说："晋国必定有进攻吴国的打算，应该在建平增加兵力，如果守住了建平，晋军终究过不了长江。"孙皓没有同意。吾彦于是把江边浅滩用铁锁拦住，打造了一丈多长的大铁锥，暗中放进江里，横向阻断长江水路。吾彦在没有得到更多驻守军队的情况下，创造了一种江上防守的新方式。如果王濬顺流而下的战舰没有防备，行进中突然撞上水下的大铁锥，必然会招致重大损失。然而，据《晋书·王濬传》记录，荆州驻军将领羊祜获得了吴国的间谍，从间谍那里知道了吴国在长江水路采用的防御方式，王濬于是造了上面扎有草人的几十个大木筏，并准备了几十围粗的大火把，最终卷走铁锥、烧裂铁锁，冲破了吴军在江面上布置的特殊防守，一路直到建业（参见3.3.18《吴国的败亡之战》）。

有史家注意到，在晋军已经临近建业时，孙皓派徐陵都督陶濬统领二万水军迎战，陶濬对孙皓说："蜀地的船都很小，现在我们的军队乘大船作战，我有把握打败敌人。"史家认为，王濬在益州造船许多年，战舰可以连接为城，上面可以跑马，其规模和数量自古未有，陶濬这里是明显低估了王濬水军的装备和实际力量，由此可见吴国的情报工作非常不够，在两国命运的决战中，吴国君臣都是情况不明，头脑不清。

二是关于吴相张悌的阵亡。《襄阳记》中记述，受孙皓派遣率沈莹、孙震与诸葛靓及三万部众过长江迎战晋军的吴国丞相张悌，他在版桥（今安徽含山县北滁河）决战中是怀着必死的决心主动战死疆场的。诸葛靓是诸葛诞的小儿子，257年诸葛诞在淮南叛魏时来到吴国，这次出军担任张悌的副军师。

张悌在孙休执政时担任屯骑校尉，当时魏国掌政人司马昭在曹奂的朝廷担任丞相，已经显示出了篡夺魏国政权的趋向，263年司马昭在几位亲信的支持下组织军队大举伐蜀，吴人问张悌说："魏国司马氏掌政以来，大难屡次发生，司马家智力虽然有余，但百姓并不心服。现在他们又穷尽力量去远征巴蜀，军士劳苦百姓疲惫，但却不知道珍惜爱抚，这怎么能取胜呢？"大家都认为司马氏是以诡诈手段篡取魏政，因而对他们的前景心有怀疑。但没有想到的是，身为吴国臣僚的张悌，却对司马氏篡有的权力非常看好，他对人们说："不是你们所说的那样。曹操虽然功盖中原，威震四海，但他崇尚诈术，征伐连续不断，民众畏惧他的威势，而并不感怀他的德行，曹丕、曹叡继承了曹操遗业，且更加虐民，他们大兴宫室，在境中依仗豪强，东西两线用兵，没有哪一年能让百姓安定，失掉民心已经为时很久了，而司马懿父子自掌握国柄以来，多次建有大功，废除了烦苛的劳役而广布恩惠，替百姓着想并拯救其疾苦，民心归向他们也已很久了。所以，淮南三次反叛而国家中心地没有响应；曹髦被杀死，各地也并没有什么动静。司马氏在战场上摧毁强敌就如同折掉枯枝一样，扫除异己就像反转手掌般容易。他们任贤用能，使属下各尽其心，若不是智勇兼人，谁能做到这些？他们的威武得到彰显，事业的本根很坚固，民众的内心是敬服的,即便是奸诈的谋划也能成功。"与众人的认识不同,张悌对司马集团有很高的评价,对他们也不失较高的道德估量。

张悌就当时的魏蜀战争发表看法说:"现在蜀国阉宦掌握朝政,国家没有政令,反而穷兵黩武,百姓劳苦士卒疲惫,在境外争夺利益,却不加强守备。他们双方强弱不同,而司马氏的筹谋也占据上风,乘蜀国危乱而讨伐,必定可以成功!即便不能消灭蜀国,也不过是获取不了功劳,终究不会有丧失国土的担忧和军队战败的顾虑,为什么不可以伐蜀呢?过去楚国军队厉害而秦昭王恐惧,孟明被任用而晋人忧虑。司马氏如果得志,一定是我国的祸患。"张悌承认自己属于司马氏的敌对方,但却非常看好司马集团的政治前景。听了这话的吴人都嘲笑张悌,但交战的结果却是蜀国向魏军投降,张悌的估计被证明是对的。

晋军这次大举伐吴,孙皓派张悌督率诸将及三万军队渡江迎敌,张悌对众将说:"吴国将亡,这是贤愚之人都知道的。现在我们应该渡江,尽力与敌人决战。如果我们作战失败,那就一同为国家而死,没有什么悔恨的!"认可司马氏的道德优势与政治前景,却甘心为没有政治前景的吴国献身而死,这正是张悌不同寻常的特殊人格所在。

过江作战中张悌的军队果然大败,诸葛靓与五六百人已经退走,他带人返回来接张悌,张悌不肯离开。诸葛靓前往拉住张悌说:"国家存亡有天数,难道你一人能够改变,为何自寻其死?"张悌流着眼泪说:"仲思(诸葛靓的字),我做儿童时,就被你家丞相所提拔任用,经常怕不得其死,辜负了名家贤相的知遇顾念。现在以身献国,还有什么可逃避的?不要这样拉我,今天是我殉身之日。"张悌是襄阳人,他说自己少年儿童时被诸葛丞相所提拔,这里指的是蜀国丞相诸葛亮214年入蜀前在荆州主持政务时任用了他,他要用完美无瑕的人格形象来酬答名相诸葛亮的知遇之恩,任何情况下都要做一个忠诚国家、勇于献身的高尚之人。在吴国即将灭亡的关头,张悌明知败亡的局势无以挽回,但仍然义无反顾、心甘情愿地为国殉身。诸葛靓走了一百多步远,回头看张悌已经被晋兵杀害,张悌以自己的行为践行了理想,实现了自我人格的升华。

3.3（21）战后余波

280年三月晋军攻入建业，孙皓投降，晋国讨伐吴国数月战争取得了重大的胜利。因为孙皓十六年的执政把吴国推到了衰弱不堪的地步，这场战争实际是北方庞大帝国对江南孙氏政权摧枯拉朽的扫荡。战争的进程太过急促，致使事情的转化和结果出乎许多当事人的意料，《资治通鉴·晋纪三》《晋书·王濬传》等处记述了灭吴之战后在社会生活中，尤其是在胜利者晋国一方产生的矛盾冲突，表现了由于复杂人性而引起的战后余波。

当时吴国已被消灭的消息很快传到洛阳晋国朝廷，大臣们都去庆贺，为晋武帝司马炎祝寿。司马炎手持酒杯流泪说："这是太傅羊祜的功劳。"当初，羊祜、杜预等人主张攻吴的时候，大臣们都认为不可以轻易进军，朝中黄门侍郎张华非常坚定地支持征战，认为一定能成功。太尉贾充上表说："吴地不能全都平定，到了夏季长江、淮水下游地区潮湿，必会发生瘟疫，只好把各部队都召回来。这样，即使腰斩张华，也不足以向天下人谢罪。"司马炎说："伐吴是我的意思，张华只不过与我意见相同而已。"荀勖又上奏，大致与贾充的看法相同，司马炎没有听他们的话，坚持派出了数路伐吴部队，数月后战斗结束，吴国已经投降，贾充又惭愧又害怕，到宫里去请罪，司马炎抚慰了他而没有追究。

伐吴之战中，攻势最为凌厉的是王濬、唐彬率领的益州水军部队。王浑是司马炎指定在建业之地各路军队的协调将领，他的军队在战斗中打败了吴国丞相张悌率领的中军部队，在王濬攻入石头城的第二天也渡过长江，到达了建业。王浑因为王濬不听停军命令，抢先入城接受孙皓投降，心中又愧又恨，到达建业后准备攻打王濬。益州参军何攀劝王濬把投降的俘虏孙皓送给王浑，事情一时得以缓解。

王浑不久上表给朝廷，说王濬违反诏命，不服从调度，并诬告王濬有罪。王浑的儿子王济娶司马炎的女儿常山公主为妻，因此王浑在朝廷很有势力，有关部门接到王浑的上表，将情况上报司马炎，请求用槛车把王濬押解回来，但司马炎没有同意，只是下诏责备王濬不服从王浑的指挥，认定他违抗命令去谋求功利。王濬上书申辩，其一是说，自己统领的益州水军十五日到达三山，看见王浑的军队在北岸，这时王浑写信邀请去他那里，当时水军正顺风乘势直抵建业，没有理由再返回去见王浑。二是说，益州水军在中午时到达秣陵（今江苏南京），黄昏时分接到王浑的命令，让部队十六日回过头去包围石头城（今南京清凉山）。当时孙皓已经投降，没有必要徒劳地去包围石头城。三是说，王浑索要益州兵士与随同东下的镇南将军杜预等各军的确切人数，但这些数字不可能匆促间就能搞清，而且不是急迫之事，所以就没有施行。王濬表明了上述问题后对司马炎陈述说："孙皓众叛亲离，犹如独坐宫中的匹夫，他像麻雀、老鼠那样贪生，只是乞求一条活命而已。江北各部队不了解虚实，他们不早些捉拿孙皓，造成了失误，而益州部队一到建业便得手，反而遭到他们的怨恨。我认为侍奉君王的原则是：如能有利于国家，生死都无所谓；如果顾虑别人的怀疑而逃避责任，这才是为了获得私利而不忠诚的表现，不是君主与国家的福气。"

王浑又向朝廷上书说："王濬的部队得到了吴宫的珍贵物品。"还说："王濬的牙门将李高放火烧了孙皓的宫殿。"王濬又上表就此问题做了详尽的申辩说明。可能是司马炎没有明确表态的缘故吧，王濬到了京都，有关部门上奏说王濬违抗诏命，极不恭敬，请求把他交付廷尉依法判罪，司马炎下诏不同意。而有关部门又上奏说，王濬在赦免了吴人之后还放火烧了吴军一百三十五艘船，应立即下令把他交廷尉府，关进监狱追究审问，司马昭再次下诏表示不同意追究。因为王浑与王濬为战功争执不休，司马炎命令代理廷尉的刘颂来审定处置该事。刘颂经过审理后认为王浑立了上功，王濬为中功。司马炎认为刘颂断法不合理，就把他降职为京兆太守。看来晋武帝司马炎在这一事情上的是非观念还是比较清楚的。

到了五月，司马炎作出决定，任命王濬为辅国大将军，封为襄阳侯；杜预被封为当阳侯；王戎被封为安丰县侯；琅邪王司马伷的两个儿子被封为亭侯。增加京陵侯王浑食邑八千户，提升爵位为公；尚书张华被晋爵封为广武侯，增加食邑至万户；荀勖因为专门掌管诏命的功劳，儿子被封为亭侯；其余各位将领以及公卿大臣以下的官吏，受到的赏赐各不相同。当时羊祜已经去世，司马炎遂到羊祜庙里用简书告慰他平吴的成果与功绩，封羊祜的夫人夏侯氏为万岁乡君，食邑五千户；另外增加贾充封邑八千户。这些任命封赏算是对平吴战争中功臣们的奖励吧，遵循的是差别不大的均平性原则，司马炎其实对谁也不想过分得罪。

王濬自以为功劳大，却遭到了王浑父子及其党羽的打击和诽谤，所以每次朝见，总要陈述他讨伐攻战的辛劳以及遭受冤枉的情况，有时会显露出愤恨之情，不辞而别，而司马炎总是宽容原谅。王濬属下的益州护军范通提醒王濬说："您的功劳确实值得赞美，但遗憾的是，一味沉溺于别人的赞美，就不值得赞赏了。您凯旋之后就应隐居家里，不要谈及平吴的事情，如果有人问道，你只说：'这靠的是圣明君主的德行和各位将帅的力量，我老夫能有什么功劳！'这是蔺相如屈服廉颇的方法，王浑听到能不惭愧吗！"王濬说："当年邓艾灭蜀后不声明自己的功劳，最后惹来了灾祸，我本来是想吸取邓艾的教训，看来心底还是有些狭窄。"当时，人们都觉得王濬的功劳大，但是对他的报偿轻了，大家对此愤恨不平。博士秦秀等人一起上表，替王濬叫屈，司马炎于是授予王濬镇军大将军官职。王浑曾经到王濬那里去，王濬设置了森严的戒备、护卫，然后会见王浑。看来他们两人内心的戒备并没有放松和消除。

战后杜预回到襄阳，他觉得天下虽然安定了，但忘战必危，于是他勤于讲习武事，命令部下严于防守。杜预身不跨战马，射箭不能透甲，但他用兵制胜没有哪位将领能赶上。杜预还多次向京都的权贵要人馈赠物品，有人问他为什么这样，他回答说："我只怕有人加害于我，并不指望他们能给我什么好处。"这位出色的大学者和军事理论家看来是一位极会明哲保身的人物。

当年晋国决定伐吴时，仆射山涛退朝回来对人说："如果不是圣人，外部安宁了就必有内忧。现在若消除了吴国的外患，难道是划算的吗？"毫无疑问，晋国的灭吴战争结束了南北分裂局面，实现了国家的统一，推进了社会历史的进程，但取得战争胜利的晋国内部，完全承载了战争遗留下来的余波涟漪，人们世代向往的太平之世并没有由此到来，真正代替北南块状地域冲突的，是不久后国内阶层间、民族间和不同利益集团间爆发的巨大对抗与分裂。

3.3（22）亡国君主的终了

280年三月，晋军攻入建业城，孙皓不得已出宫向王濬的军队投降。有资料说王濬在接受了投降后将孙皓送到了晋国京都洛阳。《三国志·吴书·三嗣主传》及《资治通鉴·晋纪三》中记述，吴国皇帝的印玺绶带稍前已由吴使者送交晋国琅邪王司马伷，所以司马伷就将做了俘虏的孙皓及其宗族一并送到了洛阳，孙皓的滕夫人一直是名义上的皇后，她也跟随孙皓一同前往。亡国皇帝孙皓举家西迁，其后在洛阳度过了自己生命的最后年月。

五月初，孙皓一行到达洛阳，他和太子孙瑾等人用泥涂头，反绑双手来到洛阳的东阳门。这属于投降仪式在受降国的延续。晋武帝司马炎派谒者解开他们的绳索，下诏说："孙皓穷途无路而投降，前面我已答应留他活命，现在归附了，我心中仍然怜悯他，所以赐他为归命侯。来晋国后供给他衣服与车乘，以及三十顷土地，每年给他谷粮五千斛，钱五十万，绢五百匹，绵五百斤。"晋国还授予孙瑾为中郎，孙皓其他封王的儿子均被任命为郎中。吴国有名望的人士，根据他们的才能提拔进用。孙皓的将领、官吏渡过长江的，都免除十年的赋税劳役；老百姓免除二十年的赋税和劳役。

几天后，司马炎来到堂前的廊宇，大会有爵位的文武官员及四方来晋的使者，国子学生也都参加会见，归命侯孙皓以及投降的吴人都被带来相见，其间有设置给孙皓的座位。孙皓登上大殿向司马炎叩头，司马炎对孙皓说："我设了这个座位等待你已经很久了。"孙皓说："我在南方也设了这个座位以等待陛下。"司马炎和孙皓说的话都没错，在吴晋两国对峙的十多年间，双方都有互相征服、兼并对方的宏图设想，希望敌国君主能成为自己的俘虏。吴国的力量虽然薄弱些，但孙皓一直痴迷于谶纬运数的无稽之言，征服晋国的雄心始终没有减弱。他们是否给对方君主真正设置了座位，那倒是无关紧要的，而这一场景所代表的象征意义一定在两人的头脑中反复出现并长久存在过。

那位在平吴战争中担任大都督、监督节制各路部队的晋国司空贾充对孙皓说："听说你在南方凿人的眼睛，剥人的脸皮，这是哪一等级的刑法？"孙皓回答说："做臣子的杀了他的君王，以及邪恶不忠的就处以这种刑法。"贾充曾在魏国曹髦当政时期效忠于司马昭，在260年率领禁军杀害了高贵乡公曹髦（参见 1.8.7《曹髦的拼争》上）。听到孙皓的回答，贾充沉默无语，非常羞愧，而孙皓却面无愧色。孙皓一定是对晋国主要大臣的个人经历有较多的了解，无论他对人的凿眼剥皮是否真有其事，但在他看来，惩罚奸臣都是君主实现政治统治的必要方式，这与传统的道德伦理要求相去并不甚远；而贾充指使人杀害当朝皇帝，却是十恶不赦的重大罪恶，他是没有资格嘲弄自己的。可以看到，孙皓尽管败军亡国，屈辱地做了晋国的俘虏，但他在品行不足的晋国臣僚面前，仍然自以为不失道义上的优势和心理上的优越感。

据说当时吴国君臣一行居住洛阳期间，晋国侍中庾峻等人询问孙皓的侍中李仁说："听说吴主在位时曾剥人面，砍人脚，有这些事情吗？"李仁回答说："话说得过火了。君子不能居处在道德的下风，否则天下的坏事都会说是他干的。传闻中的这些事情，如果相信有，也不足为怪。上古唐、虞时有五等刑罚，三代盛世时有七等惩处，其中施加肉刑都不是最残酷的。孙皓作为一国君主，掌握杀生大权，按照法律给人定罪，然后施加给相应的惩罚，也不能算他的罪恶！受到尧帝诛罚的人不会没有怨恨；受到夏桀奖赏的人也并非无人倾慕，人情本来就是如此。"按照李仁的说法，孙皓对人剥面砍脚，事情应该是有的，但那是掌权的执法者依据法律对罪犯的惩罚，这种惩罚即便在上古盛世也不是最重的惩处；只不过是孙皓在做人上没有占据道德的上风，人们都把罪过毫无根据地归咎给他而已。

庾峻又询问说："都说归命侯孙皓讨厌别人用眼睛直视他，对直视他的人会挖掉眼睛，有这种事情吗?"李仁说："没有这事，这话完全是胡说。《礼记·曲礼》中说：视天子只看袷（胸前衣领）以下，视诸侯只在颐（面颊）以下，视大夫可平着看，视士平看并可在五步之内游目。视上司若平看就显得傲慢，过分看得低下就显得忧悲，旁看则显得邪而不正。只能以礼视瞻，高下有度，何况对于君主更需慎重。直视人君是与礼相违背的，违礼就是所谓傲慢，对君主傲慢无礼就是犯罪，犯罪就需受到惩罚，惩罚犯罪有什么错误呢?"看来，李仁对关于孙皓残暴行为的传言并不否认，但他千方百计地为孙皓的暴虐行为寻找根据，要论证这种行为的合理性。他当时身为晋国俘虏，要在受人鄙视的洛阳尽力为故国争回面子。

《晋书·吾彦传》中记述，吴国建平太守吾彦铁锤锁江的防守策略被王濬水军攻破后，沿江各城大多望风降晋，有些城池被晋军攻拔，只有吾彦独城坚守，晋军不能攻克。吴国灭亡后，吾彦只好归降，司马炎任命他为金城（治今甘肃兰州东）太守。司马炎曾若无其事地询问吴国原散骑常侍薛莹说："孙皓为什么会亡国?"薛莹回答说："归命侯孙皓亲近小人，任意施行刑罚，大臣和各位将领中没有他的亲信，人人都不能自保，这就是他败亡的原因。"后来司马炎用同样的问题问吾彦，吾彦回答说："吴君王才智出众，辅佐的大臣也都贤能。"司马炎笑着说："既然君明臣贤，为什么会亡国?"吾彦说："天赐的福禄断绝了，天道另有归属，所以才被陛下所擒，与人事无关。"吾彦的回答与李仁具有同样的心理。包括司马炎在内的晋国君臣未必相信吾彦的回答，但无疑会赞赏他的做人态度。

当时晋国君臣刚听说吴国灭亡时，举朝人士无不欣喜，而骠骑将军孙秀没有和大家一起庆贺。孙秀原是吴国皇族子弟，270年驻守夏口时疑心孙皓派宠臣何定来抓捕自己而率家眷投奔了晋朝（参见3.3.15《忠奸不分的昏乱作为》），获悉吴国已亡，孙秀面朝南方流泪说："从前讨逆将军（指孙策）二十岁时以校尉身份创下了基业，如今后主把整个江南都抛弃了，宗庙陵墓从此将成废墟，悠悠苍天啊，这究竟是谁造成的!"尽管晋国给了孙秀不低的职务和丰厚的待遇，但孙秀内心终究还是不愿意看到自己祖业的丧失。当初，孙秀和孙楷在孙皓在位时先后弃吴投晋，晋朝廷对他们尊重恩宠，是想用分化瓦解的策略，利用他们招徕吴人。及吴国灭亡后，孙秀被降职为伏波将军，孙楷降为度辽将军，因为他们在故国灭亡后对晋国失去了可资利用的价值。

279年四月孙皓曾派执金吾滕脩等人率军讨伐交州郭马的反叛（参见3.3.17《走向末日的孙皓》），滕脩听说晋军大举征吴，就率领部下奔回救难，到巴丘（今湖南岳阳南）听说国家已亡，于是身穿丧服流泪而返回。他与广州刺史闾丰、苍梧太守王毅各自向晋送去印玺绶带请求投降。司马炎全都恢复了他们原来的职位。

《世说新语·排调》中叙述了一件事情：司马炎问孙皓说："听说南方的人喜欢做《尔汝歌》，你能作一首吗？"所谓"尔汝歌"，是一种不含君臣礼仪、将对方以"尔""汝"相称的民歌，当时孙皓正在喝酒，他乘机举着酒杯劝司马炎喝酒说："昔与汝为邻，今与汝为臣。上汝一杯酒，令汝寿万春！"司马炎大概感到这一唱法使他丧失了为君之尊，所以事后非常后悔让孙皓作此诗。这里所叙事情的真假难以考证，但能感到，孙皓作为俘虏在洛阳生活期间并没有受到过多的歧视和虐待。283年四月，孙皓病死在洛阳，时年四十二岁，死后葬于河南县（治今河南洛阳西郊涧水东岸）界，墓葬在今洛阳邙山。据说夫人滕皇后为他写了哀悼之文，文章悲痛凄楚。亡国君主孙皓在晋国生活了三年之久后结束了其浅陋卑劣的人生。

3.3（23）后孙权时代的政治衰落

252年吴大帝孙权结束了他对孙吴集团52年的统治和称帝23年的历程而溘然离世，把政权交给了他的儿子孙亮，吴国自此进入了后孙权时代。其时魏国经历了高平陵事变后司马氏在与曹魏集团的斗争中已经占据上风，他们支配国政并显示了代魏而立的趋向；蜀国频繁北伐的军事冒险和宦官治政即将登台，呈现出外躁内虚的特征。天下政治的重心进一步向北方倾斜，而大国内部不同集团间的权力争夺又给吴国提供了自我发展的良机。

后孙权时代，吴国发展的机遇和险局是同时并存的，这首先是，孙权晚年由于执政方式的过错和个人心性的局限，造成了百姓疲惫、群臣恐慌和国力削弱的政局危机，这给新的执政集团提供了改弦更张、刷新政治，动员和组织民众重整山河的良好契机，而北方大国的内部纷争也为吴国的自我更新提供了适宜的条件；与此同时，吴国的百姓和群臣对先前的国家治理怨望已久，他们期待着国家政治的更新。如果新的执政者顺应这种趋势和民望，就能很快在国内营造出新的政治局面，推动国家走向兴盛。然而，国家执政人如果看不到这种趋势，继续维持和推行不恰当的治政方针，就会丧失魏国内斗提供的良好际遇，丧失发展强盛的机会。

后孙权时代，吴国其实始终没有制定和选择出通过整顿内政来兴盛国家的战略目标及其措施。二十八年间先后有孙亮、孙休和孙皓为帝，少帝孙亮在位时的辅政人诸葛恪本来是极富才华、很有民望的江南才俊，作为忠厚长者诸葛瑾的儿子，他在孙权执政时代就为国家建就了出色的功绩，基本上是孙亮继位时众望所归的辅政人。但不幸的是，诸葛恪掌政时把主要精力放在军功的获取上，他是一位明于小却昧于大、知进而不知退，没有战略全局眼光并且不曾考虑民众愿望的治政独夫，掌政两年间竟连续发动规模不小的伐魏之战，当时包括他本人在内的全军将领中偏偏就没有出现一位善于筹谋布阵的军事人才。当诸葛恪放弃了国家的整顿治理，满心热衷于穷兵黩武，于是就走到了历史趋势和民众意愿的对立面，因为伐魏之战终于丧师辱国时，诸葛恪就被当朝君臣合谋杀害和抛弃。后来接替掌政的孙峻、孙綝没有诸葛恪的才情，凶残暴虐却又过之，他们重蹈了向北方军事冒险的战略，而在内政治理上一无所长，最终也未能挽救衰落的政局。

少年皇帝与辅政大臣的矛盾加深了国家的内政危机，成为后孙权时代国家走向兴盛的制约因素。一般说来，少年皇帝由于个人政治经验的缺乏，其继位称帝后离不开权威大臣的辅佐，这本来是传统社会中弥补少主治政经验不足的重要方式，但这种方式同时造成了国家中枢中权势与地位、权力与责任的分离，君主与权臣的政治理念及其处事方式不尽相同，双方在具体事务中的猜忌冲突在所难免。孙亮就是孙峻诛杀诸葛恪的重要合谋人，其后他想夺回孙綝手中的权力，做事不密，反为对方得手；直到258年孙休接替为帝后才清除了权臣孙綝在朝廷的政治毒瘤，这反映了少年皇帝和朝中权臣间终归存在着因权位归属而引起的矛盾。吴国朝廷一再发生的这些权力争夺，是少年皇帝在位期间难以避免并未能避免的问题，它使当政的君臣难以集中精力思考国家发展的重大战略，造成了国家政治的巨大内耗，延误了国家本来应该具有的正常发展。

后孙权时代中实际执掌了国家权柄的继位人，在国家治理中一直缺乏优秀政治人物应有的个人素质和思想理念。在位六年多的孙亮始终没有成为国家政权的掌控人，孙休继位不久清除了权臣孙綝后掌握了国家政权，他很快提出了停止对外战争、减轻赋税劳役和发展农业经济，以及加强道德教化的系列化治国方案，似乎表现了不同凡常的治国雄心，但这位饱读经典的年轻皇帝做事情缺乏坚定不移的决心和毅力，事后并没有把自己提出来的各种措施认真地在全国各地推行落实，却热衷于玩弄人名上的文字避讳等毫无意义的雕虫之技，在用人和处政上缺乏博大的胸怀，沦落为志大才疏、毫无作为的庸常君主，使吴国在此失去了一次振作兴盛的机会。264年孙皓继位为帝之初，司马氏在北方已完成了代魏立国的政治进程，历史留给吴国的强盛机会已经不多，而在位16年之久的孙皓由于个人品行和政治素质的严重不足，一直迷恋于谶纬运数的谎言，热衷于个人欲望的追求，竟然放肆地推行了暴虐臣民、践踏公义的酷政，终于使吴国失去了立国的社会基础，280年被晋国兼并灭亡。可以说，吴国灭亡是孙权后期治政上的各种错失所引发的，但直接的责任在于，实际掌政的孙休耽误了扭转颓势的机会，而暴戾昏聩的孙皓把国家推入了万劫不复的绝境。

考察后孙权时代吴国的发展，乃至整个吴国几十年间的历史演变，可以明显地感觉到：在目标不同、相互对峙的国家间，实际上各方始终存在着发展竞争的关系；就一个国家而言，每一前期的发展都为后面的发展准备基础，而任何后面的发展都是前期发展的延续和目标的兑现。在这一意义上说来，任何国家每一阶段的发展都是至关重要的，各个阶段上都不允许有更多的战略失误和岁月蹉跎；然而另一方面，任何后起的国家并非必然失去了强盛的机会，"往者不可谏，来者犹可追"。在现实社会中，一个国家发展强盛的机会始终存在于眼前及以后的治理活动中，其中要紧的是治政者需有观察判断眼前形势、具备发现机遇和制定适宜方略的独特眼光。

后孙权时代，吴国一次次失去了赶超北方和兴盛国家的机会，最终被晋国兼并消灭。社会的进程遵循着某种客观必然的逻辑，吴国的灭亡已经成为既往的历史，但这一过程始终内含并隐存着一些重要的逻辑关系与思想理念供人们咀嚼：其一，任何有成效的国家治理必须要有基于对国家历史方位正确认识的战略设定，必须要有顺乎民众愿望、能唤起社会各层踊跃参与的奋斗目标与具体措施，并且要在整个社会层面上持续不断地推动下去。其二，国家的发展强盛需要借助于成熟而稳定的政权系统，这种系统应该能最大程度地限制反向力量的凝聚和产生，能减弱系统内部力量的消耗，保证社会各层面的运作能量都可产生积极的作用。其三，一个国家的发展强盛永远离不开掌政人良好的品格素质和出众的才能，包括判断国家情势的宏大视野、为人处事的宽广胸怀、推进战略目标的坚定毅力、应付突变事件的聪颖智慧，以及为国爱民的献身之诚等等。其四，国家最高执政人的产生，是关乎国家兴衰的重大问题，这里来不得半点疏忽与侥幸，需要当事人严谨地把控掌握。吴国群臣惧于263年蜀国灭亡的事实，大家一致决定在孙休身后要选定一位年长而强干的君王，主意倒也不错，但未经了解审查就轻信一面之词，把德性卑劣的孙皓请进京师抬上了皇帝之位，他们最终是用整个国家的沦陷和各人的身家性命来为这一轻率决策买单的。后孙权时代吴国的政治衰落了，而其中的许多逻辑关系却在现象层面的衰落中得到凸显。

3.4 孙吴皇家宗亲

孙吴事业的首位奠基人当之无愧地属于孙坚,孙坚的兄弟及其众多子孙,以及孙权几位兄弟和他们的后裔,还有孙权未做皇帝的子孙们,都曾支持了由孙策推动的孙吴创业活动,或先后参与了由孙权主导的守成事业。这些皇家宗亲们本是孙吴事业发展的骨干成员,而现实中由于个人利益和追求的不同,他们显然有着迥异的人生道路和个人结局。

3.4(1) 孙静及其子孙的多样人生(上)

吴国是与魏、蜀鼎足而立的南方国家,但和曹操、刘备有所不同,吴国旗舰人物孙坚有位参与创业的兄弟孙静,他不仅在兄长孙坚兴兵征战时给予了协助,而且其后坚定支持了孙策争夺江东的战争,是吴国事业的参与奠基者。《三国志·吴书·宗室传》及其引注记述了孙静与他多位后裔的人生轨迹,展现了吴国非直系的皇族人物复杂多样的政治生活与结局。

——**留恋故土的孙静** 孙静字幼台,是孙坚的弟弟。孙坚开始起兵时,孙静集合本乡及宗族子弟五六百人作为基干队伍,大家都依附他。孙策约在195年击败刘繇,平定各县,进攻会稽郡时,派人请孙静来军中,孙静带着家属与孙策在钱塘(今钱塘江)会面。当时钱塘太守王朗在固陵(今浙江萧山西北西兴镇)与孙策军队对峙,孙策几次渡水出击都不能取胜。孙静对孙策说:"王朗凭险固守城池,很难轻易攻破,查渎(今南京清凉山南)在南面几十里处,是通向会稽的要害之道,应当从那里攻进城去，这就是所谓攻其不备、出其不意。我可以亲率军队作为前锋，一定能攻克该城。"孙策同意了他的方案（参见3.1.4《让事业走在正确的道路上》）。

孙策于是向全军传令说："近日连续下雨水源浑浊，兵士饮水大多腹痛，请赶快备置瓦缸数百口澄清饮水。"至黄昏时分，罗置很多火堆迷惑王朗，随即分兵连夜赶赴查渎，袭击高迁屯（今浙江萧山东十公里的杭州湾畔）。王朗大惊，派遣原丹杨太守周昕等人率军前来迎战。孙策打败周昕等人，杀了他们，其后终于平定了会稽。从中能够看到，孙静并不是寻常之人，他是善于在战场上谋筹策划的出色军事人才。

夺取了会稽后，孙策上表任命孙静为奋武校尉，打算委他以重任，但孙静留恋世代生活安息的故地，不乐意出外做官，请求留任家乡镇守。孙静期冀自己家族事业的成功，他也有足够的能力给该事业的成功以有力的支持，然而他更是一位热爱乡间生活、无心个人功名的贤达人士。孙策当时答应了他的要求，孙权执掌江东事务后，孙静被升为昭义中郎将，职位升高了，他对生活的追求没有改变，仍然留在故土镇守，最后终老于故乡吴郡富春（今浙江富阳），留下了不同寻常的人格形象。孙静的五个儿子孙暠、孙瑜、孙皎、孙奂、孙谦各有军功，他们都是参与开创孙吴基业的有功之人。

——**兴兵反叛的孙暠**　孙静的长子孙暠在《三国志·吴书·宗室传》中没有记录，而《三国志·虞翻传》引注吴人韦昭所撰《吴书》中有关于孙暠事迹的零星记述，其中说：孙策200年春在山中狩猎时被人放冷箭杀害（参见3.1.10《一枝射向面颊之箭》），当时孙权接替执掌了东吴政权。孙策的堂兄孙暠当时任定武中郎将，屯守乌程，他此时则整顿兵甲，准备夺取会稽而自立。会稽守将听说了孙暠的企图后，即组织军队坚守城池，以等待孙权的命令，同时派人向孙暠作出劝慰说明。东晋虞预所撰《会稽典录》中记述，时任富春县长的虞翻正在为孙策守丧，他警告孙暠说："主公英年早逝，现在主公之弟统摄政务，我虞翻已经与同郡吏士固守城池，准备以命相搏，为新主除害。你自己权衡利害吧。"孙暠最后只好撤退。

在孙策和孙权权力交替的危急时刻,他们的堂兄孙暠想依靠自己掌握的兵力反叛自立,实际上是要夺取孙权刚刚到手的军政权力,因为会稽和富春的驻守将士严阵以待,并不配合孙暠的反叛行为,而虞翻甚至给了孙暠以严重警告,孙暠最终收敛了自己的野心,撤走了准备冲突夺权的军队。这是一次由孙暠本人挑起的严重的政治反叛事件,虽然没有成功,但性质极其严重。引注资料上没有关于事后对孙暠作出处置的任何文字摘录,正史记录中保持了对孙暠事迹的空缺,为皇家人物的反叛而避讳,似乎也是合于情理的。

——**军中办学的孙瑜** 孙瑜,字仲异,为孙静次子。他最初以恭义校尉的身份统领士兵,他手下的宾客将领和士兵大多数是长江以西的人,孙瑜虚心谦恭地安抚他们,得到他们的欢心。204年,孙瑜接替孙翊兼任丹阳(治今安徽当涂东北小丹阳镇)太守,众人前来归附,兵力达到一万多人。不久被加任为绥远将军。206年,他与周瑜一起征讨麻屯(今湖北嘉鱼西南陆水入长江处,又称陆溪口)和保屯(今湖北蒲圻北)的反叛,取得了胜利。213年,孙瑜跟随孙权在濡须(源出安徽巢湖入长江的水流)抵御曹操,孙权想与魏军交战,孙瑜建议应该稳重防守,孙权不听,军队果然没有获得战功。孙权大概由此看到了孙瑜的军事才能,事后升孙瑜为奋威将军,仍然掌管丹阳郡事务,让他从溧阳(治今江苏溧阳西北)迁到牛渚(今安徽当涂西北长江边上)驻守。孙瑜任用饶助为襄安(治今安徽无为南)县长,颜连为居巢县长,让他们招纳九江和庐江二郡前来投降的魏国将士,二人都招得一些人前来归附。年轻将军孙瑜参与孙吴的创业,曾有不少功绩。

济阴(治今山东定陶西北)人马普爱好古代经典,孙瑜对其以厚礼相待,让自己所主管的两个郡府中的将吏子弟几百人都跟马普受业学习,为此设立学馆,置备饮食讲堂以讲授知识。当时诸将都只专注军事活动,而孙瑜却喜好典籍,虽然人在军旅,但经常诵读经典,并且为自己部属的数百子弟设置学堂攻习经典,这的确是难能可贵的行为。215年孙瑜三十九岁时离世。

——**孙暠的子孙** 正史中没有记叙孙暠的任何事迹，这自然包含着作者的考虑。但出乎意料的是，文中在应该记录孙暠的地方，却不同寻常地记述了孙暠的儿子与孙子们。这里的文字仅仅说：孙暠有孙绰、孙超、孙恭三个儿子，其中孙超位至偏将军。此处对孙暠其他两个儿子没有介绍其生前的职位，只是提道：孙恭生有儿子孙峻；孙绰生有儿子孙綝。

吴国在后孙权时期孙亮、孙休在位时，孙峻、孙綝是把持朝政近六年之久的掌政权臣，他们对当时的吴国政治发生过重要影响。就当时吴国君臣间的关系讲，孙坚的孙子孙亮、孙休只是名义上的皇帝，而孙坚弟弟孙静的曾孙子——孙峻、孙綝两位堂兄弟把持着朝政，吴国少年皇帝受着他们族侄的控制，直到孙休258年杀掉孙綝为止（参见3.3.3《孙峻孙綝的专权》）。如果联系孙暠在200年的反叛夺权企图，能够看到皇族内部的权力争夺其实一直是非常复杂的。

3.4（1）孙静及其子孙的多样人生（下）

孙静在兄长孙坚和侄儿孙策父子的两度创业过程中都做出过自己的贡献，他是一位热爱乡间生活而无心功名的人，在受任期间一直乐意镇守故土，他的四个儿子则跟随孙策、孙权创造了不同的业绩和人生。在长子孙暠、次子孙瑜之外，《三国志·吴书·宗室传》及其引注中还记述了孙静三子孙皎、四子孙奂及其子孙的人生轨迹与政治活动，而五子孙谦则没有任何资料记录其事迹，这也构成了孙静后裔们人生的丰富多样性。

——**求善改过的功臣孙皎** 孙皎，字叔朗，开始担任护军校尉，领二千多人的部队。赤壁战后曹操多次出兵攻打濡须，孙皎常常带着精锐之师赶赴抵御，不久升任都护征虏将军，替代程普在夏口督军。黄盖和兄长孙瑜去世后，孙皎合并了他们的部队，军中职权增加，他被赐给沙羡（治今湖北武昌金口镇）、云杜（治今湖北仙桃西北）、南新市（治今湖北金山东北三十公里）、竟陵（治今湖北天门西北）为封地，另外在管辖区可以自己设官置吏。

孙皎在待人处事上有自己独特的方式，他轻财物好施舍，善于结朋交友，与诸葛瑾关系最为友好。他委任刘靖处理下属的得失，让李允负责人事安排，吴硕与张梁负责军旅诸事，孙皎对这些部属倾心相待，他们都竭心尽力。这是在政务上实行专人分工负责的方式，他自己则以温情感人，只作宏观的协调，对具体负责人关怀鼓励，督促他们做好工作就行。

孙皎曾派出将士进入魏国侦查情报，这些人员抓获了魏国边境的将吏与美女，返回后送给孙皎，孙皎让这些人更换衣服并送他们回去，下令说："现今所要诛讨的是曹氏，他的百姓有什么罪？自今以后，不许伤害魏国的老弱百姓。"由于这类亲民政策的感染，江淮地区的很多人都前来归附，孙皎的仁善处政是有成效的。

孙皎曾因小事与甘宁负气相争，有人劝说甘宁，甘宁说："大家同为人臣，孙皎虽是公子，但凭什么欺侮人呢？我遇到的是明主，只应尽力效劳，以报答君主厚遇，但不能随从世俗而屈服无理之人！"孙权听说此事后，写信责备孙皎说："自从我与北方为敌，中间已历十年，起初你还年小，现在已近三十的人。孔子说'三十而立'，不单指学习五经。让你统率精兵担当大任，统领诸军于千里之外，是想让你像楚国任用昭奚恤一样扬威于北部边境，而不是让你徒劳无益地放纵个人意志。听说你最近与甘兴霸饮酒，因酒醉发作欺凌了他，他已请求归属吕蒙管辖。甘宁这人虽说粗鲁豪放，有不尽人意的地方，然而他总还是个大丈夫。我亲近一个人，绝不是私情偏爱这个人，现在我喜欢甘宁，你却疏远憎恶他，你所做的与我做的相背离，这样可以长久吗？待人恭敬而行事简明，就可以治理百姓；爱人并能宽容大度，就能得到众人拥护。这两点你都不理解，怎么能在远地统大军御敌救难呢？你长大了，特地授予重任，上有远方的瞻望期待，下有部众朝夕相从，怎么可以任性地大发脾气呢？人谁无过，贵在能改，你应该牢记前面的过失，深切作出反省。现特意让诸葛瑾前来说明我的心意。写到这里，我心里悲伤难过，不禁泪随笔落。"孙皎收信后，上疏表示谢罪，自此与甘宁深相厚交。认定孙皎是自己家族的可造之才，孙权在发现了其处事待人上的不足后给堂弟孙皎写了这封情深意长的书信，并专门让与其相好的诸葛瑾带去交付并作出说明，这里表现出的是对孙皎的高度信任和用心栽培。

219年八月，驻守荆州的关羽部队向曹魏占据的樊城发动进攻，战事在荆州北境进行得非常激烈。关羽因为战俘太多，军中乏粮，于是擅自取走了吴国储存于湘关的粮米。吴国君臣早有夺取荆州的意图，于是组织军队袭击荆州（参见3.2.9《联盟的破裂》下），孙权派遣吕蒙等人进军南郡。出征之前，命令孙皎与吕蒙为左、右部大都督，吕蒙上疏孙权说："如果您认为征虏将军能行，就应该用他；认为我吕蒙能行，就应该用我吕蒙。过去周瑜、程普为左、右部都督，共同进攻江陵，虽说大事取决于周瑜，而程普自恃身为老将，又都是都督，两人为此不相和睦，险些误了国家大事，眼前必须以此为戒啊！"孙权由是醒悟，向吕蒙道歉说："让你任大都督，命孙皎为后续。"后来袭取荆州，孙皎做出了应有的贡献。

夺取荆州后的219年底，孙皎去世，史书上没有记录其突然病故的原因。孙权追记孙皎的功劳，封他的儿子孙胤为丹杨侯。孙胤死后无子，孙胤的弟弟孙晞继承了爵位，统领军队，后因有罪自杀，封地被取消。孙胤另外几个弟弟孙咨、孙仪都作了将军，被封侯。孙咨为羽林督，孙仪为无难督。在孙亮在位期间，孙咨被滕胤所杀，孙仪255年谋杀孙峻，因事情败露反被孙峻所害。

——**讷于言而善治军的孙奂** 孙奂字季明，为孙静的四子。他的三哥孙皎在219年去世后，孙奂接替孙皎统领其部众，并以扬武中郎将的身份兼任江夏太守。孙奂任职一年，遵循孙皎生前的做法，礼待刘靖、李允、吴硕、张梁、闾举等人，利用他们的优长。孙奂不善于言谈而善于处事，因此军中将士和百姓都称赞他。

226年七月，孙权得知魏文帝曹丕去世，于八月兴兵讨伐江夏郡，围攻石阳城（今湖北应城东南四十公里），孙奂以驻军将领的身份，派自己的部将鲜于丹率领五千人先截断淮河水道，自己统率吴硕、张梁等五千人马作为大军的前锋，迫使高城（治今湖北松滋南）投降，得到三位投降将领。大军返回后，孙权下诏让孙奂的部队在前面停下，车驾经过孙奂军队，看见其军容齐整，孙权感叹说："当初我担心孙奂迟钝，现在看他带兵，各位将领中很少有人赶得上他，我没有什么担忧的了。"随即任命孙奂为扬威将军，封爵沙羡侯。任命吴硕、张梁为副将，赐爵关内侯。

孙奂喜欢读书人，命令亲兵子弟都读书学习，后来有数十人在朝中任职。234年孙奂四十岁时去世，孙奂死后，儿子孙承继承他的爵位，以昭武中郎将的身份接替孙奂统领兵众，兼任郡守。243年孙承去世，因为没有儿子，朝廷封孙承的庶弟孙壹继承孙奂的爵位，并任命他为将军。

——**被侍者杀害的孙壹**　孙壹是孙奂的庶子，243年在兄长孙承逝后被任军职。253年孙峻诛杀诸葛恪时，孙壹与全熙、施绩受命前往公安（治今湖北公安西北五公里）围攻诸葛恪的弟弟诸葛融，诸葛融自杀，孙壹由镇南将军升任镇军将军，假节，督领夏口军队。256年孙綝诛杀滕胤、吕据时，因为吕据、滕胤都是孙壹的妹夫，孙壹的弟弟孙封又因参与了滕胤等人的谋划而自杀，事情牵连到了孙壹，孙綝遂派朱异偷袭孙壹。孙壹知道朱异进攻自己的部队已至武昌，仓皇间领着千余亲信部属与家眷投奔了魏国。魏国当时在位的皇帝曹髦任命孙壹为车骑将军，封他为吴侯，并将已被废黜的皇帝曹芳的贵人邢氏送给他为夫人。邢氏长得漂亮，为人妒忌，身边服侍的人忍受不了，于是合谋杀死邢氏，来魏三年的孙壹一并被侍者所杀（参见1.8.3《与敌国的较量》）。

孙静的子孙不少，在孙坚、孙策、孙权开创和建立的吴国，他们属于非直系的皇族亲属，虽然没有继位皇帝的资格，但都属掌政集团的人物，有掌握国家权柄的条件。尽管他们的出发点基本相似，但因各人心性和所处条件不同，最终有着不同的结局，他们的人生是多样的。

3.4（2）孙羌子孙的职场之路

孙坚有位亲哥哥孙羌，字圣壹，史书上特意标明他是孙坚的"同产兄"，即同母兄长；而在孙坚与孙静的关系上则没有这一表述。根据这样的意思，孙坚的父亲（《太平御览》引《幽明录》中称其为孙防）应是娶过两位夫人，孙羌和孙坚是同一位夫人所生，三子孙静是孙防的另一位夫人所生。相比而言，孙坚与孙羌的兄弟关系更进一层。《三国志·吴书·宗室传》及其引注记述，孙羌与他的妻子离世较早，留下了两个儿子孙贲和孙辅，他们在跟随叔父孙坚和堂兄弟孙策孙权创立并守护孙吴基业的过程中各自踏上了自己的职场升贬之路。

——**曹操的亲家孙贲** 孙贲父母死得早，当时弟弟孙辅还是婴孩，孙贲独力养育孙辅，所以兄弟两人非常友好。孙贲初时为本郡督邮，协助太守督查各县官员的政绩。后来孙坚在长沙起兵（参见0.6.2《少年英雄孙坚》），孙贲于是弃官跟随叔父孙坚从军征讨。191年孙坚战死（参见0.6.5《降星的暗淡与坠落》），孙贲统领孙坚部众扶送灵柩到曲阿，他显然在职场上一时成了孙坚政治遗产的继承人。

后来袁术迁移到寿春，孙贲也前去依附，因为孙坚一直作为袁术的部属而征战，孙贲的这种依附也是一种必然的选择。当时袁绍和袁术兄弟两人在政治上不和，袁绍任命会稽人周昂为九江太守，袁术大怒，立即派遣孙贲攻击周昂，孙贲在阴陵（治今安徽定远西北）击破了周昂，袁术为此上表荐举孙贲兼任豫州刺史，后又转任丹杨都尉，代理征虏将军职务，安排他参与征讨山越。孙贲这次出军不利，他被扬州刺史刘繇击败并驱逐，军队不得已退回历阳（今安徽和县）。不久，袁术命孙贲与吴景联手攻击刘繇部将樊能、张英等人，但未能击破，双方处于胶着状态。

194年孙策兴兵攻取江东，他于次年帮助孙贲等人击破张英、樊能（参见3.1.1《"将二代"重整旗鼓》），其后追击刘繇，刘繇败走豫章（治今江西南昌）。孙策派孙贲与吴景返回寿春向袁术汇报，孙贲所统领的军队应该是此后完全归孙策统领。

197年，袁术于寿春称帝，他设置了朝廷百官，并任命孙贲为九江太守，孙贲大概是看出了袁术这一政治冒险的危险性，他没有接受任命，顾不得携带家眷就抛弃妻儿回到江南。孙贲到时，孙策已平定了吴郡和会稽，孙贲于是协同孙策征伐庐江太守刘勋及江夏太守黄祖，回军时知道刘繇病死，于是又平定了豫章，孙贲兼任豫章太守，后来封都亭侯。199年，孙策与北方曹操结好的努力有了成果，曹操也对江东孙策拉拢示好，其中把孙贲的女儿娉为自己儿子曹彰的妻子（参见 3.1.6《乘胜进军扩大战果》）。

208 年，已是孙权执政之时，曹操进入荆州，威震南土，孙贲心怀畏惧，又因为自己女儿为曹操之子曹彰之妻，便想要把自己的儿子送给曹操当人质以求自保，被臣僚朱治说服才作罢。同年，朝廷使者刘隐奉诏任命孙贲为征虏将军，继续兼任豫章太守。孙贲在朝廷正式任命的职位上干了十一年后于 219 年去世，他的儿子孙邻继承了爵位。

——**处事精明的孙邻** 孙邻，字公达，他是孙贲的长子，从小就精明敏捷，年幼时有很好的声誉，219 年父亲孙贲去世，孙邻继承了都亭侯的爵位，代理豫章太守，晋封为都乡候。

孙邻在豫章郡任职将近二十年，讨伐平定叛贼，治理政事都成绩斐然，其后征召回武昌，被任命为执掌宿卫的绕帐督。当时太常潘濬掌管荆州事务，重安（治今湖南衡阳北五公里）县长舒燮有罪坐牢，潘濬曾与舒燮失和，想用法律治他于死地。议论的人多为舒燮说情，潘濬还是不肯放过他。舒燮是北方陈留（治今河南开封东南）人，据引注资料《博物志》所记，舒燮的父亲舒伯膺一位亲友被人所杀，舒伯膺为其报仇，事情被官方追究时，他与兄弟争相赴死，一时成为美谈，官方最终赦免了他们。孙邻当时据此事对潘濬说："舒伯膺兄弟争死，天下人都认为他们有义气，作为美谈，舒仲膺过去又有侍奉我国的心愿，如今您杀害他们的子弟，如果天下一统，君王北巡，中原士人一定问到舒仲膺后嗣的情况，如果回答说是你潘濬杀死了舒燮，这对您有什么好处呢？"孙邻是提醒潘濬要充分考虑此事对自己身后的名誉损伤。潘濬听了这话，立即打消了杀死舒燮的念头，舒燮因此得救。

孙邻后来升任为夏口、沔中（今陕西汉中地区）督，威远将军，在住地任职。249 年，孙邻去世，其子孙苗继承了都乡侯的爵位，孙苗的兄弟及儿子多人都在吴国任职为官。

——**欲附曹操反被囚的孙辅** 孙辅，字国仪，他是孙羌次子，为孙策和孙权的堂兄。孙辅出生不久就父母双亡，由兄长孙贲抚养长大，刚开始以扬武校尉之职辅助孙策平定江东，孙策197年征讨丹杨等七县，派孙辅驻守历阳抵御袁术，并招诱留下的百姓，纠合失散的兵卒；其后孙辅又随孙策讨伐陵阳（治今安徽太平西北），活捉祖郎等，年轻时立有不少战功。

199年，孙辅随孙策袭击庐江太守刘勋（参见3.1.6《乘胜进军扩大战果》），在与刘勋军队交战中他身先士卒，立有战功，事后孙策任命他为庐陵（治今江西吉水东北）太守，让他平定和安抚所属县城，分置地方官员，后升任平南将军，假节，兼任交州（治今广东广州）刺史。引注资料《典略》中记述，200年孙权刚接替孙策执掌东吴政务时，孙辅担心孙权没有能力保守江东，趁孙权出行时派遣使者与曹操暗中来往，此事很快被人告发，孙权回来后假装不知道此事，与张昭共同召见孙辅，对孙辅说："兄弟之间不愉快说出来，为什么要叫外人来呢？"孙辅表示没有此事，孙权将孙辅与曹操往来的书信拿给张昭，让张昭拿给孙辅看，孙辅非常惭愧，无言以对。孙权于是尽杀孙辅的近臣，削减他的部众，将他流放到东部幽禁。孙权处置了这位堂兄，但保留了他的性命（参见3.2.3《战略目标的推进》）。数年后孙辅去世，孙辅的儿子孙兴、孙昭、孙伟、孙昕，都依次取得官职。

孙羌的儿子孙贲孙辅与孙策孙权有更亲近的关系，他们都在孙吴基业的创立中建功立业，是非直系皇族中最亲近的人物，尽管这样，他们在国家政局面临转折的关键时刻，却都分别选择了依附北方曹操的求生策略，一个被同僚事先劝止，另一个虽有实际行动，而尚未造成事实。这里表现了亲族内部人物关系的复杂性。孙羌的孙子辈人数不少，史有所载的孙邻其实也未留下多少出众的事迹，应该是其父辈对孙吴基业的一再叛离行为影响了国家执政人对他们的信任与任用，致使拥有优越资格的这批近亲支属难在国家政治舞台上脱颖而出。

3.4（3）孙翊与他的寡妻孤子

吴国创业之主孙坚生有四个儿子，在孙策、孙权之外，尚有三子孙翊和四子孙匡，另有今佚本《三朝录》和晋人虞喜所撰《志林》中提到，孙坚还有庶生的第五个儿子孙朗，但未有任何其他的介绍。《三国志·吴书·宗室传》及其引注中记述有孙翊不长的人生经历，也有孙翊死后他的寡妻徐氏在受到仇家逼身的个人困境中智擒恶凶为夫报仇的惊心事迹，以及他的儿子孙松同样短暂而出色的人生轨迹。

孙翊，又名俨，字叔弼，为孙权的弟弟，他骁勇刚烈，性格严厉暴躁，有长兄孙策的风格。吴郡太守朱治曾将孙权孙翊两兄弟一并举孝廉。孙策200年临逝世前，张昭等人料想孙策会将兵权交给孙俨，而孙策则叫孙权来佩上了印绶。203年，孙翊以偏将军身份兼任丹阳（治今安徽宜城）太守，时年二十岁。

先前孙策平定吴郡和会稽时诛杀了许多有名望的人，原吴郡太守盛宪因病离职，但他在当地很有威信，孙策很是忌惮他。当时东汉朝廷中孔融极力催促曹操征召盛宪来许都任职，但朝廷的文书没有到达时，掌政不久的孙权就已将盛宪杀害了，盛宪的儿子盛匡投奔了魏国，盛宪当年举孝廉的党羽妫览、戴员逃亡到了山中隐藏。担任了丹阳太守的孙翊应该是对妫、戴两人有些敬慕吧，他以礼相招，安排妫览为郡中都督，掌管军队，任戴员为郡丞，为自己的助手。妫览、戴员在任上与边洪（又作边鸿）交往亲近，边洪受到孙翊的多次责备，经常有叛逆之心。大约在孙权204年的一次远途出征时，边洪作了准备想谋杀孙翊。

当时丹阳郡各县的县令（长）都来郡中接受孙翊会见，孙翊的妻子徐氏懂得卜卦，这天孙翊对徐氏说："明天我要会见各县官员并设宴招待他们，你为我试卜一卦吧。"徐氏卜后说："卦不吉利，可以改个日期。"孙翊觉得官员们来的时间长了，应该让他们很快返回，于是照例大设宴席，招待宾客。孙翊经常出入带着刀，这天喝得有点多，就空手送客，而边洪从后面用刀砍孙翊，座间一时大乱，没有人来得及援救，孙翊遂被边洪所杀，边洪逃进山中躲藏。徐氏招募人追捕，在边洪途中住宿处将其抓获，将其处死。而妫览、戴员将谋刺之罪归咎于边洪，大家都知道是他俩指使边洪干的，但没有力量制服两人。

3.4 孙吴皇家宗亲

驻守京城（今江苏镇江）的孙河（俞河）听到孙翊已死的消息，他赶来丹阳治府斥责妫览、戴员，认为他们没有尽到保护孙翊的责任，才让谋杀事件得以发生。妫、戴两人私下说："孙河与孙翊关系那么远，还为这事责备我们；如果讨虏将军孙权到来，我们还能存活吗？"于是他们杀掉了孙河，派人去北面联络魏国扬州刺史刘馥，让刘馥派军队到历阳（治今安徽和县），准备接应他们在丹阳的行动。历阳和丹阳在长江两岸，他们是想在反叛时能得到魏国刘馥军队的声援。

引注资料《吴历》中记述，其时妫览入居军府中，将孙翊嫔妾及左右侍御全部占有，后来又想娶徐氏为夫人。徐氏担心不答应会被其所害，于是假装说："请等到月末最后一天晦日时设祭，脱了丧服才可以。"到了月底，妫览等候设祭完毕。徐氏暗中让亲信告诉孙翊亲近的属下将军孙高、傅婴等人说："妫览已占有了婢妾，现在又想逼迫我，我表面上答应了他，是想让他暂时安下心以避免灾祸。我有自救的方案，希望你们两位援救。"孙高、傅婴流着眼泪回答说："我们曾受孙府君的恩遇，前面没有以死赴难，就是觉得死了得不到好处，解决问题的办法还没有想好，所以没敢告诉夫人。现在所筹划的事情，正是我们日夜所想的。"于是他们暗中召集孙翊在世时所亲厚的二十多人，把徐氏的谋划转告给大家，共同盟誓，准备行动。到了晦日，为孙翊设祭，徐氏哭泣尽哀完毕，其后脱去丧服，薰香沐浴，在另外的房屋中设置帏帐，谈笑欢悦，表面上毫无悲戚，所有参加哭祭的大小之人都觉得奇怪。妫览暗中窥视徐氏，没有产生任何疑意。

徐氏招呼孙高、傅婴与各位侍婢进入室内，使人报告妫览，说已换了丧服，除凶为吉，现在听候安排。妫览满心高兴地进入室内，徐氏走出内室相拜，妫览刚作了一拜，徐氏便大呼："二君可动手！"孙高、傅婴同时并出，合力杀死了妫览，其余人很快在外面杀了戴员。徐氏夫人于是再次穿上丧服，奉上妫览、戴员两人的头颅祭奠孙翊之墓，此时全军震骇，大家觉得太神奇了。孙权不久来到丹阳，将妫览、戴员的余党全部诛杀并灭族，提升孙高、傅婴为牙门将，其余人都有金帛赏赐，对他们的家族给予特殊待遇。徐氏的节操和智慧一直受到人们的高度称赞。

229

孙翊的儿子孙松，字子乔，为人轻财好施，善于交往，他后来任射声校尉，为执掌宿卫的四品官员，受封都乡侯，孙权在宗室子弟中对他最为亲爱。《吴录》中记录了一件事情：孙松镇守巴丘（今湖南岳阳南）时，多次为得失问题咨询陆逊。孙松有次不整军纪放纵士兵，陆逊将他的手下处以髡刑，并当面责备了他，孙松看起来颇不服气。等到他脸色稍微缓和时陆逊说："你不因我粗鄙而多次访求得失事宜，我顺从你的心意谈了忠言，为什么你却变了脸色？"孙松笑着回答："我也是为自己的过失生气，哪里会有抱怨？"这里表现了他与陆逊的良好交往以及相互信任的关系，也体现了孙松本人优良的心性品质。

孙松还与蜀国丞相诸葛亮有过交往，两人互相倾慕，可以称为忘年之交。事情是，诸葛亮曾过继来哥哥诸葛瑾的儿子诸葛乔为养子（参见2.3.14《诸葛亮的家庭》），诸葛乔来蜀国时，孙松曾托他带给诸葛亮器物作礼品。孙松231年去世后，诸葛亮在给哥哥诸葛瑾的家书中说："您受到东吴的厚待，恩宠延及子弟。另外，子乔（孙松的字）是很优秀的人才，我为他的不幸悲痛难过。见到他送给我的器件物品，感慨流泪。"后世史家认为是诸葛亮208年赤壁交战前出使东吴，其时面见过少年孙松，赢得了孙松多年的倾慕；而孙松离世时也只有二十多岁，当时年近五十的诸葛亮则在家信中表达了对孙松的高度器重与评价。

3.4（4）受赐皇姓的孙河支属

传统社会中有权势的大姓家族拥有更尊贵的身份地位，也可以象征一个人的社会荣誉，因而孙策在创建了一定规模的孙家基业时就把自家孙姓赐给了一位内心喜欢的下属俞河，俞河遂为孙河。《三国志·吴书·宗室传》及其引注中介绍了孙河与他的侄儿孙韶、儿子孙桓等俞家支属享受皇族身份后为孙吴创国而建功立业的事迹，表现了特殊社会关系所赋予他们忠诚英勇的心性。

——**为国捐躯的孙河**　孙河，字伯海，据《吴书》所记，他是孙坚的族子，过继给自家姑姑所嫁的俞氏。这位俞河质性忠直，讷于言而敏于行,不多说话但做事敏捷,有雄气干练之才,诚实勤奋。他年轻时跟随孙坚从军征讨,经常充当前锋,后来统领左右卫队,参与军中内部事务,孙坚把他视作腹心亲信。后来俞河又跟随孙策平定吴郡和会稽,孙策喜爱俞河的为人,特意赐给他孙姓,并让掌管宗室亲属的官员将其列入孙家属籍。这样看来,孙河似乎只是恢复了原有的孙姓,实际上他已由孙氏族内的远疏子弟获得了与孙坚孙策更为亲近的属籍,成了孙吴直系亲族的成员。

孙河协助孙策平定江东,又在孙权刚接政时跟随讨伐不肯臣服的庐江太守李术(参见 3.2.1《承父兄之业》),李术兵败被杀后,孙河被任威寇中郎将,兼庐江太守,不久孙权让他驻守重要的军事城邑京城(今江苏镇江)。大约 204 年,孙权领军远途出征,丹阳郡发生了官员边洪刺杀太守孙翊事件,孙翊是孙权的弟弟,孙河听到消息,立即从驻守地京城赶来丹阳治府斥责掌管军队的都督妫览和郡丞戴员,认为他们没有尽到责任,妫览和戴员害怕孙权追究他们的责任,因而心生反叛投魏之心,两人合谋杀害了孙河(参见 3.4.3《孙翊与他的寡妻孤子》)。

孙河一生先后跟随孙坚、孙策与孙权三位君主领军征讨,展现了绝无二心的忠诚,他因疏忽无备而被丹阳叛将杀害,完全是反叛人对他的忌恨所致,他没有死在冲锋陷阵的疆场,但仍然是英勇地为国捐躯。

——**军功卓著的孙韶** 孙韶,字公礼,孙河的侄儿,他身长八尺,仪容相貌俊雅。资料中没有说清他究竟是俞家的孩子还是孙家的孩子。他与伯父孙河一同协助孙策征战江东,被孙策赐予列有属籍的直系孙姓。孙河 204 年被丹阳叛将妫览、戴员杀害后,十七岁的孙韶收集孙河余众,在京城修整楼橹,治理军械,以此防备敌人。当时孙权听说丹杨作乱,立即从椒丘(今江西新建北)返回吴郡(今江苏苏州),准备路过平定丹杨。孙权领军队夜间到达京城外扎营,想试探孙韶的防守,于是佯装进攻以惊吓城中之人,但见京城的守兵都登上城墙,传递军令警戒防守,城内喧声动地,不断向城外射箭。孙权派人告知真情,城内这才停止下来。第二天孙权见到了孙韶,很看重他,当即任命孙韶为承烈校尉,让他统领孙河的军队，并将曲阿（今江苏省丹阳市）、丹徒（今江苏省镇江市）两县作为孙韶的食邑，允许他自行设置官吏。

后来，孙韶担任广陵太守、偏将军。在孙权220年被魏帝曹丕封为吴王后，孙韶升任扬威将军，受封建德侯。222年，孙韶跟随吕范等将领在洞口抵御魏将曹休；225年十月，曹丕率十万大军准备进犯吴境，因为水道结冰，战船无法入江，魏军无功而返（参见1.5.19《长江北岸的两番叹息》），孙韶派遣将领高寿等人率领五百名敢死士兵，从陆地抄小路夜间截击魏军，缴获了曹丕的副车、羽盖而回。

孙权229年称帝后，调孙韶到北部边境担任镇北将军，以防御魏国，234年孙权安排数路军队进击合肥新城，孙韶受命带领一万人军队攻广陵。孙韶担任边将几十年，善于养待士卒，兵士们都尽命效力。他防守边界时常派人深入敌后侦察敌情，预先探知敌军动静后做好相应准备，故此很少打败仗。北方多地百姓来归附的很多，淮南屯守在长江边窥伺的敌军都远迁他处，徐、泗、江、淮一带，没有驻兵住人的地方各有几百里，边境上敌军一直不敢轻易来犯。

孙韶驻守北境十多年后前来京师朝见，孙权问及青州、徐州等地魏军驻守要害之处，远近人马布置，以及魏军将领的姓名，孙韶全都清楚，有问必答。孙权高兴地说："我好久未见公礼，想不到他有这么大的长进。"于是加任孙韶兼任幽州牧，假节。241年孙韶去世，他的儿子孙越继承爵位，官至右将军。

——**受逼降晋的孙楷** 孙楷，孙韶之子，孙越的兄长，孙休执政时任武卫大将军、临成侯，代替孙越为京下督，镇守京口。在孙皓执政时，266年永安贼寇施但反叛，劫持皇帝孙皓的弟弟孙谦，并领军进攻建业（事见3.3.10《孙皓的折腾与识见》），事情平定后有人告发说当时孙楷首鼠两端，没有立即出军讨伐，孙皓为此多次责备质询孙楷，孙楷内心经常惶恐不安。276年，孙皓调孙楷改任京都建业周边的宫下镇，升为骠骑将军，孙楷觉得这是孙皓要在京城抓捕自己，于是带着家眷和亲信将士数百人投奔了晋国，被晋国任为车骑将军，封丹杨侯。《吴录》中说，孙楷处事不如孙秀严谨,但在晋国的知名度比孙秀更大些。280年吴国灭亡后,孙楷被降职为渡辽将军,304年去世。

——**建功夷陵的孙桓**　孙桓字叔武,是孙河的儿子。孙桓仪表堂堂,为人聪明干练,读书博学强记,常被孙权称赞为"宗室颜渊"。孙桓219年跟随吕蒙袭击荆州,曾在华容道击败荆州军,擒获了关羽的余众将近五千人以及大量的牛马及军备。孙桓二十五岁被拜为安东中郎将,跟随陆逊抗击进攻东吴的刘备。当时刘备率领众多精兵进军,军队非常强大,满山都是蜀军,孙桓分兵到夷道讨伐刘备的前锋,被蜀军包围,向陆逊求救。陆逊说:"孙将军在士兵中很得人心,且城池牢固,粮草充足,没什么值得担忧的。等我的计策实行了,即使不去救他,他也会自然解围。"(参见2.1.23《夷陵攻战的失误》)陆逊火烧连营,蜀军果然崩溃。孙桓与陆逊等人奋战杀敌,两人协力将刘备带领的精兵全部击退,刘备退逃时,孙桓领军拦截,几乎生擒了刘备。刘备逃离后感叹道:"我从前去到京城,孙桓还是个小儿,如今竟然把我逼到这个地步!"(参见2.1.24《战后政局的变化》)夷陵战后孙桓以军功被任建武将军,封丹徒侯,驻军牛渚(今安徽当涂西北)。后被派去修筑横江坞,不幸二十六岁英年而逝。

3.4（5）孙匡及其子孙的异样人生

孙吴基业的首先开创人是破虏将军孙坚,229年吴王孙权即皇帝位时,追尊父亲孙坚为武烈皇帝,孙坚本传引注《志林》中说:"孙坚有五个儿子:孙策、孙权、孙翊、孙匡,都为吴氏所生;少子孙朗,又名孙仁,属于庶生。"各种资料中没有对孙朗做任何介绍。《三国志·吴书·宗室传》及其引注中在孙翊之后记述有孙匡及其子孙的事迹,他们大体上也可以划归吴国的直系皇族中。

——**优秀而早逝的孙匡**　孙匡字季佐,孙坚的第四子。据孙策本传引注《魏书》中所记,孙坚死后,长子孙策本当继承父亲乌程侯的爵位,但孙策把爵位让给了小弟孙匡。199年,在孙策大肆攻略江东之地时,曹操因为无力东顾,他对孙策实行安抚策略,在为儿子曹彰娶孙贲女儿的同时，还把自己的侄女嫁给了孙匡（参见 3.1.6《乘胜进军扩大战果》）。孙匡后来被吴郡举孝廉，并举茂才，这是当时传统上推荐人才的方式，被举荐者具有了受本郡和朝廷征召任用的资格，由此可见孙匡年轻时的品行表现应该是优秀的。但他尚未被正式试用就不幸离世了，时年二十出头。

《江表传》中叙述了一件事情：魏将曹休率军出洞口（今安徽和县东南长江岸边），吴国吕范领军队抵御，当时孙匡为定武中郎将，他违背吕范的命令，放火烧损了可以用作饲料或用来搭建帐篷的茅芒，也许是为了战场上的需要吧，但却造成了军用物资的缺乏。吕范为此送孙匡返回建业，让他退出了战场。孙权大概对此事也很恼怒，就取消了他的皇家族籍，让他归属别姓丁氏，并"禁锢终身"，禁止他终身任职。看来烧损茅芒属于一次重大的战场事故，前线主帅和作为兄长的当朝皇帝都对其做出了严肃处理。

后世史家裴松之针对《江表传》中的上述所记发表议论，大意是说："孙坚是191年阵亡的，魏吴两国洞口交战发生在222年（参见1.4.17《三路伐吴》），从孙坚离世算起已经过了三十一年，而孙匡去世时只有二十多岁，即便他是孙坚临逝前后所出生，也不可能活到洞口之战时。根据这样的推论，裴氏认为，洞口之战中违背吕范军令而烧损茅芒的，应该是孙权的另一弟弟孙朗，而《江表传》中误记成了孙匡。史家的这一推论是有道理的，从孙匡年轻时被本郡重复推举的品行优秀情况看，很难设想他在两军大战中能做出荒唐违令的事情；当时孙权对洞口战场违令人做出了除其族籍的处理，而正史中没有对孙朗的任何记录，这也许恰恰合于孙朗被除族籍、已不属于孙吴皇族的事实。

——**血洒疆场的孙泰**　孙匡娶了曹操的侄女为妻，他的儿子孙泰为曹氏外甥，在吴国任长水校尉，属于二千石的高级军官。234年，吴大帝孙权统军包围魏国合肥新城（参见3.2.18《配合诸葛亮的一次作战》），孙泰随军征战，中流矢而亡。在吴国立国后，战死疆场的皇族人物为数不多，孙泰就是其中突出的一位。史书上对孙泰事迹的记述并不多，这位皇族子弟把自己的生命献给了国家。

—— **恐惧出逃的孙秀** 孙泰的儿子孙秀任前将军、夏口督，所驻军的夏口在今武汉武昌区蛇山北侧。孙秀作为皇族至亲，在京城之外统领军队，当时执政的皇帝孙皓很不放心，甚而有所憎恶，民间传言孙秀可能会被朝廷处置。270年，孙皓派遣亲信何定领着五千人到夏口打猎。孙秀想不通为何要到夏口这么远的地方来打猎，他认为这是孙皓派何定来抓捕自己的，内心非常惊恐，于是连夜带着妻子儿女和亲信将士数百人投奔了晋国，被魏国任命为骠骑将军、封会稽公，晋武帝司马炎给了这位吴国皇族归降人以丰厚的对待。据说孙皓听说了孙秀投奔晋国的消息后非常愤怒，因为没有其他办法处置孙秀，于是追改孙秀为厉姓，以改姓和撤除族籍作为对孙秀可以施加的最后惩罚。

280年魏国大军逼近建业，吴帝孙皓投降。当吴国灭亡的消息传到洛阳时，魏国举朝无不欣喜，而孙秀一点也高兴不起来，他面朝南方流泪说："从前讨逆将军（指孙策）二十岁时以校尉身份创下了基业，如今后主把整个江南都抛弃了，宗庙陵墓从此将成废墟，悠悠苍天啊，这究竟是谁造成的！"（参见3.3.22《亡国君主的终了》）晋国给了孙秀不低的职务和丰厚的待遇，但吴国灭亡后，孙秀没有了故国的依托，对晋国而言，他能够作为敌对国家皇族代表的身份已经丧失，其投降行为对晋国失去了可资利用的示范价值，因而不久即被降职为伏波将军。孙秀内心其实明白，自己在晋国的存在价值其实是附着在祖业强大基础之上的，作为归附了敌国的皇族人物，伴随故国灭亡而生的，必然是自我价值在所在国的大幅削减，他在吴国灭亡后的自我哭泣，并非完全没有包含自哀自怜的成分。

孙秀大约在301年逝于洛阳，晋朝追赠他为骠骑将军，属于一种逝后的荣誉称谓。他的儿子孙俭在晋国担任给事中，为执掌顾问应对的官员。作为吴国皇族后裔的一支，孙匡的子孙曾叛离了祖业但又始终依赖祖业，受到祖业兴衰的影响，他们历经了特殊的波折前行之路，体味和彰显了人们与故国间终究难以分割的某种微妙关系。

3.4（6）早逝的吴太子孙登

在吴国皇族宗室中，孙权共有七个儿子，除孙亮，孙休先后称帝之外，另有五个不同母的儿子，包括孙登、孙虑、孙和、孙霸、孙奋，其中长子孙登是孙权最早所立的太子。《三国志·吴书·吴主五子传》及其引注记述了孙登三十多年的人生活动与孙权对他的着力栽培，其中展现了孙登优良的个人品性，以及他不幸早逝而留给吴国的巨大遗憾。

孙登，字子高，209年出生，是孙权最早的儿子。孙登的生母身份低贱，孙权遂指定当时正宠爱的徐夫人养育（参见3.2.23《孙权身边的女人们》上）。221年孙权面临着刘备率蜀军报仇讨伐的压力，于是向受禅称帝不久的魏文帝曹丕称臣，曹丕封孙权为吴王（参见1.4.8《与东吴的短暂"蜜月"》），同时拜孙登为东中郎将，封万户侯，是想让他前来洛阳任职，但东吴以孙登的名义辞掉了曹丕的封任，这一年，吴王孙权立孙登为太子，为他设置学习的老师，把诸葛恪、张休、顾谭、陈表等江南出众人物挑选出来，让他们为孙登讲授诗书，并侍从骑射练武。孙权想让儿子了解近代的事情，安排他读《汉书》，觉得张昭有教学方法，又怕太劳累他，于是让张昭的儿子张休首先跟从父亲学习，然后返回来再给孙登讲授。229年孙权称帝后，又立孙登为皇太子，以诸葛恪为左辅，张休为右弼，顾谭为辅正，陈表为翼正都尉，称为"四友"，同时选谢景、范慎、刁玄、羊衜等人为宾客（参见3.2.20《称帝后的内政治理》），当时号称东宫多才士。

另有《艺文类聚》中相关资料说，孙登身边还有一位来自月支（今敦煌、祁连一带的游牧部族）的高僧支谦，字恭明，这人博览经书典籍，无不精深探究，身具好多技艺，精通六国语言，长得细长黑瘦，眼中白多而睛黄，当时人们都说："支郎眼中黄，形躯虽细是智囊。"这位支郎在汉献帝末年为躲避战乱从北方来到吴国，孙权接见过他，其后很高兴，拜其为博士，让他辅导东宫太子。只因为他来自外域，所以史志上没有载录他。先前孙权曾一再辞绝了魏国要让孙登赴洛阳为人质的要求，为此不惜与魏国走向战争对立,这些情况都表现了他对孙登的特殊关爱和着力培养。

孙登接待僚属,一般用的是平民交往之礼,他与诸葛恪、张休、顾谭等人有时同坐一辆车,有时在一个帷帐下睡觉。太傅张温建议为太子设置最亲近的属官中庶子,以便使用更好的礼节,孙权于是任陈表为中庶子,但不久孙登觉得这样的礼节过于拘束,又恢复了原来整巾待座的方式。他是一位不拘成规、待人随和,愿意和才士们真心交往、礼贤下士的人。

孙权称帝数月后从武昌迁都建业,他安排上大将军陆逊辅佐孙登镇守武昌,主持宫中府中的留守事务。孙登有时外出射猎,本来可以走径直的便捷之路,但他经常走远路以避开良田,不践踏青苗庄稼;到了需要休息时,又特意选择空地,不愿意给百姓造成麻烦。他曾经乘马出行,有弹丸飞过,身边人追查射弹之人,发现有一人手持弹弓身上带着弹丸,大家都认为是他发射的飞弹,但那人不肯承认,侍从们就要捶打他,孙登不同意,让找到飞过的弹丸,却与那人身上带的弹丸并不相同,于是将其释放。又有一次,丢失了盛水的金马盂,发现拿走东西的是身边之人,孙登不忍心惩罚,只是严厉地责备了该人,打发他回家,吩咐身边知道的人不要再提起此事。从这些事情上看来,贵为太子的孙登也是一位怜悯百姓、不滥施淫威而有同情心的人。

232年弟弟孙虑病逝,孙权难过得饭食大减,孙登听到消息后昼夜兼行去见父亲,他看到孙权非常悲伤,劝谏说:"孙虑患病不起,这是他自己的命。现在北方没有统一,天下人都在受苦,上天推戴陛下,如果以儿女私情减损殽馔,那就不合礼制,我感到忧愁不安。"孙权听从了他的劝谏,因此增加了膳食。过了十多天,孙权想打发他回到武昌,孙登请求让自己留在父亲身边,他说自己长久离开父亲,没有尽到儿子的孝道;又说陆逊做事忠诚勤奋,武昌留府的事情没有什么可担心的,孙权于是将孙登留在建业。234年孙权统大军出征魏国合肥新城,他安排孙登居守,主持建业留守事务。当年粮食歉收,各地盗贼颇多,孙登奏请颁布了相应的处置条律,做到了有效防御。孙登留在建业尽到了孝子的责任,同时也锻炼了相应的治国之才。

徐夫人对孙登有母养之恩，后来徐氏因嫉妒而被孙权废处吴郡，而步夫人得宠。凡步氏赐给孙登的东西，孙登不敢推辞，但仅拜受而已；而徐氏打发使者送来的衣服，孙登必定沐浴后穿上。当时孙登将要拜受太子时，他推辞说："本立而道生，要立太子，应该先立皇后。"孙权问："你母亲在哪里？"孙登回答："在吴郡。"孙权默然无言。《吴书》中说：后来孙权宠爱三子孙和，孙登对其亲近礼敬，把他像兄长一样对待，常有让位太子之心。

241年，孙登被立皇太子二十一个年头时不幸病逝，临终前他给孙权上疏，内中充满了对父亲情深意长的关爱和对国家走向兴盛的期盼：一是表达了自己不能再尽孝道，以及生前对国家无益，死后还留给父皇悲戚的内心愧疚；二是提出要孙权割舍儿女私情，坚持"修黄老之术"，以笃养身体和精神，实现宏大事业的建议；三是对弟弟孙和做了很好的评价，表示应早点立他为太子，以孚民望；四是他还重点介绍了自己身边诸葛恪、张休、羊衜等近十位人物的品格和才能，指出了他们各自的优长，把他们郑重地推荐给了孙权；同时又对陆逊、诸葛瑾、步骘、朱然、全琮、朱据、吕岱、吾粲、阚泽、严畯、张承、孙怡等一批朝臣的德行给予了充分肯定，希望孙权始终把他们作为依靠的力量。

尤其不易的是，孙登对当时的国家治理提出了自己的看法，他认为时下各郡县都民生凋敝，奸乱萌生，法令繁多，刑罚过重，应该遵循"律令与时推移"的方针，与将相大臣们商议制定出更合时宜、宽刑轻赋的治理方案，力求节省民力、顺应民心。他认为，只要能很好的发展生产，安抚百姓，那在五到十年之内，就会兵不血刃地实现吴国的宏图大业。三十三岁的孙登在离开这个世界之前，把他的治国思路与一副美好愿望留给了在世的吴国君臣。孙登从前的属官谢景当时任豫章太守，听说孙登离世后不胜哀情，他弃官奔丧，因违反了当时的国法（参见3.2.20《称帝后的内政治理》下），事后上表自我弹劾。孙权说："你与太子一起干事，不同于其他官员。"派朝廷使者前往慰劳，让他恢复本职。

孙登的上疏是他死后才被呈报上去的，孙权看到后更加悲痛，一说到他就伤心流涕,其后谥孙登为宣太子。孙登的儿子孙璠、孙希先前已经早逝,次子孙英被封吴侯。在孙亮为帝的254年,孙英参与谋诛大将军孙峻,事败自杀(参见3.3.3《孙峻孙綝的专权》上)。

孙登最初葬于句容(治今江苏句容),设置园邑,依法奉守,三年后改葬于蒋陵(今南京东之钟山),孙权在十多年逝世后也葬于此。孙登逝后,孙权在治国方略和人事任用上并没有如期待的那样去行事,做了一些颇令人失望的事情,在立太子一事上更是经历了错误的反复,失去了国家兴盛的机会,又为后孙权时代的衰落埋下了隐患。

3.4(7)被陷害的太子孙和

吴太子孙登在241年去世后,孙权于次年立自己宠爱的三子孙和为太子,但孙权内宫矛盾的复杂性以及由此导致的朝政不明与权位纷争,不久就使太子孙和处在了被诬陷的境地,成了朝政斗争的受害者和牺牲品。《三国志·吴书·吴主五子传》及其引注记述了孙和太子地位的得而复失,以及他在孙权身后被害致死的悲惨命运,展现了孙权晚年治政昏乱和由此引起的政局隐患。

孙和,字子孝,出生于224年,是孙权琅邪王夫人所生,孙和聪明早慧,又因母亲王夫人得宠,所以特别得到孙权的爱幸。孙权常常把孙和带在自己身边,衣服礼秩和雕玩珍品之类的赏赐都是其他儿子不能相比的。孙和十四岁时,孙权为他安排宫廷侍卫,让中书令阚泽教习经传典籍六艺。孙和爱好文学,擅长骑射,识辨事物精准敏捷,又尊敬老师,颇得人们赞誉。孙登病逝后,次年十九岁的孙和被立为太子,孙权安排阚泽任太傅,薛综为少傅,而蔡颖、张纯、封俌、严维等都是他的陪侍随从。孙权像对待孙登一样,也很看重对孙和的培养教育,蔡颖等人每次前来见面,孙和都会愉快地对待,在学习经义、辨别是非、访问朝臣、考察人物等方面,都能提出自己的见解。

当时司法官员多用条例律书来问罪,孙和认为奸佞之人会利用讼事掺杂个人私情,由此生出为祸之心,不可助长这种行为,为此他上表提出对这类现象应予杜绝。又有都督刘宝状告中庶子丁晏，丁晏也状告刘宝，孙和对丁晏说："文武官员在位主事的没有几个人，因为有嫌隙就相互攻击，企图坑害对方，这怎么会有福运呢！"孙和对双方进行劝诫，两人因而交往亲厚。孙和善于引导同僚在政务活动中消除分歧、和睦相处。

  孙和常说当世的才士应探研学问，操演射箭与驾驭等技艺，以胜任当世事务，如果只知交游下棋，就会妨碍事业，不是人生进取的态度。其时蔡颖喜欢下棋，在他官署中任职的不少人都跟着他学，孙和应该是有针对性的规劝他。后来几位臣僚出席他的宴会，言谈中说到博弈下棋，孙和说，这事情"妨碍事务浪费时光而毫无用处，劳损精神耗费思虑而一无所获，不是增进德行致力功业与积累功绩的行为"。他进一步认为："有志之士珍惜光阴和精力，君子的最大愿望是高山仰止的功德，以不能达到为耻。天地长久，人生如白驹过隙，年龄很快衰老，青春一去不返。人所担忧的，就在于不能杜绝情欲，如果能杜绝无益的欲望，始终走在遵循道义的路途上，抛弃不急需的事务，努力培植功业的根基，这对于人的名声品行不是很好吗？人的欲望自然不能没有嬉娱之乐，但书琴骑射中也有嬉娱之乐，何必非得在博弈下棋中获取快乐呢？"孙和在与群臣朋友的交往中，利用机会比较系统地表达了自己的生活态度，他是一位看重德行功名的人，主张人生应该把主要的精力投放在具有现实意义的事情上，而应杜绝个人欲望支配下纯粹娱乐方面的时间和精力消耗，要在社会需要的事功中寻求乐趣，始终为人生的道德功业而不懈努力。孙和的这些认识也许失之片面，但它绝不荒谬！对于准备一生有所作为的国家高层人物而言，这无疑是必须具有的人生理念与生活态度。孙和发表了这些议论后，他让陪坐中的八个人各自写出文论评判和矫正自己的言论，中庶子韦曜于是回家后写了一篇论文奏上，孙和将文章出示给宾客传阅。他是想以自己的价值观和人生态度来影响身边的臣僚，让他们把精力放在对国家百姓更为有益的事情上。

  孙和被立为太子后，他的四弟鲁王孙霸心中不服，于是纠集党羽陷害孙和，孙权听说他们兄弟两人不相和睦，认为他们轻信了外人挑拨，甚至命令他们中止与外界往来，但孙霸仍然暗中勾结大臣。孙和的母亲王夫人与孙权长女全公主鲁班有矛盾，全公主害怕孙和即位后会对自己不利，也参与陷害太子。孙权有次重病卧床，派孙和到长沙桓王（指孙策）庙中祭祀，孙和张妃的叔叔张休住在该庙附近，孙和祭祀时受邀去过张休家中。全公主派人跟随监视，借机向孙权进谗说太子不在庙里，却专门到妃子家去谋划事情；又说王夫人在皇帝病重后面露喜色，孙权为此发怒，王夫人最后忧忿而死（参见3.2.23《孙权身边的女人们》上）。其时太子孙和所受宠信日益减损，他害怕自己被废黜；而鲁王孙霸的夺位图谋更为强烈，其党羽全寄、杨竺等人天天在孙权面前谗毁孙和。陆逊、吾粲、顾谭等大臣向孙权陈述嫡庶之分的道理，他们力保孙和的太子之位，但孙权听不进去，而吾粲还被下狱诛杀，顾谭被贬徙交州。

在废黜太子一事上孙权犹豫了好几年，到250年，年近七十的孙权终于将孙和软禁，于是引起了群臣的不安。骠骑将军朱据、尚书仆射屈晃率领众多将吏头上抹泥，将自己捆绑起来，接连几天到宫门外为孙和求情（参见3.2.26《内政之乱》）。孙权反感这种行为，对参与和支持这一活动的大臣作了处置，朱据被杖打一百后暗中赐死，屈晃受杖打后罢官，陈正、陈象甚至受到满门抄斩，群臣中因劝谏而被诛杀流放的多达几十人；孙和被废为平民，其后流放故鄣，群臣都为他们感到冤屈。

一年多后孙权似乎有所感悟，他曾有意召回孙和，但因全公主与孙峻等人加以阻挠而未能实现。252年孙权封孙和为南阳王，安排他居于长沙。当年四月孙权去世，诸葛恪执掌朝政。诸葛恪是孙和妃子张氏的舅舅。张妃派黄门陈迁前往建业上疏中宫，并向诸葛恪致以问候。陈迁离开建业时，诸葛恪对他说："替我转告张妃，到时我一定让她超过别人。"这番话被传了出去，又因为诸葛恪有迁都的想法，派人修整武昌的宫殿，民间于是有人传言他想迎立孙和。

253年，诸葛恪被孙亮和孙峻君臣联合谋杀（参见3.3.2《诸葛恪之死》），其后孙峻剥夺了孙和南阳王的印玺绶带，将他流放到新都，又派使者赐他自尽，张妃也自杀而亡，举国为之悲伤。而何姬抚养了孙和的几个儿子孙皓、孙德、孙谦、孙俊。258年吴景帝孙休即位，他封孙和的儿子孙皓为乌程侯，孙德为钱塘侯，孙谦为永安侯，孙俊为骑都尉，安排他们从新都迁到封邑乌程。

政局多变，孙休264年去世后，孙皓被推上皇位，他追谥父亲孙和为"文皇帝"，改葬明陵。267年十二月，派遣暂署丞相孟仁、太常姚信领二千将士，用灵车法驾东往明陵迎接孙和的神灵到"清庙"，连续作了多次祭祀。《吴历》中记录，266年永安山寇施但反叛，孙皓之弟孙谦受劫持参与，兵败被俘，孙皓将孙谦与他的生母毒杀（参见3.3.10《孙皓的折腾与识见》），担任骑都尉的孙俊也被孙皓忌而杀之。孙和及他的子辈两代人，先后在吴国宫廷斗争中反复上演了兄弟仇杀的悲剧。

3.4（8）太子的三位兄弟

孙登和孙和前后两位太子都没有能接替孙权的皇位，反而是他们两位最小的弟弟孙亮和孙休相继做了孙权之后的两任皇帝，太子的两位皇弟之外尚有三位同父兄弟，《三国志·吴书·吴主五子传》及其引注记述了皇子孙虑、孙霸、孙奋一生的活动轨迹，表现了吴国后期朝政斗争的某些情景，从中能够窥见个人品格心性与人生命运的某种联系。

——**英年早逝的孙虑**　孙虑，字子智，是孙权的第三子。他从小机敏聪慧，多才艺，受到孙权的器重和喜爱。228年三月，十六岁的孙虑被封为建昌侯。孙权迁都建业，留下孙登孙虑等皇子及宗室公子在武昌，安排陆逊至武昌管理留守事务，把皇子委托给他。当时孙虑喜好斗鸭，在正厅门口作斗鸭栏，陆逊严厉地说："君侯应当勤读经典，增加自己的新知，玩弄这些东西有什么用？"孙虑听从建议，当即就拆毁了斗鸭栏，他是一位喜纳忠言、闻善而从的年轻人。

230年，丞相顾雍上奏说，孙虑生性聪明通达，才识日日增新，按照汉朝的前例应该晋爵称王，孙权没有答应。尚书仆射徐存上疏说："帝王家的兴盛，都需要推崇宗族至亲。"他列举了历史上周、汉两朝的例子，进而认为吴国的兴盛也应该如此，建议任命孙虑为镇军大将军。孙权认可了这一建议，并下诏说："世态扰乱，凶邪肆虐，需要刑罚规范秩序，武器显扬威风。以孙虑的气质修养和武略才智，必能为国家成就大业，现在授予上将之位，以显示特别的尊荣，交给强劲的军队，委以一方重任。对外应威震敌房，镇服万里；对内应震抚远近，慰恤将士，这确实是孙虑建功立业、竭命效忠之时。孙虑应该内修文德，外经武训，谦逊为人，满而不溢，保持内心的恭敬和慎重，不要有负所承受的重任。"孙权任命十八岁的孙虑为镇军大将军，给了他特定的行事自主权，孙虑于是督领军队，开府治半州（今江西九江西），成了独立镇抚一方的将帅。

孙虑以皇子的尊贵身份，加之年纪又轻，远近的人们都担心他不能留心政事。他上任就职后，始终遵奉法度，恭侍师友，实际上超过了众人对他的期望。232年正月，孙虑去世，时年二十岁，因没有儿子，封邑遂被废除。当时孙权悲痛哭泣，为之减少膳食，身在武昌的孙登专程来到建业对父皇作劝慰开导。

——**争夺太子的孙霸** 孙霸，字子威，是孙和的弟弟。孙和242年被立为太子不久，孙霸受封为鲁王，以尚书仆射是仪兼任鲁王傅，孙权对孙霸的宠爱和优厚对待与太子孙和没有两样。后来群臣议论认为太子与藩王应该上下有别，于是为二人各设宫殿和幕僚，孙霸自此开始怨恨孙和。孙霸结交知名人士，朝中的"官二代"全寄、吴安、孙奇、诸葛绰、杨竺等年轻人争相依附。这些人与孙和的亲信随从互相诋毁，最终蔓延到朝堂上，许多大臣被卷入纷争中（参见3.2.26《内政之乱》）。孙权在244年听到孙霸、孙和两子不和的消息，于是禁止他们与官员往来，让他们专心向学，但孙霸仍然不断暗中结交大臣党羽。

后来孙和因为王夫人被全公主所诬而致太子地位危机，孙霸一党更加觊觎储君之位，他们借机中伤孙和及其亲信，当时孙权的潘夫人和少子孙亮正在得宠，孙权于是在250年废黜了太子孙和。在处置了孙和后，孙权为儿子间的意气纷争非常气愤，为了给孙亮的执政扫清障碍吧，不久将孙霸赐死，随后又诛杀了全寄、吴安、孙奇、杨竺等人。孙霸以争夺太子之位开始，又以自取灭亡而告终。

孙霸有孙基、孙壹两个儿子，孙亮在位时封孙基为吴侯、孙壹为宛陵侯。孙基在朝中担任内侍，他因偷乘御马，在257年被关进了监狱。少帝孙亮问侍中刁玄说："盗乘御马会如何判罪？"刁玄回答说："按法律应该处死。然而鲁王孙霸死得早，恳请陛下原谅孙基的过错。"孙亮说："法律是天下人共同遵守的，怎么能因为亲戚关系就随意放弃呢？应该想个另外的办法宽恕他，不必以感情为理由宽恕他。"刁玄说："古代的赦令有大小之分，可以遍及全天下，也可以在千里五百里范围内。"孙亮于是宣布宫内大赦，孙基被免罪。

264年后孙皓即位为帝，他追溯孙霸与他父亲孙和生前的矛盾纷争，于是削去了孙基、孙壹的封地，将两人与他们的祖母谢姬（孙权的谢夫人）一同迁往会稽乌伤县（治今浙江义乌），他在堂兄弟身上来实现对叔父孙霸的报复。

——**不甘其位的孙奋**　孙奋，字子扬，孙权的第五子，他是孙权的仲姬所生，252年受封为齐王，迁居武昌。同年父皇孙权去世后少弟孙亮继位，太傅诸葛恪掌权，诸葛恪不想让诸王处在长江沿岸的战略要地，就将孙奋转迁到豫章郡。孙奋十分气愤，不服从命令，而且多次越出法度行事。

诸葛恪给他写了一封长信进行劝谏，其中应用了正反方面的历史事实，说明了帝王之家的人遵守制度法规的重要性，严肃指出了孙奋本人在这方面存在的诸多问题，希望他牢记先帝（指孙权）教诲，汲取鲁王孙霸的教训，改正自己的过失以避免可能的灾祸。诸葛恪的书信所言既是对孙奋身份的提醒和引导，也是国家掌政者对孙奋的警告。孙奋收到书信后十分恐惧，于是移居南昌，但他游玩狩猎更加频繁，官员部属都无法忍受他的命令差遣。

253年诸葛恪被孙峻诛杀后，孙奋到下游住在芜湖，他想到建业观察事态变化。傅相谢慈等人对他劝谏，孙奋却杀死了谢慈等人，朝廷因此将他废为平民，流放到章安县（治今浙江临海东南章安镇）。258年孙亮为孙奋的处置而下诏，《江表传》记录了诏书内容，其中说："齐王孙奋前面因犯有妄杀官吏罪，被废为庶人，后来有几次大赦令，唯独没有宽赦他，即便不能恢复王位，为何不能为侯呢？"有关部门表示同意，于是拜孙奋为章安侯。

孙皓在位期间，他宫中左夫人王氏270年去世。孙皓悲伤思念，日夜哭泣，一连数月不出门，于是民间有人传言孙皓已死，并谣传章安侯孙奋与上虞侯孙奉两人中会有一人成为皇帝。孙奋母亲仲姬的坟墓在豫章，豫章太守张俊猜测此事或许为真，于是给仲姬前去扫祭坟茔。孙皓听说此事后，决定将张俊车裂并夷灭三族。据《江表传》中所记，当时豫章官吏十多人请求代替张俊赴死，孙皓没有同意。大概觉得张俊是主动向孙奋讨好，由此更加怀疑和忌恨他的叔父孙奋。

孙奋本在章安，孙皓将其家族迁徙到吴城禁锢起来，使男女不得通婚，有的年龄到了三十、四十多岁尚不得嫁娶。孙奋上表请求使男女得到配偶。孙皓大怒，派遣朝中使者送药赐给孙奋，孙奋不接受赐药，叩头千下请求说："老臣自己带儿子找医生治疗，与国家无关，乞盼赐给余年。"孙皓不同意他的请求，最后孙奋和他的五个儿子全部饮药而死。因为暴君孙皓的忌恨迫害，孙奋的结局更为悲惨。

3.5 孙吴立国的几位前驱

孙策再创东吴基业时的主要战场在扬州，他是从扬州刺史刘繇的治辖区夺取了吴郡、会稽等郡，从而成就了吴国最初的基业；太史慈原是刘繇的属将，对孙策原是亦敌亦友之人；而士燮家族长期控制岭南交州，最终将其地交归孙权。陈寿在《三国志·吴书》中的靠前位置，专章记录了几人的事迹，有史家认为他们是孙吴基业的前驱人物。

3.5（1）败于孙策的扬州牧刘繇

刘繇是朝廷正式任命的扬州刺史，本人不属于孙吴的臣僚，他在扬州守卫战中被年轻战将孙策带领的虎狼之师打败后逃亡豫章，江东大片土地经由他而被孙策收入囊中，他的后代也被孙策接纳善待，后来成为孙吴臣民。《三国志·刘繇传》及其引注记述了刘繇一生复杂的职场经历，介绍了他与孙策部队数次决战而失败逃亡的过程，从中能看到三国前期江东政局的演变，了解孙吴政权在江东形成的某些环节。

刘繇，字正礼，他是东莱郡牟平（治今山东烟台西北二十公里）人。西汉齐孝王刘将闾（齐悼惠王刘肥之子）的少子受封牟平侯，他们的子孙就居住此地。刘繇的祖父刘本，跟随老师系统学过儒学经典，博学群书，号为通儒，曾任般县（治今山东商河西北三十五公里）县长。他的伯父刘宠做过东汉的太尉，很有民望；刘繇的父亲刘舆做过山阳郡（治今山东金乡西北）太守，其子刘岱与刘繇都有出色的才具。刘岱，字公山，做过朝廷侍中、兖州刺史。《后汉书·刘宠传》中对他们的家族上述各位都有过介绍，刘繇是出生在一个世代为官、在社会上极有影响的汉室宗亲家族中。

刘繇十九岁时，他的堂叔刘韪被盗匪劫为人质，刘繇为救堂叔，带人混进贼窝，找机会制服盗匪，救出了堂叔，史书上记为"篡取以归"，刘繇因此而出名。其后他被举为孝廉，拜郎中，迁任下邑（治今安徽砀山）县长，当时他所在郡的太守把自己贵戚相托付，大概是要让提拔任用吧，刘繇因为想拒绝这一请托而弃官离职。后来刘繇又被青州征召任用为部从事，他履职巡行至济南，济南国相是中常侍之子，其人贪赃枉法，刘繇发现后立即将他奏免。刘繇在自己的工作岗位上遵循着应有的道义原则，他权不阿贵，刚而不曲，是一位行事正直、无惧个人利害的官员。

平原人陶丘洪想要让刺史推举刘繇为茂才，刺史说："去年已经举荐了他的兄长刘岱，怎么现在又要举荐刘繇呢？"陶丘洪说："如果您举荐刘岱在前，提拔刘繇于后，这正是所谓走长途则驭二龙，行千里而驰骐骥，难道不很好吗！"不久，刘繇被司空府征为掾属，任侍御史，他均未就职，而是前往淮浦（治今江苏涟水西）躲避战乱。

大约194年，在长安的东汉朝廷任命刘繇为扬州刺史，因为当时袁术盘踞淮南，刘繇畏惧袁术的势力，没办法去扬州府治所在的江北寿春就职，他于是南渡长江，将军吴景、孙贲迎接他到江南的曲阿（治今江苏丹阳）建府治州。当时，袁术企图僭号称帝，他攻克周围各郡县，刘繇则派遣樊能、张英驻军江边防御袁术；考虑到吴景、孙贲是袁术所任用的人，刘繇就迫逐他们两人离去。而袁术则自己设置和委派扬州刺史，并与吴景、孙贲联合攻击张英、樊能，但一年多未能攻下，双方在战场上难分胜负。大概是朝廷觉得刘繇能够有效抵御袁术吧，于是加授刘繇为扬州牧、振武将军，他的实际职位由扬州刺史调整为扬州牧，统辖范围未变，而威势更重些，其时他拥兵数万。

孙策凭借从袁术那里得到军队起兵，他194年跨江东渡后，协助吴景、孙贲打败了张英、樊能（参见3.1.1《"将二代"重整旗鼓》），之后刘繇协同太史慈率领军队与孙策对抗，两军较量，刘繇大败（参见3.1.2《攻取扬州及事后的自辩》）。兵败后刘繇准备奔投会稽，朋友许劭对他说："会稽富实，这是孙策所贪求的地方，况且处在海隅之地，困窘时再无地方可去。不如投靠豫章，豫章北与豫州接壤，西连荆州，如果能够聚合起当地的吏民，派遣使者向朝廷贡献，也可以与兖州的曹操相联系，虽然有袁术隔在中间，但袁术这样像豺狼一样的人，他是不会长久的。您是受朝廷任命的官员，关键时刻曹操、刘表必然会出面救助。"刘繇觉得许劭的话有道理，就听从了他的劝告，于是溯江而上，到了豫章，驻军彭泽（治今江西湖口县东）。

当时豫章太守周术因病而死，太守之位空缺，荆州牧刘表任命诸葛玄（诸葛亮之叔父）为太守，而汉朝廷任命朱皓为太守，朝廷与荆州为争夺豫章太守的职位发生了冲突。刘繇是站在朝廷一边的，他后来出兵协助朱皓当上太守，将诸葛玄赶回襄阳。但在徐州牧陶谦手下犯禁的笮融聚众来到豫章（参见0.8.1《陶谦保徐州》中）却诱杀朱皓，刘繇于是进攻笮融，战场上被笮融击败，刘繇很快再次召集所属各县人马，大败笮融。笮融兵败后逃进山谷，为当地山民所杀。而刘繇不幸染病而逝，时年四十二岁。后来孙策向西攻打江夏，军队返回路过豫章时，他将刘繇的灵柩用车载回，安葬在其故乡东莱郡牟平，并且带回刘繇的几个儿子。

刘繇的儿子刘基，字敬舆，他面容身材都长得美好，父亲刘繇197年去世时刘基十四岁，为刘繇服丧及各种行为都合乎礼节，受到人们称赞。当时刘繇属下官员所赠馈的礼物，他一概不收。刘基隐居在乡里时，曾遭遇很多艰难和困苦，他由此体会世道事理，并不感到悲伤忧愁。与弟弟们一起居住，常常晚睡早起，妻妾们很少能见到他的面，几个弟弟都敬畏他，刘基不随便乱交朋友，家中没有闲杂的人来做客。

刘基后来深得孙权喜爱，被先后任为骠骑将军、东曹掾、辅义校尉。孙权为吴王后，任刘基为大司农，迁郎中令。孙权在一次饮酒时，骑都尉虞翻因为醉酒犯禁，孙权准备杀掉他，只因为刘基的劝谏，虞翻才得以免死。在一次暑夏时节，孙权在船上饮酒，突然间天有雷雨，孙权让侍者取来东西遮雨，同时又让人给刘基遮雨，其他人都得不到这样的照顾，可见孙权对刘基的看重。孙权称帝后，授刘基为光禄勋，让他与丞相顾雍分平尚书事，共同参与朝廷事务的管理。刘基在232年四十九岁逝世，后来孙权为儿子孙霸娶了刘基的女儿为妻。刘基的两个弟弟刘铄、刘尚都被任为骑都尉。

刘繇是朝廷任命的扬州主政官员，他与北方幽州、冀州、徐州、益州等地的主政官员不同，并没有建立自己私家的割据政权，而是忠实地履行着朝廷赋予自己的地方管理使命，但在天下纷争的政治局势下，这样的使命难以履行，反而成了割据势力的牺牲品。刘繇的个人品行及其活动行为应该没有什么大的差池，但他出生与生活在特定的时代，注定有着不幸的命运。

3.5（2）太史慈的出奇生涯（上）

东吴臣僚中有一位传奇人物太史慈，他在东汉末年的乱世中有多方经历，也曾协助扬州刺史刘繇保境安民、抗御孙策的侵扰兼并，与孙策有过战场上的交锋恶斗，两人属于"不打不相识"的好汉。《三国志·吴书·太史慈传》及其引注中生动记述了太史慈传奇的一生，展现了他特别的人格和出色武艺，介绍了他与孙策"英雄相惜"的历史真情和归顺东吴的过程，从中能看到人生和职场的曲折多变。

太史慈，字子义，东莱黄县（治今山东蓬莱龙口东十五公里）人。少年时十分好学，后来担任东莱郡（治府在黄县）奏曹史，负责郡内奏议事务。当时本郡与所属青州（治今山东淄博临淄北）产生嫌隙，各自把事情反映给朝廷有关部门，是非尚未分清，最终的结案会以较早让议事官吏知道为有利。其时青州的奏章已先发给有司，东莱郡太守恐怕落后不利，于是求可作使者的人。太史慈当年二十一岁，被选为使者，他日夜兼程赶路，到达洛阳后先到公车门前等候，他看见青州吏员也已到达，准备求通上章。太史慈于是询问那位州吏说："你也是前来求通章的吗？"州吏回答："是的。"太史慈又问："奏章在哪里？"州吏说："在车上。"太史慈便说:"奏章题署写得没错吗?可取来看看。"州吏不知道太史慈是东莱郡派来的人,便取出奏章给他看。太史慈先已在怀中藏着刀,他拿过青州奏章,便用刀将其截断毁掉。州吏大惊高喊:"有人毁坏我的奏章!"太史慈将州吏带至车上对他说:"假使你没有取出奏章给我,我也不能将其损坏,现在我们的吉凶祸福应该是相同的,我不会单独一人承担罪责,还不如我们一起逃亡,不必要同去承受刑罚。"州吏问:"你为本郡而毁坏我的奏章,已经成功,为何也要逃亡?"太史慈说:"我当初受本郡所遣,只是来视察青州奏章是否已上通而已。但我做事太过激烈,以致损毁了公章。现在即使返回,也会因此而受刑罚,因而希望一起逃离。"州吏相信太史慈的话,当天就一同逃亡。但太史慈与州吏出城后,却潜回城内把东莱郡的奏章传交上去。

太史慈约生于166年,上述事情应该发生在186年汉灵帝刘宏执政末期,尚未出现天下崩乱的情况。太史慈为了实现东莱郡交给的任务,采用了欺诈的手段,毕竟也实现了自己的目的。后来青州知道了这事,另派了一吏员前往洛阳上交奏章,但有司却以郡章收到的原因,不再复查此案,于是青州方面被判决失理。太史慈由是知名,他也成了青州仇视的人,为免受到灾祸,他到辽东避居。

当时朝廷官员孔融受董卓安排正担任北海相(参见0.8.2《孔融守北海及其学者人格》中),孔融听到了太史慈的事情,感到非常奇异,就多次派人去东莱问候太史慈的老母亲,并送给她粮饷。后来孔融因为黄巾军侵扰北海,他出军驻守都昌(治今山东昌邑西),为黄巾头领管亥所包围。太史慈不久从辽东返还家中,他母亲诉说了孔融的殷勤关照,劝太史慈予以协助。史书上说,太史慈身长七尺七寸,大约一米七八的个子,长着漂亮的须髯,有猿猴一样的长臂,善于射箭,箭不虚发。太史慈当时在本地的出名不是因为他的武艺高强,更多的人对他的射艺并不了解,他的母亲应该知道他的所长,在北海相孔融遭遇困境的关键时刻希望他能出面给予报答协助。

太史慈在家里伺候母亲三天后一人步行到了都昌,当时城外包围尚不紧密,他在黄巾军夜间松懈间隙进城见到孔融,请求让他领兵出城迎战。孔融大概是对太史慈并不相信吧,并没有派给军队。孔融本来想等待外面的救兵,但没有到达的军队,敌军的包围反而更加逼近。当时青年刘备在投靠同学公孙瓒时,公孙瓒安排他代理平原相(参见 2.1.1《早年的生活与经历》),孔融打算向刘备告急求救,城里的人却都出不去,太史慈请求自己前往。孔融说:"现在敌军围得更紧密了,众人都说冲不出去,你的意气虽然壮烈,但做起来恐怕太难了!"太史慈回答说:"过去府君您诚心照顾我老母亲,老人家非常感动,特意吩咐我来救济府君您的急困,就是觉得我有一技之长,对您毕竟有所帮助。现在大家都说不行,我太史慈如果也说不行,这难道是您惠顾我的所愿,是老母亲派我来的心意吗?事情已经紧急,愿您不要有所怀疑。"孔融最后答应了。

于是太史慈严装饱食,待到天明,他带上箭囊,摄弓上马,引着两位骑手跟随身后,他们各带着一个箭靶,开门直出城外。外围的黄巾军十分惊骇,兵马互出防备,但太史慈只拨马来至城壕边,插好所带的箭靶,出来练习射箭,习射完毕后便入门回城。第二天早晨照样如此,外围的黄巾军将士有人站起来戒备,有的人则躺卧不顾,太史慈再次置好箭靶,习射完毕后还是入门回城。第三天早晨又是这样重复出来,外围将士没有人站起来戒备,于是太史慈打马直突重围,随后驰骋而去。等到黄巾军察觉得知,太史慈已越过了重围,他回头取弓箭射杀数人,追赶的几人应弦而倒,因此无人再去追赶。太史慈这里是用一种诡诈的方式,他两次麻痹守卫之敌,等到敌人毫无防备时猝然冲出,加上有高超武艺的防御,最终冲出重围,做到了都昌城中其他人做不到的事情。

太史慈很快抵达平原(治今山东平原南二十公里),他对平原相刘备说:"我太史慈是东莱一介普通平民,与孔北海(指孔融)没有骨肉之亲,也非乡党好友,只是因为慕名且志向相同,兼有分灾共患的情义。现在黄巾管亥逞暴,孔北海被围困,孤穷无援,危在旦夕。久闻使君您向有仁义之名,能救人急难,因此他眼巴巴在等待着您的救援,让我冒着刀刃之险突出重围,从万死之境中传话给您,只盼望使君前来救助。"刘备敛容回

251

答:"孔北海知道世间有刘备啊!"他当即拨出三千精兵随太史慈返回都昌。

黄巾军听说援兵已到,纷纷解围散走。孔融被救出了包围,于是更加看重太史慈,说道:"你真是我的小朋友啊。"孔融大约153年出生,应是比太史慈大十三岁,对他以年幼的朋友相称。事情过后,太史慈返回家告诉老母亲,他母亲说:"我为你能够报答孔北海感到非常高兴。"而太史慈并没有留下来作孔融或刘备的下属,他在离职东莱郡、避居辽东、援救北海围困后,又开始了自己另外的职业选择。

3.5(2) 太史慈的出奇生涯(下)

东莱出名人物太史慈186年辞掉本郡职务前往辽东避祸,191年返回家乡,其间为解救被黄巾军围困的北海相孔融而向刘备求援,解了孔融的都昌之围,其后继续寻找自己的职业之位。《三国志·吴书·太史慈传》及其引注中记述了他前往江南会见扬州刺史刘繇后的活动事迹,反映了他与孙策等人物多次交往、最终归顺东吴的奇特经历,表现了一位不凡之人的人生曲折历程。

扬州刺史刘繇与太史慈同郡,两人大概早先有所交往,自太史慈离开辽东返回家乡后,未与刘繇相见,他听说刘繇作了扬州刺史,于是渡过长江到曲阿拜会相见。史书上没有说明太史慈何时过江,但在195年时他尚未离开刘繇。当时孙策攻略江东之地,准备夺取曲阿,有人劝刘繇可任用太史慈为大将,以抗拒孙策,刘繇说:"我若用了太史慈,许子将必会笑我不能用人。"许子将即是那位善于评论人物的许劭(参见1.3.3《是"能臣",抑或"奸雄"?》),太史慈当年是以诡诈手段诱骗青州吏员而出名的,大概许劭等人对他的评论过于负面,刘繇因而不愿重用太史慈,只令他前去侦探军情。有一天,太史慈只与一位骑兵小卒同在山路行走,到达神亭附近时遇上了孙策,当时孙策共有十三人跟随,他们是黄盖、韩当、宋谦等勇猛之士。太史慈毫不畏惧地上前与孙策交战,两人一对一单打独斗,孙策刺向太史慈的坐下马,揽得太史慈系的颈后手戟,而太史慈抢得孙策的头盔，直至两家军队同时来到，二人方才开解罢战。

刘繇与孙策后来在战场争斗的结果是刘繇大败，太史慈随刘繇败走豫章后，他遁走于芜湖，逃入山中，自称丹杨太守。而孙策其时已平定宣城（治今安徽宣城附近）以东地区，只有泾县（治今安徽泾县西北三公里）以西有六县尚未平服。太史慈进驻泾县，在当地屯兵立府，为很多山越人所依附。不久孙策亲自攻讨泾县，在这里囚执了太史慈。孙策见到太史慈，为他解开捆绑的绳索，握着他的手说："你还记得神亭一战吗？如果你当时将我抓获，你会怎样处置我？"太史慈说："没法估计。"孙策大笑着："现在的事业，我与你是共有的。"当即拜太史慈为门下督，表明了对他的充分信任。

《吴历》中讲了一件事情：孙策因为早就听说过太史慈的声名，在太史慈归顺后，孙策向他询问进军策略，太史慈答："破军之将，不足与论事。"孙策说："昔日韩信能定计于广武，今天我孙策也能向仁者询求解惑之法，你又为何要推辞呢？"太史慈说："扬州军近日新破，士卒如果离散就难再合聚；我愿出去宣示恩惠，以安军心并集合其众，但恐怕不合您的心意。"孙策跪着答道："这实在是我所希望的。您去后到明天日中就及时返还。"军中诸将都十分怀疑太史慈，唯独孙策说："太史慈是青州名士，一直以信义为重，他终究不会欺骗我。"第二天，孙策大请诸将，预先设下酒食，将一根竹竿立在营中视察日影。至日头中午，太史慈果然返回，孙策大喜，返回吴郡后授给他兵权，任命为折冲中郎将，经常让太史慈参论军事。

后来刘繇丧于豫章，其部下万余人无可归附，孙策让太史慈前往安抚其部众，加以收编。当时孙策身边的人都说："太史慈这次北去，一定不会返还了。"孙策说："子义舍弃了我，还能投奔谁呢？"为他饯行，送至昌门，拉着太史慈的手腕问："何时能够回来？"太史慈回答："不过六十日。"后来太史慈果然如期而返。《江表传》中说，孙策这次派太史慈去豫章，大家有各种议论，说太史慈远去未可相信；也有的人说他与主政豫章的华歆是同州乡亲，恐怕会留在那里为华歆出谋划策；有的怀疑太史慈会投靠西边的黄祖，还有的说他是找个借口返回北方，大多人认为派太史慈远去豫章不是好主意。孙策说："各位所说的话都不对，我是详细考虑过的。太史慈虽然气勇有胆烈，但他不是纵横游说之人，而是一位君子义士，做事必合于道义，看重应诺，一旦把心思托付给知己，即便死去也不相负，大家不要再有担忧。"当太史慈从豫章返还后，前面议论的人才开始信服。太史慈面见孙策后还向他汇报了豫章刘歆治政不善的情况，使孙策形成了攻取豫章的策略，最终实现了对该地的攻取占有（参见 3.1.3《与太史慈的信义之交》）。

孙策继承了孙坚的某些政治遗产，当初是从袁术那里得到人马而起兵，不久袁术僭号称帝，孙策为此承受了来自各方面的政治压力。而孙策为了保证让事业走在正确的道路上，其后力图与袁术划清界限，为此曾向朝廷一再表白。《江表传》中记述，孙策在派太史慈前往豫章前曾对他说："刘牧（指刘繇）过去责备我为袁氏攻取庐江，话说得很污秽人，也没有任何道理。为什么呢？我先父手下兵众数千人，全都在袁术那里，我为了自己的事业，不得不在袁术面前委屈心意，那是为了要回原有的军队。我两次前去讨要才得到了一千多人，他仍然让我攻打庐江，那时候的情势，我不得不这样去做。但其后袁术不遵臣节，他自己作僭号称帝的邪事，我劝谏他又不听从，大丈夫以义交结，出现这样的大问题，我不得不离弃他，我与袁术交往和决裂的过程就是这样的。现在刘繇丧亡，所恨不能在他生前把这事论辩清楚。"不是知己不倾心，孙策把自己的心思向太史慈倾心而诉，确实表现了他们的意气相投和知心相交。太史慈也曾向孙策表示说："我太史慈有不赦之罪，将军的度量就像齐桓公、晋文公一样，给我的待遇超过期望。古人报生以死，希望对知己尽节，到死方才罢休。"他也是向孙策表达自己知恩而报、忠贞不渝的心情。

当时刘表的族子刘磐，非常骁勇，多次在艾（治今江西修水西三十公里）、西安（治今江西武宁西二十公里）诸县侵扰，孙策于是从豫章郡划分海昏（治今江西永修东三十公里）、建昌等前后邻近的六县，以太史慈为建昌都尉，兼治海昏，并督领该地诸将共拒刘磐，自太史慈驻军此地后，刘磐不再来侵扰为寇。太史慈尤其善于射箭，他有次跟随孙策讨伐麻保（今湖北嘉鱼西南的陆口）贼寇，有一贼将在屯里城楼上辱骂孙策军，并以手挽着楼的横梁，太史慈引弓射箭，箭矢贯穿对方手腕，将其钉在了楼梁上，看到的万余人无不称善。曹操听说了太史慈的威名，向太史慈寄了一封书信，以箧封之，打开后里面没有写什么，却放了少量药材"当归"，是向太史慈表示当归青州家乡，对太史慈也很看重。后来孙权统事，以太史慈能克制刘磐，遂将南方诸多事务相委托。

太史慈在206年去世，时年四十一岁。他临亡时叹息说："大丈夫生于世上，应当带七尺长剑，以升于天子阶堂。现在我壮志未酬，为什么却死期已到啊！"看来太史慈是一位很有大志，极其自信的人物，他认为以自己的才情一定能够做到出将入相的高位，是有限的生命限制了他人生的提升发展，为此而叹息哀痛，孙权为太史慈的逝去也痛悼惋惜。太史慈的儿子太史享嗣任，享字元复，做过尚书、吴郡太守，官至越骑校尉，他们父子都为吴国事业忠诚奉献到生命的终了。

3.5（3）交趾士燮家族的兴衰

交州是汉朝廷最南方的边远州郡，经过汉末时的多方争夺，三国时代最终被东吴所占有，在这一演变过程中，身任交趾太守四十多年之久的士燮及其家族发挥了极具影响的作用。《三国志·吴书·士燮传》及其引注记述了士燮任职交趾太守期间对交州政治态势的影响，表现了他在汉朝廷、荆州刘表、益州蜀汉多方争夺岭南交州期间一直倾心东吴的政治态度，以及他的子辈对抗孙吴而被处置的结局，从中能看到士燮家族的兴衰与吴国占有交州的关联。

士燮字威彦，交州广信（广西苍梧）人。其先祖在鲁国汶阳（治今山东宁阳东北二十五公里）居住，为躲避新莽末年动乱而移居交州，经过六世到士燮的父亲士赐，曾在汉桓帝时任日南（治今越南广治省广治河与甘露河合流处）太守。士燮年轻时随颖川人刘子奇学习《左氏春秋》，后被察举为孝廉，补任尚书郎，因公事而免官。其父士赐去世后，士燮被举为茂才，任巫县（治今重庆巫山北）县令，约187年升任交趾（治今越南河内东北）太守。

士燮的弟弟士壹，开初为本郡督邮，他侍奉交州刺史丁宫非常殷勤，丁宫被朝廷征召返回京都前对士壹说："我若在朝廷担任三公，一定对你加以任用。"后来丁宫担任了司徒，果然征召士壹来朝廷任司徒掾。等士壹到了洛阳，丁宫已被免职，黄琬代为司徒，他对士壹也很好。189年董卓进京后与司徒黄琬不和，士壹对黄琬尽心竭力，为此很有声望，董卓则讨厌他，对人说："司徒掾士壹，不得加以重用。"所以士壹在朝廷数年不曾升迁。董卓迁都长安时，士壹逃回了家乡。

交州刺史朱符被当地夷民所杀，州郡秩序混乱。士燮于是上表奏请任命弟弟士壹兼任合浦（治今广西合浦东北三十五公里）太守，担任徐闻（治今广东徐闻南五公里）县令的士䵋兼任九真（治今越南清化）太守，士䵋的弟弟士武兼任南海（治今广州）太守。因为中原大乱，朝廷西迁，其对岭南的影响力大为减弱，交趾太守士燮遂借机推举自己的三个弟弟为郡守，他实际上已成了岭南地区的权势人物。士燮为人宽厚有器量，谦虚下士，中原的士人前往依附避难的人数以百计，如汉末隐士袁徽，后来归附蜀国的许靖（参见2.4.1《受到曹魏策反的许靖》上），以及归附东吴的薛综等。

士燮喜欢钻研《春秋》，曾为该书作注。袁徽在给朝廷尚书令荀彧的信中说道："交趾士府君（指士燮）既学问优博，又通晓治政，处在大乱之世，保全一郡之地，二十多年疆界内没有战祸，百姓没有失去产业，商人旅客也都蒙受好处。汉时窦融保全河西之地，也不能超过他！他在处理公务的余暇还研习经典，尤其对《春秋左氏传》的注解简练精微，我多次就疑难之处向他请教，他都能作出老师那样的解释，其意甚为详密。他兼通《尚书》古、今文，对其中大义理解详备。听说京师古文经学派与今文经学派在理解上有纷争，他打算分条论析《左氏春秋》《尚书》的深意来上奏。"士燮对传统经典有精到的理解，他的研究也受到当时学人的称赞。

史书上说，士燮的几位兄弟一起担任岭南数郡郡守，在交州极有势力，实际掌握着一州之政，因辖地偏在万里之外，所以威望与尊贵没有更高的。他出入时鸣响钟磬，带有极具威严的仪仗，笳箫鼓吹，车骑满道，还常有几十位焚香的外域胡人夹在车马群中。士氏的妻妾乘坐配有盖帷的小车，家族子弟都有兵骑随从，当时其尊贵显赫和震服百蛮的威势，就是从前的南越王尉他（即赵佗）也不会超过他。

朝廷在交州刺史朱符死后派遣张津接任，但张津不久被部将区景杀死。荆州牧刘表得知此事后派赖恭前往接替了张津的刺史职位；同时派吴巨出任苍梧太守，接替已病死的原太守史璜。刘表是利用荆州地理近便的优势来与朝廷争夺岭南的治权，他派出的官员赖恭与吴巨一同到达岭南。远在许都的汉朝廷听说张津被杀，于是赐给士燮有玺印与封号的书信说："交州地处隔绝之地，依江面海，皇恩一直无法宣达，当地臣民的忠诚被阻塞，得知逆贼刘表又派赖恭窥视南土，现在任命士燮为绥南中郎将，总督交州七郡，继续兼任交趾太守。"朝廷为了抑制刘表的势力向南扩张，就地任命了岭南权势人物士燮的军事职务，并扩大了他的权力，希望借士燮来抵御刘表的势力。虽然士燮并没有得到交州刺史的职位，但他作为岭南地区最有权势的人物，始终没有放弃向朝廷进贡的职责，朝廷后来为嘉奖士燮，特意下诏拜他为安远将军，封龙度亭侯。当时刘表派来的赖恭和吴巨两人并不和睦，他们闹起了矛盾，赖恭被驱离岭南，返回了零陵（治今湖南零陵）。

由于赤壁交战后曹操的势力北撤，孙权遂于210年派步骘为交州刺史（参见3.2.6《战后对江东的治理》），趁机把东吴的势力扩张到岭南。步骘到岭南后，士燮与他的几个兄弟都听从其节制，而刘表所任命的吴巨则怀有异心，被步骘诱杀。孙权不久提升士燮为左将军，对地方势力派做进一步的拉拢。东吴219年夺取荆州后，其在南方的势力进一步强大，士燮应是进一步看清了南方的政治情势，于是派儿子士廞去东吴为人质，孙权任命其为武昌太守，士燮、士壹在南方的儿子们都被任为中郎将。同时，士燮又诱导益州豪族雍闿反叛蜀汉而依附东吴（参见2.7.4《吕不韦后裔发出的声音》），他在吴国和蜀汉的冲突中支持吴国，率领本郡之民顺从东吴，这些都得到了孙权的看重，被孙权再拜为卫将军、龙编侯，他的弟弟士壹为偏将军、都乡侯。士燮每次派遣使者去觐见孙权，都会进献各种香料和细纹葛布数千计，其他如明珠、大贝、琉璃、翡翠、玳瑁、犀角、象牙之类珍品，以及奇物异果如香蕉、椰子、龙眼之类，无岁不贡。士壹也不时贡献良马数百匹。孙权总是亲自致信，厚加赏赐，以作回报慰抚。

葛洪《神仙传》中记录说：士燮曾经病死，已经过了三天，仙人董奉拿给他一丸药，让其将药和水含在嘴里，另有人抱着他的头稍微摇动，吃药后即睁开了眼睛，双手能够活动，脸色渐渐恢复，半天能坐起来，四天后能说话，就像他平常一样。事实上，士燮在交趾郡四十多年，226年九十岁时去世。

士燮去世后，交州的局势发生了波折。孙权因为交趾隔远，于是分合浦以北为广州，安排吕岱任刺史；交趾以南为交州，任命戴良为刺史。又派陈时接替士燮为交趾太守。当时士燮的儿子士徽则自任交趾太守，率领宗族的兵将抗拒戴良前来任职，迫使戴良停留在合浦。交趾人桓邻是士燮提任的官员，他叩头劝谏士徽，让迎接戴良任职，被士徽怒而笞杀，于是引起了交趾军队内部的冲突。而吕岱受诏领兵自广州兼程前来，与戴良等人一同进攻士徽，并派士壹的儿子士匡说服士徽认罪投降，士徽自感难以取胜，于是与兄长士祗、弟弟士幹、士颂等六人肉袒奉迎吕岱。吕岱接受了投降，次日设施帐幔，请士徽兄弟按次进入，当着满座宾客宣读诏书，指出士徽的罪过，令左右将他们反绑押出，全部斩杀，首级传送到武昌。当时士燮的弟弟士武已逝，士壹、士䵋被孙权宽恕，士燮的质子士廞被免为庶人。几年后，士壹、士䵋因犯罪受诛。士廞病逝，他没有儿子，妻子寡居，孙权下令每月供给俸米，赐钱四十万，对士燮的后裔作了最后的照顾。

士燮是极有学养的文化人，他在汉末乱世时主持了南方交趾郡的政务，利用机会在岭南交州扩大了自己的家族势力，吸引和保护了一批中原文化人才，稳定并维护了交州的政局；在多方势力争夺交州治权的历史节点上，他明察地方趋势，排除各种阻力，以邻近的东吴政权作为依附，这既是稳定地方局势的不得已选择,也是他维护自己家族势力的必须策略。儿子士徽因抗拒东吴的治权被惩处,导致了其家族势力的衰落,表明了士氏治交州的过渡已经完成,而孙吴对交州的占有与治理由此进入了新的阶段。

参考文献

《三国志》（上下册）

（晋）陈寿撰，（南朝宋）裴松之注，岳麓书社1990年7月第1版。

《三国志集解》（全八册）

卢弼集解，钱剑夫整理，上海古籍出版社2009年6月第1版。

《后汉书今注今译》（三册）

（南朝宋）范晔撰，章惠康、易孟醇主编，岳麓书社1998年7月版。

《晋书》（第1-5册）

（唐）房玄龄等撰，中华书局1974年11月版。

《中国历史大事年表·古代卷》

上海辞书出版社2001年1月第1版。

《资治通鉴》（全二册）

（宋）司马光编著，（元）胡三省音注，上海古籍出版社1987年5月第1版。

《文白对照资治通鉴》（全二十册）

（宋）司马光编撰，李伯钦主编，北京联合出版公司2016年3月第1版。

《三国志辞典》

张舜徽主编，山东教育出版社1992年4月版。

《晋书辞典》

刘乃和主编，山东教育出版社 2001 年 1 月版。

《世说新语》

（南朝宋）刘义庆著，曹瑛、金川注释，华夏出版社 2000 年 5 月版。

《周易全译》

徐子宏著，贵州人民出版社 1991 年 5 月第 1 版。

《诗经全译》

袁愈荌译诗，唐莫尧注释，贵州人民出版社 1981 年 6 月第 1 版。

《礼记》（上下）

钱玄、钱兴奇、徐克谦注译，岳麓书社 2001 年 7 月第 1 版。

《辞源》（修订本 1-4 册）

商务印书馆 1980 年 8 月修订版。

后　记

《三国职场探迹》系本人对公元180年至280年一百年间汉末三国时代真实历史人物活动与社会政治演变作出的全面性翻译陈述及分析议论，其中也表达了自己对社会历史的一些认识，反映着本人对这段历史学习和探索的阶段成果。整个书系在表达形式上有一些新的尝试，思想内容上也力图作出更多的拓展和提升。该书系的撰述过程及其特征在《前言》中已做了说明，现当八个分册要一并推出，同时接受广大读者朋友的鉴赏评价和时间光阴的洗磨检验时，内心仍然有些惶恐之感，我是希望该书能像作者以前其他撰著一样经受起两方面的考验，并希望能为三国文化、职场文化和中华历史文化拓展空间、增添色彩。

本人自2019年5月开始做三国人物与历史解读以来的两年半时间内，除过参加广东省教育系统一个月的集中活动外，基本上坚持每天有所进展，中间经历了全民抗疫的曲折反复历程，同时也有个人、学界及单位的诸多事务，不能说没有遇到困难和阻力，但客观环境毕竟是提供了很多有利的条件，促进了原初设想的实现。这里要衷心感谢原供职单位广东省社会科学院提供的保障条件，感谢夫人杨春霞所给予的积极协助以及各位家人的理解支持。中联华文（北京）社科咨询中心的樊景良、张金良经理十年前协助出版发行了本人关于春秋至西汉武帝八百多年间历史解读的七本论著，在今年出版业面临巨大困难的前提下，仍然本着兴盛文化事业的强烈使命感，一如既往地鼓励支持了《三国职场探迹》的选题；中国书籍出版社的领导和编辑积极支持了书系的出版，全书的面世成果中凝结着他们的劳动，在此一并表示感谢！

作者

2022 年 5 月 8 日